JN138577

Repetition —異界の庭より—

柚木 壱

目次

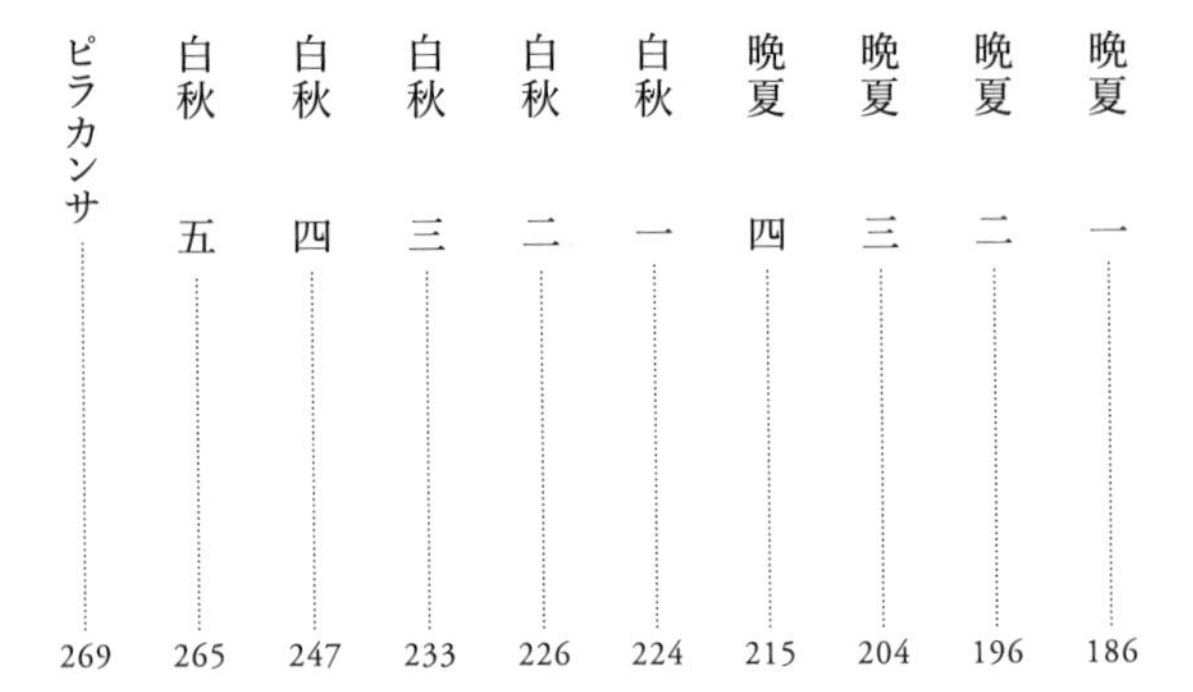

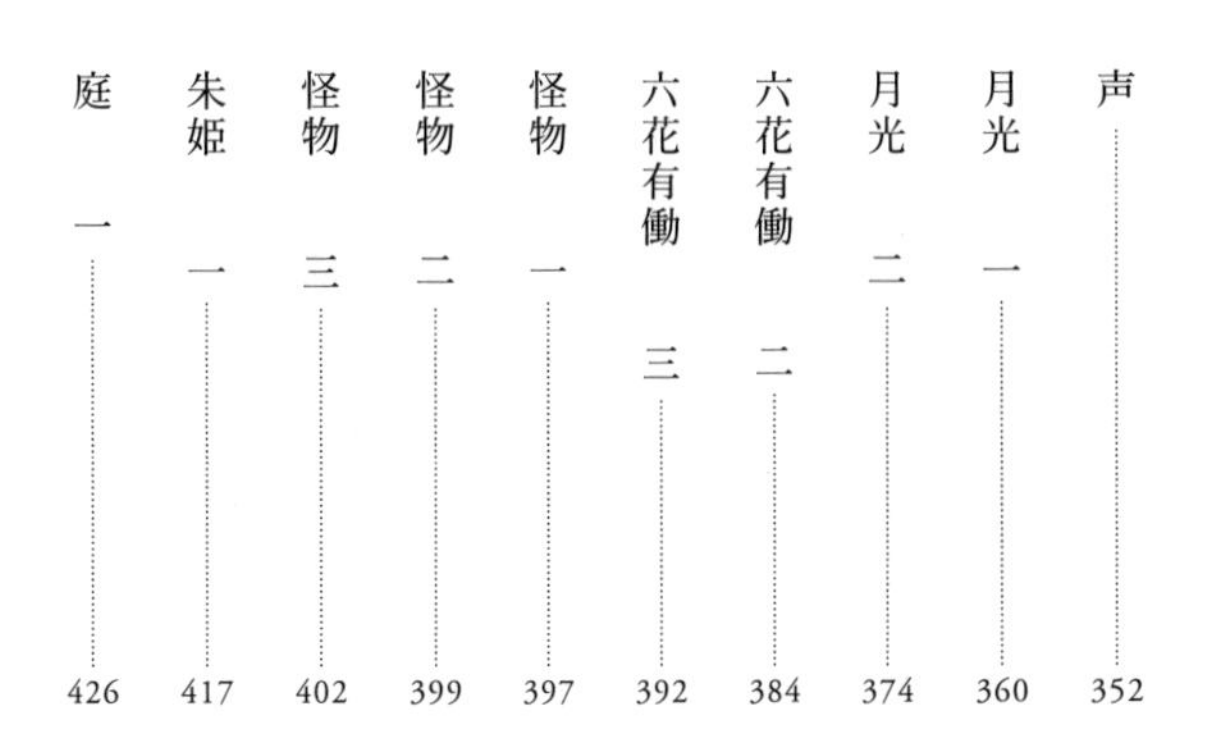

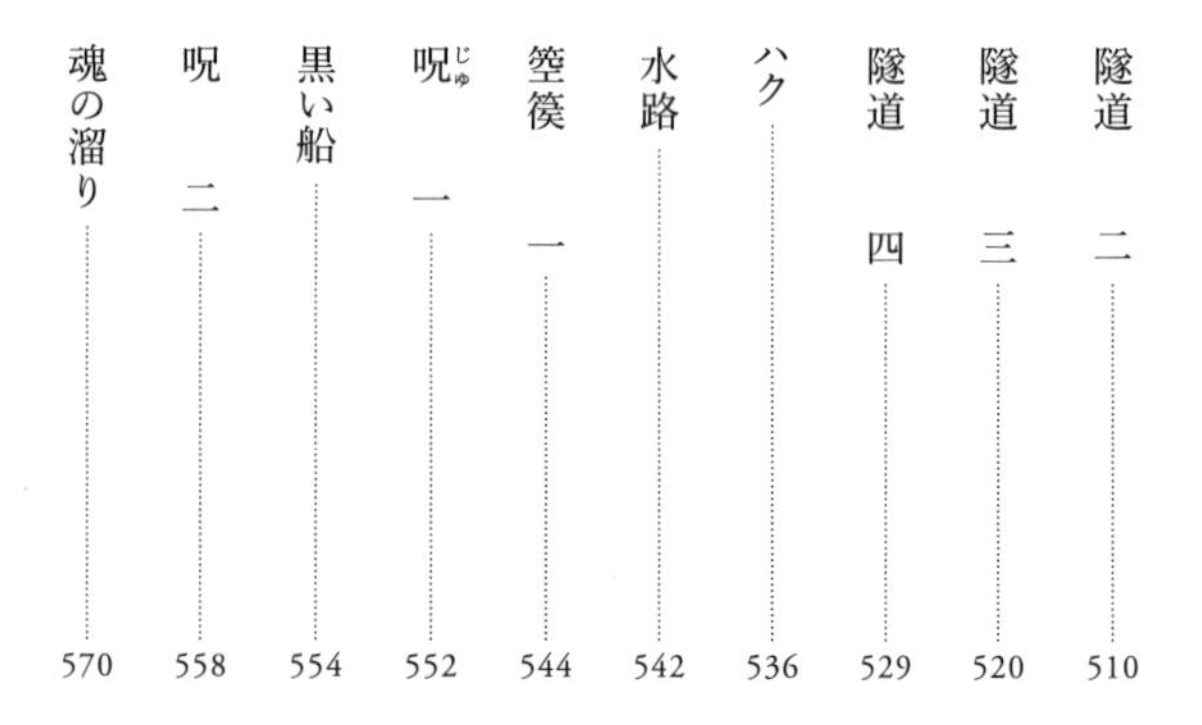

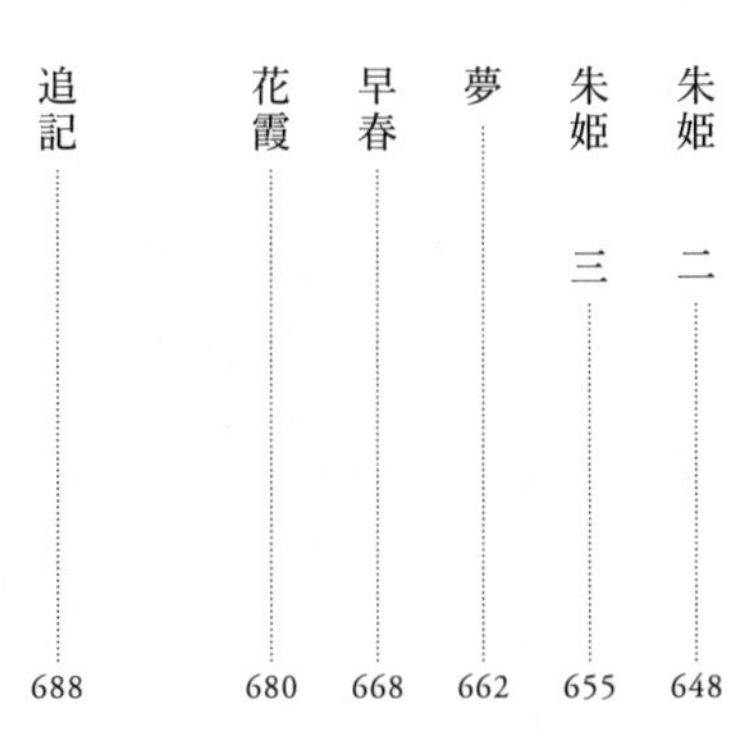

プロローグ　庭

秋晴の日にはあの庭をもう一度歩いてみたいと思う。

爽やかに晴れ上がった空。澄んだ空気の中に沢山の菊の花が咲き乱れていた。菊は大輪のものから可憐な小菊まで様々な種が揃っていて、その多様な色と匂いで庭を華やかに埋め尽くしていた。淡いピンクの花びらが幾重にも重なったもの、毬のような花球、花火のように花弁が広がるもの、黄色の小さな花が幾つも付いたもの、濃い赤紫の花弁、蝦茶色、白、桃色のグラデーションと様々な色が溢れていて、その上を蜜蜂が羽音を立てて飛んでいた。

庭は二重構造になっていて中庭をぐるりと取り囲むように菊が植えられていた。中庭には小さな池があって赤と黒の鯉が二匹ゆったりと泳いでいた。水は澄んでいて、どこからか流れて来てどこかに流れ出ていた。池の端には小さな紅葉(もみじ)が二本、燃えるような深紅の姿を水に映していた。

視線を転じると庭の向こう側に古い家が見える。茅葺き屋根の大きな曲家が、金襴緞子の帯を幾本も流した紅葉の山々を背負って、黒くどっしりとした影を落としていた。

家の横には家屋を守る様に大樹が生えていた。木の先端は家の屋根よりも高い場所にあった。枝垂れ桜。春は見事だろうなと思う。是非一度見てみたい。

この庭で私は人を見掛けた事が無かった。不思議な事に菊を世話する人も、家に出入りする人も見えなかった。

ただ一人、あの人形みたいな女の子を除いて。

運が良ければ、あの女の子を見ることが出来る。

少女は小さな声で歌いながら庭を歩いていた。明るい日差しの中で菊の花を摘む。限りない程の花弁をばらばらに解（ほぐ）して池の水に浮かべて遊ぶ。

様々な色が重なり合う中で緋色の着物を着た少女がここにいる唯一の人間だ。少女はたった一人で菊に話し掛け、蜜蜂を追って遊んだ。

この風景は私の中にある無数の記憶の中でもとりわけ不思議で美しい風景だった。

今でもあの時の空や日差し、色彩、形、匂いの片鱗に出会うと、それが過去へのドアを開ける鍵となって私は気が付くとその場所にいるのだった。

区切りの茶畑を過ぎると菊の庭が広がる。

視線の先には小さな女の子が遊んでいる。肩で切り揃えた黒髪と白い顔。

私はその子を多大な興味と少しの寂しさで眺める。

この現実離れした少女は誰だろう。この少女を眺めている私はこの風景のどこにいるのだろう。


山間の小さな取るに足らない場所。誰にも干渉されない時間と空間。小さな幸せでありながら完結した幸せ。

閉じた世界。

そう。この庭は完全に閉じている。

私は彼女の仕草を飽かずに眺め、そして菊のひとつひとつに視線を転じる。記憶の中の花の色はいつまでたっても色褪せない。美しい庭、高く澄み渡った空を羨望の眼差しで眺め、そして記憶に染み付いた古い家を見詰める。その家の何処かにまだ自分の匂いが残っていないかと丹念に探す。

遠い昔、あの家で一度だけ人を見た事があった。

白無垢の女。

綿帽子を被っていた。女はこちらに背を向けている。がらんと広い畳の上にその人はぽつんと座っていた。真っ白なその衣装は、まるで柔らかな雪がその結晶を織り込んだかの様に淡い光沢を見せていた。

花嫁はじっと何かを見ている。

何を見ているのか……。

ふと誰かに呼ばれたようにその人は顔を上げた。そして宙に手を差し伸べるとすっと立ち上がり、何者かに手を引かれるように歩き出した。花嫁御寮は奥の座敷に向かって静かに歩いて行く。見えない誰かに介添えされながら。

あの人は誰だったのだろう。あの後どこへ行ったのだろう。

記憶の中で私は家の上がり框に腰を掛ける。

その向こうには囲炉裏端があり、奥に幾つもの座敷が広がる。勝手口を抜けると外には井戸があった筈。暗い家の中から燦燦と日差しが注ぐ中庭を眺める。

今は何の残滓も無かった。ただただ寒い。凍える程空気が冷たい。ここには誰もいない。何もかもが何処かに消え去った。

あの家は私の家だったのだろうか。それとも誰かの家に遊びに来ていただけなのか。あの少女は自分自身なのか、それともあの家にいた他の誰かなのか。今ではそれさえも朧で思い出せない。私は長いことあの家にいた様にも思えるし、何度もそこを訪れていた様にも思える。

私があの少女でなければ自分は一体何者だったのだろう。あの庭の一輪の菊だったのか。それとも一匹のミツバチだったのか。

前世。そんな言葉が頭に浮かぶ。

それともマヨイガ。

山奥にある異界の庭。二度と訪れることの出来ない山神の家。そこに迷い込んだが、誰もいない家の食卓にたくさんの湯気の立つ御馳走が並べてあるのを見たというあの話。

あの庭に迷い込んだのは誰だったのだろう。あの菊の花は誰の為のものだったのだろう。
私は何も知らない。それなのにあの庭がこんなにも恋しい。
私は池の前に佇み、自由に泳ぐ小さな鯉を眺める。
緋鯉がぱしゃりと跳ねる。虹色の水の珠が紅葉の赤と苔の深緑に降り注ぐ。
「お前があの女の子？」
私は鯉に声を掛ける。
咲き乱れる菊の花。どこまでも続く青い空。誰もいない黒い家。
私は菊に彩られた中庭をぐるりと廻り、仕切りの茶畑の前で止まる。
この、近くて限りなく遠い風景を見回して、私はゆっくりと茶畑を通り過ぎる。
あの場所から今の自分に戻って来るのだ。そしてドアを閉める。
あの庭はもう無い。私の心の中にだけある。

プロローグ　緋鯉

「おとう。姉さはどこへ行った？」

「姉さか？　姉さは、山神様のとこさ、嫁こに行った」

「姉さは帰（けえ）って来るのか」

「姉さは帰って来ねえ」

「おとう。姉さいねえとおら、寂し」

「そんでも、姉さは帰って来ねえ」


「おとう。池の赤い鯉が死んだ。姉さが貸してくらしゃった鯉が死んだ」

「惨いことよ。泥を固めただけの粗末な池じゃ、あんな綺麗な緋鯉は生きて行かれんかったのじゃろう……」

「おら、姉さに謝りてえ。あんなに大事にしておくんなよって言われとったのに。おとう。おらあ、鯉を川に流してくる。そうしたら、川を流れて、山神様の池に届いて、生き返るべか」

「おうよ。きっと生き返って池で泳ぐべ。なんせ、山神様の池だ」

「おとう。そうしたら、姉さも鯉を見ておらを思い出してくらっしゃるかの。おら、姉さに会いてえ」

「姉さには会えねえ。ほんでも鯉が来たなら、きっと生まれた村も千代のことも思いだすべ」

「おとう。鯉がもし山神様の池に行かんかったらどうする？」

「そうよなあ。鯉も人みてえにまた何かに生まれ変わるかも知れんなあ」

「おとう。おら、山に行きてえ」

「馬鹿言うな。決して山さ入（へえ）っちゃ駄目だ」

「だども、おら、姉さに会いてえ。姉さとまた菊の花摘んで遊びてえなあ。あの綺麗な庭で」

第一章

絵画展　一

その日の午後、予定していた仕事がキャンセルになった。

空いた時間、休みを取って以前から好きだった絵本作家の絵画展に行こうと思った。

一人でゆっくり絵でも見ながらこの所のもやもや感を少しでも癒そうと考え、それは我ながら良い思い付きだと感じた。

先週末、康太が高木さんと歩いているのを見掛けた。

二人がレストランから出て来たのを偶然目撃してしまった私は、暫しその場に立ち竦んだ。

今日は仕事だって言っていたのに……。

道路の向こう側を楽し気に歩く二人。腕こそ組んではいなかったけれど、その光景はあれからずっと私の頭から離れなかった。

私はすっきりと晴れ渡った青空を恨めし気に見上げると駅に急いだ。歩きながら絵画展のページを印刷した紙をバックから取り出すと、もう一度場所と時間を確認した。絵画展は駅前にできた新しいビルの十階でやっている。そこは小さな美術館になっているのだ。

そのページには日本画と共に、私が小さい頃から好きだった絵本の表紙が載っていた。東郷ハルの絵本だ。

薄紅の桜と女の子。女の子は背中を向けて子犬と一緒に桜を見上げている。女の子の柔らかそうな栗色の髪が背中に垂れて、その白いソックスと赤い靴が素敵だった。その絵本は今でも自分の部屋に置いてある。小さい頃、父親にねだってよく読んでもらった。

歩きながらも二人の姿が脳裏に浮かぶ。背の高い康太と淡いベージュのパンツ姿の高木さん。お似合いの二人に見えたのがまたショックだった。

康太はうちの会社の営業部に所属している。高木さんは外食関連の会社で同じく営業を担当している。

このビルには全部で五社が入っているが、たまたまエレベーターで乗り合わせた高木さんと康太は同じ高校の同じ部活で、先輩後輩の間柄だったらしい。偶然にも相手を見付けた二人はすごい盛り上がり様だったと康太から聞いた。その場面が目に浮かんで一緒になって笑った。

「知り合いだから。一緒に食事に行っただけだから」

何度も自分に言い聞かせる。大体、こんなにいつまでも考えていないで、さっさと康太に連絡をすれば良いのだ。そうすれば疑いなんてあっという間に消える。だけど、そんな事を聞いて心の狭い女だと思われるのも嫌だし……。でも、もしもあの人達、何かあるのだったら……。

浮気なの？　まったく！　私は小さく舌打ちをした。

同じ考えが頭の中を堂々巡りして、流石に自分自身に辟易して来た頃、その建物に着いた。気が付くと上着を脱いで手に抱えていた。今日は暑いのだ。

そこで自分がかなり汗をかいている事に気が付いた。そんな事にも気が付かないで夢中で康太と高木さんの事を考えていたのだ。脇汗も滲んでいるのに気が付くと慌てて上着を羽織り直した。

康太は三つ、高木さんは自分より四つ若い事、そして自分がもうすぐ三十一になる事など考えても仕方のない事が頭に浮かんで、私はため息を吐いた。

ひんやりと涼しい館内に入った。展示室の中は静かでピアノの曲が小さな音で流れていた。数人の客が作品を眺めていた。私は順序良く作品を眺めて行った。

そしてあの絵の前に来た。ぐらりと足元が揺れた感じがした。

画面いっぱい、溢れんばかりの色彩で描かれたその大量の菊の花に私の目は釘付けになった。

それは縦一メートル、横二メートル程度の長方形の和紙に描かれた菊の庭だった。庭は二段構造になっているらしく中央が少し高くなっている。中央にはその他の樹木もあるが、下の段は全て菊の花だった。色も形も様々で、濃い黄色の小菊があると思うと、花火の様な大振りの赤い糸菊もある。

　外庭の左端から精緻に描かれた菊の庭は、その一点を頂点に三角形の形に視界が広がる。後ろに行けば行く程形を失くし、滲んだ色になっているが、それがやはり菊の花だと思うのはどうしてだろうか。

　さっぱりと清々しい秋晴れの空。庭の向こうには紅葉の山が描かれ、そしてその前に薄墨でぼんやりと平屋の家が描かれていた。

私はこの絵の前から動けなくなった。

亡くなる間際の母の声が耳に響いた。

「仕切りの茶畑を越えると菊の庭が広がる」

私は絵画の左端に描かれた深緑の低い生垣に視線を移した。

「塔子。それは綺麗な庭なのよ。菊の香りがいっぱいで、飛んでいる蜜蜂の羽音が聞こえるの。庭は二段になっているのだけれどね。下の段はみんな菊なの。色々な菊が咲いていて、そりゃあ綺麗なのよ」

母は長くは話せない。疲れてしまうのだ。でもこの時は珍しくぼそぼそと独り言みたいに呟いていた。

「菊の庭の向こうには大きな黒い家があってね。そこは誰の家だったのかしら？　黒い家の後ろには山があって紅葉が綺麗なの。空は秋晴れ。清々しい空気で本当に素敵なの」

本人の知らない間に乳癌は進行し、癌細胞は近くのリンパを通って全身に運ばれてしまった。医者に見せた時にはもう手の施し様が無かった。入退院を繰り返しながら次第に母は痩せ細り、終末が近付く頃には薬の所為で一日中うつらうつらと眠っていることが多くなった。そんな眠りの合間に見た夢なのだろう。

私は母のロッカーを片付けながら言った。

「それは素敵ね。そんな庭に行ってみたいわ」

「そうなのよ。とっても綺麗なんだけれど、不思議な事に誰もいないのよねえ。たまにあの子がいるだけで……。肩までの髪で緋色の着物を着ているの。……あの子は誰だったのかしら……？」

「あの子？」


私が振り向いた時には母はもう目を閉じて眠っていた。私は母の小さく縮んでしまった顔を眺めた。

母はこれから行くであろう「あの世」を垣間見たのかも知れない。そこがそんなに綺麗な場所なら有難い。だけど「誰もいない」って寂しい。そんな寂しい場所に一人で行かなくちゃならない母が可哀想だった。そしてそんな母に何もしてやれないで、そう遠くない未来そこに送り出すしか術のない私と父が情け無くも悲しかった。大好きな母が逝って、これからずっと母のいない日常を送ることを余儀なくされる私達の生活を思うと、遣り切れない思いで胸が痛んだ。

私の脳裏にころころと笑う母の可愛らしい顔が浮かんだ。

父と私と母の幸せで穏やかな日々。


母は私が大学一年生の時に亡くなった。

「塔子が大学に入学して本当に良かった」

母はそう言って微笑んだ。

私の入学式を待っていたように、そしてその夏前にひっそりと母は独り旅立った。

父と私はお互いの肩を寄せ合うようにして生きて来た。母のいない家はどこか薄ら寒く、常に何かが物足りなく寂しかったのを覚えている。


真面目一徹な父が納品先で事故に遭い、亡くなったのはまだ二年前の事だ。私が駆け付けた時はもう意識が無かった。でも、独りこの世に残していく私を憐れんでくれたのだろう。私が辿り着くまで何とか生きていてくれた。

父は次の日の朝早くに亡くなった。最後まで目を開けなかった。私は父の手を握った。その手が冷たくなっても握り続けた。体温を通して父が私に語り掛けているみたいだった。

「済まない。塔子。お前を独り残して」と。

私独りを残して逝ってしまった私の家族。

あの頃、どんなに幸せかなんて気付きもしないで当たり前の様に過ごしていた日々。


ふと私は思い出した。

「あの子」。

私は菊の庭を丹念に眺めた。「あの子」なんて何処にもいない。母が言っていた、緋色の着物を着た少女。

「庭」から少し離れた場所に小作品が飾ってある。私は小さい絵の前に移動した。

女の子はそこにいた。

少女が下を向いて菊を摘んでいる。表情は髪に隠れて分からないが、緋色の着物に白い頬の一部とうなじが見える。少女の周囲には薄紅の菊が群れていた。

私は口に手を当てた。

絵画展　二

その絵の題名は同じく「庭」である。この絵はシリーズになっているのだ。

もう一枚は澄んだ水の中に泳ぐ二匹の鯉だった。小さな緋鯉と黒鯉。どうやったらこんなに澄んだ水が描けるのだろう。池の端の深紅の紅葉が水面にその姿を映していた。そこだけ水は深い赤だ。

母は池の鯉の話はしていたかしら？

そして最後の一枚は。

これも知らない。これも「庭」の一部なのだろうか。「庭」とはちょっとテーマが違うのではないだろうか。

広い座敷にぽつんと花嫁が座っている。白無垢を着ているから花嫁で良いのだろう。白い綿帽子を被ってこちらに背中を向けている。他には誰もいない。ちょっと怖い感じの絵だ。空気がすっと冷たくなる様な。

だけど、ずっと母の夢の話だと思っていたのに……。まさか、信じられない。母と同じ庭を知っている人がいるなんて……。

「夢を見たの？」

母がまたその話を繰り返した時、私はそう聞いた。母は宙を見詰めたまま黙っていたが、ぽつりと答えた。

「いいえ、夢じゃないの。うんと昔、私はそこにいたの」

「えっ？」

「いや、いたのかしら……？　でも、知っているの。あの庭を」

母の意識は濁って混乱していたのだろう。

「本当はずっと前から知っていたの。何でかしら？　あの場所は……」

最後の方は聴き取れなかった。そしてその後、一カ月程で母は亡くなった。

まさかあの話通りの庭があるなんて……。嘘でしょう？

私は絵の前に立ち尽くした。


この作者「東郷ハル」という名前の女性。

パンフレットには新潟在住とある。

経歴は新潟市内の女子高を卒業した後、都内の私立美大に進学、日本画を専攻、卒業後新潟に戻って高校の美術講師を勤める。退職後日本画を描き、絵本を創作とある。生まれは一九六四年。現在五十四歳。

私は踵(きびす)を返すと受付に向かった。

いろいろと質問されて受付嬢は自分の手に負えないと思ったのか、担当者を呼んでくれた。

東郷ハルの作品集は置いていなかった。また、彼女の顔写真も無かった。作品集を出すこともせず、詳しいプロフィールも表に出さない人なのだそうだ。

詳しい事は分からないが、今回作品を貸し出してくれたのは新潟県立美術館である事、「庭」の作品に関しては個人所有である事、そして展示最終日には「庭」の持ち主がここに来る予定である事などを教えてもらった。

「この作品は東郷ハルさんご自身がお持ちなんですよ。それで直接交渉して貸して頂いたのです。でもハルさんは現在体調を崩されているという事で息子さんが代理で交渉されたのです。多分、最終日も息子さんがいらっしゃると思いますよ」

「『庭』と言う絵について是非お話を伺いたいのです」

私は言った。

「最終日、私も来ます。申し訳が無いのですが、当日、東郷さんが見えたらこの事をお伝えしていただけませんか?」

私は名刺を出した。そこに「亡くなった母がこの庭の話を」と書きかけて止めた。危ない女だと思われても困る。

帰り道、あんなに頭を占領していた康太と高木さんの事などすっかり忘れていた事に気が付いて苦笑いをした。


それから何度か絵画展に足を運んで「庭」を眺めた。

不思議な絵だ。世の中にこんなに沢山の色が存在するのだと改めて思った。それもほんの微妙な色の違いで。

ふと思う。母と父は今、この絵のどこかにいるのだろうか。この場所でこの空を見上げているのだろうか。清々しい気持ちで。

私の事を忘れちゃったかな?

心配したり悲しんだりするくらいなら忘れちゃってもいい。私は大丈夫だから。心の中でそう呟いた。

菊の色を数え、それに飽きると緋色の着物を着た女の子を眺める。この少女の表情が見たい。こちらを振り向いてくれないだろうか。そして水の中の鯉を眺める。緋鯉と黒鯉は雌と雄なのだろうか。緋鯉と少女の着物の色が似ている事に気が付く。

花嫁はあまり見ない。ちょっと怖いのだ。一体、この花嫁は誰に嫁ごうとしているのだろう。怖いから詮索するのはやめよう。そうして私はまた菊の庭に戻る。


康太はあれから連絡をして来ない。私も連絡をしない。仕事が忙しいと何日も連絡をして来ない時がある。そのうち、そう、今でもいいから「元気してた？」って、ラインすればいいじゃない。でも、家に帰ってからでもいい。そうやってぐずぐずと日にちを延ばしている。


「東郷ハル展」の最終日。六月五日の金曜日。その前日。

私は思い切って康太を誘うことにした。あの絵との出会いは私にとって晴天の霹靂であったから、それを是非康太に共有して欲しかったのだ。

康太はすぐに「ＯＫ」の返事をくれた。私はホッとした。ここ数日の疑心暗鬼がすっかり晴れる思いだった。

それなのに当日の午後、康太はドタキャンのラインを送って来た。理由は仕事が長引いて時間に間に合わないという事だった。私の心は一瞬で萎んだ。心が挫けて立っているのも辛い気分だった。

「えー。何で。何時頃終わるの？　ご飯だけでも食べようよ」と送ったところ「不明。ごめん」という二語だけが送られて来た。私は一言「分かった」とだけ送った。

分からない。本当は全く分からない。

どうして？

すごい絵なんだよ。お母さんの言っていた風景と同じ絵なんだよ。言ったでしょう。すごい衝撃だったって。それなのに仕事か……。力が抜けたまま立ち上がる気力も無い。

誰かと打ち合わせをしたり上司にお伺いを立てたりしながら、自分がそれをしているという実感が無いまま時間が過ぎた。何とか定時まで頑張らなくちゃと思いながらも気分は沈んだままだ。漸く退勤時間が過ぎて、私はのろのろと帰り支度を始めた。東郷ハル展は今日で終わりだから。せめて息子さんに会えるといい。

ひんやりとした展示室の中で私は独りで「庭」を眺めた。

もうこれで終わりかも知れない。もうこの絵とも逢えないかも知れない。閉館間近の展示室には誰もいない。

深とした薄明りの中、私は康太の事を考え、父と母の事を考え、自分の事を考え「庭」を眺めた。いや、絵を眺める振りをして本当は絵の向こうにある自分の思い出を眺めていたのだ。

　ふと涙がこぼれた。

　一粒涙がこぼれると後はもう止め処もなく涙がこぼれた。おかしな事に悲しくはないのに涙だけがぼろぼろと流れて止まらないのだ。こんな事は初めてだった。涙で菊の花が滲んで見えた。

　どれ位そうやって泣いていただろう。

　自分の服が涙で濡れているのではと気が付いて、慌ててバックの中のハンカチを探した。すると隣で声がした。

「宜しかったらこれもお使いください」

　私はびっくりして隣を見た。そこにはスーツ姿の男の人が立っていて私にハンカチを差し出していた。

　男性は東郷ハルの息子さんだった。

　すっと背が高い。康太よりも高いかも知れない。紺色のスーツと水色のシャツ姿でネクタイはしていなかったが、端正な雰囲気の男性だ。こんな人が隣に来ても気が付かないなんて、どれだけ自分の事で一杯だったのかと思う。

是非お話を伺いたいというその人の言葉に頷いた私は、彼が作品搬出の確認をしている間、化粧室に行って赤く腫れた瞼と鼻の頭にパフをはたいた。

その後、大人しくロビーのソファアに座って待っているとまた意識が浮遊し始める。

「お待たせしました」という声に驚いて我に返る。

一体どうしてしまったのだろうか。自分を支えていた何かが外れて箍が緩んでしまったみたいだ。

彼は慌てて立ち上がる私に微笑み掛け「お食事はお済みですか？　申し訳が無いのですが、僕はまだなのです。お話を伺いながら軽くどうですか」と言った。

私は頷いた。

「佐田さんの最寄り駅はどちらですか。その近くにしましょう」

私は自分が駒込に住んでいることを伝え、駅の近くのレストランを幾つか思い浮かべた。私とその人、名前を東郷コウと名乗ったが、は連れ立って展示室を後にした。

「では、お母様はあの『庭』にいたことがあるとおっしゃったのですね」

「行ったことがあるのか、それとも、いたのか……。母が亡くなったのはもう十年以上も前なので、詳しくは覚えていないのです。母はもう亡くなる間際で意識も朦朧としていましたので……」

私達は小さなレストランに席を見付け、幾つかの料理とワインを頼んだ。

「ずっと前から知っていた。と言っていました。本当に綺麗な庭なのだと。青い空と沢山の菊の花。紅葉に彩られた山々……。不思議な事に誰もいないのだと。でも、あの子、あの緋色の着物を着た少女をたまに見かけるって。と言うことは何度かそこを訪れていたのでしょうか。それともやはり空想上の話なのでしょうか」

東郷さんは黙って聞いていた。

「この人、幾つぐらいなんだろう」

私は母の事を話しながら思った。

前髪は少し長めで綺麗な顔立ちをしている。瞳の色が茶色掛かっていて不思議な雰囲気を感じさせる。その瞳でじっと見詰められたら女の子はイチコロだろう。肌なんて私より綺麗なんじゃないか？　そんな馬鹿な。いくら何でも。涼し気な目元は笑うと目が細くなって優しい顔になる。二十代後半なのかしら？　でも、落ち着いた雰囲気なので見かけより年上なのかも知れない。ワイングラスを持つ手が白い。何のお仕事をされているのだろう。左手の指輪は無いから結婚はされていないのかも知れない。

彼は運ばれてきたマルゲリータを切り分けて私の皿に入れてくれた。

「本当はすごく空腹だったのです。さあどうぞ」

「有難う御座います」

それをフォークで突っ付きながら良くないと思った。何だか今日は自分自身に歯止めが利かない。ワインも飲み過ぎている。もう止めておこうと思った。初対面なのにやたら居心地良くて下手をすると康太の事までぺらぺらとしゃべりそうだ。

だけど、そもそもこの人は私のこんな話を信じるのだろうか。

大体現実にあんな菊だらけの庭があるのだろうか。庭はあるにしても、あの女の子、あの現実離れした女の子が今の時代にいる筈が無い。私はそう言った。

だからあれは母の空想の庭なのだと思う。若しくは幻視。しかし、同じ幻を複数の人間が見るだろうか。無関係の人間が。彼は私のそんな話を聞いていた。

「あんな女の子、実際にこの世にいる筈がない」

私がそう言った時、彼は目を閉じて少し眉を寄せた。長い睫が影を落とす。

是非、あの絵を描いた東郷ハルさんの話をお聞きしたい。お訪ねしてお話を伺いたいという事を伝えてくれるように頼んだ。東郷コウは了解してくれたが「母は入院予定があるのです。どうでしょうか。母に聞いてみます」と言った。

今夜は疲れてしまった。もう帰って眠りたい。すっかり酔ってしまった。

そんな事を考え目を上げると、私をじっと見る彼の視線とぶつかった。複雑な表情だ。

私は思わず目を逸らした。何……？

下を向いたままサラダのレタスを口に運んだ。暫くしてもう一度視線を戻した。

彼は頬杖を突いて私を見ている。瞳の茶色がさっきより濃くなったと感じる。私は相当酔っているのだろうか。

「何か？」

私はちょっとむっとして聞いた。

「いや。別に」

彼はにっこりと笑って答えた。

何だろう……？　そう思ったが、ワインのせいか何もかもが面倒になってどうでもよくなっていた。

結局彼は何を話したのだろう。東郷ハルの事だったか、どうして東郷ハルがあの絵を描いたのか、だったか。一番大事な事を聞いていないじゃないか。それとも聞いたけれど忘れてしまったのだろうか。

「もう出ましょう」と彼が言った。私は「そうですね」と答えた。

その後の事はあまり覚えていない。家までどうやって帰ったのか、気が付くとブラウスとスカートのままでベッドで寝ていた。


外は良い天気だ。

カーテンから漏れる光を横になったまま眺め、見ていた夢を反芻した。幸せな夢だった。

小さい頃から仕事で遅くなる母親の代わりに父親と一緒に眠った。父親の胸に抱かれて眠る夢。夢であると分かっていても心が温かく満たされていた。森の中でいい香りに包まれてうたた寝をしている気分だった。夢と現実の堺が分からないくらい私はゆっくりと目覚めた。

父は小さい私の背中を優しくトントンと叩いた。胸に顔を押し付けていると息苦しくなって、くるりと向きを変える。そうすると背中から手を伸ばして私を抱いて眠ってくれた。私は背中をぴったりと父親の胸に付けて眠った。

家族三人で暮らした頃の楽しかった思い出が次々に蘇って自然と笑みがこぼれた。久し振りに晴れ晴れとした気分だ。

今でも父と母と暮らしたマンションにそのまま住んでいる。私が一人で住むには広過ぎるが、思い出の詰まったこの家を住み替える積りは無い。結婚が決まれば別だが、この家を売りに出すのは忍びなかった。

結婚か……。いつかは康太とそうなるかも知れないと淡い期待を抱いていた。でもこんな状況ではどうなるか分からない。

私はのそのそと起き出してバックの中のスマホを確認した。もうお昼を過ぎている。随分ゆっくりと眠っていたものだ。お陰で最近の寝不足は解消し、すっきりした気分だ。

私は昨日の自分を思い出した。展示室で泣き続けた自分。何だかもうキャパオーバーだったのだろうなと思った。

昨日、東郷さんの電話番号とメルアドは聞いて置いた。早速メールが入っていた。私はベッドに座り直してメールを読んだ。

「お早う御座います。僕は今朝早く東京を出てもう新潟の家にいます。母に佐田さんの話をした所、是非お話を伺いたいという事でした。一、二日お休みを取ってこちらにお出になることは可能ですか。早い方が良いかと思います。昨日お話ししました様に、母はこの後入院する予定なのです。宜しかったらご都合を教えてください」

シャワーを浴びたら電話をして、そちらの都合が宜しければ明日にでも伺うと伝えよう。だったら今から準備をして新幹線に乗ってM市で一泊すればいい。東郷ハルの家はそこから一時間程の山の中にあるという。私はマップでM市を確認した。明日の午後にでもお伺いしよう。

私はそう決めると浴室に向かった。いい気分転換になるかも知れない。せっかくだから、その後休暇を取って新潟を旅行してこようと思った。

「S書店・夏のイベント」の納品は先月の末に済んでいる。現在の仕事はそんなに立て込んではいない。いろいろと考えるには良い機会かも知れない。康太の事もゆっくり考えてみよう。私は上司に来週の月火は休暇を頂きますとメールを入れた。

そんなことを呑気に思いながら湯船に浸かっていた私。

あの時絵画展に行かなかったら……。そんな事を言っても、もう遅い。

母の言葉通りのあの「庭」と出会ってしまった時点で、それはもうターニングポイントを通り過ぎてしまったという事なのだ。そして東郷コウと会うという行動を自ら起こすことによって、もう私は道を選択してしまっていたのだ。戻る事は出来ないとんでもない道を。

第二章

英国風庭園　一

「うちのお庭が、あの菊だらけのお庭だと思っていらっしゃったかしら？」

見渡す限り山ばかりが延々と続く風景の中に住む女流画家は紅茶のカップを持ち上げると優雅な仕草で一口啜り、香りを楽しむように目を閉じた。

塔子は青いバラが描かれたロイヤルコペンハーゲンのカップをちょっと持ち上げてみた。アールグレイの上品な香りが広がる。テーブルの上には薔薇が飾られ、ベリーを使ったパイが置かれていた。

外には見事なイングリッシュガーデンが広がる。丁度薔薇の盛りの時期で色取り取りの薔薇が咲き誇っていた。

東郷ハルは車椅子に乗っていた。

白髪を緩く三つ編みにして背中に垂らし、白いガウンを着ていた。その歳にしてはふっくらとした白い顔で随分若く見える方だと思った。

部屋の中には塔子を含めて四人の人間と一匹の白い猫がいた。その猫がサイドボードの上に寝そべってこちらを見ている。見慣れないお客を警戒している風にも見えない。変わった猫で片目は金、片目は銀色をしている。

コウは猫の傍で腕を組んで庭を見ている。

東郷ハルの車椅子を押して来たのは随分な大男だった。コウも背が高いと思ったが、この人はもっと高くてがっちりとした逞しい体付きをしている。バスケやバレーボールの選手みたいだ。長髪で髪は脱色をしているのか金髪に近く、それを後ろで束ねていた。

塔子を一目見たハルはちょっと首を傾げて意味有り気にコウを見た。

塔子は「初めまして。佐田塔子です」と頭を下げた。

ハルは一瞬目を見張った。

「おやおや、成程。これではコウが騒ぐ訳だわ」と言った。そして悪戯っぽく微笑んで息子を見上げた。コウは素知らぬ顔をして庭を眺めている。塔子には何の事か分からなかった。

「初めまして。東郷ハルです。ようこそ。この様な鄙びた土地に」

彼女は微笑んだ。塔子はホッとした。笑顔の素敵な人だ。

ハルは後ろを振り向くと、車椅子を押している大きな手に自分の手を重ねて「彼はセイ。私の甥です」と言った。大男は軽く会釈をした。塔子も頭を下げた。セイは車椅子のストッパーを掛けるとハルの隣に座った。

「お話をコウから伺っております。お母様はあの菊の庭をご存じだったとか。失礼ですが、お幾つで亡くなられたのですか」

「昨年が十三回忌でした。亡くなったのは四十六歳です」

彼女は頭の中で計算して「私より五歳上ね」と呟いた。

「東郷さんはどうしてあの庭をご存じなのですか」

塔子は聞いた。

東郷ハルは紅茶のカップを置いて塔子をじっと見た。ゆっくりとコウを見て白い猫を見て、最後にセイを見上げた。

彼女の視線を追って塔子の視線も彼らに向かう。彼等とハルはまるで視線で話をしているみたいだと塔子は思った。たっぷり間を置いて彼女は言った。

「転んでしまって足を骨折したのです。もう、だらしないわね。年を取るとそんなことばかり。ギブスを外してリハビリを兼ねての入院なのですけれどね。膝の補助器具も一緒に作ろうと思っていますの。もともと右足が弱くて。力が入らないのです。その前に折角いらしたのだからお話を致しましょうね」

「私は子供の頃、あの庭に迷い込んだのです。そして暫くそこにいたの。そこから出ることが叶わなかったのです。ご存じ？　所謂『神隠し』です」


それからハルは自分の不思議な体験を語った。

「私は小さな農村で生まれました。いえ、この近くではありません。昭和三十九年。東京でオリンピックが開かれた年です。高度成長期とは言え、この様な山奥ではその恩恵にも与れない家が沢山ありました。家は貧しかったので、小さい頃から近くの山に山菜やら木の実やら茸やらを採りに行きました。よく知っている山だったから、そんなに警戒もしないで山の奥深く入ってしまったのでしょうね。丁度私が六歳の時です。あれは山が赤や黄色に色付いていた季節で、私は多分栗を拾いに出掛けたのだと思います」

ハルは暫し黙った。

「母は妹を産んだばかりで、赤ん坊に母を独占されてしまって寂しかったのか、それとも母に何か滋養のある物を食べさせてあげたいと思ったのか……。そしてあの庭に迷い込んだのです。細かい記憶はもう無いのですが。

なんて綺麗な庭だろうと思いました。沢山の菊が咲いて。

でも、そこで私は独りじゃなかったと記憶しているのです。誰かと一緒に遊んでいたのです。ずっと一緒で楽しかった。お腹が空くとあの黒い家に入ってご飯を食べました。家の中には私の見たことも無い様な素敵な御馳走があって、それも作り立ての様に温かいのです。それを食べてまた遊んで、遊び疲れると私はその誰かと一緒に眠りました。

楽しく過ごしていたけれど、私は母の事をはたと思い出して、帰らなくてはと気が付いたのです。それでその家からの帰り道を探したのですが、どうしてもその庭から出る事が出来なかったのです。

仕切りの茶畑から小道を行くと、また茶畑が現れて、そうしてあの庭に辿り着いてしまう。後ろを振り返ると金襴緞子の山々が見える。庭は私の前にある。通り過ぎた筈なのにおかしいなあと思いながらまた歩く。その繰り返しです。

仕舞には歩き疲れてそこに座り込んで泣いてしまったのです。泣き止むとまた歩く。とうとう精も根も尽き果てて、そこに行き倒れてしまいました。自分はこのまま死ぬのだなと思いました。

目の前にはあの庭が見える。あの家まで行けばご飯があるのだろうと思いながら、もう動けなくなってしまったのです。そこで記憶が途切れているので、多分、寝てしまったか気を失ってしまったかしたのでしょうね。

気が付くと見慣れた山の麓に倒れ込んでいました。川向うには懐かしい私の村が見える。目を皿の様にしてあの庭を探しましたが、どこにも見当たりません。どうやら私は異界を抜けたらしい。私はほっとしました。そしてその後は何とか村まで歩いて行きました。

大変だったのはそれからです。突然帰って来た私を見て村は大騒ぎになりました。私がいなくなった時には村中総出で山を探したそうです。でも見付からなかった。『神隠し』に遭ったと言った人もいたそうです。昔から山で迷ってこの世ならぬ場所に入り込んでしまった人達の話は、村の言い伝えとして残っていますからね。

誰かに誘拐されてもう殺されてしまったか、それともどこかで生きているかも知れないなどと言う状態で、家族もほとんど諦めてしまっていて、もう帰って来ないと思っていたらしいのです。ひょっこりと帰って来たのにも驚いたが、それ以上に私が失踪した時のままで帰って来たのに皆が驚いたのです。私はほんの数日と思っていたのに、実際には一年以上が過ぎていたのです。

『山中他界説』というのをご存じ？

　山の中にはまだ人間の知らない不思議な場所があるのです。深い山の奥には現世（ここ）とは別の世界があって、それはふとした拍子に私達の住んでいる世界と交わる事がある。ある意味そこは彼岸でもあるのです」

　ハルはお茶を一口飲んで、じっとテーブルの上を見詰めた。顔を上げると複雑そうに笑って言った。

「生まれたばかりだった筈の妹はもう歩いていました。私は『神隠し』に遭った子供としてそれからの数年を生きて来ました。まさかこの時代に『神隠し』などと……。誰もが言いましたが、如何せん成長の著しい子供時代にそれが止まっていた私を見ると皆一様に口を噤んで、そそくさと私の前から逃げるように行ってしまいました。村の子供達は私を避け、私はたった一人で遊びました。……あらあら、愚痴になってしまいました。嫌ねえ。御免なさい。

　私の家は相変わらず貧しかった。でも、私が帰って来てから父の仕事が徐々に成功し、お金が入る様になりました。それで私は父に頼んで新潟の高校にやって貰い、東京の学校に進学させて貰ったのです。出来るだけ早くあの村から逃げたかった。それなのにこの年になって、またこんな風に似た様な場所に住んでいます。まあ、いろいろありましたけれど、そうして今に至っておりますのよ」

ハルは明るく笑った。

信じられない様な話を茫然と聞いていた塔子はハルの笑顔にホッとした。

「私の母も同じように神隠しに遭ったのでしょうか？」

塔子は尋ねた。

「さあ。そうかも知れませんね」

「子供の頃にこの辺りに来たことがあったのかしら？　でも神隠しの事など何も聞いていないし……」

「自分は神隠しに遭ったなんて、自分から言う人はなかなかいないと思いますよ。それが結婚して出来た家族なら尚更。異界に一時期でもいたせいで、何か得体の知れないモノになっていると、若しくはそんなモノが憑いているなんて思われたく無いですからね。異常な経験をした者はそれだけで枠外にはみ出るものです。望む、望まないに関わらず」

それであったとしても母は母だ。塔子はそう思った。

「そうですか。だから父も知らなかったのでしょうか。その、庭で遊んでいた子と言うのは？　その子があの緋色の着物の子なのでしょうか？」

「いいえ。私が遊んでいた子は男の子だったから。あの女の子はいませんでした。もう、すでに……」

「叔母上」

　突然セイが小さく声を掛けて、その手をそっとハルの肘に置いた。

「ああ、御免なさい。つい」

　ハルは笑ってセイを見た。

「私のお話はここまでで宜しいかしら。次は塔子さんのお話をお伺いするわ。その前にお茶のお替りを頂きましょう。セイ。お願いね。皆さんにお茶を」

　ハルがそう言うと、大男は「了解。叔母上」と言ってスタスタと部屋を出て行った。

「お母様は塔子さんに似ていらっしゃるの？」

「いいえ。母はとても綺麗な人でした」

「あら、塔子さんもお綺麗よ」

「いやいや。でも、有り難う御座います。私は母にはそんなに似てはいません。どちらかと言うと父に似たのでしょうね」

母の目は綺麗なアーモンド形の二重瞼で私の憧れだった。どうしてあの目を遺伝しなかったのだろうといつも思った。瓜実顔の美人さんでいつも笑顔の明るい女性だった。

私の目は一重で細い。その他の造作もちまちまとしていて、まるで平安時代の美人だなとよく父にからかわれた。昔だったら高貴なお姫様でさぞかしモテただろうよ。父はそう言ってからかった。

「お父さんに似たのよね」

母は笑って言い返した。

「どんな方だったのかしら」

「母は可愛い人でした。娘の自分が言うのもおかしいですけれど、傍にいるだけで気持ちが温かくなるような明るい人でした。ただ仕事が忙しくて。学習塾で講師をしていたので、帰宅は大体夜十一時を過ぎてしまう事が多かったのです。そんな時には父が私の面倒を見てくれました。父は近くの小さな工場に勤めていたので」

塔子は浮かんで来た母の思い出をぽつぽつと語った。

セイがお茶と菓子をワゴンに乗せて運んで来た。

「お話の途中で御免なさいね。ちょっと休憩をしたいので失礼致します。塔子さんは今日東京へお戻りになるのかしら？」

ハルは言った。

「いえ。火曜日まで休暇を取りました。折角新潟に来たのだから続けて旅行をしてから帰ろうと思いまして」

「では、夕食をご一緒に如何ですか？　一休みすればご一緒出来ると思います。それまでコウにお庭でも案内させますから。ゆっくりとされて。コウ。宜しくて？」

コウは頷く。

「塔子さん。今日はどちらにお泊りかしら。宜しければ、拙宅にお泊り頂いても構いませんのよ。ゲストルームがありますのでそちらをご用意致しますから」

塔子は驚いた。

そんな、初対面なのに厚かましい事は出来ない。慌てて首を横に振ると

「有り難う御座います。でもM市内にホテルを予約してありますので」と答えた。

「そうですか？　でもお話をしにいらしたのでしょう。また、コウが送って行くのなら同じ事ですから。どうぞご遠慮なさらないで。まあ無理にとは申しませんけれども。でも、ゆっくりお話を伺いたいわ。では、私は失礼させて頂きます。御免なさいね。

塔子さん。セイ、お茶だけ頂いて行くわ」

　ハルがそう言うとセイは黙ってカップに紅茶を注いで、それをソーサーに乗せて彼女に手渡した。セイに車椅子を押してもらいながら彼女はサンルームを出て行った。

　塔子はハルの後姿を茫然と見送った。そして首を回してコウの顔を見上げた。

　塔子の困った顔を見て彼はにっこりと笑った。

「どちらでもお好きな方で。もしお戻りなら夕食の後に送って行きますが。でも、ああ言っているのだから、今日はゆっくりとおしゃべりをして明日帰っても良いのでは。母も昔の話が出来て嬉しいんですよ」

「はあ……」

「いい天気だし。さて母ご自慢のイングリッシュガーデンをご案内致しますよ。ああ、その前にお菓子とお茶を頂くことにするかな。折角セイが用意してくれたのだから。ハク、おいで。お前も食べるかい？」

　コウは白い猫を呼んだ。猫はサイドボードから降りるとテーブルまで付いて来た。

英国風庭園　二

英国風庭園はそれ程広くはないが、庭から前の森にそして西側の小川にと違和感なく続いている。

薔薇や名も知らぬ草花の咲き乱れる様があの菊の庭と通じるものがある。豊富な色彩である。

「すごく素敵な庭ですね。写真に撮ってもいいですか？」

「どうぞ」

コウが頷くと、塔子はポケットからスマホを取り出して薔薇の写真を幾つか撮った。黄色の大輪の薔薇と濃い緑の葉は青空に美しく映えた。塔子は写した写真を確認して満足する。

ピンクと白の蔓薔薇で飾られたアーチを抜けると小さな池と東屋があった。そこから来た道を振り返る。くすんだベージュの洋風家屋は英国の田舎の風景の一部に見えた。と、その建物の脇に小さな別棟があるのに塔子は気が付いた。形が変わっている。八角？　いや、もっと角がある。まるで法隆寺にある八角堂の様な佇まいだ。

「あれは……？」

塔子はそれを指差した。

「ああ、あれは母のアトリエです。変わった形でしょう？　あれは十二角もあるのです。母はあれを『六花有働』と呼んでいます。何故かは分かりませんがね。あの部屋は僕もセイも滅多に行くことはありません。母の聖域ですからね」

「そうなんですね。珍しい建物ですね」

塔子は小さな池を眺め、メダカを見付けて楽しんだ。

小さな東屋の壁に沿って植えられた白いバラの茂み。そこに白の薄いジョーゼットを重ねたような薔薇が咲いていた。

「これがイングリッシュローズの中でも典型的なオールドローズでグラミスキャッスルという花です。白っぽいけれどほんの少しピンク掛かっているでしょう？　物によってはこれが黄色の時もあるのです。これがローズ・マリー、こちらのピンクのがシャリファ・アマス。良い香りですよ。後ろの樹木はメギ・オーレア、黄色い葉の方です。薄いピンクの方はネグンドカエデです。前の花はデルフィニウムとクレマチス……」

塔子はグラミスキャッスルと呼ばれた白いバラの匂いを確かめた。何の匂いだろう？

ロース・マリーの方はフルーツの香りがした。

「グラミスキャッスルはミルラと呼ばれる、没薬（もっこう）の香りと言われるけれど、そんなに強くないでしょう？」

何？　もっこうって？　何で、この人こんなに詳しいの？

「これはモリニュー。匂いを嗅いでごらんなさい。紅茶の香りがするでしょう？」

塔子は黄色の薔薇の匂いを嗅いだ。確かに紅茶の香りがする。

「この庭って……？」

塔子は尋ねた。

「ああ、私と従兄で設計して造りました」

「そうなのですか。造園のお仕事をされているのですか」

「いや、趣味です。本業は不動産です」

彼は答えた。

東屋を出て石畳の道を歩く。道の両側の高いブッシュに交じって色とりどりの薔薇が植えられている。一体何種類の花があるのだろうか。

前の森から小鳥の声が聞こえた。瀟洒な洋風家屋の後ろには小高い山が控え、家の横の小道はずっとその山に続いていた。近くに他の家は無い。

小道の横の小川はさらさらと音を立てて流れている。塔子は川の近くに寄ってみた。川岸の叢にオレンジ色の小さな花が地面近くで咲いていた。何だろうと身を屈めた時だった。

「あっ、それに触らないで！」

コウの声にびくっと手を引っ込めたのと同時にずるりと花が動いた。それはあっという間に鎌首を持ち上げ、塔子の指に咬み付いた。途端に焼け付く様な痛みを感じた。

「痛い！」

悲鳴を上げて慌てて手を払った。塔子の手に咬み付いた何者かはするすると地面を這って逃げて行く。驚く程に鮮やかな黒と橙の斑点模様が草の向こうに消えた。

「駄目だ。動かさないで」

コウは塔子の手を片手で掴んでその傷口に口を付けた。血に交じった異物を感じる。コウは毒を吸い取ると近くの茂みにそれを吐き出した。

「蛇だったなんて……」

塔子は言った。コウは指に口を付けたまま頷いた。三回毒を吸い取ると川の水を掬って口を濯いだ。

指がじんじんと痛む。咬まれた場所からは出血していた。

「ヤマカガシだ。小さい奴だったから毒の量も多くは無いだろうけれど。まずいな。医者に行かなくちゃ。気分はどう？」

蛇に咬まれて気分がいい筈はない。それも毒蛇らしい。それを聞いただけで倒れそうだ。真っ青になってふらふらと座り込む塔子をコウは抱き抱えた。

「咬まれた腕は下に下げて置いて」

そう言うと急ぎ足で車に向かった。

「セイ、塔子さんがヤマカガシに咬まれた。医者に連れて行く」

コウは塔子を車に乗せると家の中に入って大声で言った。セイはサンルームで読書をしていたが、すぐに立ち上がった。

「どこだ」

「もう車に乗せてある。毒はすぐに吸い取った」

コウが車のキーを取って戻ると、セイが助手席側から身を乗り出して塔子の傷の様子を伺っていた。

「指が少し腫れて来たな。小さい蛇だろ？　触れてみたが、そんなに心配は要らないと思う。ハルの病院でいいだろうか？　電話を入れて置く。気を付けて行け」

「なんでここに毒蛇が出るんだ？」

「知るか。早く行け」

　コウは無言でセイを見返すと車を発進させ、M市の病院へ向かった。

病室にて　一

「傷口からの出血は止まった。この後、繰り返さなければ良いが……。破傷風の予防注射をしたよ。血液検査の結果、それ程の異常は見られないと言う事だ。他の場所からの出血や頭痛も見られないから、大丈夫じゃないかと医者は言っていた。でも、時間が過ぎて更に毒素が回ると変化があるかも知れない。だから、暫く入院をして病院で様子を見るそうだ。出来るだけ安静にしてくれと言われた。医者に絶対に毒を吸い出さないでくれと叱られたよ。僕まで血液検査をさせられるところだった」

　夜になってコウから電話が入った。

「何て事かしら……。気の毒な事をしてしまったわ」

　ハルは眉を顰める。

「ヤマカガシは猛毒だし、脳や内臓からも出血するから下手をすると命に関わる。多少の毒は体内に入っただろうが、すぐに吸い出した」

「本人の様子はどう？」

「咬まれたのがショックだったが、今は落ち着いている。薬剤を投与したり点滴をしたりすれば良くなると医者に説明をされたからね。病院にヤマカガシの血清は置いていない。置いてある病院は限られているそうだ。けれど、今の所は対処療法で済むだろうと医者は言っていた。」

「当分は東京に帰れないのかしら。お仕事はどうするのかしら」

「連絡して数日は休むしかないだろう。セイは？」

「『囲み』の綻びを点検しに行っているわ」

「了解。……驚く程鮮やかな黒とオレンジの蛇だった。あんなヤマカガシは見た事が無い」

「ヤマカガシは昔、ヤマカガチ（山楝蛇・夜萬加々智）と呼ばれたわ。山奥に棲む大蛇と言う意味よ。『チ』は『霊』の意味よ。オオナムチ（大己貴大神）の『チ』と同じ。その色鮮やかなヤマカガシは何かの前触れかしら？」

「まさか。そんな事は無い。じゃあ、また電話をするよ」

コウは電話を終えると塔子の病室に向かった。そしてドアをそっと開けて中に入った。塔子は点滴を付けたまま眠っていた。

コウは塔子の傍に寄るとその顔を見詰めた。頬が赤い。指で塔子の頬に触れた。やはり熱がある。

「朱姫（しゅき）……」

コウは呟いた。

でもこれは「朱姫（しゅき）」ではない。

偶然、それこそ何の偶然なのか、あの絵画展で塔子に出会った。ひどく泣いていたが、その声を聞いた時の驚きは言葉では表せなかった。

「朱姫！」

思わず声に出して叫びそうだった。反射的に手を伸ばし、彼女を抱き寄せようとして寸前で我に返った。まさか、こんな場所で。あんなに探したのに。こんな所に来ていたのか？

しかし、その後の彼女の話を聞いて朱姫はこの娘の母親の方だと分かった。もう十年以上も前に亡くなっているのだと彼女は言った。驚きと期待が大きく萎んで行く。

知らずにため息が漏れた。だが、塔子の声は乾いた地面に水が浸み込むみたいにすっとコウの体に優しく染み渡った。コウはずっとその声を聴いていたいと思った。記憶の中でしか聴くことの叶わなかったその声。出来る事ならずっとこの娘を傍に置いて朱姫の声を聴いていたいと思った。

コウは頬に触れていた指を外すと額に掌を当てた。掌を通して塔子に気を送る。体内に残っている毒素の分解とダメージを受けた個所の修復。血栓の溶解。細胞の再生。血液の浄化。微熱ではあるが発熱については医者に知らせた方がいい。

額に触れるその手の気配にふっと塔子の目が開いた。

「あ、御免なさい。起こしてしまった？」

「いいえ。私は眠っていたのね」

「ちょっと熱があるみたいだからコールボタンを押そうと思って。喉は乾いていない？　水を飲みますか？」

「有り難う御座います。頂きます」

コウは塔子を抱き起し、コップに入れた水を差し出した。塔子は済みませんと言ってコップを受け取った。ふと塔子の動きが止まった。

「どうしたの？」

コウは塔子の顔を覗き込んだ。塔子は顔を上げてコウを眺めた。不思議そうな目でコウを見ている。

「どうしたの。大丈夫?」

コウは重ねて聞いた。

塔子は視線を外すと「いえ、何でも」と答え、ゆっくりと水を飲んだ。


医者は咬まれた手を確認しながら、発熱の原因はよく分からないが、毒に対するアレルギー反応かも知れないと言った。

「微熱ですね。解熱鎮痛剤が必要なら処方します。引き続き点滴で様子を見ましょう。腫れはほとんど無いですね。だが、元々ヤマカガシはそれ程腫れないのですよ。これがマムシだとえらく腫れますが。ヤマカガシの毒腺は奥歯にあるのです。長い奥歯で刺して毒腺の毒を注入するので効率が悪いのです。マムシやハブとは違う。だからちょっと咬まれた位だと毒が注入されない事もあるし、また大量に注入されるという可能性も少ないのです。昔はヤマカガシに毒は無いと思われていたのも、そんな所が理由なのでしょうね。

ヤマカガシは血液毒です。重症化すると血栓があちこちで出来てしまって、血中の血液凝固に作用する物質が大量消費されてしまうのですよ。そうすると今度はいろんな場所から出血して、出血が止まらなくなってしまうのです。ひどい頭痛とか歯ぐきからの出血などが見られると抗毒素が必要だけれど、今の所症状が無いから大丈夫でしょう。また明朝血液検査をします。今夜は安静にしていてくださいね」

医者が部屋を出てから塔子はコウに言った。

「私はもう大丈夫ですから、どうぞお家にお帰りになってください。お手数をお掛けしました。申し訳が有りません」

「そうですね。病院だから大丈夫でしょう。僕が傍にいたらゆっくりと休めないでしょうから。明日、仕事に行く前に塔子さんの荷物を持って来ます。着替えなど必要ですよね」

「有り難う御座います」

コウは塔子に挨拶をすると部屋を出て行った。塔子はその後姿を見送るとほっと息を吐いた。さっきは何が気になったのだろう？　そう思ったが、だるさで思考がまとまらなかった。

塔子は半覚醒の状態で短い夢を幾つも見ていた。一つを見るとまた一つ。場面が幾つも重なる。康太と高木さんが腕を組んで去って行く。その後姿を切ない気持ちで見送る自分。

　あの緋色の着物を着た少女が出て来た。ふと振り向いた少女の顔は母の顔だった。

病室にて　二

　翌日になって熱は下がったが、まだだるい。それでも昨日より気分はマシだ。

　コウは朝早くに塔子の荷物を持ってやって来た。

　塔子の顔を見ると「やあ、良かった。昨日より顔色が良いです。熱は下がりましたか?」と言った。

「ええ。お陰様で。これから検査なのです。退院は検査の結果を見てとお医者様は仰っていました。大丈夫だろうけれど、熱が出たのでもう少し様子を見ましょうって」

「そうですか。でも、大事にならなくて本当に良かったです」

「コウさんが直ぐに毒を吸い出してくれたお陰です。有難う御座いました」

　塔子はそう言うと頭を下げた。

「こちらこそ大変な目に遭わせてしまって申し訳が有りませんでした。ところで、受付に寄ったら保険証と言われたのですが、塔子さん、保険証はありますか？」

「あ、はい」

塔子はバックの中を覗いて財布を取り出し、保険証を確認する。と、スマホが無い事に気付く。

「あれ？　スマホが……無い？」

「スマホが無いのですか？　家には無かったと思ったけれど……」

塔子は暫く考え、庭で薔薇の写真を撮った事を思い出した。それをポケットに入れて……。

塔子は「あっ」と声を上げた。

「コウさん。もしかしたら庭に落としてしまったかも知れません。あの蛇に咬まれた時に」

コウは合点した。

「じゃあ、セイに庭を探して貰って病院に届けてもらいます。午後でもいいですか？僕はこのまま事務所に行かなくてはならないので」

塔子は肩を落として言った。

「済みません。本当にお手数をお掛けしてしまって。申し訳有りません」

「大丈夫ですよ。セイは午後から仕事に来る事になっていますから。その序に届けてもらいます。僕はまた夕方に寄りますよ。何か欲しい物があったら電話を入れてください」

コウはそう言うと「じゃ、また」と片手を上げて去って行った。


昼過ぎにセイがスマホを持ってやって来た。

「塔子さん。具合はどうですか？　酷い目に遭わせてしまって申し訳が無い。あの庭で毒蛇を見るなんて事は今までに無かったのだが……。叔母も申し訳が無いと謝っていました」

セイは頭を下げた。

「そんなの、運が悪かっただけなんです。謝らないでください。こちらこそご迷惑をお掛けしてしまって申し訳が有りません。スマホまで探して届けて頂いて……。ハルさんにもこちらこそご迷惑をお掛けしましたとお伝えください」

塔子はそう言って頭を下げた。

「さっきお医者様がいらして、退院は水曜か木曜日辺りって仰っていました」

「そうですか。大事にならなくて本当に良かった。じゃあ、コウにそう伝えて置きます」

セイはそう言って部屋を出て行った。

塔子はスマホを起動するとメールとラインをチェックした。

「塔子ちゃん。先日はドタキャンで御免ね。ここの所忙しくてさ。今度の週末どう？会える？」

康太からのラインは昨日来ている。

いつから会社に出られるのだろう。塔子は仕事の予定を確認する。スケジュールには色々と細かい事が書かれているが、それはもう仕方が無い。来週の月曜日に大切な打ち合わせがある。これには出なくてはならないが、退院して中三、四日あるから大丈夫だろうと考えた。

しかし、驚いた。神隠しなんて、そんな事が本当にこの世にあるのだろうかと思った。けれど、淡々と話を進める彼女が作り話をしているとも思えなかった。それに何よりも母も同じ庭を知っているのだから。

塔子はハルの家を取り囲む深い山々を思った。どこまでも続く深くて怖い山。あの山の奥深くに異界が隠されていると言われても不思議じゃ無いと感じる。

母はいつその庭を知ったのだろうか。

母も神隠しに遭ったのかも知れない。いつ？　場所は？　母は東京生まれだから新潟には縁が無い筈だ。例えば旅行に来てとか？

あの女の子が一緒だからきっと同じ庭だ。母もハルさんも同じ庭に迷い込んだのだ。どうやって？　それは分からない。

……神隠しか。あの庭はきっと神様の庭だったのだろう。不思議な事があるものだ。

しかし、康太には何て返そうか。

いくつかのラインを確認し「あれ？」と思ったのは会社の同期仲良しで作ったグループラインのメンバーが個別でラインを送って来ているのに気が付いたからだ。塔子は開いてみた。

「塔子。言い難いのだけれど……。金曜日、康太君を見掛けたの。例の高木さんと一緒だったよ。二人で待ち合わせていたみたい。十九時頃渋谷駅で。私は大学時代の友達と歩いていたのだけれど偶然見かけたのよ。御免ね。余計な話でどうしようかなあとずっと思っていたの。でも、あなたが知らないのなら、それもどうかと」

塔子は雷に打たれたような気がした。金曜日。ドタキャンの日だ。ラインの送り主は今井優紀だった。営業部にいるので康太と一緒だ。

「えー!!」

思わず声が出た。その後がっくりと力が抜けた。そして猛烈に腹が立った。そういう事だったのね。そういう事ね。塔子は何度も繰り返した。

まさかそんな事とは。てっきり仕事だと思っていたのに。ひどい。嘘つき男。このままガンガン酒を飲んで寝てしまいたい。何なのあのライン。二股掛けようとしているのかしら？　いや、待てよ。週末に会って……別れ話をする積りなんだわ！　何？それ。不意打ちじゃないの！　何て奴！

罵詈雑言を並べてはみたが、結局自分は振られてしまうという事なのだろうか。胸にはひゅうひゅうと木枯らしが吹いている。突然、何もかもが虚しく感じられた。何で、こんな新潟くんだりまで来て、蛇に咬まれて入院なんかしているのだろうと思った。がっかりし過ぎて涙も出ない。

塔子はベッドから降りるとスーツケースを開けて充電コードを取り出した。一緒にポーチの中から眠剤（みんざい）をひとつ取り出すと少し迷ったが、水と一緒に飲み込んだ。本当ならビールで眠剤を飲みたいくらいだ。

父親が亡くなってから眠れない日が続いた。体調が悪くなって睡眠薬を処方してもらった。できるだけ飲まないで我慢してきたが、手放す事は出来なかった。今でも時々処方してもらって、それをお守りみたいにポーチに入れている。今は眠りたい。眠って全部忘れてしまおうと思った。


どの位眠ったのだろう。話声で目が覚めた。

「夕ご飯と検温です」

「よく眠っているのですが」

「では、もう少ししたら起こして検温してください。この点滴が終了したなら今日の点滴は終わりです。後で処置をしに来ますね。夕食はこちらに置いて置きますね」

「分かりました。有難う御座います」

看護師とコウの会話だった。塔子はうっすらと目を開けた。頭がぼんやりする。変な時間に眠剤を飲んだせいだろう。

「起きましたか。夕食と検温だそうです。よく眠っていましたよ」

コウは体温計を差し出しながら言った。

「私、ちょっとトイレに」

塔子はそう言うとベッドから降りようとした。頭がゆらゆらする。危うく倒れそうになった塔子をコウは慌てて抱き抱えた。

「大丈夫ですか」

「済みません。大丈夫です。御免なさい。ずっと寝ていたから、ちょっと」

そう言いながら、塔子はふと思い出した。

そうだ。この香りだ。昨日も感じたのだ。彼が近寄った時に感じる微かな香り。確かに蛇に咬まれた後も、車の乗り降りも彼が介助してくれたから近くにいたが、そんな卑近な事ではなく、もっと深い所で何か心に残るような香りだった。

「塔子さん？　大丈夫？　看護師さんを呼びますか？」

「あっ、いいえ。大丈夫です」

塔子は我に返る。

駄目だ。しっかりしなくては。もう。しっかりしてよ。塔子。塔子は自分に言うと、からからと点滴のスタンドを押してトイレに向かった。

洗面所で寝過ぎて浮腫(むく)んだ顔を絶望的な気分で眺め、ばしゃばしゃと冷たい水で洗った。細い目が浮腫んでもっと細く見えた。化粧も無いどころか、こんな酷い素顔を数日前に会ったばかりの、それもあんなイケメンに見られるなんて悲し過ぎる。あれもこれもそれも全部。隠しようが無い位見られてしまった……。

大体私、いつお風呂に入ったっけ？　日曜日の朝はシャワーを浴びて、それ以来入っていないね。熱が出て汗をかいたなあ。

まあ、仕方無いね。仕方無いよ。康太の事も駄目ならもう仕方が無い。塔子は自分に言い聞かせ、また、からからとベッドに戻った。

ベッドに座って夕食を食べ始めると、コウがごそごそとコンビニの弁当を取り出した。塔子のコップにペットボトルのお茶を注ぐと残りをごくごくと飲み、「一緒に食べようと思って起きるのを待っていたのです」と言った。

塔子はご飯茶碗を持ったまま顔を伏せた。ぽつりと涙がこぼれた。慌ててティッシュペーパーを取ると涙を拭いた。涙は後から後から流れて来る。

何なの？　さっきまで涙も出やしないとやさぐれていたのに。塔子は自分を怒鳴り付けたい気分だった。「しっかりしなよ！」と。

でも、これで怒鳴ったら自分があまりにも可哀想過ぎる。お願いだからズタボロの私に優しい言葉を掛けないでください。塔子はそう叫びたかった。

「ごめんなさい。本当に情けなくて……。本当にどうしちゃったのかしら……」

塔子は泣き笑いの顔で言った。

コウは黙ってその様子を見ていたが、自分の弁当を置くと立ち上がって塔子の頭を抱いた。コウに触れられて一瞬びくりとした塔子だったが、もう何が何だか分からなくなって、されるがまま、そのままぽろぽろと泣き続けた。

「佐田さん。夕食は終わりましたか？　点滴の、」

ノックの返事を待たずに入って来た看護師は二人の様子にぎょっとして立ち止まった。

「ご、御免なさい。お取込み中ですね」

慌てて出て行こうとした看護師をコウは呼び止めた。

「あっ、もう大丈夫です。点滴、そろそろ終わりますね」

コウは塔子の頭を抱えたまま点滴を確認した。塔子は慌ててコウを両手で押し返した。

「御免なさい。ちょっと混乱していて。もう大丈夫です」

塔子は涙を拭いてそう言った。

看護師は「そう？」と言いながら点滴を確認し「うん。もう終わりですね」と言ってそれを外した。点滴のチューブを絆創膏で手の甲に貼ると微笑みながら塔子の顔を見た。

「素敵な彼氏ね。羨ましいわ。佐田さん」

そう言った彼女に慌てて「いやいや彼氏では」と言い掛けた所、コウが「有り難う御座います。彼女は蛇に咬まれたのは初めてで、すごくナーバスになっていたので」と被せて言った。

塔子は驚いてコウを見た。

「そりゃあ、蛇に何度も咬まれる人なんかいないわよ」

年配の看護師は笑って言った。

「都会の人は分からないから不用心になるかも知れないけれど、蛇は怖いわよ。気を付けてね。山や森に行くときは長袖、長ズボン、それと長靴よ。特に水辺は気を付けるのよ。まあマムシだったらこの辺りの病院では大体血清は置いてありますけれどね。でも、とんでもなく辛い思いをするわよ。もう二度と嫌でしょう。それではごゆっくり。彼氏さんは面会時間終了の八時半には出てくださいね」

そう釘を刺すと彼女は出て行った。

塔子はコウの顔をまじまじと眺めた。コウは素知らぬ顔で塔子の夕食の盆を戻して自分も弁当を食べ始めた。

「だって、あの状態で彼氏じゃなかったら余計に変じゃないですか。それより早く食べないと。そのお盆、いつまでも置いて置けないでしょう」

　コウは盆を指して言った。

「七時半か。まだ一時間あるな。デザートを食べる時間はたっぷりとある。どっちがいいですか。桃とオレンジ」

　塔子は笑って「では桃を」と答えた。

　コウの買って来たゼリーを食べながら塔子とコウはぽつりぽつりと話をした。コウの話から彼は独身である事、現在二十八歳である事、小さな不動産会社は従兄であるセイが経営者になっていて彼はそこで働いている事などを知った。

「さっきは取り乱して済みませんでした」

　塔子は謝った。

「ああ。彼氏と喧嘩でもしましたか？」

　コウはさらりと聞いた。

　塔子は言葉に詰まったが「まあ、ケンカと言うか、寧ろケンカはこれからかも知れない」と答えた。

「大変ですね」

「はあ……。コウさん。お付き合いされている方はいらっしゃるのでしょう？」

いない訳が無いでしょう。こんなイケメン。周りが放っておかないよ。

　コウは少し間を置いて答えた。

「彼女ねえ……。現在はいませんよ。今は誰ともそういう関係にはなれないし、そういう気分でも無いのです」

　成程。昔の彼女が忘れられないのだな。ある意味凄いな。その彼女。こんなハイスペックな人に別れてからもそんな風に思われているなんて。だって性格も良さげじゃない？

「コウさんはご家族とあんな素敵なお家に一緒に暮らしていていいですね。私は寂しく無いと言ったら嘘になりますけれど……。もう随分慣れました。父が亡くなってまだ二年ですが、仕事が忙しくてそんな事を考えている余裕も無くて。でも、ふとした時に思い出します。父の事や母の事。仕事が忙しくて良かったです」

　塔子は笑った。

　これで木曜日にでも退院し、東京に帰って少しゆっくりしたらまた忙しい日々が始まる。康太の事はそんな日常の一コマに過ぎないのだろうか。だったら早めに会ってさっぱりしてしまえば良いのではないか。いくら私が好きでも彼の気持ちが離れてしまっているのなら無理なのだ。

　康太との付き合いはもう三年になる。康太と付き合ってその間に父が亡くなった。辛い日々を支えてくれたのは彼だ。康太がいなかったら私は辛さの余りに潰れてしまったかも知れない。それだけでも彼に感謝しなくてはならない。でも、彼も結婚を考えて重荷になったのだろうか？　結婚か……。知らずにため息が出る。

　いやいや、考えたくはない。塔子はすっくと立ち上がった。

「私、歯ブラシをして来ます」

　そう宣言する。

「ちょっと待っていてくださいね」と付け加えると洗面所にすたすたと歩いて行く。

帰って来るとベッドに座った。

「もう横になってください。八時を過ぎたから僕は帰ります」

「もう少しお話ししてくださいな。眠れないのです。さっき寝てしまったので」

　じゃあ八時半までと言ってコウは椅子に座り直した。椅子をベッドの近くに寄せて横になった塔子に笑って言った。

「嫌になったらこちらに引っ越して来たらどうです？　セイの会社で雇ってくれるように言いますよ」

「ええ～。無理～。私、東京、離れられない」

「じゃあ、出張費を出してくれたら僕が会いに行きますよ」

「何それ、ホストみたいな。でも、いいかも。コウさん素敵だから友達に自慢が出来るわね」

笑いながら静かに話す彼の煙った茶色の瞳を見ていると、気持ちが落ち着いて来てさっき迄の混乱や落ち込みが嘘の様に引いて行くのが分かった。

安らいだ気持ちで塔子は眠りに入ろうとする自分を眺めた。遠い所から自分を見ている様に。

ねえねえ。まだ八時半だよ。頭のどこかで誰かが言った。ああ、まただ。この前と同じ。満ち足りた幸せな気分になる。塔子は耳元で自分に語り掛ける声を心地よく聞いた。

「おやすみなさい。また明日来ます。ぐっすり眠ってください」

自分の髪に触れる優しい掌を感じた。

病室にて　三

次の日、塔子は会社に電話を入れて蛇に咬まれて入院している事を伝えた。今週木曜退院予定だが、出社は来週の月曜になると伝えた。月曜のミーティングには必ず出ますと言い、仕事の段取りについてもこれから同僚にメールで連絡する積りであると言った。

康太にもラインを入れた。

「今は新潟にいるの。木曜日には帰る予定だから帰ったら連絡をするわね」

サクサクとやるべき事を終えるとすっきりとした気分になった。

コウは午後の面会時間に一度顔を見せた。

「具合はどうですか？」

「良くなりました。今日にでも退院しても良い位です」

塔子がそう言うとコウは手を伸ばして言った。

「ちょっと失礼します。首に触れますよ」

コウは首筋に指先を置いた。塔子はびくりとする。コウは塔子を見て何かを思案している様子だ。当てた指が温かい。気持ちがいい。
　コウは手を外すとにっこりと笑った。
「そうですね。もう大丈夫でしょうね」
　塔子は手を外されて少し残念だった。首がすうすうと寒い感じがした。
「今日はちょっと都合が悪いので夕食は一緒に取れませんが、明日また来ます」
　コウはそう言って出て行った。彼にさようならと言いながら、塔子は気になってい
た事を思い出す。
　自分はコウさんの匂いを知っている。暫く考えて、塔子はあの夢の中だという事に
思い至った。小さい頃の思い出を夢に見たあの日。コウと店を出てからの記憶は飛ん
でいる。
　どうしてあの香りを父の香りと思い込んだのだろう。塔子は小さい頃の父の匂いを
思い出した。近くのネジ工場で機械工として働く父親。機械油の匂いと煙草の匂い。
それが記憶の中の父の匂いだ。有り得ないから。あれが父の匂いなんて。阿呆じゃな
いの私。自分にツッコミを入れる。
　それなら何故父だと思ったのだろう？
　……いや、まさか、そんな事は無い。

塔子は咄嗟に思い浮かんだ考えを打ち消した。そんな馬鹿な事は無い。随分気が滅入っていた。康太の事や両親の思い出でナーバスになっていたから、もしかしたら一緒にいてくれとか……。

「いやいや、有り得ないから」

塔子は思わず口に出して言った。でも、それはちょっと確認するのも憚れる。あれは夢ではなかったのだろうか。

「何？　私って何をやらかしたの？　信じられない」

そんな事を言っても自分の記憶が無いのだから仕方が無い。

「いやいや、考え過ぎ。そんなのコウさんにも失礼よ」

独り言を繰り返しながら辿り着いた結論は「何も無かった。忘れよう。あれは夢だ」だった。今更確認なんて出来やしない。忘れるに限る。

木曜日。予定通りの退院である。午前中に塔子を迎えに病室を訪れたコウは、塔子を見て少し驚いた顔をした。

化粧もきちんとしたし洋服も取り替えた。会計も済ませてある。

「それでは行きましょう。今日は家に泊まるからと母にも伝えてあります」

コウはそう言うと塔子の荷物を持った。

猫

誰だろう。あの人は……？

塔子は退院して来た晩、ハルの家に泊めてもらった。夜中にトイレに行きたくなってゲストルームを出て行った。部屋に戻ろうとするとサンルームがほんのりと明るい。ぼんやりとした青い光だ。塔子は不思議に思ってサンルームの入り口から中を覗いてみた。明かりは点いていない。

窓際に猫が座っている。その隣に誰かが立って外を見ている。

外には所々庭を照らす照明が点いている。その光かと思ったが、ゆらゆらと揺れる淡い光の光源はどうもその人らしい。塔子は目をこすってもう一度見直した。私は夢でも見ているのだろうか。どうも最近、夢と現実の区別が曖昧になってきている。

後姿しか見えないが、真っ直ぐで長い白髪？　銀髪？　が背中に垂れていた。着物に、薄紫の打掛（うちか）け⁇　打掛けだよね？

最初はハルかと思ったが、ハルよりも上背がある。それにずっと髪も長い。もう一人家族がいたのかしら？　塔子はそう思った。

時間も時間だしこのまま部屋に戻ろうとした時、ふとその人は振り向いた。一緒に猫も振り向いた。塔子は何故か「やばっ」と思った。やばい事など何もしていないのに。

「誰か？」

低い女の声がした。それに答えるように少年の声がした。

「幸姫。ただの客人だ」

えっ？　誰？　今、誰がしゃべった？

塔子はきょろきょろと辺りを見回す。

誰もいない。

猫が塔子を見詰める。塔子も猫を見詰める。突然、頭の中に少年の声が響いた。

「早く行け！」

塔子は慌てて走り出した。

しかし遅かった。白い髪がふわりと動いたと思ったら、女はもう塔子の目の前にいた。

「何者？」

女が言った。

「幸姫。その人はハルの大切な客人だから見逃してくれよ」

また声がする。塔子は猫を見る。

「娘。名は何と言う」

塔子は固まっていた視線を猫から女に移した。

「あ、あの、私は佐田塔子という者です。ハルさんに会いに……」

女の白くて細い眉がぴくりと動いた。

「朱姫？　其方は朱姫か？」

女は手をすっと伸ばし、塔子の頬を両手で挟んだ。その冷たさに塔子はぞくりとした。何と冷たい手だろうか。まるで氷だ。

女は息が掛かる程の近さに顔を寄せた。……息が、掛からない？

銀色の髪が塔子の頬に降り掛かる。塔子よりも背が高い。白い肌と真っ白な唇。少しつり上がった切れ長の目は瞳が薄い水色だった。色素が無い。くっきりと鑿で彫り込んだ様な二重瞼。額に紅で点が二つ描かれている。驚く程美しい顔をした女性だけれどすごく怖い。こんな真っ白な人、見た事が無い。

一体誰？　この雪女みたいな女性は。

女は塔子を抱き締めて頬を寄せた。塔子はかちこちに固まった。

「朱姫。何故ここに？　どれだけ妾が探したことか……。おや？」

雪女はふと塔子から離れた。そしてもっと近寄って塔子をその透明な瞳で見詰めた。

塔子はぶるぶるると震えた。

「其方、朱姫では無いな。ただの人間ではないか。……はて、不思議な事よ。何故その声音はその様に朱姫と似通っておるのだ？」

雪女は冷たい手で塔子の腕を掴んだ。振り払って逃げようにも腕はびくともしない。

女はゆっくりと後ろを振り返った。

「ハク」

「幸姫。そのおばさ……人は、この時代の朱姫の娘なんじゃないかという事だ」

ね、猫がしゃべった？

塔子は白い猫に目が釘付けになった。

い、今しゃべったよね？　この猫。やっぱりそうだよね。そんな馬鹿な!!

「ほう。それはそれは。この時代の朱姫とな？　如何様にしてその様な者がこの家に？　ホホホ。これは面白い」

「コウが連れて来た」

「ほう。勾季が」

「では、朱姫の娘に違いなかろう。……これは丁度良い。さて、塔子殿。一緒に参ろうか。妾の探し当てた別の時代の朱姫の元に。ハク、先に参ると皆に告げて置け。招いた客は酉の刻に参ると。遅れるで無いぞ。ハル殿にはまた後程とも伝えよ」

「幸姫。だから、その人はハルの大切な」

「よい。ハク、これ以上申すな」

「……」

猫は黙って塔子を見た。塔子の頭に声が響く。

「大丈夫だ。すぐ後から追い掛ける。場所は分かっている。その人に逆らってはいけない。死ぬぞ」

「死ぬ？」

そ、そんな感じがする。確かにする。逆らったらあっさりと殺されそうだ。塔子は必死で声を出した。

「わ、私、病人なのです。助けてください」

「しい……。静かにせねば。ハル殿が起きてしまう」

白い女は塔子の唇に人差し指を当てた。

また少年の声が響いた。

「大丈夫だから。……多分」

そう付け加えた猫に怒りが湧いた塔子は言った。

「何？　それ！　そんな無責任！　有り得無い！　大体、あなた、さっき私の事をおばさんって」

最後まで言い終えない内に女に口を封じられてしまった。

「静かにおしと言っておるではないか。話の分からぬ娘よ」

声が出ない。どうして？　何をしたの？　私の声に。塔子は慌てる。雪女に腕をぐいっと引かれた。女は滑るように歩いて行く。

「放して！」

塔子は声にならない声で叫ぶ。

長い廊下を行った先に見えたのは奇妙な形をした建物だった。

「八角堂、いや十二角堂だ」

女は扉に手を掛けてじっと塔子を見た。そしてにやりと口の端を引き上げて言った。

「塔子殿にも手伝って貰わねば。妾の探し当てた朱姫を弑し奉る為に……」

真っ白な女が扉を閉めると部屋の中がまた青白い光で満たされた。

薄暗い中にも柱が十二本と面が十二枚あるのが見て取れる。塔子は部屋の周りを見渡した。

……何かがいる。

十二本の柱の所で影が蠢いた。

「きゃっ！」

塔子は飛び上がると顔を手で覆った。何か、見たこともない生き物。それが青い光の中でにやりと嗤ったのが見えた。

「生きてはおらぬ」

女は言った。

塔子は恐る恐る手を外してそれを見た。

「ただの土塊（つちくれ）よ。時空を示す標（しるべ）達に過ぎぬ」

嗤った様に見えたのは揺らめく青い光が見せた幻影だったのか。

子・丑・寅・卯・辰・巳・午・未・申・酉・戌・亥。

子から始まってそれぞれの柱にそれぞれの動物の置物が置かれていた。それはかなりの大きさで塔子の胸の辺りまでの高さがあった。

「十二支だ」

塔子は呟いた。


「子は北だ。北の守りは玄武である。玄武は水を司る。十二の獣は己（おのれ）が場を守り、ここを起点の方位を指し示しておる。午は南の朱雀。朱雀は火を司る。その二つのみが老の気を持つ」

女の声がする。塔子はぐるりと四方を取り囲む異形の動物達を眺めた。

「気味が悪い」

どの顔も微妙に歪んでいる。嗤っている顔、怒っている顔、困っている顔、狡賢い顔……と、それぞれにちょっとずつ違う。表情が人間染みている。哀れで愚かな人間達よ。と揶揄しているような表情だ。

女は天井を指差す。暗くてよく分からないが、天井にも何かがいる。

「東の守りは青龍、西守りの白虎、青龍は樹木を、白虎は地の産出物（もの）を。この守護達は陰陽混在の小の気を持つ。さて、参ろうか。もうそろそろ……」

女が言い終わらないうちに廊下を走る音が聞こえ、部屋の扉をどんどんと叩く音が響いた。

「幸姫。開けてくれ！　幸姫。その人を連れて行かないで！　その客人はただの人間なのだから。まだ病が癒えていないのだ」

「コウさん！」

塔子が扉に駆け寄ろうとすると女はぐいとその腕を引いた。

女は言った。

「先に行く。すぐにでも追って参れ」

女は着物の上から灰色とも黒とも見える大きなマントを羽織った。見るからに重そうなマントである。フードを被ると頭のてっぺんから足の先まですっぽりと覆われてしまう。女は塔子を胸に抱きかかえ、その上からマントで覆った。何も聞こえないし何も見えない。塔子は藻掻いた。

「大人しくしておれ。死にたいのか」

女は冷たく言った。塔子はぴたりと動きを止めた。女はぶつぶつと呟いている。

「いちいち『道』を開けるのは面倒な事よ。用があるのだから開けたままで良いではないか。青仲は無駄に細かくて敵わん」

女がどの方向の扉を開いたのかは分からない。女が自分を抱いてふわりと跳んだのが分かった。気が付くと足の下に地面が無かった。

青葉

季節は春である。

ぽかりぽかりと歩く馬の上にもう若くはない女が座っている。被衣をすっぽりと頭から被り、のんびりと馬に揺られている。浅黄色と深緑、薄紅の菱模様。金糸銀糸で縫い取りがしてあるその被衣は貴い位の御方が召される物であろうと馬を引く助太は思った。

女には二人の護衛が付いていた。二人とも頭から頭巾を被り、黒くて長い上衣を身に着けている。そしてその男の背の高い事。その男が助太のすぐ後ろを歩いている。男は背に幅広の大きな刀を背負っていた。あんな大刀は見た事が無い。男と大刀を見た助太はあんぐりと口を開けた。なんて偉丈夫だと思った。

男は軽々と女を抱き上げると馬に乗せ、丁寧にその足を鐙に乗せた。もう一人の頭巾の男は背に黒い布袋を背負っていた。こちらも背が高いがもう一人の男程ではない。二人とも頭巾を目深に被っているせいで表情が見えない。

大刀を背負った男が頭巾を上げて助太を見た。男は目で「行け」と合図をした。助太はその眼光にぶるりと震えた。

「さあ、参りましょう」

男は静かに言った。

馬を連れて歩くには良い陽気だ。陽は心地よく道々には桜の花が雲霞みたいに連なっている。その下には黄色い菜の花畑が広がる。春爛漫だ。日差しが暖かいから男達のあの上衣は暑いだろうな。などと考える。

橋を渡ると道は小高い山の中に入って行く。さらさらと川の音がする。山に入るとまだ新緑とも言えないような若い緑がうっすらと道に影を落としている。助太は馬上の御方様を振り仰ぐ。御方様は被衣を持ち上げ、天井の緑を眺めている。さて、もうすぐ目的地の「瑞円寺」に着く。

瑞円寺の山門前には寺の和尚が出迎えていた。

御方様はそこで馬を降りる。降りる時にも大男は片手で御方様を抱き下ろす。御方様は被衣を取ると傍に控えた大男に手渡した。そして真っ直ぐに和尚を見るとゆっくりと頭を下げた。

助太はそこで初めて御方様の顔を見た。ふっくらとした白い肌、優しく弧を描いた眉と目尻の下がった愛らしいお顔。その目元には笑い皺が見える。助太は女が思ったよりも若い事を知った。それなのにこの女の髪はどういう訳か真っ白だ。

「政常様側室の春で御座います。この度は政常様のご供養の儀、宜しくお願い申し上げまする」

女は言った。

「おお。貴殿が春殿で御座るか。お初にお目に掛かり恐悦至極に存じまする。某はこの寺の和尚、嘉陽と申す者。お待ち申しておりました。先頃は寺への多大な御布施、誠に有難く存じまする。ささ、こちらへ」

一行は和尚に導かれて寺の境内に入って行った。助太は馬を連れて道脇の青紅葉の幹に綱を括り付けた。馬は大人しく足元の草を食み始めた。

嘉陽は間山政常公の側室と名乗る女に白湯を振舞うと暫く世間話などをし、その後本堂の方に誘った。従者は二人とも庭先に控えている。嘉陽は廊下を歩きながら彼等をちらりと見る。

本堂は薄暗く、庭に面した扉には門が掛けられている。嘉陽は施主を招き入れた。和尚が蝋燭に火を灯すとその明かりの向こうに不動明王が見えた。かっと目を見開いて炎の光背を揺らしながら女と嘉陽を見降ろしている。

明かりが揺れる都度、不動明王の表情に影を作りその迦楼羅炎を燃え立たせていた。女は暫くそれに見惚れた。

「どうぞ、お座りください」

嘉陽の声に女は静かに座ると、数珠を取り出し手を合わせ瞑目した。

鈴の音が響き、低い声で読経が始まった。

読経はひとつの旋律であり波だと女は思う。誰の為の読経であってもよい。この僧は深い声で経を読む。亡者を慰め供養する不思議な言葉と音の共鳴。生きている者も何とまあ、癒されることよ。女はゆるりと自分の心が解けるのを感じた。

不動明王が背負う迦楼羅炎。罪も業も煩悩も焼き尽くすと言われる鳥の中の王、迦楼羅。あの炎に焼かれてしまえば、全てが綺麗に浄化され赤子の様な無心に帰すと言うのだろうか。女は暫し思いに沈む。

　ふと声がして女は我に返った。

「春殿。もし。春殿。この後は政常様の墓前に参られまするな」

「おお。嘉陽様。これは失礼致しました。あまりによいお声なのですっかり聞き惚れておりました。さぞや政常様もあの世でお喜びの事で御座りましょう」

　嘉陽はにこりと笑った。

「それはそれは。有難きお言葉を頂戴仕りました。有難く存じ上げまする。

　こちらにおわしまする不動明王は梵語では『阿遮羅嚢他』と申しましての。人の不浄や煩悩、加えて悪しき者共もその炎で焼き尽くすと言われておりまする。この仏様の前では何人たりとも嘘は付けませぬ」

　嘉陽は不動明王を振り仰いで言った。

「ところで春殿。某の記憶違いで御座ろうか。確か、側室の御方のお名前はお香殿と政常殿御存命の折に伺いましたが……。それにお香殿は政常殿よりも早逝された筈」

「お香殿は御住職様のご記憶通り政常殿よりも早くに亡くなられました。私はお香殿が病に臥せっておられる頃からの側室で御座います」

　嘉陽はじっと女を見詰めて言った。

「いや、それは無い」

「何をもってその様な事を仰せになられまするか？」

「拙僧、政常殿とはお家の菩提寺という関係もあり、今は亡き政常殿が御存命の折には親子の様に親しく交わらせて頂いた。生前の政常殿から其方様の事を聞いた事は一度も無い。さて、異な事よ。何の理由があって其方が身分を偽り、多くの喜捨をしてまでこの寺に参ったのか。その訳を聞かせて頂こう」

「ほほほ。嘉陽様。私は政常様の元では暮らしておりませぬ。別宅にて政常様のお出ましをお持ち申し上げていた女で御座います。そのような秘密の女の事。政常様も仲がよろしい貴方様であっても、ちとお話しし難かったのではと」

女は妖艶に笑う。嘉陽の表情は動かない。女はほうっとため息を吐いた。

「仕方が御座いませぬ。正直に申し上げると致しましょう。嘉陽殿。ちとご相談が御座います」

女は扇子を口元に当てて言った。

「嘉陽殿の御母堂様。松殿。まだお若く在(あ)られるにも関わらず、長らく病で臥せっておられるとお聞き致しましたが……。それは真で御座りまするか？」

嘉陽はぴくりとも動かない。

「聞けば難病にて寝たきりのお暮らしとか……。それをお世話し奉る嘉陽殿の心労も幾許かと心中お察し申し上げまする。私が連れて参った従者の内一人は薬師に御座いまする」

女はそう言って嘉陽の反応を待つ。

「……何が望みだ」

そう言うなり嘉陽はすらりと立ち上がる。錫杖を取り上げるとつかつかと女の前に来て、その先で女の首元を指した。女は帯に挟んだ小柄を素早く抜き、カンと音を立てて錫杖を弾いた。

「無礼な。許しませぬぞ」

弾かれた錫杖をくるりと持ち返すと嘉陽はそれを振り上げた。女は扉を振り返った。

「無駄じゃ。扉には閂が掛けられておる。押しても引いても扉は開かぬ。母者をどうしようという積りなのだ。言え。言わぬと強かに打ち据える」

女はきっと嘉陽を睨み付け、小柄を構えた。

「それは薬師がお話し申す」

「ええい！　己が口で申せ」

嘉陽は錫杖を振り下ろした。がつんと鈍い音がして錫杖は嘉陽の手を離れ、遠くにからからと転がった。岩を力一杯叩いたが如く、手はびりびりと痺れている。嘉陽の振り下ろした錫杖の下には先程庭に控えていた大男が女の上に覆い被さり、錫杖はその者の肩辺りに当たったと見える。

「こ奴、いつの間に。扉は開かぬ筈」

嘉陽は慌てて扉を確認した。閂はいつの間にか外され扉は薄く隙間が空き、外の陽が一条の帯となって暗い堂内に差し込んでいた。その木戸を押し開けてもう一人の男がゆっくりと堂内に入って来た。

「セイ。遅い」

女の声がした。

「済まん。ハルの小柄遣いが見事なので見惚れていた。もう一太刀見ていたかったのだが」

「あんなので叩かれたら小柄も腕も折れるわよ」

女が返す。

大男はぬっと立ち上がり被っていた頭巾を外した。金色の髪が肩から流れる。眼光は鋭く、その手を錫杖の方に伸ばすと錫杖は自ら大男の手にぴたりと飛び戻った。

嘉陽は「うぬう」と声を上げるとその場にどっかりと座り込んだ。

「無力な女を打ち据えようとするとは……。呆れた和尚よ。不動明王が泣くぞ」

大男が声を発した。

「ここには入れぬ筈。どうやって入って来た？　お主等は何者なのだ？　術者なのか？」

「吾等は山神の使いの者。遠く越後より参った」

「山神の使い？　修験道の行者達か？　だから術が使えたのか？　わざわざ越後から？　その様な者が死に損ないの我が母者に何の用があるのか。……よかろう。話を聞こうではないか」

嘉陽は腕を組んだ。


男達の話は信じられぬものであった。

嘉陽は本堂を出て自分の母親が臥せっている離れに男達を通した。襖を開けた途端に異臭がむっと鼻を衝く。

「酷い匂いであろう。褥瘡が酷いのだ。母は体の痛みに耐え兼ねて日々自分を殺してくれと泣くのだ。だが、某は仏に使える身。母を殺すわけにはいかん」

嘉陽は母親の枕元に座ると、その土色の顔に口を寄せて「母上。よい薬師が参りました」と言った。

　横たわった女はうっすらと目を開けた。

「母者はまだ四十を過ぎたばかり。何の因果か恐ろしい病に苦しみ、この様な有様。名のある薬師にも診せたが、皆首を横に振るばかり……」

　嘉陽はそっと目頭を指で押さえた。

「一刻も早い死を待つのみで御座る」

　背中に布袋を背負った男は頭巾を取ると一礼をして言った。

「嘉陽殿が御母堂、松殿。もう、余命幾許も御座らん。ここ四、五日の辛抱で御座ろうよ。松殿に申し上げる。吾等の願いを聞き届けて下されば、これから後、病の痛みも消え、安らかに終末を迎えらるる事であろう」

　松はじっと薬師を見詰めた。その顔に死相が浮かんでいる。荒れてぼろぼろに皮の剥けた唇を少し動かして答えた。

「ああ、どうせ死ぬのなら最後はどうにか楽にさせてくだされ。お願いで御座います」

「それによって死期が早まろうとも？」

「何の。寧ろ有難き幸せに御座いまする。何の因果でこの様な酷い病に……。日々地獄の業火に焼かれる思いで御座います。一日も早くこの痛みから救われたい一心にて御座りまする」

薬師と嘉陽は顔を見合わせた。嘉陽は頷いた。

「それでは嘉陽殿。御母堂様に手当を致しますれば、別室にて春様とお待ちくださりませ」

嘉陽は母が頷く姿を確認すると薬師に頭を下げて言った。

「宜しくお頼み申す。この者を置いて行きまする。何なりと御用をお申し付けくだされ」

嘉陽が入り口に控える小坊主を顎で指す。

「有難い。では、すぐに水を用意して頂こう。桶に何杯も必要じゃ」

薬師が言うと小坊主は頭を下げ、すぐに走り去った。

二人が部屋を去ったのを確認すると薬師は背中の布袋から黒い上衣を取り出した。彼等が着けている上衣と同じ物だ。それを横たわった松の上に被せた。

暫くするとそれは松の上できらきらと星の様に光った。点々と光が瞬き、それが繋がって線となる。一時、上衣全体が光を放ったが、それは徐々に落ち着き、最後には元の黒いマントに変わった。薬師はそれを布袋に仕舞った。

彼は自分の黒い上衣を脱ぐと腕まくりをして布袋の中から薬と布を取り出した。

「セイ。障子を開けてくれ。ここは空気が悪い。さて、ひっくり返すぞ。手伝ってくれ」

薬師は言った。

薬師

コウは腰の褥瘡を調べた。布が当ててあるが、膿が染み出し、肉が変色し壊死しているのが分かる。酷い匂いだ。彼は慎重に布を外すと桶の水と持って来た薬で丁寧に傷を洗った。壊死して崩れ落ちた肉の向こうに白い骨が見えた。傷に薬を塗り込み、大きな当て布で傷を塞いだ。他の傷も処置して着物を整えた。

病人の体を掌で撫でて気の流れを調整する。膨れた腹の辺りに手を置くと「ここだ」と呟き、そこに手を置き念を込める。この辺りに病根がある。腹水もだいぶ溜まって手の施し様が無い。神経を麻痺させて痛みを散らすしか無い。コウは目を閉じて松の首筋や額に手を当てて小さな声で何かを呟いた。松の土色の顔に血の気が戻って来た。コウは襖を開けて、隣に控えている小坊主に嘉陽殿をお呼びするようにと告げた。

嘉陽は信じられぬ物を見る思いで母を見た。

「腰や背中に大きな傷が御座います。当て布で手当て致しましたので、その当て布は取らないで置くようにして頂きたい。体液を使って治癒致しまする」

薬師は頭を下げた。松は薄く笑みを浮かべた。

「ああ、何という事であろう。体が楽になった。痛みから解き放たれたのは久し振りじゃ。病が無い頃にはこの様に幸せな事であったのでしょう。久しく忘れておりました。

嘉陽殿。水が飲みたい。私に水を」

嘉陽は慌てて茶碗に水を入れると母を抱き起し、その口に茶碗を当てた。母は水を何杯も欲しがり、嘉陽は乞われる儘に水を与えた。

「この水薬も飲む様に」

薬師の渡した水薬を飲み終えると松はほうっとため息を吐いた。

「甘露とはこの様な物を言うのじゃろう。有難い事じゃ。嘉陽殿。病んで、其方に辛く当たった母を見捨てること無く、よう看取ってくれました。本当に有難い事じゃ……」

嘉陽は母の手を握り、それを己の額に当てて声を押し殺して泣いた。

「ああ、薬師殿。この様に穏やかな心持ちなど忘れておりました。これでようやく心安らに浄土へ行けまする」

そう言うと松は安らかな寝息を立てて眠りに落ちた。その手を握って泣いていた嘉陽は薬師を振り返った。

「案ずるな。お休みになられたまでの事。然れども、松殿は近い内にあの世に旅立たれる。だが、もう痛みは薄い」

薬師の言葉に嘉陽は頷いた。

「おい。帰るぞ」

男の声がした。助太は慌てて起き上がった。眠ってしまったみたいだ。馬は青紅葉の幹に繋がれ、大人しく草を食んでいた。助太はほっとした。

来た時と同じように御方様を馬に乗せて町に戻る。森を抜けて橋を渡った。風が出て来た。桜並木の桜がはらはらと散って菜の花畑に降り注ぐ。御方様は嬉しそうに「とても綺麗」と言った。

「さて、家に帰るとするか」

帰り支度をしながらセイはハルに簪をひとつ手渡した。飴色の鼈甲で作られたその簪には細かい彫りが施され、小さな赤いサンゴがひとつ嵌め込まれていた。

「まあ。素敵」

ハルはそれを受け取ると嬉しそうに眺めた。セイは簪を手に取るとハルの髪に差した。

「城下の店で買い求めた。今回の謝礼だ」

「まあ。高いのかしら。安いのかしら。でも、今回は感謝されて良かったわね。セイ。コウ」

「ああ、そうだな。だが、時々俺は自分が死神にでもなった様な気になる。しかし、何だろう。朱姫の魂魄の欠片を己が魂と合わせ持つ者の宿命か。誰もが病気やら事故やらと短命である事よ」

「朱姫は朱雀。その属性は炎だ。炎をその内深くに置けば、程なくその身を焼き尽くすのだろうよ」

　コウは言った。

「同感だわ。どういう仕組みなのかしら。転生って。でも、コウの治癒させる力はすごいわね。今度は私にも若返りの秘法を施してもらおうかしら」

「治療はしていない。痛みを散らしただけだ。そして若返りの秘法など、そんなものは知らない。医療用の薬を持って来ただけだ。消毒薬、強力な鎮痛剤。そんな物を。それを甘くして少し飲みやすくしただけだ。もう、あの当て布を取り換える必要は無い。そこまで生きてはいまい。……確かに死神の気分だな。気が滅入るとはこの様な気分を指し示すのだろう」

「だからって幸姫の様に問答無用でばっさばっさと叩き切る訳には行かないでしょう？」

　あれはあれで問題だわ。ハルは付け加えた。

「もうこれで何人分？　あと何人かしら？」

「さあ。玄伯に聞かないと」

　コウは答えた。

「ハル、帰るからここへ」

セイはマントの前を開いてハルを招いた。ハルがセイの胸にもたれかかると、セイは彼女をしっかり抱き抱えてマントで覆った。

「このマント、羽衣と言うのでしょう？」

「そうだ」

「羽衣がこんなに重くて武骨な物だとは思わなかったわ」

「人間にとっては重過ぎて扱えない。俺達には羽とまでは言わないが軽いものだよ。どんな物からも主人を守るように出来ている。自分の分身の様な物だからな。さて、行くぞ。目を閉じて。……口も閉じるのだ」

セイはハルの顎に手を掛けると上を向かせ口付けをした。そしてもう一度頭からマントで覆いしっかりと抱き上げた。

三人が六花有働に戻り羽衣を脱ぎ始めた時、子（ね）の方角が騒がしくなった。

コウは言った。

「お迎えが来たらしい」

「ちっ」

セイが舌打ちをした。

子の置物の後ろの面が乱暴な風に煽られるように突然開いた。ひゅうと冷たい風と雪が舞い込んで来る。どうやら客は冬の使者らしい。部屋の中は凍える程寒い。二人はもう一度羽衣を身に着けた。セイは自分の羽衣でハルを包む。

扉の向こうの灰色の吹雪の中にぽつりと黒い影が浮かんだ。影は滑るように雪の中をやって来る。影がはっきりと人の形を成して部屋の中に入った時、突然の音と共に扉が閉じた。舞い込んだ雪が溶けて床が濡れ始めた。

「だから、朱姫の羽衣は俺が届けると言ってあるだろう。玄(ゲン)」

セイが羽衣に付いた雪を払いながら言った。

「迷惑だから吹雪は連れて来ないで欲しい。掃除が大変なんだよ。見ろよ。この床」

「仕方があるまい。勝手に付いて来るのだから。これは、ハル殿。ご無沙汰をしておりました。相変わらずお美しい」

吹雪と共にやって来た小柄な老仙人はにこにこと笑ってそう言うと頭を下げた。白く長い髪と髭。灰色の直垂(ひたたれ)姿で裸足である。杖を片手に柔和な顔で微笑んでいる。

「玄伯(げんぱく)様。お久しゅう御座います。この度はわざわざ拙宅までのお出まし、ご苦労様で御座います」

ハルも羽衣から出て頭を下げた。

「この度は手数をお掛け申した。忝い。して、勾季。朱姫の羽衣は何処に？」

「玄伯。ここに」

コウはリュックから朱姫の羽衣を取り出すとそれを彼に渡した。翁は羽衣を愛おしそうに皺だらけの手で撫でるとそれを抱えた。

「早速、庭で干すとしよう。そしてこの度『魂魄』を吸い取られた者の冥福を祈って進ぜよう」

「何、寝呆けた事を言っているのだ。遠過ぎだろう。安永二年だぞ。誰も彼もが亡くなって何度も転生しているわ」

「それでも朱姫の命が失われなくば、その者は我等と関わり合う事も無かった事じゃろうて。命を削る事も無かった。では皆の衆、これにて失礼仕る。ではハル殿。ご機嫌麗しゅう」

仙人はくるりと向きを変えた。

来た時と同じ様に扉が開き、また猛烈な吹雪が舞い込んできた。翁は裸足のままさくさくと歩く。翁が遠ざかると吹雪も遠ざかり、仕舞に扉が閉じた。

「玄伯、水を持ち帰ってくれ。ハルが困るから」

セイが怒鳴ると水は子の柱の下に勝手に集まり外に流れ出た。

木槿　一

さわさわと静かな音がする。何の音だろう。塔子は耳をそばだてた。

ああ雨の音だ。雨が植物の葉に当たって立てる音だ。

「首が痛い……」

気が付くと塔子は白い寝具に横たわっていた。頭の下を触ってみると何やら固い物が……何これ？　枕？　時代劇で見た事がある。箱枕だっけ？　こんな枕を使ったら肩凝りがひどくなってしまう。パジャマのまま布団に座って枕をひっくり返して眺めていると女性が部屋に入って来た。

「お目覚めで御座いますか」

着物を着ている。前髪は全部上げ、後ろでくるりと緩く結ばれている。

「只今、白湯などお持ち致します」

そう言ってにっこり笑った女の歯は真っ黒で、塔子は飛び上がる程驚いた。

「何か？」

「あ、いいえ。あ、有り難う御座います」

「お目覚めになられましたら昼餉もお持ちするように御館様より言い遣っておりますれば、暫くお待ちくださいませ」

女は礼をすると、するすると部屋から出て行った。塔子は茫然としていた。気が付くとまだ枕を抱えている。

「そんな場合じゃないから」

枕を放り投げた。

「ここは一体どこなの？」

塔子は部屋を見渡した。八畳程の小さな部屋である。四方の内二面が襖である。襖には松の絵が大胆に描かれている。後ろの壁には床の間がある。床の間には掛け軸が掛けられている。部屋の隅に何だろう……？　箱型の。あれって、行燈（あんどん）じゃない？あの薄明りの中で悪徳お代官が「お主も悪よのお」っていうやつ。他には何も家具らしき物は無い。塔子の座っている寝具だけである。寝具の手触りがやけにいい。真っ白でよく見ると模様が織り込まれている。

「絹だ」

塔子は呟く。ますます嫌な予感がする。こんな寝具、時代劇でよくお殿様とお姫様が使っている。

いやいや、まさか。

そうしている内にさっきの女性が白湯を運んで来た。

時代劇のセットの中？　京都の太秦にでも連れて来られたのかしら？　それとも日光江戸村だろうか？　多分そうだ。そうに決まっている。さもなくば、時代劇フェチの金持ちの家。

「起きたらしいの」

突然襖が開いて雪女が出て来た。

「ぎゃっ！」

塔子は部屋の隅まで転がって行った。怖くて歯がカチカチと鳴る。

「あれ？」

塔子はまじまじと雪女を見上げる。瞳が黒い。髪も黒い。青白いオーラも出ていない。

「下がりや」

雪女は白湯を運んで来た女に言った。女は黙って一礼をすると部屋を出て行った。

塔子の視線は雪女から動かない。

「あのう。瞳が黒いのですけれど……」

心の中でそう言ってみる。

「ところで、もう昼九つを過ぎている。よく寝ていたのぅ」と雪女は言った。

「昼九つ？」

「酉の刻には客が参る。その前に妾はちと出掛ける。其方は準備をして待つように」

「準備？　何の準備？」

「塔子殿にはこの家の主になってもらう」

「家？」

「そう。全ては家人に申し付けてある。塔子殿はただ任せればよい」

「はあ……」

猫の言葉が蘇る。

「この客人はこの時代の朱姫の娘かと……」

「朱姫」って私のお母さん？　文脈を辿るとそういう事になる。それも「この時代」とか「違う時代」とかって何？　考えたくはないが、脳内で誰かが「あれだよ。あれ」と盛んに騒いでいる。

「五月蝿（うるさ）い！」

塔子は一喝する。そんなの無理に決まっている。そんなのは物語の中の話だ。現実にある訳が無い。

「まず昼餉を取ってゆるりと待つが良い」

普通の女に見える雪女はそう言うと部屋を出て行こうとした。その後姿に塔子は叫んだ。

「こ、ここはどこですか？」

雪女は立ち止まると振り向いて言った。

「時は天明五年。文月の廿弐日。場所は近江の国。其方達の使っている西暦で言うと一七八五年。将軍様は徳川家治公。御老中は田沼意次殿。天子様は第百十九代光格天皇であらせられる」

雪女はそれだけ言うとさっと髪をなびかせて部屋を出て行った。塔子はがっくりと肩を落とした。

……嘘でしょ？

「マジで？　私、仕事があるのでそんな事していられないのですけど！　元の時代に返してください！　帰って仕事をしなくちゃならないのに！」

塔子は閉められた襖に向かって叫んだ。

木槿　二

家の主という事で、侍女が二人掛かりで塔子のパジャマをはぎ取り、着物と打掛けを付けさせた。髪は当然の事ながら長さが足らなくて結えない。ぎゅうぎゅうと塔子の髪を引っ張る。

「痛い。痛いから止めて！」

塔子は騒ぐ。侍女はため息を吐きながら塔子を眺める。

そんな顔をされたって……。

仕方がないので後ろで結わえた。侍女が「昔風にして」と言った。昔⁉　昔って一体いつの時代だよ！　帯が苦しい……。

「私は明日東京に帰らなくてはならないのに、どうしてくれるんですか」

「客は今宵参ると申した筈。済めばすぐに帰れる」

「どうしてこんな場所に私を連れて来たのですか。何の役にも立たないでしょう。馬には乗れないし、刀だって薙刀だって扱えない。そんな、人を殺すなんて絶対に嫌だから」

　塔子はすぐそこに置かれた薙刀を横目で見る。

「其方はそこにいればよい。全ては妾が動かす。なので暫し体を借りるぞ」

「えっ？」

「其方には刀は扱えまい。だから妾が其方の体を借りて欲しいものを得ると言っておるのじゃ」

「えっー。そんなの聞いていない！　無理。無理。無理です。絶対に嫌！」

「分からぬ娘じゃのう。ええい！　つべこべ抜かすと其方から叩き切るが、それでもいいか！」

　雪女は言った。塔子は黙った。雪女はにっこりと笑った。

「仕方あるまい。すべては朱姫の為なのじゃ」

「あの、そもそもその朱姫って誰、いえ、どなたなのですか？」

　塔子は恐る恐る口を開いた。叩き切られては元も子も無い。

「朱姫とは朱雀よ。吾が大神の朱雀じゃ。」

　スザクって何？　大神??

「あのう。貴方様が欲しいものを得るとさっき仰っていましたよね。その為に私の体を借りると。一体どういう事か全く理解不能なのですが……」

「うむ。妾（わらわ）の事は幸姫（さちひめ）と呼ぶが良い。では簡単に説明致そう。この場に及んで粗相をされても困るからのう。

　妾は、いや、吾等は失われた朱姫の魂魄を集めておるのじゃ。そして今宵参る客もその魄の欠片を身の内に持っておる。それを回収しに参っただけの事。塔子殿の役割はの。その者に会うだけの事じゃ。今まではハル殿が何度か務めてくださったが、お怪我をされて動けぬのではどうにもならぬ。それにもうハル殿もお年を召されておるでのう。ご無理は出来ぬ。はて、困ったと思いあぐねている所に良い具合に其方が姿を現したのじゃ。妾にはちと難しいのじゃ。この姿も長くは保てぬ。それで妾の人形役が必要なのじゃ」

「人形？」

「そうじゃ。妾の思い通りに動く人形」

　塔子ははっとした。

「まさか」

「ねえ、まさか。コウさんはそれを見込んで私をあの家に連れて来たの？　ハルさんの身代わりに？　ハルさんが動けないから？　ねえ。もしかしたら、全て計画の内だったの？」

何て事だろう。全ては仕組まれていたのだ。あの優しさも笑顔も。

「嘘でしょう？」

塔子はがっくりと崩れ落ちる。

ああ。本当に信じられない。こんなに人に裏切られ続けるなんて。一体何なの？　でも、いくら何でもこれは酷い。酷過ぎる。塔子はまんまと騙された自分の馬鹿さ加減に呆れた。初めて会った人を疑う事無く信じるなんて。何て馬鹿な人間だろう。塔子は立ち上がる気力も無い。その様子を見ていた幸姫は答えた。

「勾季が？　其方を謀ったと？　ああ、ホホホ。あの朴念仁にその様な画策が出来る筈がなかろう。偶さかなる事じゃ。塔子殿の言う様に勾季が其方を謀ったと言うなら、妾は勾季を誉めて遣わす。

『其方もなかなかに知恵が付いたものよのう』と。

勾季にしろ青仲にしろ人形など用無しじゃ。必要とするのは妾のみ」

「勾季は勾陳。即ち麒麟。太極の麒麟は仁の生き物。慈悲を施し人を癒す。その様な者に人の心を利用し、己が為に作為をもって人を裏切り策を弄するなど。それはやろうとしても出来ぬ事。要するに馬鹿が付く程正直な生き物なのじゃ。

勾季はのう、大方塔子殿の声音に惹かれたのじゃろうよ。其方の声音は正しく朱姫の声音である。あの涼やかな朱姫の。勾季は誰よりも深く朱姫を愛しんでおった故。愛しいものを失くすのは哀れなものよの……。

朱姫の面影を追い求めて偶さか出会った塔子殿にすっかり心を囚われ、妾の出現など存外の事であったろうのう。今頃、己の不始末に歯ぎしりする思いであろうよ。まさか、妾がハル殿の客を連れ去るなどとはと。思慮が足りぬ。まだまだ甘いの。旦那様の乙子殿は」

雪女はくっくと笑った。

「そういう事よ。塔子殿。いずれにしろ其方はこの場で我が身をご自分で守ることは叶わぬ。故にどうしても妾が塔子殿に憑依せねばならぬ。宜しいな。これで得心されたかの。では、妾は行かねばならぬ故、万端怠りなくご準備されよ」

雪女はそう言うと床で崩れ落ちている塔子には目もくれず、さっさと部屋を出て行ってしまった。塔子はその後ろ姿を見送る。

トクシン？　何？　トクシンって。納得したかって事？　納得なんか出来る訳が無い。要は自分の都合で連れて来たって事でしょう。そして私の弱みを握って。確かに刀を振るえないよ。否と言えない状況に追い込んで言う事を聞かせるという事。何という卑怯な女だ。この卑怯者。それなのにあの偉そうな態度。何様だよ。ムカつく。倒れたままそう思う。

でも、コウさんが私を陥れた訳では無くて、それだけは、本当にそれだけは良かった。危うく酷い人間不信に陥る所だった。いや、勿論この状況は良くないけれど。早く助けに来て欲しい。人でも猫でも麒麟でも。

誰も彼もが人外だったって事？　幸姫とハクは勿論人外だ。ハクに至っては猫ですらない。じゃあハルさんは？　セイさんは？　ハルさんは人だよね。だって交渉するのに手伝ったって言っていたから。

大体あの絵を見つけた時からそんな事が世の中にあるのかって、そう思っていたのだ。

あの絵という事は私の母のせいであって、そして母は「この時代の朱姫」だと言うから……。

塔子は混乱して来た。意味が分からない。全くナンセンスな話だ。例えて言うなら、何処かで複雑に張り巡らされていた蜘蛛の糸みたいなモノに間抜けな私は引っ掛かってしまったと言う所だろうか。「飛んで火に入る夏の虫」とは私みたいな者を言うのだと思う。だが、その糸がどこで誰とどう繋がっているのか私にはさっぱり分からない。

塔子はぐずぐずと考えていたが、ふと頭を上げた。

大体、酉の刻って一体何時なの？　そして今は一体何時？

着物の裾を踏みそうになりながら、塔子はよろよろと歩いて庭に面した障子を開けてみた。

さらさらと絹の糸の様に細い雨が降っている。近くに咲いているのは、あれは木槿(むくげ)だろうか。薄紫の花に優しく降り掛かる雨。庭の苔が雨で瑞々しく緑色に輝いている。

塔子は放心したまま雨の音を聴いた。

こんな状況でこんなに落ち着いているのは何故だろう。落ち着いていると言うより、どうしていいか分からずにいるという状態なのだが。


木槿は夏の花だ。母の好きだった花。

母が朱姫で、塔子の時代の朱姫で、この時代の朱姫をしいし奉る？　しいしの意味が分からない。あの雪女、サクサクと自分サイドで話を進めてしまって本当に腹が立つ。連れて来たのならもっときちんと説明しろと言いたい。

あの時、絵画展に行かなかったら……。そんな事を考えてももう遅い。遅いけれど考えてしまう。行かなければ、コウさんと知り合う事も無かったたし、新潟に来る事も無かったたし、蛇に咬まれる事も、こんな事に巻き込まれる事も無かった。要らないよ。こんな声。この声のせいでこんな事に……。何なの。スザクって。全く迷惑な。それでもスザクを心から憎むことが出来ないのは、母が私の時代のスザクだと聞いたからかも知れない。

廊下を女達がせかせかと歩きながら今日のイベントに向けて準備をしている。

客が来る。客は朱姫の魂魄を持っている。と言う事は客は女か。その魂魄を回収する。回収するってどうやって？　まさか、殺すの？　だって殺さなければ回収出来ないじゃないの。

塔子はぞっとした。やばい。これはやば過ぎる。そこ、聞いて置けば良かった。誰かに聞かなくては。一体誰に？　塔子は通り掛かった侍女に声を掛けた。

「あの」

「何で御座いましょう」

どうやって聞けばいいのか分からない。

「朱姫って、ご存じですか」

「はい？　しゅき、で御座いますか？　申し訳御座りませぬ。存じませぬ」

「あの、一体今は何時ですか」

「申の刻になりまする」

「申の刻？　えっと、酉の刻って？」

「暮六つで御座りまする」

「暮六つ⁇　……あと、どれ位ですか？」

「一刻で御座りまする」

「……」

女は忙しそうに行ってしまった。

塔子は自分の頬をぱんと叩いた。ぼけっと木槿なんか見ている場合か？

まずは情報収集だ。ここで雪女以外にイベントについて事情を知っている人を探すんだ。まさか、ここにいる人全てが人外ということは……いや、それは無いだろう。

何の根拠も無いが。そう思いたい。

木槿　三

　塔子を連れ去った幸姫を追うためにコウとハクは羽衣を持って六花有働に入った。ハクは猫ではなく少年の姿をしている。朱姫の羽衣の入ったリュックを背負い、その上から羽衣を着けている。

「客が来るのは何時だって？」

　コウは言った。

「酉の刻。丁度十八時だ。今度の朱姫はやばいんだよな」

　ハクは返した。

「ああそうだ。久々に真っ黒な朱姫と対面だ」

「何でそうなっちゃうのかな」

「さあ？　阿呆なんじゃないの？」

　ハクはじっとコウを見る。

「コウ、どうしたの？」

「いや、何でもない。次から次へのトラブルに腹を立てているだけ。何でこんなイレギュラーな事ばかり起きるのかなって……。一体幸姫は何を考えているんだ？　何も知らない一般人を巻き込むなんて信じられない」

「一時間位前に突然来て。今から回収だって言うから、俺は『そんなの初耳だ』って言ったんだ。準備が終わった事すら知らないのにさ。誰も知らないよなあ」

「全く知らない」

「ハルは行けないのにどうするんだよ。とか話をしていたら、あの彼女がやって来たの。で、連れて行っちゃったんだよね。ハルの代わりに。いや、俺は勿論止めたんだよ」

「人知を超えているな。彼女の行動は。しかし、巻き込まれた塔子さんには本当に気の毒な事をしてしまった。毒蛇には咬まれるし、退院したらこんな事に……」

「コウが連れて来たんじゃん。朱姫の娘だって。本当に迷惑な。巻き込み事故ってこんなのを言うんだろうな」

「だからだよ。僕はただ声を聴いていたかっただけなのに……。考えが甘かった。幸姫は想定外だった。だから何があっても無事に連れ戻す。さて、そろそろ行くぞ。天明五年。近江の国だ」

コウは言った。

その次の日の朝。

「コウとハクは出掛けたのかしら」

サンルームでセイと朝食を食べながらハルは言った。

「私、そんな事になっているとはつゆ知らず、ぐっすりと眠ってしまったわ。塔子さんには本当に申し訳が無い事をしてしまった。セイは行かないの？　行って朱姫よりも塔子さんを無事に連れ戻してくださいな。ところで、どこへ飛んだの？」

「天明五年。近江の国だ」

「近江の国と言うと、あの家を建てた所ね。じゃあ、漸く下準備が終わったのね。……私がセイに櫛を貰ったのは安永二年だったわね。あれは丹波でした？　もう十年になるかしら？」

「十三年だ」

「ええっ？　十三年前？　びっくり。恐ろしいわ。時間が過ぎるのは本当に早いわね」

トーストにバターを塗って、セイはそれをハルに渡すと、

「随分手間を掛けて下準備をしていたが、きっと終わったのだろうな。誰も知らな

かったが。しかし、突然やって来て客人を連れ去るなど考えられんな。だが、もうコウとハクが行っているから大丈夫だ。それにハルは入院の準備をしなければならないのだろう？　俺にはお前の世話と現世での仕事がある」と言った。

ハルはトーストを持ったままセイを見た。

「私の事なら大丈夫よ」

「昨夜ハルは寝ていたが、幸姫が去った後、三人で相談して決めた」

セイは二枚目のトーストにバターを塗りながら言った。

「そんなに食べられないわよ。セイ」

「いや、これは俺が食べるんだ」

「あら、失礼しました」

ハルは笑った。

「子供が小さかったから、せめて十五を過ぎるまでは、という事だったわよね。あの時は三つくらいだったかしら」

セイは頷く。

「越後の豪商に成りすまして近江に家を建てたのよね」

「そうだ。上方での商売の為に別宅を作ったと言ってな」

「そうそう。北前船船主越後鞍屋とか言ってね。セイは鞍屋の息子。私がその妻、そして幸姫は行かず後家のセイの姉と言う設定だったわね」

ハルはくすくすと笑った。

「幸姫はここから式神を幾つか連れて行って要所に配備した。手代の酒井宇吉、覚えているか？　あれは式神だ。それにあの女中頭、菊野もそうだ。その他にも数名……。そして向こうで人を雇って商売をさせた。越後の米と酒を扱って。孤児とか生活困窮者みたいな連中を雇って仕事と住む場所を与えたのだから、多少はいい事をしたのかも知れない」

「私、何度か連れて行かれたわ。家を建てている時にもあの金貸しと交渉した時にも。幸姫に憑依されて。まあ、短い時間しか人に化けていられないのだから仕方が無いのだけれど。人選が良かったのかしら？　商売はまあまあだったわね」

「何しろ難波に小さな店を構えるまでに成長したからな。あの手代は出来る男だった」

「管理はあちら任せで自分は行きたい時に出掛けて行くのだから、ホントに上手よね。御館様とか呼ばれちゃって」

「まあな。だが、金はとんでもなく使ったぞ。一体、あんな金をどこから調達して来たのか……。俺は怖くて最後まで聞けなかった」

　セイは言った。

「あの子供を見に行った時、幸姫はとても怒っていたわ。今回、怒って朱姫を殺してしまうような事が無いと良いのだけれど。そんな場所に何も分からない塔子さんを連れて行くなんて、本当に無茶な人よね。やっぱりセイ、あなたも行ってくださいな」

「幸姫は他人に対する配慮など欠片も持ち合わせてはいない。でも、コウとハクで何とかなるからハルは心配するな」

「心配するわよ。塔子さんは何も知らないのよ。コウだってそんなに何もかも心配りが出来る訳じゃ無いし」

「分かったよ。考えて置く。さて、今日はもう入院の準備だな？」

「そうね。それは後で。今日は仕事をするわ。私は大丈夫。仕事をして待っているわ。気を付けてね。セイ」

　ハルはそう言うと屈み込んだセイの首に手を回して頬に顔を寄せた。

「ハル。今日のうちに入院の準備をするのだ。来週には入院なのだから」

「塔子さんが無事に帰って来たらするわ」

「……」

セイは黙ってテーブルの上を片付け始めた。

「アトリエに行きたいのなら勝手に行くさ。俺は出掛けて来る」

「無事に塔子さんを連れて来てね」

「大人しく留守番をしているんだぞ。まあ、その足では歩けないだろうが」

そう言うとセイは部屋を出て行った。

赤雪　一

奥の方が騒がしい。

塔子は廊下をぐるぐると歩いている内に迷子になったようだ。廊下の分岐で迷っていると前からパタパタと走って来た侍女が「あれ、この様な所に」と言って「こちらへ」と塔子の手を取り走り出した。塔子は着物の裾を片手で持ち上げ、転びそうになりながら付いいて行く。

女に連れられて先程の小さな部屋に行くと別の侍女が待機していた。塔子が着くや否や塔子の上衣を取り、帯を外し、着物を脱がせ、襦袢の上からしゃらりと鎖帷子(くさりかたびら)を付けた。

「ちょっと、ちょっと。何？　これ。こんなの嫌。重いわ」

塔子は騒いだ。女達はそれを無視してさっさと仕事を進める。

塔子は考えた。これは一体何の為に必要なのだろう。予想は出来る。そして多分予想は正しい。何が起きるか皆目分からないが、命に危険が及ぶのかも知れない。いや、及ぶのだろう。

ぎゃあぎゃあと異を唱えたが、彼女達は全く意に介さない。着物を整えるとそのまま広間に連れて行かれた。そして広間の一番奥の座布団に座らされた。すると、あれこれと指図していた恰幅の良い男が寄って来て声を掛けた。

「塔子様で御座いますか。手前は鞍屋の番頭大木与平でござる。よろしいか。御館様はまだ戻られぬ。客は時を違(たが)えた。それはこちらの不意を衝くための方策であろう。いやはや半刻も早い。今、手代が御館様をお迎えに行っておる。すぐに戻られるであろう。

彼等(きゃつら)は刀を持って来ている。物騒な奴らよ。刀は儂が取り上げる。御館様のお帰り迄、何とか上手く話を引き延ばすのじゃ」

必要だったのはこの男だ。

「番頭さん？　ここは店だったの？」

「いや、店は難波にござる。儂はいつもは難波におるが、今日は助っ人が必要だと言われて……いや、そんなことはどうでも」

　話途中の与平を遮り、塔子は言った。

「ちょっと聞きたいのですが。番頭さん。朱姫の魂を回収って、相手を殺すの？」

　与平は面食らった表情をする。

「はあ？　何者じゃ？　その朱姫とやらは。そんな事は知らぬ。魂を回収とは？　何の事じゃ？　塔子様。しっかりしてくだされ。

　今宵の客は人買いよ。御館様はその者から娘を買い取る約束をしておられる。その為に随分準備をなされて来た。宜しいか。相手は金貸しの名の裏で貸した金が戻って来なければ、女房でも年端の行かぬ子供でも借金のかたに連れ去り、売り飛ばしてしまう程のならず者。盗みなど日常茶飯事。自らの悪事を誤魔化し隠し通すのも上手。心して掛りなされ」

　与平の言葉に塔子は驚く。

　何と！　人身売買かよ。そんな危ない相手に私を立ち向かわせるのか⁉　あの雪女め！　どうしてくれよう！　どうしてそんな悪党どもがのさばっているのだ？　警察はどうしているのだ。行政は何をしている。そんなの警察の仕事だよ。この時代の警察は……誰？

こんな事なら日本史をもっと勉強しておくんだった。意味の分からない言葉ばっかり。やだやだ。少なくとも私の仕事じゃ無いから。

「娘は必ず手に入れなければならぬ。御館様の言い付けじゃ」

与平は言った。

成程。ではその娘が朱姫なのだな。塔子は合点した。もう、その後は知らない。兎に角その娘をこちらに保護すれば良いのだ。それだけやれば交渉は終わる。私の仕事はそこまでだ。ホントに何の仕事だよ。全く！

塔子は気持ちを切り替えた。

「買うというならお金はあるのね」

「金子は十分に」

「御館様が戻るまでの事。儂が上手く話を繋ぐ程に」

与平はそう言って塔子は頷いた。

そうしている内に使いの者が部屋に来て広間にいた者達は部屋を去った。侍女は隣の部屋に去り、部屋の中には上座に座る塔子と傍らの与平、入り口の襖横に四人の男達が残った。程なく数名の足音が廊下より聞こえて来た。塔子はごくりと唾を飲み込んだ。

襖がすっと引かれ、家の者が客の到着を告げた。

「赤雪殿。御着きに御座りまする」

襖が大きく開かれ、男が三人、そして最後に少女が一人入って来た。男達は部屋の中を見渡し、塔子の前に座った。

真ん中に座った男とその隣に少女、後ろに男が二人。中心に座った男は色白で痩せていたが、後ろの二人は熊みたいに大きくて屈強な男達である。少女は十五、六歳であろうか。

痩せた男は値踏みする様な目付きで塔子を見た。まるで蛇みたいな目付きをしている。塔子はぞっとした。

「ほほう。随分お若い。……以前いらした方とは違っておるが」

男は言った。

与平は落ち着いて答えた。

「この方は鞍屋様の御息女で御座る。以前赤雪殿にお会いしたのは、鞍屋青衛門殿のお内儀春殿で御座る。春殿は病にて臥せっております故、御息女の塔子殿がお話申し上げる」

「ふん。北前船船主越後の鞍屋か。ここが別邸だと聞いた。豪勢なもんだ。だが、どうでもよい。俺は商いに来ただけだ。さあ、約束の者を届けに来た」

男は隣に座る少女を顎で指し示した。

「その前に各々方、脇差をこちらへ。暫しお預かり申す。商いに刃物は無用で御座ります」

与平が言うと男達は「ちっ」と舌打ちしながら脇差を置く。与平は居並ぶ男の一人に目配せをした。すると男はすすっと進み出て刀を回収する。少女は暗い目をして塔子と与平を見上げたが、ゆっくりとその面を下げた。

「俺の娘だ。上玉だろう。この年になれば客も取れる。色街でもどこにでも売ればいい。俺は約束の金子を貰ったら帰るとしよう」

男はにやりと笑った。

塔子は顔色を変えて与平を見た。何て事だ。自分の娘を売ろうと言うのか。

与平は塔子に片手で合図をして抑えた。そして改めてその面(おもて)を客に向けると、にこやかに「して、娘、名は何と申す」と聞いた。

「蔦で御座います」

「蔦よ。安心するがよい。お前はこの家で塔子様の侍女として奉公するのじゃ。それが大旦那様のご意向だ」

少女は父親の顔を見た。

「けっ。上手い事を言って騙して船に乗せ、どこかの港町で働かせる積りだろうが。早く金子を寄越せ」

「分かっておる。暫し待て。暫し」

与平は額の汗を拭う。

その時、奥の襖がすっと開いて侍女が「失礼いたします。与平様。御言伝が御座います」と言った。与平が頷くとそのまま彼の所に行き、何やら小声で話をする。

「承知した」

与平は侍女に告げる。そして塔子に「御館様が戻られた」と耳打ちした。

「赤雪殿。では金子を。ささ、塔子様。隣部屋に大旦那様の使いの者が参っております。金子を」

そう言うと塔子を控えた侍女に案内させ、自分はその場に居残った。

塔子が部屋に入ると雪女と中年の男女がいた。雪女は男の耳に口を寄せて何かを指示した。男は頭を下げると部屋を出て行った。塔子はホッとした。憎い雪女だが、今は心強い。

「塔子殿。こちらへ。其方らは暫しここで待て」

女達は素直に頭を下げる。

塔子は雪女に手を引かれ、別の部屋に向かう。彼女は塔子の前に立つと忌々し気に言った。

「塔子殿。御心配をお掛け申した。まさか時を違えて、半刻以上も早く参るとは……。腹立たしい奴らよ。さて、動くな。じっと我が眼を見続けよ」

塔子は蛇に睨まれた蛙の如くその目から視線を逸らす事が出来なかった。周囲がぐらりと揺れて眩暈がした。ふと頭を起こすと、ちょっとふわふわした感がある。あれ？　雪女は？　と思った所、体の中から声がした。

「塔子殿の体の中じゃ」

塔子は「ぎゃっ！」と叫んだ。その口を自分の手が塞いだ。

「しいっ、静かに。これ以上騒ぐと塔子殿の意識までも奪わなければなるまい。良いか。彼の者達はこの館を襲う算段だ。刀を扱えぬ塔子殿は奴らに襲われて色町にでも売られてしまうだろう。奴らは金貸し、だがその裏では人買い盗み何でもござれの悪党共だ。死にたくなかったら全てを妾に預け、塔子殿は人形に徹するのだ」

塔子はぶるりと震え上がった。冗談じゃ無い。でも、他に手が無い。だからここは頷くしか無い。

「妾は奥で待っておると皆には伝えよ」

「分かったわよ」

塔子は襖を開けて侍女が待つ部屋に向かう。

「人殺しはしたくない」

断固として言った。

「絶対に嫌だからね」

返事は無かった。

赤雪　二

塔子は金を持って部屋を出た。広間には先程の面々がそれぞれの思惑を胸に座っている。

「与平。これを。赤雪殿へ」

塔子は金子を番頭に渡した。与平がそれを持って行こうとすると赤雪が言った。

「おっと、その金はお嬢様自らお手渡しでお願いいたしますよ」

与平は立ち止まって答えた。

「金子を誰が渡そうが同じ事ではないか」

「いやいや、お綺麗なお嬢様にお渡し頂いて、その白い手を握らせて貰おうかと思いましてねえ。……俺の娘を買うんだ。その位何でもねえだろうが!!」

痩せ男は言い終わらない内に額に青筋を立てて怒鳴り始めた。

「何の苦労もしねえくせに親父の働いた金で偉そうに暮らしやがって。小娘が。そんな事も出来ねえのなら、この話は無かったことにしてくれ。俺は俺でこの娘を女衒屋にでも売り飛ばす。その前にちょっと愉しんでからなあ。別にあんたが俺を楽しませてくれてもいいんだぜ。別嬪さんよお」

男はニヤリと笑って塔子を舐めるように見る。塔子は鳥肌が立った。

このくそ野郎。叩き切ってやりたい。そう思った。

兎に角、この娘をこちらに保護しない訳には行かない。ただそれだけの為にこんな苦労をさせられたのだ。塔子はすっと立ち上がると、困り果てている与平から金子を取り上げた。

「あっ、塔子様。お待ちくだされ！」

与平は慌てた。

しかし塔子はずんずんと歩いて赤雪の所まで行き、片手で少女を引っ張り上げ、片手でずいと金子を出した。少女を自分の背後に隠すと「これでいいだろう」と言った。どこまでが自分でどこまでが幸姫か分からない。ただこの男に酷く腹が立ったのだ。

後ろ手に隠した少女に「早く行きなさい」と囁いた。

少女はぐずぐずしている。隣部屋から侍女が出てきて少女の手を取る。

「お父ちゃん」

少女は父に呼び掛けたが、赤雪は一瞥もくれない。

「ほほう。見た目よりも肝が据わっているな。では、お綺麗な手でも舐めさせて頂きましょう」

赤雪はにやりと笑うと塔子の手首を掴み、それを捩じり上げた。

「痛い！　何をするの！」

塔子は叫ぶ。

赤雪はあっという間に片手で塔子の体を抑え込み、隠し持っていた小柄の刃を首筋に当てがった。同時に二人の男はそこに手出しができないように立ちはだかった。

「おい。刀を返せ！　言う事を聞かなければお嬢様の命は無いぞ。早くしろ！」

髭面の男が叫んだ。

「飛んで火に入る夏の虫だなあ。お嬢様よ」

赤雪が嘲笑う。

またか。夏の虫。お前に言われたくない。

「番頭さんよ。お嬢様を死なせたくなかったら大人しく言うことを聞け。屋敷の中から金目の物を持って来い。さもなくばお嬢様が膾（なます）みてえに切り刻まれて、嫁にも行けねえ体になるぜ。生きているのも辛くて、終いにゃあ殺してくださいとひいひい泣く様な目に遭うぜ」

「へっへっ。いい匂いがすらあ。この頬」

赤雪は刀の切っ先を塔子の頬に当てると、つうと線を引いた。

「痛い！」

頬に傷が付けられ血が流れる。赤雪は流れる血を舌先で舐め取った。

「こりゃあいいや。桃みてえに綺麗な肌してやがる。こりゃあ楽しみが増えたわ。この肌に幾筋もの切り跡を付けてやろうか。俺の印だ」

赤雪はきいきいと笑った。

塔子は自分の頬がざらりとした舌で舐められて背中に悪寒が走った。赤雪の指先が塔子の首筋から着物の下に入ろうとする。

「何すんのよ！　この変態！」

塔子は暴れた。

「早く刀を返せ！」

赤雪が怒鳴った。男達が赤雪にじりじりと近付く。しかし、塔子を人質に取られて手が出せない。

「良い。与平。刀を持て」

塔子の口から声が出た。

「はっ」

「おお、物分かりがいいな。お嬢様よ」

店の男が取り上げた脇差を持って出て来た。

「おい、ここまで持って来い。余計な事をするなよ。余計な事をしたら大事なお嬢様の顔にばっくりと大きな傷が付くぜ」

赤雪が刃物を強く押し当てる。

「よし。おいお前ら、刀を取れ。そして五郎、お前は太一達を呼んで来い。出来は上々だとな。常、隣の部屋から蔦を連れ戻せ。そうしたら後は金目の物を頂く。何しろ大切なお嬢様は俺の手の内だからな。馬鹿な娘だぜ。ん？　何だ？　この太刀は。見慣れない……」

「それは妾の物じゃ」

塔子は一言呟くと太刀に向かって手を伸ばした。太刀はすっと塔子の手に収まる。その刀の柄を使って塔子は素早く赤雪の鳩尾に強烈な一撃を与えた。

「ぐふぉ!!」

赤雪は塔子を抑えていた手を放して体を丸めた。その首筋を目掛けて振り上げた太刀が光る。

「駄目！　殺さないで！」

塔子が叫ぶ。

「殺さぬ。だが、その頬に傷を付けた。その報いは受けて貰う」

塔子は刀を振り下ろした。赤雪の耳がぽとりと落ちた。

鋭利過ぎる刃の為に塔子は何の手ごたえも感じなかった。赤雪は何が起きたのか分からなかった。しかしすぐに左耳に焼け付くような激痛が走った。痛みと共に己の耳が切り落とされたことを悟った。

「うわああ!!　このあま！　何しくさる！」

耳からだらだらと血を流し、赤雪は怒鳴った。塔子は血を見てすうっと意識が遠退くのを感じた。

「ああ……もう駄目」

駄目だ。駄目。気絶なんかしている場合じゃない。遠くなる意識を両手で掴んで引き戻す。

手下の一人が刀を取り上げると、鞘を投げ捨て真上から塔子に切り掛かった。

「助けて！」

塔子は悲鳴を上げた。

悲鳴とは裏腹に体は勝手にその刃を己の刃で受け止め弾き返す。返した刀で男の体を袈裟懸けに切ろうと……ふっと切っ先を変えて低く構え、足の腱を切る。水が流れるように体がしなやかに動く。男は悲鳴を上げて崩れ落ち、足を抱える。痛みに耐え兼ねてぎゃあぎゃあと罵声を上げる。塔子はつかつかと男に近寄るとその腕を足で踏み付け、顔の真上に刃を構えた。

「五月蠅い。これ以上騒ぐとその目を刺す」

塔子は言った。いや、塔子ではない。幸姫である。塔子はすでに声も出せない。男は歯を食いしばって痛みを堪える。五郎と呼ばれた男が脱兎の如く走り出した。

「行かせるか！」

「だから殺しちゃ駄目！」

塔子は逃げる男を目掛けて刀を投げた。刀は男の右肩に刺さり、男はその場にどうと倒れた。そこを男衆が縛り上げた。塔子は大股で進むと男の肩から刀を引き抜いた。夥しい血が男の衣服を赤黒く染めて行く。

気持ちが悪い。吐きそう。もう無理。限界……。

「赤雪が逃げる！」

誰かが叫んだ。


赤雪は耳を抑えて馬に飛び乗るとそのまま走り出し、声を限りに叫んだ。

「赤雪の従者共よ。出て来い。屋敷を焼くぞ。おおい」

「おおい。お前ら。出て来い」

「おおい。どうしたのだ」

赤雪は馬を止めた。

道に潜んでいる筈の味方は誰一人出て来なかった。道は深と静まり返り、赤雪はどこか違う世界に迷い込んだのかと思ってぞっとした。

「おおい。太一。おおい。弥彦、元太……」

赤雪は名前を呼んだ。しかし、耳を澄ませても聞こえるのは虫の音だけだった。赤雪は「ええいっ！」と掛け声を掛けると馬を走らせて自分の屋敷に向かった。下手共は企てが失敗した事を既に知って、自分達を置いて逃げたのだと思った。

きっとそうだ。何て奴らだ。ぶっ殺してやる。仲間を見捨てやがって。赤雪は血走った目で馬を駆った。

赤雪が去った後、道にふらりと姿を現したのは、黒いマントを付けた少年と大柄な男だった。

「そろそろやって来るな」

男が言った。

男の言葉通りに蹄の音が夕暮れの薄闇から響いて来る。馬の背には青白く光る女が乗っている。

「どちらに行った？」

幸姫は聞いた。

「あの道を左に」

セイが答えた。彼の後ろには体を縛られ、意識を失った者達が二十人程転がってい
た。

「コウは？」

「塔子殿と先に戻る。塔子殿にはちと無理をさせた」

「今更か。幸姫」

「よい。まずは赤雪を捕まえる」

「ああ。言いたい事がたんとある」

「よいと言っておる。行くぞ。ハク」

「おうよ！」

「赤雪が屋敷に戻る前に事を済ませる。先に行って奴を引き摺り下ろせ」

「御意」

ハクはぶるりと身を振ると大きな白虎に変化（へんげ）した。そして風の様に走り去った。


少し前の事。

いつの間にか気を失っていたらしい。それなのに塔子は幸姫に叩き起こされた。ぼんやりとした頭で塔子は考えた。赤雪は逃げたが、少女は無事に部屋にいる筈。良かった。危なかったし、舐められて心底気持ちが悪かったが、何とか朱姫を回収出来た。

これでもう……。

また気が遠くなる。塔子はふっと気を失い掛けた。

人を切ってしまった……。

それでも何故か他人事の様に感じる。まるで映画で見ている殺陣のシーンの様に。だから私じゃ無いって。私じゃ無いから。切り付けたのは。塔子は自分に言い聞かせる。刃物の余りの鋭利さにぞっとした。すっぱりと切れて手応えが無い。怖い。でも、もうお仕舞だよね。これでようやく帰れる。塔子はそう思った。

「まだじゃ」

体の中で幸姫の声がする。

「赤雪を追う」

「えー!?」

塔子は非難の声を上げた。

「もう、いいじゃないですか。私はへとへとです。朱姫は回収出来たし悪党どもは追い払ったし。もう、行きたかったら、私を置いて行ってくださいよ」

「何を言っておる。朱姫は赤雪の中じゃ」

「うそー‼」

塔子はひっくり返るかと思った。

あっち？　あんな最低のクズ男の中に？　じゃ、何なの？　あの娘は。あの娘は何なのよー‼

「馬に乗るぞ。急ぐのじゃ」

幸姫は大股で歩く。

馬？　この上、馬に乗るの？　私、馬に乗った事が無い。もう無理。流石に無理。置いて行ってくれとせがむ塔子に、それは出来ぬ相談じゃと返しながら塔子は馬に乗る。

「幸姫。私はもう無理だから。勘弁して」

塔子はもう半泣きである。

馬に乗っていざ走り出そうと言う刹那、誰かが走り出て馬を止めた。

「危ない！」

塔子は叫んだ。馬は驚き、大きく前足を振り上げた。

「落ちる!!」

咄嗟に馬にしがみ付いた。暴れる馬に必死にしがみ付く。

もう、死にそう！　死ぬ！　マジで死ぬ！

男は「どうどう」と馬を宥めながら手綱を引く。馬は次第に落ち着き、その足を止めた。

黒い上衣を羽織った男がその頭巾を取ると塔子は目を見張った。塔子の目にみるみる涙が溢れた。

「コウさん……」

やっと来てくれた。

「遅い!!」

幸姫と塔子は同時に言った。

「もうよい。塔子殿。ご苦労であった」

幸姫の声が遠くで聞こえた。ほうっと深い息を吐くとそのまま塔子は意識を手放し、コウの腕の中に静かに滑り落ちた。

上弦の月　一

　気が付くと塔子はベッドの上に寝ていた。部屋の中は青いダウンライトが点いている。いつもの自分の部屋である。塔子は心から安堵した。

「私、東京に帰って来たんだ。良かった」

　起き上がろうとすると何かがふわりと手に触れた。塔子は慌てて自分の手が触れた物を見た。それはコウの髪の毛だった。コウは羽衣を着けたままベッドの端に頭を載せて眠っていた。

「連れて来てくれたんだ」

　そっとコウの髪を撫でた。撫でる手がはたと止まった。

「まさか」

　自分の腕を抓った。

「痛い！　と言う事は夢では無いよね」

　もう一度部屋の中を見回した。床の上にバックだけが転がっている。

「私、どうやって帰って来たのかしら？」

塔子は記憶を呼び戻そうとしたが、あの何とか、という時代の近江の国だったかしら？　そこに雪女に無理やり連れて行かれ、着物を着せられた所までしか覚えていない。その後何がどうなって元の時代に戻ってここに帰って来たのだろう。

塔子はコウを起こさないようにそっとベッドから滑り下りた。まだ着物を着ている。いや、着物では無い。長襦袢だ。帯も無い。道理で体が楽な筈だ。着物は布団の上に掛けてある。帯は見当たらなかった。

「ああ良かった」

塔子はしみじみ呟いた。

「本当に帰って来たんだ」

塔子は窓に近寄るとカーテンの隙間から外を眺めた。夜であるが、外を歩いている人や車が見える。という事はまだ夜も早い内かも知れない。塔子は枕元の時計に寄って日時を確認した。

あれ……？　私、疲れで目がおかしいのかな？

塔子は目を擦ってみた。よくよく目を見開いて時計を確認する。さっきと日付は同じだ。

「六月十四日　日曜日　ＰＭ10：00」

塔子は思わず声を上げた。

「えー？　日曜日！　嫌だ。明日仕事じゃないの。週末はどうしちゃったの？」

その声にコウがもそもそと動いた。

「ああ塔子さん。起きたの？」

酷く眠そうだ。塔子はコウに駆け寄りその胸を掴み、揺さぶりながら訴えた。

「ねえ、コウさん。どうして今日は日曜日なの？　ねえ。だって私、あの時代に一日しか？　寝ていたから二日なの？　一日だよね？　そうだよね。だってあの時、幸姫は『客は酉の刻に参るって』って言っていたもの。それでその夜に帰って来たんだよね。ねえ。どうして？　私、何があったのか良く覚えていないの」

コウは半分眠りながら言った。

「ああ、あちらとこちらでは時間の流れがちょっとずれるから」

「そんなあ……」

塔子はバックからスマホを取り出すと画面を確認した。バッテリーは切れている。康太との約束がずいぶん昔の事に思えた。僅か数日前の話なのに何カ月も前の出来事に思える。塔子はがっくりと座り込んでスマホの暗い画面を眺めた。

兎に角お風呂に入ろう。まあ何とかぎりぎりに仕事には行けそうだから。例え明日であろうが間に合った事を感謝しよう。塔子はのろのろと立ち上がった。

「ごめん。塔子さん。少し寝かせて。もう限界なんだ」

コウはそう言うと羽衣をそこに脱ぎ捨てた。そしてのそのそとベッドに這い上がり、そのまま横になってしまった。

「えー。ちょっと。コウさん」

コウはすやすやと眠っている。その寝顔を眺めて塔子は何度目かのため息を吐いた。コウの羽衣を畳んでおこうと思ったが、羽衣は重くて持ち上げられなかった。仕方が無いのでそのまま放置する。

「よくこんな重いマントを着けているわね。まさか床が抜けたりしないわよね。いくら何でも。さて、何か食べてお風呂に入ろう。何だか頬が痛いわ。どうしたのかしら？」

塔子は寝てしまったコウを起こさないように着替えなどを持って静かにキッチンへ向かった。

洗面台の鏡に映る顔はやつれて目の下にクマが出来ている。頬にはくっきりと一本の傷が付いている。皮膚が赤くなって触ると痛かった。

「道理でほっぺが痛いって……。何でこんな場所に？　嫌だ。何で切ったのかしら。どうしよう」

塔子は傷口が濡れてしみない様に絆創膏を貼った。そしてバスタブに湯を張り始めた。

湯船に浸かってふうっと目を閉じた。

突然肩に刃物を付き立てて倒れた男の姿が頭に浮かんだ。着物が血で染まる。塔子は慌てて目を開けた。つるっと足が滑って湯船に沈み込んだ。

「はあ、溺れるかと思った」

何なの？　今のは？

湯船から出てシャンプーを手に取り、動作が止まった。誰かが後ろにいる様な気がする。後ろから手を伸ばし、自分の首を絞めようとしている。塔子は我慢出来なくて後ろを振り返った。

誰もいない。

当たり前だよ。自分に言い聞かせる。でも、何だろう。この不安は……。嫌な気分を振り払う様にお湯をばしゃばしゃと体に掛けた。

風呂から上がってキッチンに行く。ワインをグラスに注いだ。ワインをじっと見る。雪女に拉致されて、武家屋敷みたいな場所に連れて行かれて、衣服を取り換えた。お昼を食べて、その後、客が来るからって……。客ってどんな客だった？　客と会って何をしたのだろう？

雪女の話も少しは覚えている。自分の声が朱姫に似ている事、コウさんが朱姫を愛していた事、「人形が必要だ」と言った事。朱姫の魂魄を取り戻すために私をここに連れて来たと。その辺りまではぼんやりと覚えている。その後だ。その後から覚えていない。

結局雪女は私の体を使って何をしたのだろう。この類の傷は何だろう？

塔子は不安になった。何か、やばい事が起きたのでは無いでしょうね？

塔子は大きく息を吐いてグラスのワインを一気に飲み干した。そのまま立ち上がると流しに向かい、水を汲んでそれを飲んだ。

だったら、そのまま忘れていればいい。無理に思い出さない方がいい。どちらにしろ、この現実社会とは関係の無い場所で起きた事なのだから思い出さなくても支障は無い。

寝室のベッドにはコウがすやすやと眠っていた。

「余程疲れているのかしら？　まあ、いいか。初めてでは無いのだろうし」

コウは向こうから帰って来る時にも抱いて来てくれたのだろう。それに誰かが一緒の方が安心して眠れる。

塔子はそろりとコウの隣に潜り込むと、その胸に顔を寄せて匂いを確かめた。森の爽やかな空気の匂いがする。そうそう。この匂い。

塔子は安心し納得する。コウの顔を見上げ、小さな声で話し掛ける。

「コウさん。一緒に眠っていいかしら？」

コウはうっすらと目を開けて塔子を見た。そして頷いた。片腕を塔子の体に伸ばして抱き寄せた。塔子の顔を見ていたが、指で顔の傷をなぞった。そして目を閉じた。

「コウさん。こんな風に一緒に眠った事、あったでしょう？」

コウは目を閉じたまま頷いた。

「やっぱり。……コウさん。ねえ。私、コウさんにキスをしてもいいかしら？」

コウは目を閉じたままフフッと笑った。塔子はコウの唇にそっと自分の唇を重ねた。

冷たい唇だった。コウは目を開けて眠そうに塔子を見ていたが、体を起こして唇を重ねて来た。長い口付けの後、塔子はほうっと息を吐いた。頭の芯がほんのりと溶けてゆらゆらと浮かんでいる。さっきまでの不安がゆるりと解けて消えて行く。コウは塔子の額に唇を押し当て「お休み」と呟いた。

「お休みなさい」

塔子はそう言うと、その背中をコウの胸にぴったりと付けて彼の手を取り、体を丸めて目を閉じた。塔子は怖い夢も見ることもなく穏やかな眠りに就いた。

上弦の月　二

次の朝、目覚ましで起きた塔子は気持ち良く体を伸ばした。目覚ましの音楽は爽やかな川音と小鳥の声である。それをベースに静かなピアノの音が聞こえる。耳慣れた音楽だ。

コウはまだ寝ている。塔子はコウを起こさないようにそっとベッドを離れた。出勤の支度をしてコーヒーを入れる。洗面所で鏡を覗くと頬に付いた傷は跡形も無く消えていた。塔子はコウの指がなぞった場所をもう一度撫でてみた。

目が覚めたらキッチンや浴室を好きに使ってもらって構わないという事と自分が帰るまでは家にいて欲しいという事をメモ書きにして置き、玄関のドアを閉めた。天気は上々。何とか一日頑張れそうである。

一日が無事に終わり、コウが待っていると思うと急いで部屋に戻った。玄関を開けると部屋の中は暗い。

「コウさん、帰っちゃったのかしら」

塔子はバックを持ったまま寝室へ向かった。コウは朝に見たままの姿で眠っている。

塔子はコウに走り寄った。

これは変だ。いくら何でもずっと眠っているなんて。

塔子はコウの額に手を当てた。熱は無い。

「コウさん。コウさん」

コウの体を揺さぶった。

「大丈夫なの？　コウさん」

睫がピクリと動いてコウは薄く目を開けた。

「ああ。塔子さん。……大丈夫だから。……ちょっと自分では動けないからセイを呼んだ」

そう言うとまた目を閉じた。

塔子はコウの枕元に座ってその様子を伺った。コウの息が止まるのではないかと気が気ではなかった。何度か口元に耳を寄せて寝息を確認した。コウの寝顔を眺め、額に掛かった前髪に触れてみる。彼は深く眠り込んでいるのかぴくりとも動かない。

とても綺麗な人だと思う。まあ、人じゃ無いから。それも当たり前か。

そう考えて、当然の様にそれを受け入れる自分に呆れる。長い夢を見ているんじゃないわよね。塔子はそう思って恐る恐る腕を抓る。痛い。その内、腕が痣だらけになるのではないだろうか。

朱姫か……。

以前、彼が言っていたその彼女が朱姫なのだ。どれだけ時が過ぎても彼は朱姫を忘れられないのだ。彼にとって唯一無二の存在なのだ。そんなに人を好きになるってどんな感じなのだろうと思った。

この人と関わり合った事で大変な事になってしまった。そりゃ、私が先にコンタクトを取ろうとしたのだけれど、まさかこんな事に巻き込まれるとは思ってもいなかったから。こんな落とし穴が人生で待っているなんて、一ミリメートルの千分の一も考えていなかった。

元はと言えばあの「庭」だよ。

母がこの時代の朱姫。その事に付いてよく話を聞かなければならない。でも一方では、もう何も聞くこと無くこのまま終わりにした方がいいとも思う。どうでも良いではないか。そんな事は。疾うに母は亡くなっているのだし、朱姫と言われても私とは何の関係も無い。もうこの人達と関わるのもやめた方が良いのだろう。関わっていい事は無い。そして明日からまたいつもの日常に戻る。それがいい。私はただの人間なのだから。

玄関のインターホンが鳴った。塔子は来客を確認するために玄関に向かった。セイが玄関の内側に立っていた。

「一応、鳴らしてはみたが。ドアとかあまり俺達には関係が無いんだ」

セイは不愛想に言った。

大男のセイはシャツにジーンズというラフな格好だった。あの黒いマントは着ていない。玄関の隅に塔子のスーツケースが置いてある。セイが一緒に持って来てくれたのだ。

「私の荷物、有り難う御座います」

「ああ。ハルに頼まれたから。塔子さん。具合はどうですか。ウチの幸姫が酷い事をして済まなかった」

セイは頭を下げた。

「私は大丈夫です。さあこちらへ。コウさんが大変なの」

セイはベッドに眠っているコウを見るとその額に手を置いた。コウはゆっくりと目を開けた。

「ああセイ。済まない」

「珍しいな。お前がこんなになるなんて」

セイはそう言ってコウの羽衣をばさりと持ち上げた。それにコウを包むと自分の肩に担ぎ上げた。

「塔子さん。コウを連れて帰る。まあ、一種のエネルギー切れの様な状態だから、山に連れて行って休ませれば良くなる。もう今回の事でいろいろ分かっただろうが、俺達はその、人間じゃない。何と言ったらいいか……。山の神の守護みたいなものだ。それでも随分長く人間に交じって暮らしていたから人間の事も良く分かる。

コウは真面目な奴なんだ。自分の所為で君に迷惑が掛かった事も随分気にしていた。どうか許してやって欲しい。

ところで、ハルが君に会いたがっていた。ようやく入院させたから家でなくて病院でもいい。嫌でなければまた来て話をしてくれると嬉しいが。

さあ、どうだろうな。俺だったらあんな思いをしたら二度と行きたいとは思わないな。難しいかも知れんな。だから無理して来ることは無い。でも、もし来るならその時は連絡をしてくれれば迎えに行く。ああ、コウのスマホで構わない」

塔子は分かりましたと答えた。セイは、君が入院していた病院だよと付け加えた。

そうしてコウを抱えたまま部屋を出て玄関に向かった。塔子は慌ててその後を追ったが玄関にその姿は無かった。塔子はドアを開けて外を確認した。ドアの外にもその姿は見えなかった。ふと目を上げると上弦の月がぽっかりと藍色の空に浮かんでいた。

塔子はもう一度暗闇に目を凝らしてドアを閉めた。

季夏　一

　朝、九時近くの山手線に乗る。その頃はちょっと空いている。

　新潟から帰って来て二カ月以上が過ぎた。


　塔子の勤めている広告制作会社は新宿にある。本社は大阪にある。塔子が入社した時は従業員数三十人程だったのだが、徐々に増え、現在四十二名の社員がいる。

　大手広告代理店の下請け作業が多いが、お得意先のひとつが交通系という事もあり、中吊り広告や駅貼りポスター、旅行雑誌のカタログ、チラシなどを手掛ける。元々紙面を媒体にする仕事中心の会社だったが、ＷＥＢ関連の広告、ホームページ作成運用の仕事が増えて、それに携わる人間が増えてきた。塔子は大学の商学部を卒業してから入社したのでもう九年目である。入社時は経理部にいたが、制作部門に異動したくてグラフィックデザイナーの専門学校に通いながら会社勤めを続け、二十七の時に社内異動をした。

　塔子は小さい頃から絵の好きな子供だった。

残念ながら自分に絵の才能が無い事は、すでに小学校を卒業する頃には分かっていた。でも、絵画を観ることは好きだった。将来は何か絵に関わる仕事をしたいなと思いながらも、それを専門にする学校に進学する程の能力も熱意も無い事を自覚していた。特別やりたい事の無かった塔子は両親の薦める大学の商学部に進学したのである。

ＰＣで絵を描くなら何とかなるのではないかと気が付いたのは、仕事を始めてからだった。それからグラフィックデザイナーを目指したのである。

今回、都内に数店舗を構える大手書店の夏のイベントポスターを作製した。その出来は自分で言うのも何だが、なかなか良かったと思っている。社内での評判も悪く無かった。

夏の暑い時期、店内や駅に飾られたポスターの前に立ち止まり、にやりと笑う。ポスターを眺めて「ナニコレ。笑える」などという感想を聞いたなら、走り寄って「有難う御座います」と言って握手をしたい位だ。店舗には何度も足を運んで本を読む振りをしてポスターを眺めた。

ホームを歩きながら鉄道会社のポスターの前で塔子は足を止めた。夕暮れの湖と遠くに霞む山波。手前の森。今にも蜩の声が聞こえて来そうなポスターだ。

「ああ。いいなあ」

全体にセピア掛かった感じがとてもいいと思う。

「今度、カメラもやってみようかしら」

そんな事を思いながら歩き出す。

会社の入り口で高木さんと会った。高木さんも塔子を見て、ちょっと気まずい顔をしたが「お早う御座います」と声を掛けてくれた。塔子も挨拶を返した。笑顔はまだ無理だった。


新潟から帰って来てからの一カ月余りは大変だった。

今年の夏は災厄と言って良い位の暑さだし、意味の分からない不安神経症に悩まされた日々だった。不眠症はまるで何かの呪いの様にどんどん酷くなるばかりだった。

コウが帰ってしまってから塔子は眠れない日々が続いた。

もう夜中の二時だというのに部屋の中は昼間の様に明るい。眠いのだけれど目を閉じると、誰かが背後から狙っている気がして目を覚ましてしまう。暗闇が怖いのだ。だから電気を点けたまま眠る。

ベッドは壁際にある。後ろは壁だから誰も来ない。それでも不安で部屋の片隅に小さく丸まって座り、そのまま倒れるように眠る時もあった。体も脳も眠りを欲している。急激に眠りに引きずり込まれる。しかし、怖いのはその眠りだ。どんどん深みに落ちて行って息が出来なくなる。息が出来なくて苦しくなるから無理やり目覚めようとするが、その苦しい事と言ったら。誰かが手を貸してくれるといい。肩を叩いたり声を掛けたりして起こしてくれるといい。

目を閉じたままコウの事を考える。コウと一緒に眠った事、コウと口付けをした事、そして康太の事を考える。康太と会って話をしなくては。高木さんの姿が浮かぶ。仕事の事を考える。何とか仕事は軌道に乗っている。明日の仕事の段取りを考える。雑念は次から次に湧いて来る。

ふと肩に刀が刺さった男の姿が蘇り、心臓が跳ね上がる。折角うとうとし掛けたのに。毎晩これでは体がもたない。頭の動きを止める何かが欲しい。肩の辺りに頭の動きを止めるスイッチがあるといい。それをオフにすると真っ暗になって頭の動きが止まる。誰でもいいから傍にいて欲しい。そして私のスイッチを切って欲しい。塔子はそう思った。

康太に電話をすることは出来なかった。断られた時の辛さを考えたら、まだ自分一人で対処した方がましだ。高木さんの存在を知ってしまったから猶更である。

　コウさん。……だが、彼は人では無い。体が蕩ける様なキスをしても、彼は幻と同じ。そして彼には想い人がいる。雪女が言っていたではないか。愛しい者を失うのは辛いことよのう、と。優しい人だけれど、もう心から愛する人がいる。私の事は単に声が似ているというだけで興味を持っただけ。

　ホント、迷惑な話だよ。

　私は彼の人生のほんの一点、そこで交わっただけ。後は離れて行くだけなのだ。あの人達はまるで幻の様な蜃気楼の様な……。一時の関わり。夢の様な。私は人間。あの人達は違う。塔子は自分にそう言いながら眠りに就いた。暗くても大丈夫。誰も来ない。あれは夢。あれは良くない夢だから。何度も自分に言い聞かす。ようやく眠剤が効いて来たらしい。

　次の朝、はっと目を覚ますと時計を確認した。やばい。完璧遅刻だ。塔子は諦めた。今日は金曜日。明日は休みだ。今日はちょっと眠ったかしら？　少しずつ回復して行くといい。今日の仕事は何だった？　塔子は頭の中でスケジュールを確認した。旅行会社のパンフレットで納期の近いものが一つある。段取りを考え、土日に仕事をすれば何とかなると思った。今日は頭が全く働かない。このまま電話をして休みを取って寝てしまおう。そして起きたら医者に行こう。塔子はそう思ったが、一度起きてしまうと今度は眠れず、午後から出勤する事にした。

季夏　二

今年は長雨が続く。

いつになったら梅雨が明けるのだろう。もう七月も後半ではないか。しとしとと降り続く陰気な雨音を聴きながら、塔子は深いため息を吐いた。不眠は酷くなるばかりだった。父親が亡くなった時も眠れなかった。今回はそれよりも酷い。

塔子は心療内科に通い始めた。医者から処方された薬は暫く使っていると効かなくなって違う薬に替えてもらった。今回出してもらった薬は飲むと副作用で気分が悪くなって、どうにも起き上がる事が出来なくなった。眩暈がしてずっと横になっているが、しっかり寝たという感じがしない。これだったらまだ前回の薬の方がマシだ。

塔子は起き上がって鏡を覗き込んだ。目の下にクマが出来て随分やつれた感じがする。

どうしたらいいいか。

このままだと仕事に支障を来す。何とかしなくては。

大体、何？　あの血だらけの男は。何か私に関係があるならそう言って欲しい。

コウさん。もしかしたら私の記憶に何かをしたのかも知れない。人だったらそんなの無理だけれど、あの人ならちょいと手を私の頭に置くだけでそれも可能だろう。どうせ消すのなら幸姫に拉致られた辺りから全て消して欲しいわ。こんな中途半端なやり方じゃ却って不安が増す。と言うか、勝手に人の記憶に手を入れないで欲しい。親切の積りなんだろうけれど、そんなのプライバシーの侵害だ。

よし。会って戻してもらおう。そして二度と私の頭の中をいじらないでと伝えよう。全く失礼な人ね。イライラが募る。本気で蹴り飛ばしてやりたいと思う。

塔子は、誰かが時空を超えてやって来て自分は刀で切り付けられ、ベッドに血だらけで倒れたが、誰も気が付かないでそのまま放置され、会社から「仕事に来ない」と言う事で警察に連絡が行き、警察と管理人が部屋に入ってそろそろ腐乱状態になる自分を発見する、というシナリオを想像した。

鍵が掛かっているのに誰が塔子を殺したか。という事で新聞に載るだろうか。完璧な密室殺人である。

嫌だな。腐乱死体。臭いだろうな。その後、この部屋はどうなるのだろう。事故物件になるのかしら。

時空を超える。有り得ないけれど、経験したら何でも有りそうな気がする。

雪女がこの部屋にやって来て嫌だという私を連れ去る。塔子はどんどん想像を広げる。悪い考えばかりが展開していく。夢だと思えばいい。夢だから。この時期を乗り越えれば。大体人間、寝なければ死ぬんだから。いつかは平常に戻るだろう。暫くの辛抱だ。

睡眠薬の服用量が増えた。だからと言って安穏な眠りはなかなか得られない。この恐怖心。これさえ克服できれば。平常心。これが大切。何があっても平常心。平常心と呟く。

そんな事を考えながら、うとうととしたらしい。ああ良かった。眠れそう。ゆっくりと眠りに落ちて行く。大丈夫。呼吸は出来ている。


何やら顔がくすぐったい。ふわふわした物が首の辺りに纏わり付く。

えっ？　もしかしたら首を絞めて窒息死？　それだけは止めて欲しい。もう一思いに刺し殺して欲しい。窒息だけは絶対に嫌。

塔子は呻いた。起きなくてはならないのに目が覚めない。物体は除けようとしてもふわりふわりとしつこく塔子の顔に掛かって来る。塔子は必死でそれを避ける。

「トーコ」

「きゃあ！」

誰かが私を呼んだ。私しかいない筈なのに。

塔子は飛び起きた。

目の前には白い猫が寝転がって尻尾をぱたりぱたりと動かしていた。

季夏　三

白い猫を認めた途端、また忘れたい記憶が蘇ってくる。あの人達は蜃気楼だったと自分に言い聞かせてきたのに……。塔子はため息を吐いた。

「ハク。脅かさないでよ」

塔子は言った。こいつは人外どころか猫ですらない。信用出来ない。

「トーコ、すごくうなされていたよ。苦しそうにうんうん唸っていた」

あんたのせいだよ。塔子は心の中でそう言った。

ハクの声は直接頭に届く。塔子の不思議そうな顔を見てハクは言う。

「ああ、テレパスだよ」

「そう。テレパス」

成程。塔子は頷く。テレパスね……。有り得ないでしょう！　猫がテレパス⁉　塔子は自分にツッコむ。

「全く眠れないのよ。眠剤を飲んでも眠れない」

「やっぱり？」

「何で？」

「俺はコウに頼まれたんだ。トーコの様子を見て来てくれって。どうしているかって」

「コウさんに？　コウさんは大丈夫なの？」

「うん。今は山にいる。玄伯と一緒にいるよ。トーコ、俺が暫くトーコと一緒にいてやるよ。コウに頼まれたしさ。俺も突然拉致されて酷い目に遭ったトーコが気の毒だし、その後遺症で眠れないのならそれが良くなるまで」

塔子は黙ってハクを見た。コウの寝顔が頭に浮かんだ。さっきまでコウに対して腹を立てていたのに今度はコウの優しさが思われる。

「コウさん。自分の具合が悪いのに心配してくれたのね。……私、猫と寝るのね」

余計な心配というならその通り。もう私の生活に関わらないで欲しい。でも、そうやってわざわざ来てくれた猫を追い返せないのも、悲しいかな自分の性格なのだ。ああもう、中途半端に関わられると、まっとうな人間としての私の生活が……と思いながら、それを言えない自分が情けない。

私はきっと誰かの温もりが欲しいんだ。それが人外であっても。いずれは消えてしまうそんな儚い温もりであっても。空しいなあ。と思いながらも、今この時、誰かが自分と一緒にいてくれるならそれは何であってもいいかと思う。たとえしゃべる化け猫であっても。

「俺なら可愛いし、毛皮は真っ白ですべすべしている。触ってもいいぜ。ちょっとだけなら抱っこさせてやってもいい」

ハクは髭をぴんとさせて得意げに言う。

「化け猫のくせに……」

塔子は呟く。

「ん？　何、その顔？　不満そうだな。猫じゃ嫌だ？　もっと大きい方がいい？」

そう言うとハク猫はベッドの上でくるりと回った。と、白いトラに変化した。

塔子は「ぎゃっ!!」と叫んでベッドから転げた。ハクを見詰めたまま、ずりずりと壁際に下がる。ハクはトンと床に降りて塔子に近付く。

「タンマ。タンマ。ハク！　ちょっと！　こっちに来ないで！」

塔子は背中を向けて頭を抱えた。ハクは塔子の背中にのしかかる。

「きゃー!!」

ハクは塔子の肩に太い前足を置いて頭の上から声を出す。

「サイズはお好み次第。で、これならどうだい？」

「ね、猫でお願いします」

塔子は言った。


ハクは暫く塔子の家にいた。塔子はキャットフードを買って来てハクに与えた。不思議な事にハクを抱いて眠るとよく眠れた。ハクの金と銀の目で見詰められると魔法に掛かったみたいに眠くなる。塔子はベッドに長々と横になったハクの胸の辺りに顔を埋めてみた。ハクは尻尾をぱたりぱたりと動かしている。

「獣臭くない。いい匂いがする。森の匂いだ。何の木の匂いかしら？」

「当たり前だろう。俺の属性は白虎だ。そんな獣臭い訳ねえし」

「白虎ねえ。確かに同じネコ科の生き物だけど全然違うよね。存在感が」

「まあ、そりゃそうだ。でも、トーコと話をしていると本当に朱姫と話をしているみたいだ。懐かしいな」

「そうなんだ……。いいよ。私の声がみんなの癒しになるのなら。それはそれで有難いのか、迷惑なのか……」

塔子はハクの体を抱き寄せた。動物だと思うと遠慮が無くなる。

「そうだよなあ」

ハクは笑った。

「ホント、迷惑な話だよなあ」

塔子はハクの体を撫でながら思う。未だにこの状況が信じられない。私は孤独の余りに精神に異常を来たしてしまったのだろうか？　それとも妄想癖が付いてしまったのだろうか？　これは現実の出来事だろうか？　だが、この手触りは現実そのものである。

そうだ。ハルさんに聞いてみればいい。塔子はそう思った。

「ねえ、ハク。ハルさんはまだ入院しているの？」

「もう退院して家にいるよ。セイがずっと病院に通っていた。仕事の序に」

「そうなの？　あなた達って変よねえ。人間でも無いのに仕事もしているなんて」

「トーコ。ハルに会いたいの？」

「うん。そのうち。ハク、私、もう眠るね」

　塔子は目を閉じてそう言うと幾らもしない内にすやすやと眠りに落ちた。


　ハクは水道水を飲まない。

　一度口を付けて「良くこんな不味い水を飲んでいるな」と言った。それ以来ペットボトルの「〇〇の水」をあげている。

「家の地下水の方がずっと旨い」などと言われても、そりゃあそうでしょうよ、としか言えない。水が美味しいからコメも美味しいのよ。などと塔子は言う。

　山があるから。水源林だ。水が幾重にも重なった腐葉土の下を通り過ぎ、地層を通り過ぎ、地下水になる頃には養分をたくさん含んだ甘い水になる。うちの横を流れている川、あの水はめちゃくちゃ旨いぜ。ハクはそう教えてくれた。でも塔子は二度とその場所には近寄りたくはない。蛇がいるから。

「外は暑いけれどさ、中は快適だよな。でも東京って夜も暑いんだな」

「何を言っているの。まだ序の口。これからが本番よ。とんでもない暑さになるわよ。東京の夏は殺人的だから。なんせ、熱帯雨林地帯の国よりも暑いらしいから。世界的にも暑いらしいわよ」

「俺、その頃には家に帰るから」

「毛皮を着ているからね。そりゃ暑いわよね」

塔子はハクの横にごろりと転がる。不眠症は随分良くなった。誰かが傍にいるという事が今の塔子には一番いいみたいだ。

「ハク。コウさんはどうしているの？」

「ああ。コウはまだ山にいるよ」

「まだ良くならないのかしら」

「どうかな……？　ねえ。トーコ。俺はトーコを気に入ったしこの家も気に入った。トーコ、俺達の所に来ればいい。ハルみたいに」

「そう？　それは有難いお誘いだけれど、ご遠慮申し上げますわ。私はここがいいの。仕事もあるし。それに幸姫は苦手なの」

「でもハクは好きよ。ハクがウチを気に入ってくれて嬉しいわ」

塔子は猫に向かってにっこりと笑った。

見た目が動物だからそんなに気にならないが、これがコウやセイだと気を遣う。特にセイは話したこともあまり無いし、いつも不愛想だし目が鋭くて怖い。体が大きいのも怖い。

「それにちょっとセイさんも苦手」

「セイ？　ああ、見た目ね。全くフレンドリーじゃないからな。でもセイはハルにはすごく優しいんだぜ」

「そんな感じね。すごく親密な感じがしたわ」

塔子は最初にあの家を訪れた時のセイとハルの様子を思い出した。

「まさか叔母、甥ではないよね。あれは人間向けでしょう？」

「そうに決まってんじゃん。あれは夫婦だ」

「ええー！」

塔子は跳ね起きた。

「そ、そんな事があるのだね」

「ハルさん、人間だよね？　合っている？」

「ああ。ハルは人間だよ。俺達はみんなハルが好きだよ。あの幸姫でさえハルの事を気に入っている位だからな。でもセイは違うんだ。ハルを好きどころかとても愛しているんだ。あんなにハルを大切にしているのに。でもハルは人間だろう。いつか死んでいなくなる。その時セイはどうなっちゃうんだろうって俺は心配をしているんだ」

人間と人外の夫婦……。びっくり。アニメとか映画の話とばかり思っていた。

「大昔からよく聞く話だろう。神話とかさ」

「神話！」

一体、いつの話だよ……。

「ハルを最初に見付けたのは俺なのにさ。俺があの山に迷い込んで来たハルを見付けたんだ。それなのにセイが勝手にハルを帰してしまって。俺が楽しく遊んでいたのに」

ハクは続ける。

「じゃあさ。ハルさんがあの庭で遊んだ子供って、あなたなの？　庭から出さなかったって」

塔子はまじまじとハクを眺めた。この化け猫……。

「だって楽しかったから。もっと遊びたかっただけでさ。あのまま遊んでいたら俺がハルに恋をしていたかも知れないな」

ハクはしれっと言う。

「南の朱雀が失われてあの庭はずっと隠されていた。だから誰も入り込む事は出来なかった。でも、久し振りに見付けた女の子が可愛くってさ。俺は入れちゃったんだ。だって退屈だったんだ。誰もいなくて。俺だけが留守番でさ。いい加減飽きたんだ」

「待って。朱姫が失われたって一体いつの話？」

「あれは……。細川と山名が喧嘩して、暫くして、その後だな」

「えっ？　誰と誰の喧嘩？」

「だから東の細川勝元と西の山名宗全だよ。いや、織田が本能寺で死んだ頃だったか？　どっちにしろ、まあ、その辺りだ」

「それって、めっちゃ範囲長くない？　本能寺の変でしょう？」

「ああ。そうそう。それそれ。何だ。トーコにも分かっている事、あるじゃん」

塔子はむっとする。化け猫のくせに偉そうに。

「ちょっと待って。本能寺の変って何年だ？」

塔子はスマホで調べる。

「ええっ？　一五八二年？　ちょっと！　もう、四百年以上も経っているわよ」

「そうだよ。前回トーコが幸姫に拉致られたのは天明五年だろう。それに比べたら、まだ最近だな」

「ねえ。ハルさんは朱姫を知らないでしょう。それなのに何で姿や声を知っているの？」

「ああ。多分、セイを通して知っているんじゃないかな」

「セイを通して？」

「そう」

「どうやって通すの？」

「だからさ。もういいじゃん。何だって。知っているんだから。それで」

ハクはくるりと後ろを向いてしまった。

「もう寝るぞ」

塔子はハクに手を伸ばして耳の後ろを撫でてやる。眠剤の量も随分減った。眠剤を飲まないで眠れるのは有難い。次の日の調子が全然違う。

塔子は目を閉じて考えた。何がどうなってそんな事態が生まれるのだろうか。そしてその事態がどう発展して今のこの状況になっているのだろうか。

「ねえ。あのハルさんの家って、あそこにどの位一緒に住んでいるの？」

答えは無い。

「ハルさんって人間の家族はいないのかしら？」

「その辺りはハルに聞くといいよ。だってトーコだっていないじゃないか」

「そりゃあそうだけれどさ」

言葉を話す猫がいたせいですっかり自分独りという感覚を失くしていた。これでハクが家に来なくなったら、また眠れなくなるのかしら。それも困る。いい加減自分で何とかしなければ。

本物の猫でも飼おうかな……。塔子は考えた。いつか彼らは去って行くのだ。自分とは違う場所で生きて行くのだ。そうしたら私はまた独りだ。私にもしも家族が出来たなら、ハクもコウも二度と姿を見せないのだろうか。そう思うと寂しい。何だろう？　この遠い昔の青春時代の思い出感的な切なさは……。

ハクは言った。

「ハルに会うなら俺が背中に乗せて行ってやるよ」

塔子は返した。

「大丈夫。新幹線とタクシーで行くから。普通の人間の方法で移動するから」

下手に頼るととんでもない事になるのは学習済みだ。

「ハク。暫くはウチに遊びに来てね」

　塔子はハクの背中に声を掛け、目を閉じた。

康太

　塔子が康太に連絡をしたのは、体調も良くなり掛けた八月の始めだった。

　あの日、近江の国から帰って来て出勤した月曜日。康太とはちょっと話をしただけで終わってしまった。コウが家で待っているからと思って急いで帰って来たのだ。

　その後は不眠症で具合が悪くなってしまって、とても康太と会って話をする気力が無かったのである。康太の方も仕事で忙しい日々を送っていた。そうやってお互いに話をしなければと思いながら一カ月半があっという間に過ぎてしまっていたのだ。

　久し振りに康太と二人で会うと、今までちょっと疎遠だったのが嘘みたいに思えた。一瞬、何もかもが自分の考え過ぎであって、高木さんとは何でもなかったのではと思えた程だった。近況を話してお互いの部署の出来事で笑い合った後、その余韻を楽しむ様に塔子も康太も黙った。そして康太が徐（おもむろ）に言った。

「塔子ちゃん。俺達、もう終わりにしてもいいかな」

塔子はどきりとした。そしてああやっぱりと思った。水を一口飲んだ。

「私が嫌だと言っても康太は終わりにしたいのでしょう？」

「うん。……一方的で悪いけど」

「高木さん、かしら？」

「そう」

「いつから？」

そんな事を聞いても何の意味も無いと思いながらも、つい口に出てしまった。

「ああ。五月の連休過ぎ辺りから……」

「そうなんだ」

塔子は答えた。やっぱりそうなんだ。あの時、康太はもう高木さんと付き合っていたのだ。

黙ってしまった塔子を見て康太が言った。

「俺さ、最初はすごく塔子ちゃんに憧れていた。大人で仕事が出来て、格好良くて。だから俺から声を掛けたけれど……。塔子ちゃん、俺がいなくても全然平気みたいだし、強くて弱音を言わないいし、いつも冷静で。最近、俺にはちょっと無理かなって思ったんだよ」

「そんな時に茉莉と会ってさ。茉莉は俺よりひとつ下なんだけど前の会社を辞めて転職してここに来たばかりで。仕事の悩みやそんな事を色々聞いてやっている内に、あの子は俺が付いていてやらなくちゃ駄目なんじゃないかって思ったんだ。

茉莉は高校のテニス部の後輩だけどさ。俺にとっては可愛い後輩だから。そいつが悩んでいたら助けてやりたいと思うのは当然だろう？　それで茉莉と会っていると、俺は今まで背伸びして塔子ちゃんと付き合って来たんだなあって気が付いたんだ」

塔子は唖然とした。

「ちょっと待ってくれる？　ねえ。康太。私、そんなに強くないよ」

康太の目が少し冷たくなった。

「塔子ちゃんが俺を本当に必要としたのは、親父さんが亡くなったあの一年間だよ。あの時は俺も頑張って塔子ちゃんを支えたけれどね。

悪いけれど俺は茉莉の傍にいてやりたい。それに自分が無理をしていたと気付いてしまったから、もう塔子ちゃんとは付き合えない。塔子ちゃんにはもっと大人の男がいいと思う」

はあ……。そうですか。そうなんですね……。

要らないアドバイスまで有り難う。そんな都合よく大人の男なんてそこいらにいないから。

「そっか。分かった」

塔子は思い切る様に言った。

「うん。康太。今まで有り難う」

康太は明らかにほっとした顔をした。塔子はむっとした。

「塔子ちゃんなら分かってくれると思ったんだ。でも、俺達恋人では無くなったけれど同じ会社の同僚だから。後輩として、先輩これからも宜しく。良かった。本当は俺、もめたらどうしようと思っていたんだ。いやあ、塔子ちゃんも微妙な年頃だしさ。期待されてんじゃないのって同僚に言われてさ。困ったと思ったんだよね」

開いた口が塞がらないとはこの様な事を言うのではないだろうか。

塔子はナプキンを置いて立ち上がった。財布からお金を出すときっちりと半額をそこに置いた。康太は突然立ち上がった塔子を見て「まだ、この後コーヒーが来るけれど」と言った。

塔子はにっこりと笑って返した。

「私の分も飲んで行ってね。悪いけれど帰るわね。家で猫がお留守番をしているの」

「猫？　猫なんて飼っていたの？」

康太は尋ねる。それには答えず「じゃあね。康太。さようなら」と言った。

塔子は背筋をピンと伸ばして席を後にした。店を出て数メートル歩くとがっくりとうなだれ、背中を丸めたままとぼとぼと家路に向かった。

「康太。お前は阿呆か」と呟き、ハクが家にいるといいなあと思った。

晩夏　一

盆も過ぎて、残暑厳しい八月の終わりに塔子は新潟のハルの家を訪れた。あんなに怖い思いをしたのに、またここに来るなんて自分も相当阿呆やなと思うが、ハクのハルの家は涼しいぜという一言に釣られてやって来たのである。自分をして馬鹿な魚だなと思う。

ハルやコウと会いたかったというのも理由の一つだ。

幸姫は前回の事でみんな（家族？）に責められた上、最近は近江の国付近で過ごしているという事だった。特にセイにはかなり厳しく言われたらしい。それは意外だっいが。

た。しかし幾らセイが厳しく言ったところで、あの精神体にそれ程響くとも思われな

「だって、トーコはハルの大事な客だったからな」

ハクは言った。

ああ。はいはい。成程。

「お陰でコウも大変だったし。大丈夫。幸姫が来ても今度は俺がずっと一緒にいてやる。もしもの時にはセイにも応援を頼んである」

そんな事を言って、前回私をすんなり売り渡したじゃないの。と反論するが、ハクはへへへと笑って誤魔化す。

「あの時は親しくなかったし。今度は俺の客だから俺が命を懸けて守るよ」とか何とかカッコ良く言っているが、要は暑い東京に嫌気が差したという事なのだろう。

塔子は両親の墓参りをして昨年の母の十三回忌に続き、今年は父の三回忌だなと思う。十一月には法要をしなくてはならない。北海道に父の従兄がいるが、もう呼ばないでいいと先に言われている。

虚しさや孤独はある意味命取りだと思う。自分は虚しいのだ。自分には何も無い。

誰かと繋がりたい。それが危ない人達であっても、誰かと繋がっていたいと思うのは愚かな事なのだろう。孤独であっても自分が虚ろでなければ良いのだ。だが、自分は……。

塔子は危険な縁に引かれ、のこのことまた新潟に来てしまった自分を心の中で散々罵倒したが、会いたい人がいるからそれも仕方が無いと自分を宥める。何だかもう、失うものは何も無いなどという危険極まりない考えも時々浮かんで来て。

いやいや、失うものはあるから。仕事があるから。そう。私は仕事に生きる。それしか無い。と思い、また凹む。そんなに自分は仕事が好きだった？

しかし、康太があんな男だとは思わなかった。何なの？　あの最後の言葉は。本当に失礼な男だ。塔子はぶつぶつと文句を言う。

塔子は自分が甘え上手でないことを知っている。そんなの小さい頃から身に付けて来なかったから、こんな年になってそれをやってみろと言われても、そんな事は無理なのだ。人前で弱音を吐くのは嫌だ。

「仕事が出来て……」

康太が言っていたが、自分は苦労してグラフィックデザイナーのスキルを身に付けたのだ。仕事をしながらの学校通いは大変だった。努力や我慢は出来ても誰かに甘えるとか、そういうのは昔から苦手なのである。そんな話をハクにちらりとした事があった。ワインを飲みながら、自分は何でこんな事を猫に打ち明けているんだろうと、ある意味馬鹿らしさを感じながら。

　ハクは不思議そうに言った。

「何、言ってんの。トーコ。随分俺に甘えてんでしょ。俺には言いたい事を言っているし抱き付いたり転がったりと好き勝手やっているよ。コウにも甘えていたんじゃないの？」

　塔子はびくりとした。まさかこの猫、コウさんとの事を知っているのかしら？　疑り深い目で猫を見る。

「だってコウは随分トーコの事を気にしていたから。ずっと朱姫ばかりを想って来たあのコウがだよ？　トーコと会ってからトーコの事ばかり心配しているよ。心配させる様な態度をとっているんじゃないの？」

「えっ？　そんな事は無い」

　トーコ、顔が赤いのだけれど。ハクがにやりと笑う。

「そんな事、無いって言っているでしょ！」

塔子は思わず枕を投げる。ハクはひょいと避ける。

「ワインのせいよ」

「その態度のどこが大人で冷静な女性なのか俺には分からないね。相当外では気を張っているんだろうな。それともその男が、何て言うか、よく分かっていないだけ？勘違いじゃないの？　思い込みか？」

多分その全部なのだろう。人は自分の見たい面でしか相手を見ていないのかも知れない。

塔子はハクの前ではのびのびと自分本来の姿でいられることを有難いと思った。ハクの前では何も取り繕う必要が無い。コウにしろハクにしろ自分の情けない所は全て知られているのだから。


ハルは杖を使っていたが、顔色も良く元気に出迎えてくれた。

「ハルさん。髪を切ったんですね」

長かった髪が肩の辺りで切り揃えられている。

「そうなの。もうこの年だからタイムトラベルもお役御免よ。本当に大変だったのよ。鬘を用意したり髪を結ったりするのが。時代劇でしか使わない様な鬘、その辺に売っていませんからね」

　ハルは髪に手をやる。

「似合いますよ」

「あら、有り難う」

　しかし、どうしてハルさんの髪はこんなに真っ白なのだろうと塔子は不思議に思った。

「塔子さん。お泊りはゲストルームでいいかしら？」

　ハルは笑いながら言った。

「今度はずっとハクが付いていてくれるそうですから。大丈夫ですよね」

　塔子も笑った。

「では、お茶を頂いてからちょっと私のアトリエに来てくださらない。見せたい物があるの」

　ハルはそう言って塔子をリビングに招いた。

　前回と同じ様にセイがお茶を用意してくれた。お茶と冷たいレモンケーキがテーブルに運ばれた。

「このケーキは私が作ったのよ。セイに教わって」

セイがちらりと塔子を見て口の端を少し上げて笑った。

「ハルは正確に材料を測るという事をしないから、どんな味になっているのか保証は出来ないが。まあ見た目はそれなりだな」

セイさん、今の顔は……笑った？　塔子は驚いた。初めて見たわ。

レモンケーキは味がさっぱりとして甘過ぎず美味しかった。

「良かったら、お替りをどうぞ」

塔子は遠慮せずにもうひとつ頂いた。

セイは気を利かしたのか、ちょっと出て来ると言って部屋を出て行った。ハクもふらふらとセイに付いて部屋を出て行った。

「塔子さん。本当に大変な目に遭わせてしまって御免なさいね」

ハルは頭を下げた。

「もう大丈夫です。何とか立ち直りました。一時は大変だったのですが、ハクのお陰で大丈夫そうです。それに、ハルさんの所為では無いので」

塔子は笑顔で返した。

「あの、コウさんは……？」

「コウはまだ調子が良くないので山にいるわ。前回塔子さんを迎えに行くのに何故か違う場所に行ってしまったらしいの。私にはよく分からないのだけれど、そこで何かあったらしいの。今回塔子さんが家にいらっしゃる事を知らせてあるから、家に来ると思うわよ」

「コウさんが私の記憶をちょっと消したと言うか、多分、私のその後の生活を考えてくれたのだと思いますが……。戻してもらおうかなと思ったのです。ハクに頼んだのですが、コウが掛けた術だからコウが解いた方がいいと言って。ただ、どうなのでしょう。何があったか知るのも怖いのですが……」

ハルは「そうねえ」と言って暫く考えていた。

「セイに聞く限り、幸姫に殺された人はいなかったらしいから大丈夫じゃないの。まあ怪我をした人はいたでしょうけれど。珍しいわよ。彼女がそこまで手加減するなんて。ああ、赤雪は別だけれど」

「赤雪？」

「忘れたのね」

塔子はどう答えたら良いか分からなかった。

「前回、私は塔子さんに絵をひとつ見て頂きたいと思ったの。でも、それも良し悪しだなと思ってはいたのよね。塔子さんはこれ以上彼らと関わり合いになりたいと思っているかしら？　もし、これ以上関わり合いになりたくなかったら、まあ、術を解いてもらったとしてもね。もう何があったかも、コウやハクの事も忘れていいと思う。私からそうコウやハクに伝えるわ。なかなか塔子さんからは言えないでしょうから。でも、人ってそうした方がいいからって、そう簡単には割り切れるものでもないでしょう？」

「仰る通りです。自分でもずっとその事を考えて来ました。本当だったら関わらない方がいいのだと思います。でも今は駄目なのです。どうにも一人が辛くて。だからほんの少しだけ関わらせてください。

私、ハクのお陰で何とか不眠症やら神経症やらから立ち直れそうなんです。こんな風にお世話になって置きながら、ある日ふと背を向けてしまう事もあるかも知れません。すごく自分勝手なのですけれど……。でも、前回は何も知らないで関わってしまったけれど、これからは承知した上での関りなので、その事で誰かを責めたりしません。勿論他の誰かに話す事もしません」

ハルは笑った。

「こんなの言っても誰も信用しないわよ。却って頭がおかしい人だと思われるわ」

そうねえ……。

ハルはお茶を一口含んだ。

「関わるのも自由だし離れて行くのも自由よ。勝手に離れて行っても誰も塔子さんを非難しないわ。だってあの人達はずっと生きているのだから。永い生を生きているのよ。不思議ねえ。そんな人達が本当にいるなんて。まあ、人ではないのだけれどね。彼らにしてみれば何もかもがほんの一時の出来事なのでしょうね。人との関りも。その永い生は本当に生と言えるのかしら？　私は時々そう思うわ」

「はあ……」

「じゃあ、そろそろアトリエに行きましょうか」

ハルはテーブルの上の食器を片付け始めた。

ハルと二人で食器を洗って片付ける。すっかり安心して心から笑っている自分に気が付く。ここはなんて居心地が良いのだろうと塔子は思った。

アトリエのドアを開けると広い室内の一角に「庭」の絵があった。塔子は「庭」の前に立った。改めてこの絵を見ると以前とは違った思いが湧き上がる。

「塔子さん。こちらにどうぞ」

ハルは奥の部屋のドアを開けた。

塔子は息を飲んだ。そこにはあの少女がこちらを向いて立っていた。緋色の着物、綺麗な顔立ち、肩までの黒い髪……似ている。目がそっくりだ。塔子は言葉を失くした。

「これが朱姫よ」

ハルが言った。

塔子はその場に呆然と立ち尽くしていたが徐(おもむろ)に振り返ると言った。

「母の中の朱姫も回収するのですか?」

「さあ。私は何とも……。それはセイやハクに聞くといいわね」

ハルは言った。

晩夏　二

その夜、ゲストルームのベッドに寝転がって塔子は考えた。ハクは塔子の枕元で寝そべっている。網戸の向こうから秋の虫の声が聞こえる。

朱姫に関する情報をハクから仕入れた。山の守護の話、朱姫が失われた事、それを再生させるために魂魄を回収しているという事。

「魂魄って何？　魂じゃないの？」

塔子は聞いた。

「ああ。似ているけれどちょっと違う。魂は人が死ぬと天上に向かうと言われている。けれど魄は地に還る。人間も含めて、勿論俺達もだが、世の中のものは気が集まる事で生の状態が形成される。その気が散じる事で死の状態となる。『三魂七魄』、よく言うだろ。具体的に言うと魂は精神を支える気、魄は肉体を支える気なんだ。そう昔から言われているけれど」

「ふうん」

「でも集めた魂魄の中に朱姫を成り立たせる大切な核が見付からない」

「魂って一つなの？」

「一つだろうな。だが、朱姫の魂は無理やり砕かれたのか削られたのかしたのだと思う」

「それってどうやって？」

「分からない。でも元々一つの魂を砕くなんてとても残酷な事だと思う」

ハクはぶるりと身震いをした。

「核となる部分が一体どこにあるのか。誰の中にあるのか。もしかしたらトーコのお母さんの中にあるのかも知れない」

塔子は首を振った。

「いやいや、うちの母はそんな大層な人間じゃないわよ。だからうちの母から回収してもほんの少しだと思うよ。そんなのあっても無くても大して変わらないようなものだと思うよ」

「だって、似ているんでしょう?」

「目元が少し似ているかなって感じなの。大体、母が朱姫の魂を持っているなんてどこにも証拠は無いじゃない? あの庭を知っていると言うならハルさんだって知っているし」

「だって、トーコの声は朱姫の声と同じだ」

「そんなの偶然よ。偶然。それに私は朱姫じゃ無い」

暫く考えて塔子は言った。

「ねえ、ハク達は未来へは行けないの?」

「行けない訳じゃないけれど行かない。行く意味が無い」

「ふうん。過去オンリーなのね」

「過去だって、そんなにやたらとは行かない。やっぱりリスキーだからね。俺達が関わる事によって多少なりとも未来を変えてしまうのだから。それに消耗するし。朱姫を回収する為、その為だけだよ。まあ、幸姫は別だけれど。あの人、実体無いから」

「そうだよね。自分でも言っていたから。実体が無いって。どう見てもあれ普通じゃ無いでしょ。でも、実体が無いのにどうして現実的な力を行使できるの？　前回、嫌がる私を引っ張って行ったよ。刀は振るうし馬には乗るし」

「彼女の持つ気のパワーが半端無い。それは尽きる事が無い。彼女の後ろには無尽蔵の気の源泉が控えている。だからだな」

「もう、それ無敵じゃん」

「だから逆らわない方がいいよ」

「肝に銘じておくわ」

　あのさ。

　塔子は言った。

「時間の流れが私達とは違うの？　ハク達は」

うーん……

「例えばさ、トーコ達人間はさ、時間軸って非対称だと思うだろう。時間は未来に向かって一方方向に流れていると思っているだろう。人は過去を振り返る。過去は記憶として残る。記憶に残った時点でそれは主観的なものになる。でも物理的にそこに移動することは出来ない」

「その通り」

「俺達はちょっと違う。俺達にとって時間は自分を起点にして対称性を持つ……と言うか、双方向に流れている。過去から未来へ、そして未来から過去へ。その双方向の流れの中に俺達はいる。そんな感じ」

「物理的に？」

「そう」

こんな例えはどうだろう。ちょっと大雑把だが。

「トーコは川の中に立っている。川は後ろから前に流れている。トーコは川に流される。岸の景色がどんどん変わる。川の流れが時間の流れ。時間は過去から未来に向かって流れている」

「ふんふん」

「トーコは川の中に立っている。流れは前から来る。トーコは立っているだけ。時間はどんどん後ろに流れる。トーコは川が運んで来る風景を見ている。時間は未来から過去に向かって流れている」

「ふんふん」

「さて、トーコのイメージはどっちだ？」

「そうだなあ。流れに乗る方かな。流れの中に突っ立っているのは、抵抗が大きくてめっちゃ消耗しそう」

「流されるのも大変だよ。周囲には石ころがあったり、川が深くなって溺れそうになったり、浅い所でなかなか流れなかったり……。どちらも多様なストレスでトーコのエントロピーが増えて行く。侵食だったり抵抗だったり摩擦だったり。値が最大になって完全な均衡状態になる。死だ。そして腐敗が始まる。どろどろに腐って最後はばらばらに分解して分子なり原子なりに戻る」

「じゃあさ。ハク達はそのエントロピーとやらが増大しないの？」

「すごく新陳代謝がいいとか？　そうかもな。……そもそも俺達にはエントロピーなんか無関係なんじゃないかな」

「よく分からないけれど……。すごいね。それ」

「川の流れにすると、俺達は両方の川に自在に乗る事が出来る。乗ると言うより、川の流れの先に跳ぶと言った方が合っているかな。まあ、そんな所かな。自在に自分の向きを変える事が出来るって事さ」

「こんな説明が一番直感的で分かり易いだろう？　でも、本当の所は俺にもよく分からない。『時間は存在しない』という物理学者もいる。『時間の流れがあるとしたらそれは熱の移動』と言う学者もいる。時間は絶対では無くて相対的なものだというのはもう事実として捉えられている。でも、流れの中を移動する、そんな風に感じるんだ。……それは流れと言うか、波と言うか……。

時空を渡る時、俺は思うんだ。俺達は確固たる存在では無くて、現象なんじゃないかなって。存在と言う現象。エネルギー、熱という現象。質量と言う現象。俺は俺と言うひとつの出来事に過ぎないのだと」

ハクは独り言みたいに言った。

塔子は腕を組んで「うーむ」と唸る。

「あの菊の庭は、言うなれば『時空を渡るどこでもドア』が幾つかある様なものだ。ここに在る六花有働は庭の出張所みたいなものだよ」

ハクは説明をすると「分かった？」と聞いた。

「いやあ、どうだろう。……あのね。……だったらさ、朱姫が失われるその前に戻って、それを阻止すればこんな面倒な事をしなくて済むのじゃないの？」

ハクはため息を吐いた。

「それが出来ればね。でも駄目なんだ。そこには戻れない」

「何で？」

「もともとあの庭は、謂わば常世の様なものだ。だから戻れない」

「トコヨって？」

「そこからかよ。面倒な奴だな。そんなのスマホ開いてグルグル先生にでも聞けよ。まあ、平たく言えば時間の流れがちょっと違うと言うか、有り得ない位遅いと言うか、ある意味無いと言うか。異界と言うか彼岸と言うか、そんな場所だよ。さっきの川の流れで例えるとそこは流れの無い場所なんだ。流れから取り残された場所。例えば何らかの原因で川筋が変わってしまって、その後に取り残された池みたいな……」

「ふうん……」

「例えばだね。……そうそう、浦島太郎。竜宮城ね。あれは常世だと言われている」

「ああ。はいはい。成程」

「朱姫がその庭から連れ出されて……。その後が無いんだ」

「えっ？」

「この世の時空座標上に無いんだ。どこを探しても」

ハクはそう言った。

晩夏　三

次の日は寝坊をしてしまった。塔子はベッドに座るとぼんやりと外を眺めた。

「ここはどこだっけ……？　ああ。ハルさんの所に来て。時間は九時半か……」

客のくせに不調法なと思うが、昨日のハクの話でなかなか寝付かれなかったのだ。

浅い夢を幾つか見たが、内容は忘れてしまった。でも、昨日のハクの話は覚えている。

「この世の時空座標上に無いって、過去の何処にもいないっていうこと？　えっ？

じゃあどこに行ってしまったの？」

「さあ……？」

ハクは首を傾げた。

「俺達にも分からなかった。ただこの世に朱姫がいない事だけは皆感じていた。それからずいぶん時間が過ぎて、朱姫の一部が人として転生しているのに気が付いた。理屈はどうなっているのか分からないけれど」

「ふうん。だからそれを集めているのね。……ねえ、朱姫の元が霊山の気ならば、これから新しく創ることも出来るんじゃないの？」

ハクはすかさず答えた。

「あっ。それは無理だね。莫大な気（エネルギー）が必要だから」

それにね。

「霊山の気が朱姫になるまで何千年も掛かる。それにそれはちょっと特別な気なんだ。そして、もう山にはそんな力は残っていない」

何千年!!　自分が「ハク」などと気楽に呼んでじゃれている猫は超に指数が付く程の天然記念物なのだ。驚いた。

まじまじと自分を見る塔子の視線を「ふふん」と得意げに受け流してハクは続ける。

「そりゃあさ、いつ俺が出来たなんて俺だって分からないよ。俺が俺として自分を自覚し出したのは、まあ、ここ三千年と言ったところかなあ」

「す、すごいね。それ」

「いいかい。山々の霊気はどんどん薄くなって来ている。霊山と呼ばれる山の中には、もうすでに霊山では無くてただの山になってしまっているものもある。霊気が枯れてしまったのだ。山はもう守護を生めない。護る力が弱まっていて、自分達を守り命を繋ぐのに精一杯なんだ。余分な気など無い。だから霊気が横溢して、それが何らかの核を得て自分の周りに気を引き寄せ、それはどんどん自らの引力で、何てことは、もう無理なんだ」

「星の成長に似ているね。ガスとか色々な物質の粒子が自らの重力でお互いを引き付けて行って、塊としてどんどん密度を増して行くのに似ているかな？」

「そうだね。そんな感じ。俺達はエネルギーでもあり物質でもある。まあ、人もそうだ。ただその互換性がちょっと優れていると言うか、具象レベルでも変化出来ると言う辺りが違う」

だからさ。ハクは言った。

「エネルギーが無い。何でもない気ですらも希薄になっているのに……。朱雀の再生など絶対に望めない」

「産業や科学が進化して人間には便利な世の中になった。でも、それも地球上の一部の人間にとってだよな？　その反面、自然破壊や環境汚染が世界中で進んでいる。特に発展途上国ではその弊害が酷い。それを緩和する組織も技術も金も無いから。砂漠化、温暖化。異常気象。生態系のバランスが崩れる。自然の自浄作用が滞る。

……人間はある意味、自分の首を絞めている。

科学と経済の結合。それは地球上の生き物の共存って言う倫理を置いてけぼりにして、加速度的に進んで行く。終わりのない自我拡大への欲望。果ての無い戦争。大量の核兵器。新しいウイルスの発生、何も生まない不毛な大地。生きて行くのに必要不可欠な水や空気の汚染……。挙げたら切りが無い。

山も海も川も疲弊している。自然は言葉を持たない。だけど全てはどこかでつながっていて思いも寄らぬところにリバウンドしてくる。

生き物の存在目的って何だろう。

『永遠に続く自己増殖と生存範囲の拡大』

それが存在目的だ。どの生き物のＤＮＡにもそれが刷り込まれている。それが無ければ絶滅の危機に晒されるから？　本当にそうだろうか？　それが実は大きな罠だって思った事は無いか？　発展している積りが実は確実に自死に至るルートを進んでいるって。人は立ち止まれない。常に前進を望んでいる」

「うーん……」

塔子はそう唸ると沈黙する。

「朱姫がいなかったらどうなるの」

塔子は聞いた。

「要はバランスの問題なんだ。均衡と言うのは自然界で大切な要因だ。南の守護が留守だったら、いつかは均衡が崩れる。

最初は気が付かない位の小さな齟齬なんだと思う。でも、それが積み重なりお互いが影響を及ぼし合い、そして変化して行く。例えばさっきの話。もしもその『気の塊』でお互いを結び付ける力が弱まったら？　つなぎ留めて置けない気はふわふわと離れて行く。それを繰り返せば、本体自体の密度は低くなり、もう一つの事象としてのまとまりさえも保つことが出来なくなってしまう。それは静かな解体であって、全体の緩やかな死なんだ。『穢れ』は『気枯れ』に通じる。気が枯れる状態、即ち死なんだ。森林の死、霊山の死に繋がる。

気は視覚化できない。見えないから気が付かない。有る事にも無い事にも。

俺達の場合はさ。ただ、四方に守護神がいる。この場所にそれが存在するという事が重要なんだ。それが決め事なんだよ。決め事は大切なんだ。

あの庭は大神の庭だから朱雀のいない庭は隠してある。テリトリーは絶対だ。その限界を超える事はない。力であれ域であれ。俺達は大きな気の流れの、その循環の一部なんだ。ポイントなんだよ。要所に配備された関所みたいなものだ」

「ふうん……。じゃあみんなで朱雀の分を分担する訳にはいかないのね」

「そう言う訳」

「複雑なのね」

「そうなんだ」

塔子はごろりとひっくり返り天井を見ていた。

「いつお母さんの中の朱姫を回収するの？」

「それはまだ決めていない」

「回収しない訳には行かないの？」

「それは無い」

ハクはきっぱりと言った。塔子は黙った。ハクは塔子の体に自分の体をくっ付けると丸くなって目を閉じた。塔子は背中にハクの温もりを感じながら目を閉じた。

周囲がほんの少し明るくなった頃、森の中で蜩が鳴き出したのを覚えている。塔子は半分眠りながら「夕方と間違っているのかしら」と思った。その声を聞きながらぐっすり寝入ってしまったらしく、朝が来たことに全く気が付かなかった。隣を見てもハクはいない。

「何だ……。起こしてくれれば良かったのに」

塔子は呟いた。

キッチンに行くと見慣れない子供が一人で椅子に座ってゲームをしている。

……誰？

塔子は立ち止まった。まだ知らない家族がいたのだろうか。

一体何なの？　この家……。

少年はゲーム機から視線を上げると言った。

「トーコ。おっせえよ。もうみんな朝飯食っちまったぞ」

「ハク！　何で子供なの？」

「ハルにトーコの朝食の支度をしてくれって頼まれたから。猫じゃ支度出来ないだろう？」

「そんなのいいのに。朝はコーヒーだけあればいいのよ。それもインスタントで構わない」

「そんなのは知っているけれどさ。ハルが用意した物を冷蔵庫に入れてあるから、それを食べて」

ハクはひょいと椅子から降りると朝食の準備をし始めた。

小学校五年生くらいかしら……？

塔子はハクの入れたコーヒーを飲みながら、再度ゲーム機に向かっているハクを眺めた。

「中学生」

ハクが画面を見ながら言った。

「あら、嫌だ。声に出ていた？」

「ホント分かり易いな。トーコは。世の中、トーコみたいな奴ばっかだったら、単純でいいんだけどなあ」

塔子はむっとした。

「何よ。その生意気な態度。中学生にしては」

「小さいと言いたいんだろう？　いいんだよ。これで。俺の中では立派に中学生なの。じゃあ、次は高校生くらいになってやるよ。俺に抱き付いて眠るのに、どう、イケメンな高校生」

「ちょっとそれ、やめてくれない？　ウチに来る時は猫の格好で来てね。イケメン高校生も良いけれど自分が犯罪者になった気分になるから。と言うか、あなた、いいわよ。いつも猫で」

「子供は？」

「子供も無理。理由は同じよ」

「トーコの子供だと思えばいいんじゃないの？」

「失礼ね。私にそんな大きな子供がいる訳無いでしょう！」

ハクはゲーム機を置いて言った。

「それ、食べ終わったら外へ散歩に行こうぜ。涼しい内に。大丈夫。あれから何度かセイが『囲み』の綻びを点検して直したから。もう蛇はいないよ。俺が山を案内してやるよ」

「それよりもハルさんに挨拶をしたいの」

「ハルはアトリエにいるよ。俺が声を掛けておいてやるよ。それじゃ俺はもう外に行くぜ」

ハクはゲーム機を持って部屋を出て行った。塔子が窓から外を見ていると白い猫が庭に走り出して行くのが見えた。

塔子は食器をシンクに運んで洗い始めた。地下水の冷たい事と言ったら。コップに水を汲んで飲んでみた。水に味があるという事をハルの家で初めて知った。こんな水で食器を洗うのは勿体無いわね。塔子はそう思った。

ドアが開いてハルの声がした。

「あら、そんな洗い物なんていいのよ。塔子さん。後でやるから。外に行かないのなら、ちょっとアトリエにいらしてみて。日本画はお好きかしら」


それからずっとアトリエに入り浸っている。ハルの作品を見せて貰っているのだ。アトリエには見慣れない様々な道具が置かれていた。

「日本画ってあまり馴染みが無いのですが、いろいろと手間が掛かりそうですね」

「手間も時間も掛かるけれど、この色合いはやっぱり日本の風土の色よね」

ハルは言った。

塔子は一枚の絵の前で止まった。山波である。この近くの山なのであろう。濃淡幾重にも重なる青。少しずつ色合いが移り変わる。夕方の景色だ。山の上の方を見上げるともうすぐ満月になりそうな月が見える。半月よりも少しふっくらとした薄黄色の月。空は暗い水色。暮れそうで暮れない空。山間には村や田んぼが見える。

全てが薄暮に沈み込む。

「十日夜(とおかんや)の月と言うのよ」

　ハルが教えてくれた。

　不思議な事に東京生まれの自分もこの絵を見て懐かしさや望郷の念を感じる。それは日本人が共通して持っている原風景というものなのだろうか。

「日本画って素敵ですね」

「描いてみる？」

「えっ？　いいんですか？」

　塔子は驚いた。

「いいわよ。教えてあげる。ただ、今日完成とは行かないわよ」

「分かります。分かります。嬉しい！」

　じゃあ、今回は……と言って、ハルは部屋の隅にある大きな引き出しに向かった。

　引き出しの中からボードを一枚取り出す。Ａ４程度の大きさである。

「これはね。麻紙ボードと言ってドーサ引きしてある雪肌麻紙がすでに張ってあるの。これなら簡単に扱えるから。じゃあ、まず何を描きたいかを決めてスケッチブックにデッサンを」

ハルが説明を始めた所で、ドアをノックする音が聞こえて二人は振り返った。ハルがドアを開けるとそこにはコウが立っていた。

晩夏　四

あの日、幸姫に連れて行かれた場所で何が起きたか、塔子はすっかり思い出す事が出来た。

赤雪に頬を傷付けられた事、赤雪の耳を切り落とした事、幸姫との会話。余りに切れる刀だったから手応えが無くてぞっとした事。何度か脳裏に浮かんだあの肩に傷を負った男の事。全てが遠い昔の夢の中の出来事に思えた。やはり時間を置いたからそんな風に思えるのだろうか。時間は様々な傷や衝撃を癒す最良の薬だと思った。

塔子とコウは二人きりでリビングにいる。ハルはアトリエに、セイは庭仕事をしていて、セイの周りをハクがうろうろと歩いている。記憶が戻った塔子はその姿を見るとも無しに見ている。

「大丈夫？」

コウは聞いた。

「大丈夫です。ようやくつながった感じ。すっきりしました。それに何だか遠い昔の夢の様でそんなに怖く無いです。コウさん。もう私の記憶を消さなくていいです。大丈夫。何が起きても私は耐えられます」

コウは暫く黙って塔子を見ていたが、静かに言った。

「そう……。分かった。御免ね。辛いだろうと思って。現実に戻って何とか辻褄が合う程度にはして置かなくてはと思ってね。きちんと掛けた積りだったのだけれど、甘かったのかな。何しろあの時はもうエネルギー切れで君の家まで辿り着くのがやっとだったから。着物を着ているから、それに合わせた程度にはして置かなくちゃならなかったしね。細かい設定をしているゆとりも無くて、こっちに戻ってそのまま家まで行ったんだ。だから時差が生じてしまった。でも、本当に済まなかったね」

「あの時は怖かったし、眠れなくて本当に辛かった。正直、あなたの事も恨んだわ。でも、今はもう大丈夫。心配してくれて有り難う。そしてあの場所に迎えに来てくれて有り難う」

塔子は笑った。

「もうこっちは必死だったよ。塔子さんに何かあったらと思うと……。幸姫もそこまでとは思うけど、分からないからあの人は。本当に無事で良かった。仕事にも何とか間に合ったしね」

　コウも笑った。

「コウさん、ひとつ聞きたいのですが、あの少女は何だったのでしょう？　私はてっきり朱姫の魂はあの子かと思っていたのですが」

「ああ。あれはね。幸姫の妹の生まれ変わりなのだと彼女は言っていた。本当かどうかは分からない。でも彼女がそう言うのだからきっとそうなのだろうね」

　妹？　雪女に？

　塔子は驚いた。

「もういつの時代か覚えてもいないが。幸姫がまだ人間だった頃の話だけれど。幸姫には年の離れた妹がいて……。ああ、そうだ。母親が早くに亡くなったから自分が母親代わりだったと言っていた。確か、千代という名だったか……」

　幸姫、昔は人だったのだ。びっくりだわ。それが何であんな姿に。という事は彼女はコウさんやハク達とはまた違った種類の、本物の物の怪？　幽霊なのね。道理で実体が無い筈ね。

　コウは続けた。

「あの人は昔、まだ朱姫がいた頃だった。村の娘で。山神の庭に迷い込んで、そのまま返してもらえず山神に嫁入りをしたのだ。幸姫と小さな妹があの庭で遊ぶ姿を時々見掛けたよ。彼女がまだ人間の時にね」

「村の娘？」

「そう」

「信じられない！　何なの？　あの尊大な態度。どこかの奥方様かと思ったよ！」

コウは笑った。

「山神の奥方様だよ。幸姫も長い時間を生きているから。いや、生きてはいないな。存在しているから。彼女は所謂端末だ。ずっと時を旅している。色々な時代に潜り込み朱姫の欠片を探す。僕らにはとても出来ない。消耗が激しくて。

彼女が探して来た朱姫の欠片を僕らは確認しに行き、そして回収する。彼女の感覚は酷く鋭い。そして記憶した事は決して忘れない。容量無限大の途轍もないサーバーと繋がっているからね。彼女はすこぶる有能なレーダーだよ。性格はまあアレだけれど。確かに態度もアレだけれど。慣れればそれ程気にならない。時々、想定外の事もするけれどね」

コウは言った。塔子は苦笑いをする。暫し沈黙が訪れる。

セイが庭に水撒きをしている。ホースの先をハクに向けて水を浴びせようとしている。ハクは水をくぐって逃げる。森ではつくつく法師が鳴いている。

「あの時、女性がいたでしょう？　幸姫と一緒に。あれがお蔦ちゃんの母親だと幸姫は言っていた。赤雪に何かあっても十五歳を過ぎれば何とか一人でも生きて行けるだろうと、彼女が十五の時代に回収をしようと決めていた。だが、幸姫はそれだけじゃ納得しなくてね。お蔦ちゃんのその後を考えたんだ。安全に幸せに生きて行ける様にとね。だから下準備にすごく手間が掛かったんだ。ハルが怪我をしているから、準備が出来たらみんなで相談なんて考えている所に偶然君が現れたんだ」

コウは笑った。

「幸姫にとっては渡りに船だったのね」

塔子も笑った。

「正に飛んで火に入る夏の虫だわ」

コウは続けた。

「赤雪はとんでもない悪党だったけれど、娘だけは可愛がって育てたらしい。でも、他人の子供なんか何とも思わない。たまにそういう人間がいるよね。彼は自分の娘だけが大事だったのだと幸姫は言っていた。

赤雪の妻は先代に売り飛ばされてしまった。赤雪自身が孤児で、先代に拾われて育てられたから嫁が売られてしまっても何も言えなかったのかも知れない。あの娘が十五を過ぎたら越後の豪商が買い受けるという約束をしたのはハルと幸姫だ。赤雪の義父、先代の統領とね。かなりの手付金を払った。それを反故にしたかったのだろう。結局、力を付けて来た赤雪は先代を殺して一味を乗っ取ってしまったのだけれど。きっとあの家を襲って娘も取り戻す積りでいたのだろう。でも、赤雪はもう余命幾許も無かったのだ。奉行所に捕まって死罪になる運命だったから。まあ幸姫が朱姫の魂を抜いた後、長くは生きられなかっただろうな」

塔子は黙って聞いていた。あの赤雪の娘に対する言葉は演技だったのだ。だからあの子はあの時ぐずぐずしていたのだ。

「幸姫はそんな事を全部知っていた。でも回収しない訳には行かなかった」

憐れな男。塔子は思った。塔子の中には憎しみも恐れも無かった。既に終わった話なのだ。それも考えられない程遠い昔に。

「コウさん。具合はどうなの」

塔子は尋ねた。

「有り難う。随分良くなったよ。心配を掛けたけれど。でも、まだ山にいようと思う。まだ本調子では無いんだ」

「そうなのね……」

「塔子さん。いつ東京に帰るの？」

「今日の夕方」

「駅まで送って行こうか？」

「大丈夫。セイさんが送ってくれるわ」

「そうか。……君がまたこの家に来てくれるとは思わなかった」

「ああ、そうね。自分でも結構図太いなと思うのだけれど。ハクがね。誘ってくれたの。コウさん。私、ハクが来てくれて本当に助かった。有り難う。ハクを寄越してくれて」

「君が一人でどうしているかと思って……」

コウはぽつりと言った。二人はそれきり黙った。塔子はつくつく法師の鳴き声を頭の中で追い掛けた。聞かなくてはいけない事がある。でも今はそれを口に出したくは無い。また話をする機会は来るだろう。

コウは立ち上がった。

「じゃあ、僕はちょっとセイと話をして、それから山に帰る。塔子さん。元気でね」

「コウさんこそお大事に。また会いましょう」

塔子はにっこりと笑った。コウは部屋を出て庭に向かった。塔子は立ち上がって庭を眺めた。セイとハクとコウが何やら話をしている。コウが振り返って塔子を見た。片手を上げて別れの挨拶をしている。塔子も片手を上げた。コウが一人で六花有働の方に向かって歩いて行く。彼の姿が見えなくなっても塔子はぼんやりと庭を見ていた。


夕方、セイに車を出してもらって駅に向かう。

蜩が夏の終わりを告げるように鳴いている。蜩の声はどうしてこんなに郷愁をそそるのだろう。塔子は森を見渡してその感傷に浸った。

「どうしたの。塔子さん」

ハルが尋ねた。

「蜩が。東京では聞くことは出来ないので」

「切ない気持ちになるわね。この声を聞くと。夏の終わりだなって。夕方だけじゃなくて朝焼けの時も鳴くのよ。カナカナって」

「ああ、それ、今朝私も聞きました」

塔子は森を眺めて言った。


セイは無言で運転をしている。塔子は道の東側に広がる山波を眺めていた。あの絵と同じ景色だと思った。

幾重にも重なる山波の青と紫。紺と水色。全体を包み込む透明な薄墨色。寒色系の見事なグラデーション。遠くの山は空と同じ色をしている。空を見上げた。月は無かった。山間に広がる村落。緑の稲穂も青い影に染まる。塔子は西を向いた。もうすぐ太陽が沈む。たなびく雲は薄墨桜に染まる。ハルさんはこの風景を絵にしたのね。そう思った。

「何を見ている？」

「夕焼けを。……ハルさんの絵と同じだなって」

「そうだな」

「セイさん。私、また来ます。ハルさんに日本画を教えてもらう事にしたの。宜しくお願いしますね」

「それはまあハルも嬉しいだろうし、俺は構わないが……。君はそれでいいの？」

「ええ」

「そう。じゃあ、幸姫にはよく言って置くよ」

セイは言った。


夕闇は東からやって来る。

微妙な色合いで青や水色が紺や紫に移って行く。そうして西に日は沈んだ。山は黒い影を残すのみとなる。

いつの間にか日が短くなったなあ。

塔子はそう思った。

白秋　一

忙しい日々は変わらずとも季節は移り秋本番となる。

いつの間にか蝉の声が虫の声に変わり朝夕の気温が低くなる。頭の中は仕事の段取りで一杯であるが、通勤の時に金木犀のいい香りがどこからか漂い、塔子は立ち止まって香りの元を探したりする。

忙しい合間にふと心を過るのは、母から朱姫を回収するというハクの言葉だった。仕事をしている間は忘れているが、家に帰ってホッとすると頭に浮かんで来る。冷静になって考えれば、もう亡くなってしまった人の何を回収しようとも別に構わないのではとも思うのだが……。

母から朱姫を回収してその残りは？　塔子が拘るのはそこだった。

ひとつの魂として在ったものが、その幾許かを残して他は別な物を形成するために使われる。ではその残りも使われるのだろうか。それともそれは使われる事無く、ずっと闇の中に放置されるのだろうか。そんな具体性のある物質的な問題では無いのかも知れない。何しろ魂魄なのだから。それでも塔子は考えを捨て切れなかった。母は全てをひっくるめての母なのだ。そんな事はとても許せるものでは無い。塔子は母から朱姫の魂を回収するのを止めて貰いたいと思っていた。自分達に必要な物だけ取って後は捨てるみたいな。大切な母なのにそんな事はして欲しくない。

塔子は自分の気持ちをコウ達に伝えなければと思っていた。伝えたとしても彼等を止める事は出来ないだろう。だから無駄と言えば無駄なのだが……。

塔子はあれこれと考えた。こればかりはハクに相談も行かない。ハクは向こう側だから。

ハルさんはどうだろう。ハルさんはセイさんと繋がっているから、やっぱり向こう側だろうか。自分一人がアウェイなのだろうか。塔子はハルに連絡を入れてみることにした。

白秋　二

その朝は随分冷え込んだ。

日中は暖かいのだが、朝夕はかなり低温になる。その温度差が美しい紅葉をつくるということをどこかで聞いた記憶がある。

辰田姫が振袖を一振りすると山は紅葉に染まる。辰田姫は袖を振りながら山々を歩く。

美しい民話だ。

その紅葉ももう盛りを過ぎた。遠くの山のブナ林は随分前にその葉を落とし、山の上の方は幹と枝だけが残っている。庭には菊が咲き乱れている。空は澄み切って空気間も曖昧にしてひたすらこの異界を白に塗り込める。

が冷たい。多分、もうすぐ冬が来る。冬将軍の到来と伴に雪が降る。それは時間も空

ここは時が有る様で無い。無い様で有る。

この場所がどこまで続いているかと言うとそれも一定ではない。ここを中心として同心円状にそれが広がり、周辺では「淡井(あわい)」を介して日常と接しているが、その境界は常に曖昧だ。いつの間にか日常へ、そしていつの間にか異界へ。

昔はそうだった。だから時に人が迷い込んだ。だが、朱姫を失くしてから、ここはすっかり異時空に隠されてしまっている。だからという訳ではないだろうが、ここ数百年ずっと秋が続いていた。

コウは池の前に立つ。

コウの脳裏にはきんと冷たい水の中を泳ぐ二匹の鯉の姿が浮かんだ。朱姫が失われて、それからもうこの池に入ることはしなくなった。

周囲を飾る菊はじっと朱姫の帰りを待っていた。待つことにも疲れたという所だろうか。だから冬が来るのだろうか。コウは空気の中に遠い木枯らしの気配を感じた。

池のほとりの紅葉(もみじ)が水面に紅い影を落としていた。

「コウ」

コウは顔を上げた。セイが金木犀の向こうから歩いて来る。

「塔子さんの母親の事なのだが」

セイは言った。

「ああ……。回収に行ったのか？」

二人は池の端に立って話を続けた。

「そうだ。顔立ちは朱姫に似ている。ちょっと驚くぞ」

「そうなのか？　回収の事は塔子さんには？」

「言っていない。ハクの話だと回収して欲しくない様子だったという事だ」

二人は黙り込んだ。

すんなり回収出来る事など殆んど無い。ましてや親近者なら必ず拒否する。しかし、どうしたものか。こっそり回収しておいて知らぬ振りも出来ない。

「それで回収は出来たのか？」

「それが不思議な事に回収出来なかった」

「えっ？」

「朱姫ではないのか？」

「いや、朱姫だ。触れて分かる」

コウは訝し気にセイを見た。

「……どういうことだ？」

「朱姫なのに羽衣が反応しなかった」

セイは言った。

そんな事があるのだろうか？　コウはたっぷり考えてから口を開いた。

「羽衣が拒否したか、塔子さんの母親が拒否したかという事だろうか？　拒否してそれが出来るものなのか？」

「そんな所だろうか。俺はそんなのは初めてだ。俺とハクは二度ほど試した。時間を空けて。だが、結果は同じ。羽衣は全く反応しない。ちょっと、お前が行って確認してくれ。ハクに留守番を頼むから今回は玄伯と行って来てくれ。どういう事なのか俺にも分からない」

セイはそれだけ言うと「じゃあな。行く時は教えてくれ」と言って去って行った。

深夜である。黒いマントを着けた二人組が病院の前に立つ。「森園総合病院」。それが塔子の母親の入院している病院だった。

川の音が聞こえる。近くに川が流れているのだ。

「勾季？」

玄伯が呼んだ。

「ああ。川音が」

「川音？」

「いや。何でもない」

玄伯が病院の入り口でドアに手を触れた。ドアは何の抵抗もなく開いた。夜勤の職員は誰もが深い眠りに就いている。入院患者も然り。二人は誰もいない廊下を歩く。途中のナースステーションでは看護師が机に突っ伏して眠っていた。明かりは煌々と点いている。

「ここだ。三〇二号室。佐田　友恵」

コウは名前を確認する。二人はそっとドアを押して中に入った。

薄明りの中にその人は横になっていた。酸素マスクを付けている。定期的に酸素を送り出す機械音だけが部屋の中に響く。その顔を見てコウは衝撃を受けた。

「朱姫……」

顔色は土気色で小さく萎んでいた。面変わりをしているが、これは朱姫のそれだ。こんな事は初めてだ。コウは思わず掌でその頬に触れた。

何百年も前に失ってしまった愛しい人。ずっとその面影を追い求めていた、その人が今ここにいる。コウは我を忘れてその顔に見入っていた。

玄伯がフードを取った。白髪が肩に落ちる。

「予定では後三日で亡くなる筈。しかし、これは驚いた。朱姫そのものじゃのう。勾季。早速朱姫の羽衣を」

我に返ったコウはリュックから羽衣を出すと女の上に広げた。しかし、どれだけ待っても羽衣は反応しなかった。

「これは本当に朱姫なのか？」

コウは呟いた。

「朱姫であることに相違ない。どれ、朱姫の魂に念を送ってみようかのう」

玄伯は女の手を取った。

「勾季。そちらの手を取って朱姫に呼び掛けてみておくれ」

コウは点滴に繋がれた腕をそっと取った。掌を撫でて自分の両手で包む。二人はそうやってしばらく無言で念を送った。

コウは、後三日でまた自分の与り知らぬ世界に去って行く女性に心の中で語り掛けた。

いつになったら帰るのか。どうか逝かないでくれ。僕はずっと探していた。気の遠くなる程の時を掛けて待っているのだ。

突然女は目を開いた。

皺に埋もれた小さな目はもう生気が無かった。女の瞳がゆるゆる動いてコウを見た。暫くコウを眺め、それから玄伯を眺めた。その瞳には何の感情も読み取れなかった。

女は目を閉じた。その唇が微かに動き、何かを言おうとしている。コウは酸素マスクを外して女の口元に耳を寄せた。

「塔子は……」

女はそう呟いた。コウは深く息を吐いた。

ようやく巡り合えた朱姫。いや、これは朱姫ではない。朱姫の欠片だ。でも、こんなに似ている。なのに彼女はまた自分から去ろうとしている。

コウは羽衣の上からそっと女を抱いた。痩せて皮と骨だけになってしまった女。自分が昔抱いた朱姫とは全く違っている。暫くそうやって抱いていたが、諦めた様に腕を離した。

　玄伯は女の上の羽衣を取り除くと畳んでそれを仕舞った。

「何かが朱姫を押し留めている。それは恐らく塔子さんなのではないかと儂は思うのだが……」

「塔子さん？」

「ああ。これは塔子さんに来てもらう他、仕方あるまい」

　玄伯はそう言った。

「ここに？　朱姫の回収を塔子さんに頼むの？」

「まあ……そういうことじゃろうのう」

「玄伯。それは」

　コウは言葉を失った。

白秋　三

　十一月の中頃、塔子はスケッチを持ってハルの元を訪れた。スケッチはいずれにしろ今回はハルの意見を聞くのが目的である。ハルは塔子の絵を見て「あら、いいわね」と言った。

寒椿である。実を言うと写真を模写して来たのだ。それでも水彩絵の具や筆を買いに行き、それを使って絵を仕上げるのは楽しかった。

「実は写真を見て描いたのですけれどね」

「最初は練習だから、まあいいわよ。それに色は塔子さんが塗るのだから。そうすればあなたの絵になるわよ」

ハルは塔子にトレーシングペーパーを渡してそこにデッサンを書き写す様に言った。

塔子は丁寧に線をなぞる。

「今度はそのトレーシングペーパーを裏返してその線を柔らかい鉛筆でなぞるの。4Bや5B辺りが良いわ。線を塗り潰す感じでね。なぞったら今度はそれを下面にして……、そうそう。上から赤のボールペンでなぞるのよ。紙がずれないように端をテープで留めてね。あまり強く押し当ててはダメよ。」

塔子は言われた様に作業に取り組む。

「さあ、絵がボードに転写されたでしょう？　その線をこの筆で薄墨を付けてなぞるのよ。骨描きをするわね」

ハルは面相筆を渡してやり方を説明した。塔子は当初の目的も忘れて作業に没頭していた。

出来上がった骨描きを見てハルは言った。

「上出来よ。塔子さんの性格が表れているわね。ふふふ。じゃあここで一区切り。お昼にしましょう。今日はセイもハクもいないのよ。だから私と塔子さんだけで頂くわ。お蕎麦でも茹でましょうね。朝、セイが松茸を用意してくれたから、それを揚げて天ぷら蕎麦なんていいわよね」

「スゴイ。贅沢ですね。嬉しいです」

塔子はそう言うとハルと一緒にキッチンに向かった。


冷たい水で締めた蕎麦は口にいれるとふわりと香ばしい蕎麦の実の香りが広がる。こしがあって美味しい。薬味はネギと山葵。山葵は山から取って来たもので白っぽい色をしている。擦るとつんとした独特の香りが広がる。松茸と山菜を揚げた。大根おろしのつゆに付けて食べると松茸の良い香りが口いっぱいに広がった。大根と胡瓜の糠漬けを頂く。

二人は食事を終えるとお茶を飲みながら話をした。

「ハルさんの所は美味しい物がたくさんあるのですね」

「セイが好きだから。庭には薔薇があるけれど、裏庭は畑になっていて色々と植えられているわ」

「セイさんってすごいですね。何でも出来ちゃう」

「セイはもともと植物の守護だから生き物の面倒を見るのが好きなのね。序に私の面倒も見ているのよ」

　ハルは笑った。

「ハルさん。すごく幸せそうで羨ましいです。それに、いつも元気で若々しいし」

「あら、有り難う御座います。そうね。幸せよ。今が一番心安らかに過ごしているわ。若く見えるかしら？　有り難う。好きな事だけをしてのんびりと暮らしているせいね」

「セイさんやハクやコウさんと一緒で楽しそう」

「良かったらあなたもどうぞ。部屋はあるわよ。是非考えてみて。ところで塔子さん。何か私に相談があるのでしょう？」

　塔子は何と言ったらいいか考えていた。

「聞いてくれますか？　実は、母から朱姫の魂を回収するのは、私は嫌なのです。どうそれを伝えればいいかと悩んでいるのです」

「そうねえ。そのまま伝えればいいんじゃないかしら。判断はあの人達がするでしょう。それに対して私は大したアドバイスは出来ないわ。だって、私が反対してもあの人達はそれを目的に今を過ごしているのだから止めないと思うわよ。ただ、それと塔子さんの気持ちは別物だから。自分は嫌だという事は伝えた方がいいと思うわ」

「ハルさんがもし私と同じ立場だったらどう思いますか？」

「私の母はちょっと塔子さんのお母様とは違うから……。でも、塔子さんの気持ちはよく分かるわよ。身内だったらやっぱりそのままにして欲しいと思うわよね。

　御免なさいね。大したアドバイスも出来なくて。ただ、塔子さんの気持ちは私からもセイやコウに伝えて置くわ。何かよい妥協点、なんか無いわね。回収するか否かの一択だから」

　塔子はお茶を両手で包むと頷いた。

「そうですよね……。ハルさん。ハルさんは朱姫の事をご存じなのですか？」

「勿論、会った事はないわ。随分昔に失われているから。でも私はセイを通してその人を知っているの」

「もう随分昔だけれど……。セイと一緒に眠った事があったわ。ずっと。彼の休止に付き合ってみたのよ。一カ月位かしら……。今はもう無理よ。一カ月も寝ていたら体が弱って動かなくなってしまうわ。勿論私は人間だから食料や水の摂取や排泄がある。それをするために起きなくてはならない。でも、それ以外はずっと彼の懐に抱かれて眠っていたの。あれは奇妙な感じだったわ。起きて生きるための活動をしている自分が夢の中にいて、セイの中にいる自分が現実みたいな感じ。

彼の記憶を旅するの。面白かったわよ。時間旅行をしているみたいで。逆に彼が私の記憶を旅する事もある。私は彼の一部になる。でも、彼は私の一部にはならない。何故なら彼は取り留めが無い程広いから。彼等は『交流』と言っているけれど。そこで知ったの。彼女を」

「朱姫はコウさんの……」

「ああ。コウはとても朱姫を愛していたわ。朱姫もコウを愛していた」

「そうなのですね」

ぽつりと言うと塔子は黙った。ハルは立ち上がるとお茶を入れ替えて塔子の前に置いた。

「ただ、どうなのかしら？　私には何だか姉を慕う弟の様にも見えるけれど。同族愛と言うか親近愛と言うか。でもそれが本当の愛だと本人が感じているならそうなのでしょうね。……コウを好きなの？」

　塔子はびくりとして顔を上げた。

「そんな訳では無いのですが……」

「人間の私が言うのも変だけれど、だって、彼らは山の神の守護なのだし、神様みたいな存在でしょう？　だけどコウは何だか……その、まだ何かが未分化という気がする。発展途中というか、成長し切れていないと言うか。

　彼の発展を止めているのは朱姫なのかも知れないし、朱姫の不在なのかも知れない。だからコウがあなたを気にするならそれは良い事だと……。あら、ホホホ。可笑しいわね。こんな話。我々下等な人間が」

　ハルはおかしそうに笑った。つられて塔子も笑った。

「要は考え方よね。考え方を柔軟にすればまた違った道が見えるかも知れないわ。ただ、そう出来ない時もある。だから塔子さんも思い詰めないでゆっくり考えてみると良いわよ」

　時間はあるのだから。ハルはそう付け加えた。

「さて、もう墨は乾いたから次の段階に行きましょう」

「ハルさん。もうひとつ聞いていいですか」

「何かしら」

「交流ってどんな感じなんですか」

ハルはふふと笑うと言った。

「私はセイに抱かれているって感じるわ。広々とした場所で自分を解放する感じ。でも彼の逞しい腕を感じる。暖かくて大きな存在に守られているとも感じる。また自分がその存在に繋がっていると感じる。色々な感覚を味わうわ。言葉では言い尽くせない程の。……体が溶けて無くなりそうな甘い気持になる時もあるわよ」

ハルは面白そうに言う。塔子は「あら」と返す。

「彼は知るのよ。私を。私も感じるわ。彼を。けれど全てを理解する事は出来ない。お互いに。分かるかしら？　知るけれど理解は出来ない。私は勿論の事、セイもきっと分かっていないと思うわ。だって事有る毎に言うもの。俺にはお前が理解出来ないって。ほほほ。面白いわね」

「セイさんって？　ハクが俺の属性は白虎だって言っていましたけれど」

「ああ。セイは青龍。東の守護。森と樹木の守護。春の使者」

「龍？　龍なのですか？　びっくり！　道理で大きいと思った。怖くないんですか？　私なんて今でも怖いですよ」

ハルは笑った。

「怖い？　そうねえ。怖い事は怖いかも知れないわ。自分とは違う種族だから。種族という言い方は合っているかしら？」

「さあ……？　じゃあ朱姫は？」

「朱姫は朱雀。南の守護。赤い鳥。不死鳥。その属性は火炎。夏の使者」

「不死鳥なのに死んでしまったのでしょうか？」

「死んでいるのか、そもそもそれを死と言うのか私には分からないわ。でも転生しているという事はやっぱり死んでいるのよね？　彼等は失われたと言っているわね」

「ハクは？」

「ハクは白虎。西の守護。その属性は金属。季節は秋」

「もう一人。玄伯。北の守護。玄武。黒い大亀。その甲羅には蛇が巻き付いているらしいわ。属性は水。季節は冬。塔子さんはまだ会った事は無いわね。優しいお爺さんよ」

「じゃあコウさんは？」

「コウは勾陳。麒麟。太極の印。属性は土。麒麟は中庸の生き物なの。どの方角にもどの季節にも属さない」

「はあ……」

　塔子はため息を吐いた。とんでもない人達と関わってしまったらしい。

「何なのですかねえ。これは」

「それぞれそういう属性を持つらしいけれど、実際にそれにお目に掛かった事はないわ。ハク以外はね。ハクは時々白虎に変化するのよ。子供にも姿を変えるし」

「ああ。私も一度白虎を見ました。自分の部屋で」

「ハクを見るとやっぱり普通の事では無いと思うわよねえ……。私は何もかもが自分の妄想なのじゃないかと思う時もあるわよ。気が付くと自分がたった一人でここに住んでいる、みたいな？」

「ああ、分かります。でも、同じ妄想を二人のいい大人が共有するのでしょうか？」

「そうよねえ。以前、セイに聞いた事があるわ。どうしてあなた達はそんなに長生きなのかと。そうしたら、俺にもよく分からないって言っていたわ。特別な仕様になっているのね。そりゃそうでしょうよね。守護神なんだから。一応神様なんだから。神様仕様なのよ」

「彼等はそういう生き物なのよ。人はそういう生き物を神として認識して来たのよ。だって理解出来ないから。そりゃ勿論能力は格段に違うけれども、彼等も怪我をすれば赤い血が出るわ。そして人間と同じ様に働いているから。笑っちゃうわね。まあ、成る様に成るのじゃないかしらね。ま、そんな事もあるだろう位に考えていた方が気楽よ。理解も納得も出来ないのだから」

「だって、あなた、有り得ないでしょう？　江戸時代にタイムスリップするなんて。彼等は次元を置換して様々な見方で時空を認識出来るらしいわよ。益々意味が分からないわよね。神様だから身体能力も認知能力も特別なのよ。

見え方が違えば認識も思考も違って来る。私には彼が何をどう見ているのかなんてよく分からないわ。交流をしてもそんな事までは理解出来ない。

でもね。さっきの話と矛盾するようだけれど、不思議な事に、あっ、同じだなって思う事もたくさんあるのよ。何かを見て感じる事とか何が大切かとか。共感することも多いの。同じ国土で生まれた所為かしら。育って生きている土壌が同じって感じる。ベースは同じ。でも種は違う。そして個々も違う。知っている所もあるし共感する所もある。だが、理解出来ない所もある。そんな感じかしら」

「この家はセイやコウが建てた。彼らは庭を整備した。そしてそこに私は住んでいる。前回、コウが私の息子として美術館に行った。向こうの職員と交渉した。私の絵はそこで展示された。

　これは現実よね。って事はやっぱり彼らは存在しているのではと自分に確認するわ。だって私はその時歩けなかったのだから。そしてその場所でコウは塔子さんと会ったのだから。だからまあ、普通に過ごせばいいのよ。だってそれしか出来ないし、彼らも自分の都合で私達に関わっているのだから」

「日本列島って背骨の様に太い山脈が走っているでしょう。あれを竜骨と言うのだぞうよ。あの山々の何処かに、それこそ昔は『大神』と呼ばれる神様達がいたのだと思うわ。

日本はそういう国なのだと思う。山の恵み、森の恵み。水の恵み。そして山の災厄。水の災厄。それぞれの場所にそれぞれの神様がいて、それを守護する者達がいる。この地方にはあの人達なのでしょうね。別の場所に行けば、また、そこにはそこの守護がいる。そうして霊山と森を守っている。中には削られて伐採されてしまった山もあるでしょうね。そんな場所では神様も消えてしまったのかしら？　でも、そうやって気の遠くなる程の時間を生きて来たのだと思うわ。私達も彼らも。私達はＤＮＡの遺伝子情報という形で。彼らは何だろう？　霊として？　それともエネルギーかしら？　加護はその場所にあってこそ得られる。砂漠には砂漠の神が、海には海の神が。ここは偶然、霊気の強い場所なのかも知れないわね。……さて、もう行きましょうか」

ハルはそう言って立ち上がった。


ハルは塔子の絵を確認した。

「すっかり乾いているわ。鉛筆跡が残っていたなら練り消しで消してね。擦っては駄目よ。練り消しを転がすようにするの。日本画って色々な彩色の仕方があるのよ。それも後で説明するわね。それじゃ胡粉の溶き方を教えますね。今日は下地を塗ってお仕舞にしましょう。その後で裏庭を案内するわ。本当にいい天気ね」

そう言うと絵を置いて窓の外を見た。


塔子とハルが裏庭ではしゃぎながら野菜を収穫していると後ろから声がした。

「手伝おうか」

「あら、セイ。早かったのね」

「お客様の為に夕飯を作ろうと思ったからな。いらっしゃい。塔子さん」

「こんにちは。セイさん。御邪魔しています」

「今日は野菜カレーにしようと思うのだけれど。どうかしら」

「地鶏の肉を仕入れて来たから丁度良いな」

「セイさん。松茸、ご馳走様でした」

「ああ。美味かっただろう。ハルの天麩羅でも」

「あら。失礼ね。すごくかりりと揚がったのよ」

「とっても美味しかったです」

三人は野菜を収穫すると家に向かった。

「ハクは？」

「今日は帰れない。でも、コウが来る」

「あら、そうなのね」

ハルは振り返って塔子に言った。

「コウが来るそうよ」

「そうなのですね」

セイとハルが話をしながら歩く後姿を眺め、塔子は心が軽くなる気がした。

幸せそうな二人。

考え方一つで人生は変わって行くのかも知れない。だったら自分は何をどうコウに伝えればいいのか。時間はある。もう少し考えようと塔子は思った。

白秋　四

その日の夜。

ハルと塔子はハルの部屋でワインをちびちびと飲みながら遅くまで話をしていた。

つまみはチーズとスティック野菜である。糠漬けを持ち出したらセイに止められたのだ。ハルはぶつぶつと文句を言っていた。

「どう考えたって塩分過剰摂取だろう。それにアルコールも過剰摂取だ」

「もう。セイ、うるさいわよ。塔子さん。早く部屋に逃げましょう」

塔子は笑いを堪えた。

コウは早めに自分の部屋に引き取った。

「コウはまだ本調子じゃないのかしら」

ハルがそう言って塔子は頷いた。

「何があったのかしらねえ。あの場所で。コウは繊細に出来ているから……。ハクも一緒にいた筈なのにハクは何でもないわよ」

「ハルさん、みんなのお母さんみたいですね」

あら。と言ってハルは笑う。

「この所ずっと一緒だから。ふふ。疑似家族ね」

「ハルさん。お聞きしてもいいですか。ハルさんの本当のご家族はどちらにいらっしゃるのですか」

「今、私の家族はこの世にいないわ。私はたった独りよ」

だからあなたと同じ。ハルは付け加えた。

「済みませんでした。不躾な事を聞いてしまって」

塔子は謝った。

「いいのよ。もう随分昔の話だから」

ハルはそう言ってお茶を一口啜った。彼女はもうワインからリタイヤしていた。

「今はセイがいつも傍にいてくれるから」

「そうですよね。あのう……どういうご縁で?」

今更何と聞いたら良いのだろう。塔子は迷った。ハルはさっきと同じ様にふふふと笑った。

「知りたい? じゃあ少し私の話を聞いてくれる? そんなにロマンチックな出会いじゃ無いわよ。すごく重たい話だけれど。それでも聞きたいかしら」

塔子はハルの脅かしに躊躇したが「聞かせてくださるのなら」と答えた。

「誰にも話をした事は無いのだけれど……。まあ、この世に一人位、普通の人間が知ってくれていても良いかしら」

ハルはそう言って話を始めた。

「あれは私が三十三の時よ。私はその頃実家で暮らしていたの。ここととは違う場所よ。もっと北の方なの。同居していた父が亡くなってまだ一年も過ぎていなかった。その頃母は介護施設に入所していたの」

ハルは昔を思い出す様に目を細めた。

「台風が来てまるでバケツをひっくり返した様な雨が夜も昼もずっと降り続いたのよ。数日前にちょっとした地震があって、きっと地盤が緩んでいたのね。そうしたら、真夜中になって裏山に土砂崩れが起きたの」

そう言うと黙った。

今までどんな風雨にも耐えてきた山だったから、まさか土砂崩れなど起こるとは思わなかった。ごごう……という不気味な鳴動の後に、岩と樹木を巻き込んだ大量の土砂はそこに在った家数件を一気にその泥の中に封じ込めた。あっという間の出来事だった。ハルの家もその土砂に巻き込まれた。ハルが逃げる間も無く家は押し潰された。

家具の間に挟まれて身動きの取れなかったハルは怪我をしたものの命は助かった。自分の上には土砂の重みで撓んだ天井が迫っていた筈だ。真っ暗な中であれが天井とは見えなかったが、凄まじい圧迫感だけは覚えている。自分はこのままあの泥に飲まれて死ぬのだと思い、ぞっとした事を思い出す。薄れて行く意識が寧ろ有難かったのを覚えている。意識が戻ると自分がまだ同じ場所にいる事に気が付き、ハルは絶望した。まだ自分は死んでいない。

気を失い、また覚醒しを繰り返しながら昔の事が脳裏を過ぎる。記憶は更なる記憶を呼び寄せる。

一人の女の顔が目の前に浮かんだ。美しい女だ。その目が吊り上がり鬼の様な形相でハルを罵る。

その顔が消えて眼鏡を掛けた男の顔が浮んだ。穏やかな顔が困った様に笑う。その男の笑顔がとても好きだった。

男の顔が消えて子供の頃に住んでいた家が現れる。眉間に皺を寄せて怒る祖母。自分と目を合わせようとしない母。いつも忙しく働いていた父親。そして明るく笑う妹のアキ。

晩秋の風が冷たい夕方、祖母に叱られ家を飛び出した。当ても無く歩きながら「帰って来なければ良かった」と何度も呟いた小さな自分。身を切る風の冷たさを今でも覚えている。

ハルが山から帰って来て、家族が喜んでくれたのは僅か数日間だけだった。

村人は好奇心と畏れの混じった目でハルを見た。ハルと関わろうとはしなかったし、また自分の子供にもハルと遊ぶ事を禁じた。だからハルはたった一人で遊んだ。

その頃ハルの家は村で生活雑貨や食料品を扱う小さな店をやっていた。家で食べる野菜や米程度は自作すると言う兼業農家だった。

祖母は一家の中心だった。気が強く、家の中でじっとしているよりも働くことを好んだ。子供であってもひとつの労働力であり、誰もが自分の言う事を聞いて一生懸命に働かなくてはならないと思っていたので、素直に言う事を聞かないハルを生意気でずる賢い子供だと思っていた。

ハルは絵を描くことが好きな子供だった。遊ぶ人もいなくて家で絵を描いていると必ずと言っていい程、祖母に用を言い付けられる。ハルはそれが嫌で仕方が無かった。折角空想の中で楽しく遊んでいるのに、それを中断して店の品物を並べたり、洗濯物を取り込んだり店先を掃除したりするのは嫌な事だった。それも言われたらすぐに動かないと祖母は怒り出す。そしてその後はお説教である。

「お前が山で迷ってどれだけみんなに迷惑をかけたか」という話。

「家族だけでは無い。村中に迷惑をかけたのだよ。稲刈りで一番忙しい時期なのにね」

祖母はそう言った。ハルはうんざりしていた。

母はハルを避けた。ハルを怖がったのだ。母はハルに触れようとしなかったし、ハルが母に触れるとその手を払った。

「ハルはもうお姉ちゃんだから」

そう言ってハルに背中を向けた。

妹と一緒に眠っている母の布団にこっそりと潜り込んだ事があった。それに気付いた母は強い言葉でハルを叱った。ハルはショックで涙を流しながら母の言葉を聞いた。

「ああ、お母さんは私の事が嫌いなんだ」

ハルはそう思った。それからハルは二度と母の布団に潜り込む事はしなくなった。

ハルが帰って来てから、父と友人の始めた仕事が上手く回り始め、父は家から離れた町に店と倉庫を置いた。村での商売は母と祖母に任せ、自分は町での仕事に精を出した。村人は娘が富を運んできたと陰口を言った。富を得た代わりに娘はもうどこにも嫁ぐ事は出来ないだろうと言った。何故なら山神の御手付きになったからだと噂をした。

父は無口で仕事中心の人だった。大人しい人で気の強い祖母にやり込められていたのを覚えている。父は家や村でのハルの立場を憂慮していたから、家から遠く離れた学校へ行きたいと言うハルの願いを聞き入れた。

この年になって、つくづくと感じる。愛情も学習するものだと。うんと小さな頃から愛情を注いでもらって、そして人は安定した人間に成長するのだと。

祖母は年をとって体が不自由になり、母は家で姑の面倒を見ながら小さな店を続けた。そんな母を支えたのが妹アキの能天気とも言える大らかさとユーモアだった。アキは祖母の小言も母の愚痴も上手に聞き流す事が出来た。とても要領のいい子供だった。

ハルはたまに帰って来ると「女に大学なんか必要は無い」という祖母の小言と介護疲れの母の愚痴を聞きながら、自分だけが都会で大学生活を送っている事に後ろめたさを感じてせっせと働いた。そんなハルに中学生のアキが言った。

「お祖母ちゃんやお母さんの話なんか聞き流せばいい。お姉ちゃんは勉強が好きなのだからうんと勉強すればいい。私は勉強が嫌いだから高校を出たらお父さんの店に勤める。お姉ちゃんが東京で日本画の勉強をしているのは私にとって自慢だよ」

きっとアキは心の中で自分を恨んでいるのだろうとハルは思っていた。大変な祖母と愚痴の多い母を置いて家を出てしまっているのだから。だが、アキのこの言葉で本当に救われたと感じていた。

ハルが大学を卒業する年に祖母は亡くなった。風邪をこじらせて肺炎になったのだ。祖母の葬式の時、母は家で姑を看取ったという充実感で晴れ晴れとした表情をしていた。ハルは父に頼んで大学院まで進学させてもらった。

院を卒業すると新潟の母校に美術講師として赴任した。絵だけを描いて食べて行けるなど、そんな事は夢のまた夢だと分かっていた。絵を教える仕事をして、その合間に絵を描いて展覧会に出品するのがハルの楽しみだった。だが、恋愛に関して言えばこれと言った男性も現れず、ハルは寂しい思いを感じていた。半ば諦めながら自分は誰とも深く繋がる事は出来ないのだと感じていた。

高校を卒業した妹は父の店に就職し、そこで知り合った男性と早くに結婚をして自分の両親と同居をしていた。妹よりも十も年上だが働き者の優しい婿で家族は幸せだった。

ハルが三十の時に妹とその夫が車の事故で亡くなった。妹はまだ二十四歳だった。後部座席に乗っていた母だけが助かった。母は自失茫然となり悲嘆に暮れた。自分だけが助かったことを恨んだ。父もハルも愕然として深く悲しんだ。そしておおらかで明るかった妹が自分よりも先に死んでしまった事を嘆いた。まるで温かな明かりが消えたみたいに感じた。

軽い認知症の気があった母は最愛の娘夫婦が亡くなった事により鬱病を発症し、認知症は進行した。物忘れがひどくなり、下の始末が出来なくなり、徘徊が始まった。父は数年前に一度脳梗塞で倒れ、片腕にマヒが残った。母の世話は無理だった。

ハルは両親と同居をするために仕事を辞めて家に戻って来た。ハルと父親で母の面倒を見ていたが、とても見切れるものではなく母を介護施設に入所させた。

母は時々亡くなった娘を思い出すのだろう。ハルをアキと呼んだ。ハルは母の中では死んだのは自分なのだろうなと思った。

家が落ち着くとハルは近隣の学校で仕事を探した。車で一時間程行った町の中学で運良く講師の仕事を見付けた。そこで彼、国語教師である立川と知り合ったのだ。

立川は既婚者だった。小学生の娘がいた。それでもハルは立川に恋をした。そして立川も。ハルはこんなに人を好きになったのは初めてだと思った。

立川の妻はとても美しい人だったが、精神的に不安定で自分に歯止めの効かない人だった。思い込みが強く、疑心暗鬼に陥り易く、些細な事で感情的になって立川や娘を責める事があった。妻のそうした気質は立川や娘を巻き込んだ。娘はその一番の犠牲者だと立川は思っていた。妻は立川を責めながら彼に頼り切っていた。自分勝手な愛だったが彼女は彼女なりに夫を愛していたのだ。だが、立川はそんな妻にほとほと疲れてしまっていた。

彼はハルにもう夫婦関係は破綻していると言った。でも、今は妻を見捨てられないと言った。娘がもう少し大きくなったら必ず妻と離婚してハルと一緒になるから待っていてくれと言った。もう妻には愛情をもっていない。だが、今は見放す事は出来ないと。

ハルはそれを信じた。同時に彼の妻を憎んだ。

ハルには分からなかったのだ。何年も連れ添った夫婦の事など。家族の絆の強さなど。何故なら彼女は根無し草だったから。ハルは幼くて考え無しで世の中の事をよく分かっていなかった。分かった積りでいて何も分かっていなかったのだ。

ハルは立川を自分のものにしたかった。誰に何と言われようと。やっと見つけた心の拠り所なのだ。私を温めてくれる人は彼しかいないと思った。ハルは立川といる時だけ寂しさを忘れ、心から温まる事が出来ると感じた。

彼は問題の解決を先延ばしにしてハルを離そうとはしなかった。ハルにとっては真剣で、だからこそ辛い恋だった。

立川の妻はやがて夫の浮気に気が付き、ハルの家に乗り込んで来た。怒り狂ってハルを激しく罵倒し、何も知らなかったハルの父親を罵った。美しい顔が歪み、鬼の様な形相で罵るその姿をハルは恐ろしくも浅ましくも感じた。だが、止めども無くヒートアップする立川の妻の言葉にハルも我を忘れた。そして自分を止める父親を振り切って言い返した。

「彼はあなたにはもううんざりしているって言っていた。あなたはお荷物だと言っていた。本当はすぐにでも別れたいと。本当はずっと前からそうしたかったのだと。子供が大きくなったらあなたと離婚し、私と再婚すると約束した。彼はあなたに我慢して来たのよ。ずっとね」

そして言った。

「私のお腹には彼の子供がいる」

勢いで言ってしまった嘘だった。女は酷くショックを受けていた。

数日後、女は遺書を残して自殺を図った。幸いな事に未遂で済んだが、立川も娘も大きなショックを受けた。勿論、ハルも。ハルの父親も。

立川は泣きながらハルを非難した。どうして自分を信じて静かに待っていてくれなかったのかと。どうして妻を追い詰める様な嘘を付いたのかと。こんな事になってしまって、自分は君とは一緒になれる訳が無いと言った。娘に申し訳が無くてと。そして最後に「君が妻を追い詰めた」と言った。ハルは茫然とした。

ハルと立川の不倫は職場の知る所になった。ハルは仕事を辞めた。立川も仕事を辞めて妻と娘を連れてどこかへ引っ越して行った。

　ハルには立川に対する耐えがたい恋情と深く苦しい後悔だけが残った。自分の嘘で人が死のうとしたのだ。ハルには自分が耐えられなかった。自分を捨てて去った立川を憎みながらも、それでも恋しい気持ちを捨てられない自分が情けなくて疎ましかった。自分で自分を持て余す日々が続いた。いっその事、自分こそ死んでしまいたいと思った。だが、不自由を抱える両親を見捨てる事など出来る筈も無かった。


「ハルさん？」

　塔子は黙ってしまったハルに声を掛けた。

「ああ。御免なさい」

　ハルは我に返った。

「家は土砂に圧し潰された。私は辛うじて家具の間に挟まって命が助かったの。何度か意識を取り戻したり、また失ったりを繰り返したわ。天井はどんどん迫って来ていて、ミシミシって音がして……あれは本当に恐ろしかった。足はどこかに挟まれても う感覚が無くなっていた。体が冷たくて寒くて……」

　薄れて行く意識の中で誰かが自分を呼んでいるのが聞こえた。誰が呼んでいるのだろう。まさか立川の筈は無い。ならばもう私の名を呼ぶ人はこの世に存在しないのに……。

ああ、父だ。きっと父が愚かな私を迎えに来てくれたのだ。ハルはそう思った。

意識が途切れ、次に目覚めたのは病院だった。聞くと自分は家の外で半分泥に埋まりながら倒れていたと言う。ハルは訝しんだ。確かにタンスの間に挟まって身動きが取れなかった筈。という事は誰かが掘り起こしてくれたのだろうか。

「私の両足は骨折。座骨も折れていたわ。右足は複雑骨折で生涯不自由になるかも知れないと言われたわ。でも有難い事に体の中心や頭は無事だった。他にも助かった人がいた。すでに亡くなっている人もいた。この髪はね。その事故以来、真っ白になってしまったのよ。人の体って不思議ね」

入院して数カ月が過ぎてようやく起き上がれる様になった頃、病院に見舞いに来た見知らぬ大男がセイだった。

「セイが助けてくれたの」

「私はセイを初めて見た時、多分この人が助けてくれたのだと思った。その後、何度か病院に来てくれて……。昔の神隠しの話を聞いた時には本当に驚いたわ。そしてそれが現在につながっているの。……母は私が退院して半年もしない内に亡くなってしまったわ。静かで穏やかな死だった。もう自分の家が無くなってしまった事に気が付いていたのかしらと思ったわ」

　ハルは以前セイに言った事を思い出す。

「セイ。もし私が死んだら、魂はあの故郷の山に帰るのかしら。幼い頃に栗や茸を取りに出掛けた山。低く雲が降りて来ている、あの深(しん)として爽やかな大気の中に取り込まれて山の懐深く眠りに付けるなら、私の過ちも浄化されて真っ新(さら)な清々しい命に生まれ変わるのかしら」

「そうだな。お前のその凝り固まった妄執は、山に洗われて細かく砕け散り、霧散し、最後は土に帰ってしまうだろうよ」

「妄執ねえ……」

　ハルは苦笑いをする。

　セイは続ける。

「立川の妻は事故で亡くなったんだ。お前の所為じゃ無い。東京に引っ越して一年後だったな。その後、立川は再婚している。新しい妻との間には子供もいる。どちらにしても立川はお前とは連れ添う事が出来なかったのだ。立川がお前を望んでいたとしても娘は決して許さなかっただろうな」

「……」

「お前は立川が去った後で老いた両親を抱えながら自分を立て直して来た。立川と違って、お前はここを離れる事は出来なかった。周囲の目に耐えながら孤独に暮らして来た」

「村の人達のいい噂の種になったわ。私、自分の生まれた村がつくづく嫌になった」

ハルは言った。

「お前は絵に没頭するしか無かった。自分の孤独や情念を絵にぶつけて来た。絵を描く事でそれを昇華する事が出来たのだ」

「私に残されたのはもう絵を描く事しか無いと思ったわ。県の美術館が主催するコンクールに入賞したのが最初ね。あれはすごく励みになったわ。父もとても喜んでくれた。

でも、その後ね。父が二度目の脳出血で亡くなったのは。ずっと私を支えてくれた父が突然倒れて……。とても悲しかった。何でもっと優しくしてあげなかったのかって、すごく後悔したわ。そうやって私の人生は後悔ばかりなのよ」

ハルはため息交じりに言った。

「俺が過去に干渉すればお前を含めてそれぞれの人生は変わって来る。お前の妹が死ななければお前は生まれた村に帰って来ない。そうすればお前は立川には出逢わない。立川の妻と関わる事も無い。そして土砂崩れに巻き込まれる事も無く、俺と出会う事も無い。だが、それは本当にそうだろうか？　もしもの人生は誰にも分からない」

「自分をやり直したいと思うのは過去の過ちから逃れたいと思うお前の身勝手だ。それに俺達が過去に戻るのは朱姫の魂を回収する為だけだ。……お前は今、幸せではないのか？」

セイはハルを見る。

「幸せよ。今迄の人生の中で一番幸せだと思うわ」

ハルは返した。

「ハル、今の自分を是とするなら、後悔ばかりの過去も是なのだ。是とは言い難い過去であってもな。人は人生をやり直す事は出来ない。全てが一度きりの出来事だ。どれだけ辛い人生であってもどれだけ後悔してもやり直しは無いのだ。それを抱えて生きるしか無いのだ」

「過去に戻って干渉出来る人にそんな風に説教されてもね。素直にそうですかとは言えないわね」

ハルは返した。

「生憎俺は人間じゃ無い。守護神だからな。俺は範疇外だ」

セイは口角を微かに上げて返した。

「私、時々人間をやめたいって思う事があるわ」

ハルは言った。

「自我も理性も持たない生き物になりたいって」

「やめる事は出来ない。誰も彼も自分と折り合いを付けて生きて行くしか無いんだ」

セイがそう言って、会話はそこで終わった。


ハルは塔子に言った。

「ねえ。塔子さん。人って色々な事情を抱えながら生きているのよね。私なんて何ひとつ片付けられないで生きているわ。家族で生まれても、結局は一人で片付かない自分の人生を抱えて生きて行かなくちゃならないのよね」

塔子は何も言えなかった。

「あら嫌だ。暗い話になってしまって。御免なさいね。嫌ねえ。夜にこんな話」

ハルは笑った。

「御免なさい。ハルさん。辛い事を思い出させてしまって」

「いいのよ。いい供養になったわ。時折思い出してあげる事が何よりの供養なのよ。明日は一緒に絵に色を付けましょう。御免なさいね。暗い話をしてしまって」

　ハルは繰り返した。

白秋　五

　寂しい話を聞いてしまった。今日は悲しくて眠れないかも知れない。幸せそうなハルさんがそんな辛い目に遭っていたなんて……。すっかり酒が覚めてしまった。そう思いながらゲストルームに行くと窓際にコウが立っていた。

「コウさん」

　塔子は驚いた。

「もう休んだんじゃなかったの？」

「ああ。一度休んだけれどね。でも、折角だから君と一緒にいたいと思って」

「じゃあ、また私を抱いて眠ってくれるの？」

コウは黙って片手を伸ばした。

塔子はその手とコウを交互に見ていたが、コウに歩み寄りその手を取った。コウは塔子を抱き締めた。

「何だか寒いんだ。とても寒くて」

コウは塔子の髪に顔を埋めて言った。

「……酒臭い」

塔子は笑った。

「あら、御免なさい。さっきまでワインをしこたま飲んでいたから。酒臭くても良ければ一緒に寝てあげるわよ。取り敢えず歯ブラシをして来ます」

そう言うと塔子は洗面所に向かった。


「コウさん。良かった。今日は私ひとりじゃとても眠れそうになかったから」

布団にくるまって二人はお互いを見詰める。塔子はコウの茶色掛かった瞳を見て「綺麗な瞳の色ね」と言った。

コウは「随分長くハルと話をしていたね。体がすっかり冷えてしまっている。これじゃ君の体の方が冷たくて僕は温まらない」と笑った。

「ハルさんとセイさんの事を聞いていたの。ハルさんは随分辛い目にあったのね」

「ハルがそんな話をしたの？　僕でさえハルから直接聞いた事は無かったのに。随分君に心を許しているんだね」

「コウさんは知っていたの？」

「セイから聞いて。丁度セイが他の時代に飛んでいる時に土砂崩れが起きたんだ。セイはハルを助けるかどうか迷っていたけれど、苦しんでいるハルをどうしても見殺しに出来なかった。セイはあの庭にハルが迷い込んでからずっとハルの事を気に掛けていたからね。

　でもまあ僕達もハルがいてくれるお陰で色々とやり易い面もある。窓口としてね。人として過ごすには良い環境だと思っている。ややこしい幸姫とも仲良くしてくれるしね」

　塔子は顔を顰めた。

「コウさんってそういう考え方をするのね。どこが仁の生き物なんだか」

　塔子はくるりと背中を向けた。コウは笑って背中から腕を回す。

「何かハルに吹き込まれたね。セイは随分変わったよ。ハルといて。勿論僕もハルと関わって変わったと思う。ハクもね」

「私もそうよ。ハルさんはまるで私の」

　コウは塔子の体を自分に向けるとその唇に触れた。

「母親じゃないよ」

「あなただって私の恋人じゃないわ」

「そうだった？」

「違った？」

「だって、もう何度か一緒に眠っているしキスだってしている」

「何を言っているのよ。あなたは。……でも、いいわ。今日はちょっとだけ体温を分けてあげる。」

　コウが唇を合わせてきて塔子はその背中に腕を回した。そうして目を閉じて囁いた。

「今日だけ恋人でいてあげるわ」

「ちょっと、酔いそう……」

「もう。うるさいわね！　だったらいいわよ」

「いや、今日は人肌が欲しいから」

　コウは塔子の首筋に顔を寄せる。

「私は湯たんぽですか。でもコウさんの体って温かいのね。ハクみたい。気持ちがいい。眠くなりそう」

「君を抱いて眠ると僕は心が温かくなる。気持ちが安らぐ。……どうしてだろうか」

「それはね。あなたが私を好きだからよ」

　そう言いながら塔子は心の中で思う。

　あなたには朱姫という想い人がいる。あなたが欲しいのは私じゃないのよ。でも、今日はそれを忘れて恋人の振りをしてあげる。だって、私も寂しいから。

　朱姫が戻ったらあなたは私の事を忘れる。だけど今だけ誰かの温もりが欲しい。それはあなたも私も同じだわ。

　コウは塔子の頭を自分の胸に納め、片肘を付いて寝顔を見守る。そして安心した様に瞼を閉じた。

ピラカンサ

　世の中の全てが年末に向かって慌ただしく動き回っている師走。塔子も例外では無かった。だが、何処かで彼等と話をしなければならない。そう心で決めていた。

塔子は駅のロータリー前で立っている。コウはその前に車を回した。

「こんにちは。コウさん。お手数をお掛けします」

「久し振り。塔子さん。元気だった？」

コウは助手席のドアを開ける。塔子は上着を脱いで車に滑り込む。コウは運転席に座ると塔子の顔を眺めて言った。

「少し痩せた？」

「そうね……。仕事が忙しかったから。もっと早く来ようと思っていたのだけれど、なかなか休みが取れなくて。大きな仕事がひとつ終わったから漸く」

塔子は答えた。コウはエンジンをかけて車を発進させた。


塔子からラインが届いたのは十日程前の事だった。母親から朱姫を回収するのは止めて欲しいという内容だった。

それを見てコウは考えた。

「もう回収に行った」

それを送るべきか送らないで置くべきか。彼女の協力無しには朱姫は回収出来ないのだ。回収に行って失敗したのだから、それは伝えて置いた方が良かろう。

「一度回収に行ったが、回収出来なかった。詳しい話は会ってしたいと思う」と返信した。

その後彼女からの返信は来なかった。数日前、塔子からラインが届いた。

「今度の土曜日午前中に伺おうと思います。ハルさんの家に行く前にどこかで話をしましょう。御都合は如何ですか？」

コウは「了解です」と返した。

コウと塔子はM市の公園にいる。

目の前には大きな池があって、その周囲にはすっかり葉の落ちた木々が寒そうに立っている。池の向こう側にはピラカンサの大木が複雑にねじ曲がった形で枝を伸ばし、大量の赤い実を付けている。それがインスタにアップされて以来、家族連れやカップルなどが遊びに来るようになった。

「ねえ。コウさん。母から朱姫を回収出来なかったって……。どういう事なのかしら。私は母にそんな事をして欲しくないのに。勝手にそんな事をして」

塔子はつい非難する口調になる。コウは黙って池を見ている。

家族連れが鯉を眺めている。子供が「大きな魚だ。ほら、あそこにも」と指を差す。

塔子は言葉を選んでしゃべる。

「もう随分昔に亡くなってしまったのだから。自分にもそう言い聞かせたけれど……。でも、あなた達がやろうとすれば出来ない事は何も無いでしょう。だから私が嫌だと言っても、そんなの何の障害にもならないのでしょうね。だけど嫌なの。お願いだから母にそんなことをしないで」

コウははっきりと答えた。

「回収はする。君にとってはお母さんかも知れないが、僕等にとっては朱姫なんだ」

塔子は唇を噛んだ。

「そうよね。じゃあ、朱姫でない残りの魂はどうなるの？　それはただの残り物になってしまうの？」

「残りの魂？　そんな事は考えた事も無い」

「そうでしょうね。あなた達は朱姫さえ回収出来ればいいのだから」

「死んだ後の事は僕達には……」

「あなたには分からない！」

コウの言葉を遮って塔子は鋭く言った。

「ねえ。母は朱姫でなくてただの人だわ。朱姫みたいな素晴らしい魂だけでなく、在り来たりな魂も併せ持っている。それがまとまって一つの魂で母なの。朱姫を回収した後の母はどうなるの？　残り物同士でまたひとつの魂になるの？　それとも冥くて冷たい場所にポツンと置き去りにされるのかしら？　そうしたら佐田友恵という人間は、もう二度と生まれ変わる事は出来ないのよね？　私はそれを思うと胸が痛くてたまらないの。母は母だわ。どんな人であっても母なの。私のたった一人の母なの。だからそんな事はしないでそっとして置いて欲しいの」

さて、どうしたものか……。

塔子の真剣な表情を見ながらコウは思った。

塔子を悲しませたくはない。しかし朱姫を回収しない訳にも行かない。次の転生を待っていたら、それはいつになるのか予想も付かないのだ。

とんでもない時の永さにコウは辟易していた。偶然現れた娘の母親が朱姫であるならこんなに幸運な事はないのに……。どこかで何かを掛け違ってしまったのだ。

……いや、違う。

どんな状況であってもあの朱姫は塔子の手を借りなければ回収出来ない様になっているのだ。自分達だけでは回収が出来ないのだから。だからどの道これしか無いのだ。

コウはふと違和感を持った。どの道これしか無い？　どうしてだろう……？　他に選択肢が無い？　何故？

「亡くなった後の魂の行く場所については僕には分からない。どんな仕組みで次に転生するのかも分からない。塔子さんの言った通りだよ。僕達は朱姫さえ回収出来ればいいのだ。だから譲れない。塔子さんの気持ちは理解出来るけれど、僕達は何百年も前から朱姫を待っている。これを逃したら次はいつになるか分からない。君にも分からないと思う。転生を繰り返す永い時間、それを待つ僕達の気持ちは。僕達はずっと、それこそ気が遠くなる程の日々を過ごしてただ待っているんだ」

塔子はため息を吐いた。確かにそれは自分の理解を超えている。

でも……。

二人は黙った。遠くの方で小鳥が鳴いている。人々の騒めきが聞こえる。

「だったら君のお母さんに確認すればいいんじゃないの？　どうしたいのかと」

コウは言った。

「えっ？」

「今度一緒に行こう」

「それは無理じゃない？　だって朱姫の自覚はないのだし」

「玄伯に一緒に行って貰えばいい。玄伯なら朱姫の魂にアクセス出来るから」

「玄伯？」

「北の守護だ。君はまだ会ってはいないね。滅多に山を出ないから」

塔子は下を向いて考えていたが、ぽろりと涙を流した。

「朱姫は転生したくないわよね。多分。もういい加減山に帰りたいでしょうね。だって、人として生きるのはすごく大変だもの。悲しい事や苦しい事が一杯だし、思い通りにならない事も一杯。愛する人を置いて逝ってしまう事もある。切ない事よ。でも自分の力ではどうにもならないの。そんな無力感を嫌と言う程味合うわ。母が亡くなる時に私は随分泣いたわ」

塔子は泣きながら言った。コウは黙って聞いていた。

「あなた達は死なないし不思議な力もある。寂しいのよ。そんな魂を抜き取られてしまう人が私の大切な母だって事が。辛いの。ねえ。朱姫は良いけど私の母はどうなるの？」

塔子は赤い目をしてコウに尋ねる。

「生きている時は君の親かも知れないが、もう随分前に死んでしまったのだから。全ての関係性はリセットされ、次の関係性へと準備する。だからそんなに拘る事は無いのではないか」

　そうも言いたかった。でもコウは口を噤んだ。

　今日は風もなく澄み渡った青空が広がる。ピラカンサの赤い実をたわわに付けた緑の枝が青空に美しく映える。人々は「すごいわねえ」と感嘆の声を上げる。池をバックに写真を撮る人、走り回る子供を注意する親達。隣で下を向いて静かに泣き続ける塔子。

　コウは手を伸ばして塔子に触れようとしたが、思い留まりその手を自分のポケットに入れた。

「僕らはただ南の守護を再生させる事しか考えていない。確かに僕達には永遠とも言える生がある。僕達の仕事はそこに在る事なんだよ。そこにいて霊山の気を護る事。それが永い生を生きる僕らの役割なんだ。だからそれを再生させない訳に行かないんだ」

　……仕方が無いのかも知れない。

　枯れた紅葉がはらりと落ちて来た。塔子はそれを手に取りくるくると回してみる。

「ねえ。コウさん。朱姫は本当に死んだの？」

「朱姫が失われたのは僕達全員が感知していた。どこを探しても朱姫はいない。朱姫の気配はどこにも無い。消えたのか死んだのか隠れているのか。全く分からなかった。でもこの世にいない事だけはみんな感じていた。……それから百年も過ぎた頃、ふと朱姫の気配が現れた。

最初に探し当てたのは玄伯だ。僕等は朱姫の気を追った。すると見知らぬ女がいた。女の中に朱姫の気配がする。でも、それは朱姫の欠片だ。欠片でしかない。朱姫はいつの間にか転生していた。やはり彼女は死んだのだ。

朱姫の魂魄は大き過ぎるのだ。人として生きるには。だから砕いたのか。それは分からない。一体誰がどうやって。

朱姫が転生しているのは分かっている。僕等は朱姫の気配を求めて時空を渡る。幾つかの時代、幾つかの場所。まずは今現在の横軸、『面』で探した。そこに時間の縦軸が加わり、過去生から回収をしようと計画した。過去に遡って朱姫の魂の欠片を持つ人の亡くなる間際に回収させてもらう。

気の遠くなる様な作業だった。僕達は全ての生を網羅出来る訳では無いのだから。苦労して探してひとつ見付けたらそれは僥倖に等しい。そんな風にして回収した朱姫の気をあの庭から大神の下に還す。そしてそれがまた朱姫の形を成すのを待っている」

「それは、確かに気の遠くなるような話ね」

「全く」

「朱姫の魂魄は集まったの？」

「随分ね。でもまだ核が見付からない」

コウは塔子の顔を見る。

塔子はため息を吐く。

「それがうちの母親の中にあるんじゃないかと言うのね。どうして回収出来なかったの？」

「君のお母さんは朱姫の魂魄をその内に秘めているのに回収出来なかった。彼女の中の何かがガードしていて朱姫の魂魄を放出させない様にしている」

塔子はコウをじっと見詰めた。

「それで？」

「多分君がそのガードを解除するキーなんだろうと。だから君に手伝って欲しいんだ」

コウは塔子を見詰めたままそう言った。

塔子は驚いた顔をしてコウの顔をじっと見ていたが、突然ふっと笑った。

「……呆れた。信じられない。私に何も言わないで母から朱姫を回収しようとしたくせに。そこで私に手伝って欲しいって、意味が分からない。あなた、私の話を聞いていたのかしら。ねえ。馬鹿にするのもいい加減にして！」

塔子は顔を歪めてそう言うと立ち上がった。

「あなたはとても自分勝手な人だわ。……驚いた。私の気持なんかこれっぽちも考えていやしない。帰ります。送ってくれなくて結構です。タクシーを呼ぶから。車から荷物を出してください。もう会わないわ。連絡もしない。どうでもいいわよ！　朱姫なんて！」

塔子はそう言うと、さっさと歩いて行ってしまった。コウはその後ろ姿を見送る。塔子の姿が視界から消えた後もコウはしばらくその場所に居続けた。塔子の位置は把握している。彼女は足の向くまま怒りを胸に歩いている。暫くは放って置いた方がいいだろう。

コウはベンチに座ったまま朱姫の事、塔子の言葉、これからどうするかを考えていた。

どう言っても彼女は傷付く。だったらどうすればいいのだと聞きたい。朱姫の魂を回収するのは嫌だと言っても、そんな事を言っても、どうしようも無いではないか。

コウは青空を眺めた。いい天気だ。こんな気の滅入る話などしないで、どこか遠くにドライブにでも行きたい。そう思いながらふうっと息を吐いた。

コウはぼんやりと池を眺めていたが、ふと立ち上がった。

塔子が車の方に向かっている。

車に乗ってどの位待っただろう。かちゃりと助手席のドアが開いて塔子が顔を出した。

「どこに行っていたの？　本当に帰ってしまったのかと思った。……兎に角、車に乗って」

塔子は黙って車に乗り込んだ。

「待っていてくれたのね」

「困ったなとは思ったのだけれどね」

コウはぽつりと言った。

「塔子さん。僕の話はそれだけ。君が朱姫を回収するのを手伝ってくれるかどうか、後は君の判断だから。別に君を馬鹿にしている訳でも誤魔化している訳でも無い」

塔子はじっと前を見詰めている。

「僕は前回塔子さんを迎えに行く途中でアクシデントがあってね。どっちにしろ君を抱いて時空を移動する程の体力はまだ無いんだ。自分一人なら可能なのだが。だから急いで決めなくていいから。それでも協力出来ないと言うならそれでもいいんだ。そうしてもらって構わない。それならそれで僕達は次の転生を待つから。

君がもう僕達と会いたくないと言うならそれは君の自由だから。それで構わないんだ。そうしたら二度と僕達は君の前には現れないから」

「朱姫はコウさんの恋人なのでしょう？」

塔子は唐突に言った。

「恋人？　さあ、そんな言葉で表せるかどうか……。もう何百年も昔に失ってしまったから。すごく大切な存在だった。とても愛しい存在だった」

「だった？　過去形なの？」

「いや。勿論今でも大切な存在だよ。ただ、どんな風に愛しかったのかとかそんな事は忘れてしまっている。不在の時間があまりにも長くて……」

「コウさんは南の守護に戻って欲しいのでは無くて、愛しい朱姫が戻る事を望んでいるのでしょう？」

「どうだろう。僕にはどちらかなんてどうでもいい。僕はずっと朱姫を望んでいたのしかった。

だから。君のお母さんを見た時、朱姫に似ているので驚いたよ。そしてこのままだと、また彼女は僕の手の届かない冥界に行ってしまうと、そう思うとすごく辛かったし悲しかった。

僕は君のお母さんを見た時に久し振りに彼女の姿をはっきりと思い出したよ。彼女の眼差し、彼女の髪、彼女の腕……」

「そして彼女の声ね」

塔子は言った。

コウは塔子を見た。

「君に出会ってから僕は自分の気持ちがよく分からなくなる時がある。君の声は朱姫を思い出させる。僕はあまりにも長い間朱姫を失っていたので、自分の気持ちさえも忘れ掛けていたんだ。

君に会うと僕は複雑な気持ちになる。忘れ掛けていた思い出や懐かしさと同時に朱姫のいない悲しさや寂しさを、また思い出すから。どれだけ自分が朱姫を望んでいたかを再び思い出すから。だけど、それだけじゃないんだ。どう言ったら良いのだろう。僕にはよく……」

塔子はふうっと息を吐いた。

「もういいわ。あなたは私に朱姫を重ねていたの。ずっと。だからあんなに優しかったのね。それは私の母でもない。母の中の一部にあるもの。そして私と言う個人でもない。だからあんな風に言えるのね。あなたはたった一人をずっと想い続けている。そしてこれからもその想いは変わらない。私はあなたにとって朱姫の影でしかない。そんな事は疾うに分かっていたのに……」

塔子は下を向いた。

「駅まで送ってください。東京に帰るわ。どうするか決めたら連絡をします」

コウは黙って車を出した。

極月　一

「ねえ。週末に表参道のイルミネーションを見に行かない。クリスマスも終わったからカップルも少ないだろうし」

「仕事納めの次の日ね。果たして仕事、納められるだろうか？」

「真由の出産のお祝いも相談しなくちゃならないし」

「そうだね。塔子はどう？」

「塔子。生きている？」

ラインが届いたのは年末年始の細かいあれやこれやを検討し、ミーティングに次ぐミーティングと走り回っていた晦日近くだった。気が付くとイブもクリスマスも過ぎていた。

深夜、風呂に入って一人ワインを飲みながらラインをチェックする。同期四人組のグループラインでは時折仕事の愚痴を含め、プライベートから社内の噂話までが飛び交う。この所、忙しくて中々トークに加われず申し訳が無いなと感じていた。それでも自分を仲間外れにするでも無く、行けば話は盛り上がる。友達は有難いとつくづく感じる。

真由は二年前まで経理部に勤めていた同僚である。寿退社をして旦那の家の商売を手伝っている。一月末に出産の予定だ。

イルミネーションか……。昔、康太と行ったなあ。塔子は思い出す。

「行くから時間と場所が決まったら教えてね」と送ると「了解。塔子。働き過ぎだよ。早く老けるよ」と来た。

塔子はコウとのトークを開いてみる。公園で会うやり取りをしたのが最後だった。暫くその文字を眺めていたが、ワインを飲み干すとカレンダーに目をやる。コウは雪解けの頃には家に戻るらしい。ハルがそう言っていた。塔子は椅子に座ったままじっとカレンダーを見詰めていた。

当日、集合場所に遅れる事なく着いた塔子は仲間の二人と表参道のイルミネーションを見て歩いた。シャンパンゴールドの並木がずっと続いている。

おしゃべりをしながらそれを見て歩いた三人は予約していたレストランに入った。

「何で中華？」

「中華が食べたかったから」

「イルミネーションの後は大体フレンチかイタリアンでしょ」

「そんなの若い奴らだけだよ。いいじゃん、中華で。さあ、ビールを飲もう」

杉田晶子は経理部所属である。今井優紀は営業、もう一人、星野美紀は欠席。彼女は企業ホームページの作成と運営を手掛けている。

「美紀は昨日の夜の便でイタリアに向かっているから」

優紀が大皿から前菜を取り分けながら言った。

「その内じゃんじゃん写真を送って来るわよ」

「誰と行ったの？」

「彼氏と」

「いいわねえ」

皆でため息を吐く。

「晶子は実家に帰るのでしょう？」

「そうね。明日から帰るわ」

晶子の実家は青森である。とんでもなく雪深い所で、雪下ろしを手伝いに帰るようなモノだとぼやく。

「また、見合いをさせられるわ」

既に紹興酒に移っている晶子はそう言う。

「いいじゃないの。話があるだけ」

優紀と塔子は返す。

「嫌だよ。何で私が今更青森の男と見合いをしなければならないの。ウチの親、ホントに何考えてんのって言いたいわ。もうね、帰る度に見合い写真を抱えて来てさ。まるで消化試合の様なものだわ」

三人は爆笑する。

「だったらこっちで探せばいいじゃん」

「そんなのさ。簡単に見つかる訳無いでしょ」

「そうだよねえ。こんなに人口が多いのにね」

今度も皆で頷く。

「塔子。痩せたんじゃないの？」

「そうねえ。なんだかんだですごく忙しくて。ホント、忙殺と言う言葉がぴったり。でも皆で一緒に食べるご飯は最高に美味しいわね。お酒もどんどん進んじゃうわ。だから大丈夫」

塔子は笑う。

「そんな塔子さんに追い打ちを掛ける残念なお知らせです」

晶子が眼鏡の枠を指で上げて言う。

「いい？　黙っていてよ。ちらりと話を耳にしただけだから。実はずっと休んでいた部長の佐々木さん。十二月末付けで退職を決めたらしいの。復帰は難しいって。ずっとチーフの井出さんが兼務してやっていたでしょう？　彼女は出来る人だからね。誰しも井出さんが部長に昇進してこのまま行くと思うでしょう？　ところがねえ……。

新年早々やって来るらしいよ。新しい部長が。本社から」

「えっ？　こんな半端な時期に？」

二人は驚く。

「くれぐれも内緒だよ……。何かやらかしたらしく、パワハラかセクハラか」

「えー!!」

「左遷と言うか出向と言うか」

「何、言ってんのよ。そんなのさっさと馘にすればいいじゃない」

「お得意の新聞社かどこかの偉い人がその人の兄弟らしくて、馘には出来ないらしいよ。そこでほとぼりが冷めるまで、と言うかずっとかも知れない」

晶子は固唾を飲んで見守る二人の前でぐいっと酒を飲んで、空いたグラスを差し出した。

塔子が慌ててお替りを作り差し出す。

「人事部の友達に聞いた。佐々木さんだから制作部門だね。塔子はもろに波を被るかも」

「やだ〜。脅かさないで」

「幾つぐらいの人？」

「さあ。五十過ぎじゃないの？　知らないけれど」

晶子は適当な事を言う。三人はその顔を見た事も無い上司をつまみに酒を飲む。紹興酒の瓶が一本空いてしまった。

塔子は口を開いた。

「ねえ。ちょっと聞きたいのだけれど。例えばさ。誰かに何かを頼まれました。でも自分はどうにも頼まれた事をしたくは無い。だけどそれを無視するとちょっとまずい事になるとしたら、みんなどう？　無理にでもやるかな？」

「何それ？　まずい事ってどんな？」

「あー。例えば……将来に向かっての深刻な環境破壊とか？」

「意味分かんない。そんなの日常茶飯事で進行しているよ」

「やりたくないのならやめれば。……分かった。それ、塔子の好きな人に頼まれたんでしょう？」

晶子がにやりとして指を差す。

「ああ。成程。それを断るとその人との関係が悪くなるという事ね。それを避けたいのかな？」

優紀も笑う。

「そういう訳では無いのだけれど……」

　塔子は下を向く。

「何？　何を頼まれたの？　まさか変質者的な？　例えばセーラー服を着て、俺を縛ってくれとか？　鞭で叩いてくれとか？」

　塔子は吹き出す。

「阿呆か。何考えているのよ。そんなんじゃないわよ」

「お金？　塔子。お金は駄目だよ。保証人とか絶対になっちゃ駄目だからね」

「やっぱりお金かなあ」

　塔子は誤魔化す。話した私が馬鹿だった。

「何言ってんの。そうに決まってんじゃん。やめておきなよ。そんな男」

「康太に振られたからって馬鹿な事をしないでよ」

「うん。そうだね。やめて置く」

「どこで知り合ったの？　そんな男」

「絵画展」

「はあ？」

「ネット上の？　出会い系の絵画展？」

「何それ？　そんなのあるの？」

塔子は吹き出した。

「だから例えばだって。例えば」

「塔子。康太に振られたからって危険な道に入らないでよ」

晶子が真面目な顔で言う。

「分かっているわよ。妄想よ。妄想。はいはい。私の妄想でした」

塔子は返した。

「でもさ」

晶子は言う。

「私達、いつまでも守りに入っていると何も開けて来ないなって思わない？」

コップを片手に、眼鏡の奥からちょっと斜視気味に人をじっと見るその視線は妙に説得力がある。

「そりゃ安定しているよね。高くは無いけれど、そこそこの給料と保証。このまま好きな事だけをして生きて行くことも出来る。だけど、特別な事は何も展開して行かない。多分同じ様な毎日が将来に渡って待っている。もしかしたら結婚するかも知れない。それならまた別な道が開ける。だけど冒険は出来ない。塔子の妄想の様にね。何るのなら自分で納得してそれを選ばなくちゃならない」

だけどそこで待っている生活は、多分今の生活よりも素晴らしいとは思えない。変え

「ただ、何も変わらないな、って思うのよ。私も。そりゃ、青森で結婚してもいいよ。

二人はじっと聞いている。

故なら安定は必要だから」

晶子はぐいっとグラスの中の琥珀色の液体を飲み干し、その後ごくごくと水を飲む。

「選ぶのは自分だよ。いい？　選択するのは自分なの。でも、後に起こる事について

は自分で担保出来ない。何故なら不可知だから。未来は変動する。大体の予想は付く。

でも何が起こるかは分からない。だから、自分はそこに責任は持てない。そこまで自

分に責任を負わせなくていい。だからこそ、選ぶ時には自分で納得する方向を選ばな

くちゃならない。今現在この時点で。いろいろ熟慮した結果、私はこのまま東京で仕

事をする道を選ぶかも知れないし、突然親が倒れて仕事を辞めて青森で暮らす決心を

余儀無くさせられるかも知れない。嫌だけれどさ。倒れても帰らないかも知れないが。

ただ選んだのは自分だと、そこだけは自分に言い聞かせなくちゃね。だって自分の人

生だからさ」

「晶子。カッコいい！」

塔子は言う。二人は拍手をする。

「晶子。仕事間違えたね。教祖とか教師とかやると良かったんじゃない？」

「私もそう思う」

晶子は言った。

三人は黙って酒を飲む。誰かがぷっと吹き出す。

「全く若さが無いね。私達。すでに老成しているね」

三人で大笑いをした。

極月　二

「仕事はさ、慣れてくればそんなに大変では無いと思う。要領が分かってくればね。ただ、これが本当に自分のやりたい仕事なのかなと思うとね。どうなんだろう。じっくり自分で作品を仕上げるのもいいなって思ったよ。今日の映画を観て」

「そうでしょう？　すごく綺麗な画よね。日本のアニメって凄いわよね。完成度が半端ないよ。あの背景の素晴らしい事と言ったら……。私はこれで二度目よ。あの映画を観たのは」

　優紀は言った。

　優紀と塔子はイルミネーションを見に行った次の日、映画を観に行った。その帰りにレストランで食事をした。昨日、あれだけ酒を飲んだのにまたワインのボトルを開けている。

　窓の外には沢山の人が行き来している。塔子はぼんやりとそれを眺める。優紀は「ほら、来てるよ。イタリアの写真」と言って塔子にスマホの画面を向ける。

　彼氏と大盛りのパスタを食べる美紀の笑顔。コロッセオを観光する人々。教会の美しいステンドグラスや絵画。それを眺めながら思わずため息を吐いた。

「ねえ。塔子。何か心配事でもあるの？　昨日の変な話といい、ため息ばかりじゃん？」

「いいなあと思ったのよ」

　塔子は答える。

　優紀はその少しつり上がった猫の様な目でじっと塔子を見る。

「何かあるなら話をしてもいいよ。聞くだけなら私だって出来るから。まあ無理にとは言わないけれど」

塔子はそうねえと言ってワイングラスを眺める。

「何と言っていいのか分からないのだけれど。ねえ、何だか最近虚しいのよ。これって何かしら。寂しいのかしら。仕事をしていると忙しさで紛れるのだけれど。これでいいのかなって。昨日の晶子の話じゃないけれど」

優紀は「何だ」と言って椅子の背に寄り掛かる。

「何、言ってんのよ。そんなの誰だってそうじゃない。そりゃ、違う人もいるけれどさ。塔子がそう言うのなら私だって何倍も虚しいよ」

遠距離恋愛と言いながらお互いにもう別の道を歩いていると分かっている。いつか彼から「こちらで結婚することになった」というラインが届くのだと思う。「仕事を辞めて俺の所に嫁に来いよ」という電話の代わりに。ただ踏ん切りが付かなくてお互いに決めの一手が打てないでいる。そんな状態だと彼女は言った。

「でもさ、昨日の晶子の話を聞いて自分で決めようって思った。相手の出方を待っているのはそれは駄目だなって。まず自分の意思を決めてそれを相手に伝えようって。それで何かが駄目になっても、もうそれはそれで仕方が無い。それは自分では担保出来ないって晶子が言っていたけれどその通りだと思う」

塔子は頷く。

「私達はまだやり直しが出来るよ。だったら、このまま守りに入った生活で無くて、何か『これ』と思うものがあったらそれを選んでも良いんじゃないかなって思ったよ」

優紀はそう言うとワインを口に含む。

「そうだよね。やり直そうと思ったら幾つになってもそれは可能なのかも知れない。でも、生活を変えるってすごくエネルギーを使う事だから、年を重ねるとそれも難しいかも知れないね」

「死ななきゃ何とかなるって」

「それ、極論だから」

笑いながらも塔子は自分の選ぶ道を決めていた。

コウの望みを叶えてあげよう。それは多分、母の願いでもある筈だ。

母の中の朱姫はあの美しい庭に早く帰りたい筈だ。そして彼女を待ち望んでいるコウにも逢いたい筈だ。コウが彼女を望んでいる様に。

二人が目出度く再会して、そうしたら私はその後どうするのだろう……。

一体、私の立ち位置って何だろう。陰の功労者と言う所だろうか？

彼等を忘れるのは、それは嫌だ。辛くても悲しくても覚えていたい。彼等が去ってしまったとしても。けれどその後、私はどう生きるのだろう。塔子はぼんやりと考える。

「ねえ。塔子。誰か好きな人がいるのじゃないの？　昨日話をした訳アリのその人？」

「訳アリ！　ああ。そうね。その通りだわ。……そうねえ。多分好きなのだと思うわ。ただ、どうなのかしら？　だって、その人はすでに好きな人がいるのよ」

「あら、残念。そうか。それはちょっと難しいわね。塔子としてはどうしたいの？　勿論、彼に彼女と別れて自分の方を選んで欲しいでしょう？」

「別れて？　いやいや。それはね。あまり望んでいないと言うか、どうにもそれは無理だし、そもそも比較にならないと言うか、ステージが違い過ぎてお話にならないと言うか……。ただ、今は関係を失いたくないの。彼と彼の仲間と。彼と彼女には幸せになって欲しいのよ。でも彼等が幸せになってからその後自分はどうするんだろうって、今、ふと思ったの」

　優紀は訝しんだ。

「何それ？　一体どこの話？　そんなステージとか、この時代に」

「そうよねえ……」

「ねえ、どんな人なの？」

「素敵な人よ。優しい人で。ただ、ちょっと変わっているのよね。育った環境が違うから仕方が無いわね」

「ねね。どこで知り合ったの？」

「だから絵画展」

「有り得ないから。それ。じゃ、どこに住んでいるの？　その人」

「新潟」

「あっ、あの蛇に咬まれた！」

「そうそう。それよ。助けてもらったの」

「あの時、彼の家にいたの？」

「そう。退院してからね。彼の家と言うか彼の家族の家と言うか」

「えっ？　家族にも会っているの？　すごいじゃないの」

「元々彼のお母様に用があったから」

「ふうん。でも、何それ。彼の幸せを願うって、塔子、何だか矛盾している。塔子が幸せにすればいいんじゃないの？」

「ああ、それは無理。とんでもなく無理。全く自信が無い」

塔子は笑って手をひらひらとさせた。

「今考えたって何も思い付かないわ。でも時間はあるからゆっくり考えるわよ。晶子が言ったように選択した事を後悔しない。私は今ひとつ選択をしたの。それは後悔しないわ。だから、ちょっとすっきりしたの」

　塔子は笑った。

「人生ってさ、選択の連続だよね。」

「本当だね。時々放り出したくなるけれど選び続けて行くしかないんだよね」

「重いなあ。ねえ。優紀。この後カラオケに行かない？　ぱあっと気分転換をしようよ。私、すっかり発散したい気分なんだ」

「いいよ。塔子。でさ、その内、その人私に見せてよ」

　塔子は少し考える。

「そうね。……まあ、関係が続いていたらね」

　優紀がじゃあ久し振りに行こうかと言い、二人は店を後にした。晦日の新宿は沢山の人で賑わっていた。

　今年も終わりか……。

　こんな年の瀬をコウさんはどうやって過ごしているのだろうか。塔子はふと思った。

雪花　一

連綿と重なる山波が白一色の季節となり山は深い眠りに就いていた。

ここ数日降っては止みまた降り続くという雪のために、過ぎ行く時間も空間もその区切りの明確さを失い、何もかもが白一色の曖昧さの中に塗り込められている。

そんな静けさの中、耳を澄ますと微かに雪を踏む音がする。

黒い木立の向こう側に足音の主が姿を見せる。茶褐色の毛皮を持つ鹿に似た生き物。鹿と違うのはその黄金の鬣だ。長く渦を巻く鬣の中に一本の長い角が見える。

麒麟である。

彼は立ち止まり金茶色の瞳で空を見上げる。

木々の間から何か赤い物が飛び立った様に思えた。彼はその空間をじっと見詰める。

ふと赤い着物を着た少女が木々の間を走り抜ける。麒麟は目を見張る。走り去った少女の姿を探すが、それが己の目の迷いである事に気付く。彼は諦めた様に歩き始める。

雪は絶え間なく降り積もりその姿をやがて隠して行った。

麒麟は幾つもの山が折り重なる懐に隠された洞窟に足を踏み入れた。暗い洞窟の中に炎の影が動くのが見える。その傍で時折動く人影も。

「さて、勾季か。外は寒かっただろう。また夢を見ておるのかのう。ささ、こちらの火の傍に参れ。今、水をやろうの」

翁は杖を使うと洞窟の奥に向かい、そこに広がる泉から椀に水を汲んだ。それを麒麟の前に置いてやる。火の近くで前足を畳んで座った麒麟は椀の中の水を舌で舐め取る。そして頭を折り重ねた前足の上にそっと置くとそのまま目を閉じた。

火は静かに燃える。翁は黙って炎を眺める。麒麟は眠った様だ。そうやってどれ位時が過ぎただろう。

眠っていた麒麟の体が次第に薄くなっていき、陽炎の様にゆらゆらと揺らめき、まるで空気の中に溶けるようにしてその姿は消え失せた。

静かな洞窟にはぱちぱちと音を立てる火と静かにそれを眺める翁だけが残った。

外では相変わらず雪が降り積もる。山も木々もそこに暮らす動物達も深い眠りの中である。深い山奥には千年前と変わらない雪景色が広がっていた。

雪花　二

満月夜である。

雪に閉ざされた庭が月の光で青白く光る。天上の高い場所に白い月がぽつりと浮かぶ。冬の月は何物も拒否する孤高の冷酷さをもって地上を照らす。情熱も優しさも感傷も全て否定し、ただそこに在る。

単なる物理的現象。何もかもが。

記憶も思想も命もその息すらも幻に過ぎない。全ては命をもたない物質(マテリアル)。それだけが唯一無二のもの。

それなら自分達は夢の残滓とでも言えば良いのだろうか。何時(いつ)から存在しているのかも分からない遠い昔からの深山の記憶の残滓。土や水や火や金属という命を持たない物質の記憶の残滓。

何かを育み、何かを殺す。

そこに生命を得て酸素を作り出す、植物と言う理性を持たないモノの……これは意思だろうか。それとも単なる気の淀みなのだろうか。

風も無いのに庭の常緑樹からばさりと雪が落ちる。月はそこにまた新しい青の影を張り付ける。

庭の菊は雪の下で眠っている。春になれば、そのたっぷりと水を含んだ土壌からまた新芽を出すのだろう。全ては繰り返す。飽く事無く無限に繰り返す。しかし、それは本当に無限なのだろうか。実は有限であって、その終わりは思いも寄らない程すぐ近くに迫って来ているのではないだろうか。その時、繰り返さない自分達は何を思うだろうか。

この世の理から外れた存在。

思惟は尽きる所を知らない。

朱姫は消えた。

庭から連れ出された朱姫は何処へ行ったのか。幸姫の妹の小さな池で泳いでいた筈なのに。守護達は庭から出た朱姫が消えるまでの、その僅かな時間を探して時を遡る。

千代が庭から緋鯉を桶に入れて運ぶ。それを幸姫が見送る。千代は「淡井」を抜けて小さな村に帰る。池に緋鯉を放す。緋鯉は元気に泳ぐ。

だが、次の日緋鯉は動かなかった。ぽっかりと腹を上にして水面に浮かんでいた。

千代はそれを川に流したと言う。緋鯉はどこに流れ着いたのだろうか……。

全てが千代の記憶だ。記憶でしかない。千代が忘れれば最初から何も無かった事になる。まるでそんな事は初めから無かったかの様に。

千代の池には何もいない。

結果が原因に干渉している。

そんな事は可能なのだろうか。誰かが時を遡り、先に緋鯉を連れ去ってしまったみたいに。

千代の桶には何もいない。連れ出した筈の緋鯉は一体どこに？　朱姫はどこに消えたのだろう。朱姫はどこから消えたのだろう。いや、いつから消えたのだろう。コウはじっと庭を見る。

砕かれた朱姫の魂魄は再生を繰り返す。新しく転生する命に寄生して。それが結果の後になって表出した現象だ。

守護達が集めて来たその魂の欠片はこの山や庭の大気に還って大神の下に行く。それが淀み、凝り固まり、元の朱姫に姿を戻すまでにどれ程の時間が必要なのだろうか。回収すら終わっていないのに。気の遠くなる程の時間を思い、コウは眩暈すら覚える。

「あの」世界は……。

コウは何度も思い返したあの場所をもう一度思い返す。あの空気の冷たさを思い出してぞっとする。あの冷たさは生き物の途絶えた、息吹の存在しない冷たさ。この厳冬の冷たさとは違う。あの世界に比べれば、まだこの場所の方が命の気配を感じて暖かい。

そしてあの地面の下を突進して来た何者か。あれは何だったのだ？

今まで感じたことのない大気の感触、あの違和感と肌を刺すような不安。何度も反芻して、ああこの感情を恐怖と言うのかと思い至った。

未知のモノに対する恐怖。自分達の知らない場所があった。

その正確な情報を得ることは出来ない。何故ならその場所は二度と探すことは出来なかったし、またそこを再訪しようという気にもなれなかったから。だが、そこを垣間見た自分はその場所がまたこの場所と同じ様に存在するということも理解している。

どうしてと聞かれても答えられない。ただ分かっているという事なのだ。

では、その存在がもたらす意味は？　コウは自らに問う。

あの囁く様な声は誰だったのだろう。誰かがあの停止した死の世界で自分達を呼んでいた。それともあれは風の音だったのだろうか。まるで泣いているみたいな風の音。

どうしてあの時あの場所に行ってしまったのか。座標は合っていた筈だ。場所はあの場所で合っていた筈なのだが……。

どうして？　分からない。それは分からない。誰かが呼んだのか？　一体誰が？

思考は同じ場所を永遠に彷徨う。

月は西に傾いた。青い月に照らされた雪の庭は思惟さえも拒絶する。意味など無い。

唯、そこに在る。それだけが唯一の許された真実のように。


サク……と雪を踏む微かな音でコウは思索から返った。月の光を浴びてその人も青い影に見える。杖を突きながらやって来た小さな人影を見てコウはにっこりと笑う。

翁は縁側に座り外を眺めるコウに声を掛けた。

「勾季、よい月夜じゃのう。久し振りの大雪じゃ」

翁はいつもと同じ灰色の垂衣姿で裸足である。どれ。と言って濡れ縁に腰を下ろす。

「玄伯。この度は随分と世話になりました」

「よいよい。もう夢は見ないのか？　今宵は夜明けまでまだ時があるのでな。酒でも飲もうとやって来たところよ。して、具合はどうじゃ」

「良くなった。外の世界が雪解けになったらハルの所に行こうと思っている。それまではここに留まろうと」

　コウは言った。

　老爺は腰にぶら下げた筒の蓋を取り酒の匂いを確かめた。辺りに酒の馥郁たる香りが広がった。彼は懐から小さな器を二つ取り出すと縁側に並べて酒を注いだ。一つをコウに、もう一つを自分で持つと彼は器に口を付けた。

「うむ。よい香りじゃ。この酒はよく出来ておる。杜氏等を誉めなければならんの」

　コウは酒を口に運びながら思った。

　杜氏？　では、これは玄伯が作った酒ではないのか？　供えられた酒なのか？

「いやいや、これは儂が作った酒よ。小さな杜氏達を集めてな」

　翁はコウの心を読んだ様に笑った。

　小さい杜氏？　また、地の者達でも集めたのだろうか。

「供御の酒が減っていたら村人も驚くじゃろうよ。まあ時には味見もするがの」

　玄伯は静かに言う。コウは酒を飲みながら笑う。そんな事もあったなと思う。

　二人は黙って月夜の雪景色を眺める。

「何を考えておる」

「迷い込んだあの場所の事を」

「あの時、塔子さんを連れ去った幸姫を追い掛けた、あの天明五年の近江。今でも覚えている。座標は合っていた。それにその場所には何度か訪れていた。でも何かが違ったのだ。一体何が……」

雪花　三

コウが幸姫と塔子を追ってハクと出立した日。

六花有働から申の方角の扉を開けた。申は小ずるい顔をして嘲笑っていた。

「嫌な感じがするな。こいつ。どうしてもうちょっと良い顔を作らなかったのかなあ。誰だよ。こんな顔を作ったのは」

「ああ。そう言えば、誰が作ったのだろう？」

コウは返した。いつの間にか当たり前の様にここに鎮座する異形の十二支。誰がどうやってここに置いたのか。

その場所に辿り着いた時はすでに夜だった。

「えっ？　何で夜？」

二人は慌てた。もう客は帰ってしまったのではないか？　それよりも酷く寒い。

「夏の筈だよな？」

紺碧の夜空に三日月が鋭利な鎌の形で浮かんでいた。月下には荒涼たる世界が広がっていた。荒れ果てた大地。びょうびょうと風の音がする。黒ずんだ木立が見える。木々は遠い昔に枯れ果てて命の消えた只の物質になり、川はその軌跡を残すだけで一滴の水さえ見えなかった。見渡す限り生き物の気配は無い。深と静まり返った無の世界が広がる。全てが死に絶えた別の惑星に来てしまったのだろうか。

「一体ここは……？」

「何か間違ったのではないのか？」

「ここで合っている筈なんだが……」

「でも幸姫の気配がしない。幸姫どころか生きている者の気配がしない」

大気の感触が違う。生き物が絶えて久しい世界。ここは異世界だ。ここは一体何処なのだ？　どうしてこんな場所に来てしまったのだ？

風は相変わらず強く吹き、からからに乾燥した大地の土を巻き上げる。ふと、風に交じって人の声が聞こえた様に思えた。

「?」

コウは羽衣のフードを外して耳を澄ませた。微かな声で誰かが呼んでいる。

「コウ?」

「しっ」

コウは耳に手を当て、神経を声に集中させる。

「……ハク。誰かが呼んでいる」

「本当だ。風に交じって微かに声がする。……誰かが泣いている?」

二人はそのまま声の主を探すように四方を見渡した。声は途切れ途切れに聞こえて来たが、その内消えてしまい、どんなに耳を澄ませても風の音しか聞こえなくなっていた。

突然、遠くから「どおおおん」という音が響いた。

二人は驚いた。

巨人が大きな太鼓を力一杯叩いたようなその音は空気を振動させ、土を震えさせ、二人の体の中を通り過ぎた。

「何の音?」

「さあ? ハク! あれ! あれを見ろ!」

コウは叫んだ。

山が動いている？

地面が盛り上がり山になったと思うとすぐに崩れて谷になった。すぐに土が盛り上がり山が出来て谷が……。何か巨大なモノが土の下をこちらに向かってくるのだ。

「やばいんじゃないか？　こっちに来るぞ。あれは一体何だ？」

「ハク。逃げるぞ。来た道を戻るぞ。まだ軌跡が残っている筈だ」

「あれ？　コウ。その足に絡みついているのは何だ？」

「えっ？」

コウは気が付かなかったが、まるで植物の根の様な物が足に絡まり付いていた。淡い桃色掛かった透明なツタ。それは地面から幾本も伸びている。見るとハクの足にも絡み付いている。

「何だ？　気味が悪いな」

二人はそう言うとそれを足から剥がした。それは思いの外簡単に外れ、足に何の痕跡も残さない。コウは辺りを眺める。ツタなんかどこにも見当たらなかった。

「コウ。行くぞ」

ハクは走り出した。

コウは掌を土に付けてみた。途端に地面の下からツタが伸びてきて手に絡み付く。コウは驚いて慌ててツタを剥がした。足を見ると足にもまた伸びて来ている。

「これはもうどうしようも無いな」

「コウ。何をやっている。急げ」

ハクが時空の穴の入り口で叫んだ。コウは走り出した。コウとハクは頭からすっぽりと羽衣を被って時空の穴を目掛けて飛び込んだ。二度目の太鼓の音がその場所に届いた時には二人の姿は消えていた。


土の中の何者かはその場所で動きを止めた。

さらさらと山が崩れて、その中から一羽の小さな赤い鳥が飛び出した。鳥は悲しそうな声で一声鳴くと月に向かって飛び立った。

土中の何者かは姿を消した。あるいはもっと深く潜り込んだのかも知れない。

静止した死の世界が広がっている。風は相変わらず強く吹いている。細い銀の月に雲が差し掛かる。

小鳥はふと地面に足を下ろすと、一瞬、緋の着物を着た少女の姿に変わった。まるで電波状態の悪い画像の様に少女の姿が乱れる。少女は今まで二人が立っていた場所をじっと見詰めた。その目に一粒の涙が光った。そしてくるりと振り返ると小さな鳥に姿を変え、空に向かって飛び立った。

突然、地面の振動と共に巨大な何者かが土中から飛び出し、赤い鳥をその巨大な円筒の口で飲み込むとそのまま土中に姿を消した。轟音と共に地面が大きく跳ね上がり、土埃がもうもうと立ち上った。小鳥を飲み込んだ何者かは土中深く潜って行った。

静寂が広がる。月に差し掛かった雲は動かない。風も止まった。まるで時が止まった様に全てが停止した。さらりと砂の落ちる音がした。鎌の様な月だけが荒涼とした大地を照らし続けていた。

雪花　四

「その後六花有働に戻り、もう一度、時間と場所を検討し直して……まあ、何度確認しても同じ座標だったが。ならばイレギュラーな力に干渉を受けた時空の歪みなのだろうか、それとも移動の時に何か亀裂の様な場所に入り込んでしまったのだろうか？

　二度目はちゃんと正しい場所に辿り着いた。また同じ場所に着いてしまったらどうしようと思ったが。僕達のすぐ後にセイが来た」

「僕はあの場所で随分消耗してしまったらしい。あの場所は僕に気付かれない様に僕の気を吸い取っていた。まるで蒜がこっそりと動物の生き血を吸う様に。

　塔子さんを連れ出して六花有働へ。そこから東京の彼女の部屋に辿り着くのが精一杯だった。でも一緒にいたハクはそれ程ダメージを受けていない様子だった。どうしてだろうか。玄伯」

　翁は口に運んだ酒をふと止めてコウを見た。

「属性の違いかの……。ハクは地中の金属をその属性とする。主に金。そして銀、銅、鉄……どれもこれも冷たく固い物じゃ。勾季の属性は土。土はその身に穢れた者も優れた者も住まわせ、そして育てる。植物は土の養分を吸い取りながら育って行く。土壌はあらゆるものを受け入れ分解する。毒さえも。

　ハクには何物も跳ね返し、己はびくともしない硬質の強さがある。しかし土は相手を受け入れ包み育て、だが最後には皆が土に還る。誰も彼もがのう。……儂の話が分かるだろうか？」

　コウは笑った。

「玄伯。よく分かる」

でも、あの場所の土はもう何も育てはしない。からからに乾き枯れ果てた只の物質に過ぎない。あの場所の何もかもがその内容を失った表象に過ぎない。それぞれが本来持つ豊かさは微塵もなく消えたのか、それとも消費されたのか。

あの場所は繰り返さない。あれはあのままで在り続ける。全てが死に絶え、永久に静止した場所だ。それなのにあの生き物？　あの土中を蠢いていたのは生き物なのだろうか。足に絡みついて来たあれは何だったのだろう。あんな場所に生き物がいるのだろうか。そしてあの声……。あれは本当に声だったのだろうか？　風の音がそう聞こえただけだったのだろうか？　声だとしたら、誰を呼んでいたのだろう？　悲し気な声だった。

玄伯は言った。

「大方時空の挟間に落ちたのだろうよ。過ぎ去った時代のその時空。そこに向かう時、微妙なずれが生じるであろう。時は外部の力の干渉を受けることがある。よって伸縮の幅が存在する。電磁場の変化、地勢の変化、それに付随する相互的な力の変化から生じる微妙な時空間の歪み。そこに生じる時空の谷と言うか、そんなモノだろうか。

それとも、その場所は根堅州国（ねのかたすこく）だったのだろうか。お主たちは知らぬ間にこの世の裏側に行ってしまったのだろうか。いやいや、やはり異質であろう。地中を這い回る巨大な何者か。聞いた事が無い。その様な場所に生き物が果たして存在可能なのか。では生き物でなければ、その者は一体何者なのか。

例えて言うなら違う惑星、又は次元の異なる別の世界、ここと同じ常世の様な。見える筈のない別の未来。または誰かの夢の中……」

「夢？　それは考えていなかった。誰の？」

「それは分からん。だが」

「だが？」

コウは繰り返した。

「似ておる。この世の座標軸に無い場所」

「朱姫……」

コウは呟いた。

二人は静かに庭を眺める。月は随分西に動いた。

玄伯は「さて、そろそろ帰らねば」と言うと腰を上げ、椀を懐に仕舞った。

「勾季よ。塔子さんの母上殿の回収はどうなっておる？」

「なかなか難しい。人間は思ったよりも難しいな。でもきっと行ってくれると思う」

玄伯はコウの顔を眺めてクックと笑った。

「まあ無理はしないでも宜しい。一度そのお嬢さんとお会いしたいものよ。人間はなかなか思うようには動かないと見える。ハル殿然り。塔子殿然り。善き哉。善き哉」

コウは苦笑いをした。

玄伯は杖を持つと「では」と手を上げ、サクサクと歩き出した。


玄伯が去って幾らも経たない内に東の方が明るくなって来た。どこかでチチ……と小鳥が鳴いている。今日はいい天気になりそうだ。

コウは縁側にごろりと横になった。目を閉じて浮かんで来たのは塔子の顔だった。

暫く会ってはいないが、元気で過ごしているだろうか。師走に会ってから、あれからどうしているだろう。随分怒らせてしまった。だが、連絡をくれると言っていた。駄目なら駄目で仕方が無いだろう。コウは思った。

ただ、それが原因で彼女が自分から離れて行ってしまうのは、それはどうだろうか。仕方が無いのだろうと思う。それは彼女が判断する事だ。そう思うと背中が薄ら寒くなり、ぶるりと震える。

あれから、時々塔子の言葉を考えている。

夏には幸姫に拉致された記憶を戻せと言っていたので戻した。彼女は二度と自分の記憶に手を加えないで欲しいと言った。自分は彼女の為を思ったのだが。確かに人間とはなかなか気難しい生き物だ。

何かに立ち向かう強さが彼女にはあるのだろうか。危ういがこちらの思った様には行かないらしい。だからと言って腹が立つ訳ではない。ほうと感心する様な。

塔子を抱いて眠ったのは三度目だ。一度目は最初に会った夜。あの日、すっかり酔って、泣きながら一人でいたくないと訴える塔子を抱いて眠らせた。そしてその記憶を消した。だが、何かを覚えていたのだろう。それは肌の感触か匂いか音か。人間の感覚器とそこに残る記憶は侮れないと思った。

……いや、本当は全てを消したくなかったのかも知れない。あの時は彼女を抱きたかったのだ。自分も朱姫の面影を抱きたかったのだ。

塔子からは孤独の匂いがした。寂しさの記憶。確かに彼女と会うと複雑な気持ちを抱く。

朱姫が失われて自分も寂しかった。塔子を抱くことで朱姫を思い出す。朱姫を失った寂しさや切なさ恋しさをも思い出す。それは自分の心の奥底に仕舞い込んでいた柔らかい部分を刺激する。持て余す哀しさをどうしていいか分からなかったあの頃を思い出す。

これはただの感傷なのか？


塔子の唇の感触を覚えている。彼女の首筋。彼女の寝顔。彼女の香り。結局、ハルの家でも自分の腕を抱いて子供の様にすうすうと眠りに就いた塔子を思い出して、コウはくすりと笑った。あの夜の事を思い出すと体がふんわりと温かくなる。

人の温もり、愛おしさ。命ある者の弱ささえも愛おしい。その危うささえも。柔らかくて温かくて弱い生き物。この生き物を護りたいと思う。

この感情は一体何なのだろうか。

その人と一緒にいたい。その声を聞き、その姿をいつも自分の手の届く場所に置いておきたい。彼女を抱き、彼女に触れ、彼女の寂しさを埋めてやりたい。

コウは朱姫の事を思い浮かべた。

愛しい朱姫。朱姫が戻るならどんな苦労も厭わない。朱姫に対する感情と塔子に対する感情は似ているが少し違う。

コウは自分の気持ちを馴染みのない不思議な生き物を見付けた時の様に眺めた。

ハルの家近くの雪解けが始まる頃まではここにいたい。もう少しだけ安全な場所でこの所の出来事について考えてみたい。自分の中のこの小さな変化をゆっくりと眺めていたい。これはどこから来てこの先どこへ行くのか。

……不思議な事か。不思議な事など無い。概ね感覚で理解するのだから。そう思って来たが……。これは考えを改めないとならない。自分の気持ちが不思議などと言う事が起きるなど、考えもしなかった。コウは目を閉じ、眠りに就いた。

朝焼けが白い大地を紅に染める。その紅は朱姫の緋色を思い出させる。東の空は明るい青だ。西はまだ暗く夜が明けきらない。

ふと茶褐色の生き物が雪の庭に降り立った。

麒麟は鬣を震わせ白く輝く大地を見渡した。黒い家を振り返り、そこに眠る己が体を見詰めていたが、顔を上げてまだ明けきらない西の地に向かって走り出した。朝の陽は誰もいない白銀の庭を美しいその光で染めて行く。凛と張った空気は薄い玻璃の様に、その淡い虹色を白い大地に映し出していた。

第三章

花筏　一

一抹の風に桜吹雪が舞う。風に吹かれた花びらが川に浮かび、川面は薄桃に染まる。

「花筏」

「えっ？」

「あの川に浮かぶ花びらの集まり。あれを花筏と言うんだ」

康太は川面を指差す。水の淀みに落ちた花びらが寄り集まって層を成している。

「ふうん」

茉莉はそれを眺める。

「綺麗ね」

塔子にその言葉を教えて貰ったのは随分前だ。場所は違うが川面に数多の花びらが浮かび、それがゆらゆらと穏やかに漂っていた。

「綺麗な言葉よね」

塔子は耳に髪を掛けながら康太を見て言った。

まだ付き合い始めたばかりの頃で、康太は塔子の髪をかき上げる仕草とかピアスの光る耳朶とか、そんなものばかり見ていた。あれからもう四年も過ぎた。康太はあの時と同じ様に川沿いの桜並木を歩いている。でも隣にいる女性は違う。

「この先にいい感じのカフェがあるのよ」

茉莉が康太の腕を取りながら言う。

「私達、付き合い始めてもうすぐ一年だね」

「ああ」

「来週うちに来てくれるのよね。もう連絡してあるから」

「うん。緊張するなあ」

「ねえ。塔子さんの家にも行って挨拶をした？」

茉莉が康太の目を覗き込んで言った。

「いや」

康太は言った。

挨拶も何も塔子の母はすでに亡くなっていたし、付き合い始めて数カ月で父親が事故で亡くなってしまったのだ。父親に会ったのは本人の通夜の時が初めてだ。

「ふうん。どうして？」

「どうしてって……別に」

茉莉は何かに付けて塔子と自分を比べる。会社は同じビルという事で競争意識が働くのか、時々それが面倒だと感じる。付き合い始めた頃はそれも可愛い嫉妬だと思えたが。

「別に、結婚とかそんな事、考えていなかったし」

康太はぼそぼそと言う。

あの頃、塔子はそれ所では無かった。唯一の身内を失って悲しみのどん底にいたから。康太はそんな塔子を励まして支えて来た。あの時は自分も常に塔子を気にしてよく家にも泊まった。でもそんな事を話しても嫉妬の炎に油を注ぐだけである。

「塔子さんは考えていたかも知れない」

何も知らない茉莉は言う。

「面倒くさい……」

康太は心の中で呟く。

この娘は自分が支えてやらないと駄目なのだ。綿あめみたいに幸せな顔をして笑う茉莉。一年前は随分暗い顔をしていた。それをここまで明るくさせたのは自分だ。頼られていると言うのはいい気分だ。時々面倒にもなるが。

塔子と出会った頃は四六時中彼女の事を考えて何も手に付かないでいたり、彼女を前にして何をどうしゃべったらいいのかですっかりキャパオーバーしてしまうと言った精一杯さがあった。それが無い分気楽に付き合える。

「あっ、あの店よ」

茉莉は指を差す。

店は通りに面していたが、この辺りは静かな界隈である。落ち着いたカフェテリアにはコーヒーカップを前にしてＰＣを覗き込む人や本を読む人、会話を楽しむカップルなどの姿が見られた。

「桜の季節はかなり混むらしいけれど。まだ午前中だからそれ程じゃないわね。外の席が良いわよね。桜も見られるし」

茉莉は先に立ってどんどん歩いて行く。その足がふと止まった。

「どうしたの」

康太は聞いた。

「あれ、あの人、塔子さんじゃない？」

茉莉がこっそりと指を差した。

「まさか。こんな場所にいる訳が無いだろう」

「塔子さん、仕事辞めたのでしょう？」

「そう。新しく来た変な部長とぶつかって。井出さんという上司が随分引き留めたのだけれど。三月一杯で辞めて、外国へ旅行に行くって今井さんが言っていた」

「ふうん。大変だったのね。でも、いいわね。海外旅行か……。羨ましい」

康太は外の席に一人で座ってスマホを見ている女性の横顔を見詰めた。

「似ているな。こんなに早い時間から花見かな？　一人で？」

茉莉はくすりと笑った。

「寂しいわね。でも塔子さんだったら嫌だなあ」

「諦める？　この店」

「そうねえ」

茉莉は暫く考えていたが「折角来たのだから見付からない所に座ればいいんじゃないかな。まあ見付かっても仕方が無いし。だってもう一年も前の話だから」と言った。

康太はきまりが悪かった。

「この店は次にしよう。違う店に行こうよ」

茉莉の腕を引っ張る。

「えー。折角来たのに」

茉莉は不服顔だ。康太は踵を返した。

「早く行かないかなあ。あれ？　ちょっと待って」

茉莉が康太の腕を引く。見るとその女性が手を上げて誰かに挨拶をしている。顔を上げたその人はやはり塔子だった。

「やばっ」

茉莉が言った。塔子はこちらに気が付かなかったらしい。

別の道から来る男性は同じ様に塔子に手を振った。デニムに白のTシャツ、その上にグレーのカーディガンを羽織り、片方の肩にリュックを背負っている。男性は椅子に座ると塔子と話を始めた。少し経つと塔子が立ち上がり店に入って行った。康太と茉莉はその男性を眺めた。

「随分いい男じゃない？」

茉莉は言った。

「背も高くてモデルみたい」

周囲にいる女性達がちらちらと彼を見ているのが分かる。

男性はリュックの中からタブレットを取り出した。そしてふと顔を上げてこちらを見た。康太は慌てて視線を逸らせた。茉莉は彼を見ている。男性は視線を戻した。暫くすると塔子がトレイにコーヒーとケーキを載せて戻って来た。康太は茉莉の手を引いた。

「行こう」

男性が塔子に何か話をしている。塔子がこちらを見た。康太と塔子は目が合った。塔子は驚いた顔で二人を見ていたが、にっこりと笑うと会釈をした。康太も茉莉も慌てて頭を下げた。

「行こう」

康太は再度茉莉の手を引いた。

「見付かってしまったのだからいいじゃん。ほら、早く行かないと席が無くなるよ」

茉莉はそう言うと康太の手を引いてずんずんと店に向かって行った。

二人は親密な関係らしく、頭を寄せ合って画面を見ながら話をしている。時折、男性は顔を上げて画面をスクロールする塔子を眺める。コーヒーを飲みながら何かを話す。塔子が顔を上げて桜並木を指差す。康太のいる場所からは塔子達は見えないが、茉莉の場所からは見えるらしい。茉莉は康太との話には気もそぞろで二人を盗み見している。康太はスマホを取り出すと茉莉の事は放っておいて、欲しいと思っていた腕時計のカタログを見始めた。

「どういう関係かしら。やっぱり恋人よね？」

茉莉がこそこそと言う。康太はスマホに目を落としたまま、そうなんじゃないのと答える。

「いつから付き合っているのかしら？　でも、すごくカッコいい人よね」

康太は答えない。

「あっ、立ち上がったよ」

つられて振り向く。

見ると塔子がカップを載せたトレイを持って店内に入って来た。男性は外で待っている。塔子はトレイを置くと自分に気付いた康太と茉莉に笑って会釈をした。康太はその笑顔に一瞬見惚れた。そして慌てて頭を下げた。茉莉を見ると、ぽけっと塔子に見惚れている。康太はその顔が面白くて下を向いて笑った。

こいつのこういう所が本当に面白い。思っている事が全部顔に出る。

外にいた男性は塔子の薄手のコートを手に取るとそれを後ろから掛けてやっていた。

塔子がコートに腕を通してバックを持つと、その背中に腕を回して川の方に向かって歩き出した。何人かの客はその後ろ姿をうっとりと見ている。茉莉がため息を吐いた。

「素敵なカップルねえ。幾つぐらいなんだろう。彼氏。それより、塔子さん雰囲気変わったね。前よりも柔らかくなったと言うか、綺麗になった感じがするわ。ねえ、そう思わない？」

「そう？　良く見ていなかったから分からない」

康太はスマホを見たまま笑いを堪えた。

花筏　二

風は少し冷たいが、陽は暖かく、ソメイヨシノの白に近い薄紅が川面の深い青をバックにちらちらと風に舞い落ちる。それが積もって花筏になる。

「あの花筏。乗れそうね」

塔子がそう言ってコウが頷く。

「あの彼氏が康太君なの？」

　コウは笑いながら言った。

「そう。そして彼女が高木茉莉さん。私の彼氏を奪った人よ。まさか、こんな場所で会うなんて」

「ふうん。彼、いい感じだね」

「でしょう？　あーあ。残念。ぐずぐずしていないで何とかしておけば良かった。でも茉莉さんはあの通り可愛い人だから。仕方無いわね。負けてしまっても」

「そう？」

「そうよ。それに私じゃ康太を幸せに出来ないかも知れない。それも辛いからやっぱり仕方無いのよね」

「普通逆じゃないの？　康太君が君を幸せにするのではなくて？」

「康太が私を？」

　塔子は考えた。

「ああそうか。私、ずっと自分が康太に何をやってあげられるかを考えていたけれど……。だって康太は私の父が亡くなった時、ずっと傍にいてくれたから」

「その時が康太君にとって一番充実していたのかも知れないな」

「そうなのかしら？　何か私、間違ったのかしら？　迷惑ばかり掛けて申し訳ないって……あの頃、すごく落ち込んでいたから。

　私じゃ康太を幸せに出来ないと思う。だから悲しいけれど、茉莉さんがそれをしてくれるならその方がいいの」

「それは違うと思うよ。要は君が彼を好きかどうかという点だよ。彼を誰が幸せに出来るとか出来ないとかそんな所じゃなくて。だって一番好きな人と一緒にいるのが一番の幸せだろう？」

「コウさん。ちょっとそれは単純過ぎない？　好きであっても人間にはいろいろな事情が付随して来るから……。でも難しいわね。好きな相手の幸せを願う為に自分ではない別の人に譲るという事？　それは本当に好きではないという事？　と言うより、幸せにする努力を自分がしないという事かしら」

「そうでしょ」

　コウは笑った。

　塔子はその笑顔を眺める。そして目を伏せた。

「結局自分に自信が無いのよ。自分はだれかとそういう関係を築けるという、そういう自信が。誰かの一番になれるって言う。勿論両親は別よ。でも、分からない。本当に好きな人が現れたら、その人の幸せを一番に願うと思うわ。もし、それで自分の気持ちを抑える事になって辛くても」

「それは、その方が簡単だからだよ」

塔子はコウを見上げた。コウはにっこりと笑う。

「ねえ、私に何を言わせたいの？」

「別に」

「言ったでしょう。自信が無いのよ」

コウは塔子の肩を抱き寄せた。二人はそうやって川面を眺める。

「コウさん。東京は久しぶりね。もう大丈夫みたいね」

「ああ、随分休んだなあ……。前回会ったのは年末だったね。ハルに教わって絵を描いていたのだって？　セイが言っていた。冬に一度来たって。どうして教えてくれなかったの？」

「だって、コウさん、休んでいるのだから。私がいたら休めないでしょう」

コウは塔子の髪に付いた花びらを指で摘まむ。

「そんな事は無いよ。そんな事は無い。……ところで、絵の方はどう？」

「現在三枚目よ。日本画ってすごく手間が掛かるのねえ。ああ、この桜を描いてもいいわねえ」

塔子は花筏を指差す。

「暗い水面にほんのり浮かぶ花筏。夜桜だったらどうかしら。素敵だと思わない？暗い川面。深くて暗い川よ。そこに浮かぶ薄紅の桜。ちょっと怖いわね。でも、日本画ってそんな感情を隠しているものも多いと思うわ。絵って物語だなって思う。凄いなあ。一枚の平面で物語を語るのよ。でも、それは今の私の技量ではとんでもなく無理ね」

塔子は笑う。

「でもねえ。さっきもお話ししたけれど、もう一度、絵が好きだった頃の自分に戻って仕事を見直してみようと思うの。だからこの旅行は今までの自分に対するご褒美であると同時に次に進むための準備でもある訳。友達がイタリアの美術館巡りをして、その感想を送ってくれたの。

素敵だなと思って。私はずっと仕事で過ごして来たから、ちょっとこの辺で立ち止まってもう一度リ、スタートよ。幸い、嫌な上司ともすっぱり離れたしね」

「君が仕事を辞めるなんて余程だったんだろうな」

「何て言うか、殿様みたいな上司だったわ。誰も彼もが自分に愛想よく従うものだと、そう思い込んでいる。だから反対意見を言う部下が許せないの。それも女のくせにって。私三回も怒鳴られたのよ。親にだって怒鳴られた事なんか無いのに。仕事なのにね。そこで我慢出来なくて言い返したら、もう怒鳴らなくなったけれど色々と陰険なの。皆の前で無視したりして。もう凄い無視の仕方でビックリする位。すごく意地悪な人だった。何がそんなに気に入らなかったのかしら？」

塔子は腕を組む。

「俺様なのよね。結局。仕事が忙しい上に、そんな俺様上司に気を遣って全く仕事が回らなくて。疲れて来ちゃって。

井出さんと言う賢い上司がいるのだけれど、彼女には頭が上がらないのよ。また、井出さんも扱いが上手だから。でも、私には無理だったわ。パワハラで会社に訴えるのも、それに掛かる恐るべき時間と労力を考えるとそんな気力が無くて……。もう、いいかなって。井出さんも随分庇ってくれたのだけれどね。これ以上井出さんに迷惑を掛けるのも嫌だったし。色々考えてこの辺りで一度放り出そうかなって」

塔子はため息交じりに言った。

「きっと井出さんの方が好みなんだよ」

「井出さん、綺麗な人だから。でも、きっと言い方なのでしょうね。下から下から、そんな風に進めて行けば何とかなったのかも知れないなあ。難しいわね。何か、私の言葉とか言い方が気に障ったのかも知れない。でも、そんな事でいちいち怒鳴るのかしら？

彼が来るまではすごく居心地のいい職場だったのに……。ホント残念。

でも、いいきっかけにはなったのかしらね。もう一度自分の人生を見直すきっかけには。そう思うと腹立たしさも半減するわよ」

塔子は言った。

「上司に反論する君の勇ましい姿を是非見てみたかったよ。ところで、旅行はどの位行っているの？」

「予定は一カ月位かなあ。取り敢えずイタリアに二週間。ホテルは予約済みよ。楽しみだわ。気が向いたらもっと長く滞在するかも知れないわね」

「そんなに長く？　塔子さん、初めての海外一人旅だろう？　気を付けてね。向こうで悪い男に騙されない様にしてくれよ」

「あら、いいじゃない。ちょっとそんなロマンスが有っても。ふふ。私は密かに楽しみにしているわ」

「それは僕が困る。全く、君が無事に帰るまで僕はずっと心配をしていなければならない」

コウがそう言うと塔子はまじまじとコウの顔を見る。

「あなたねえ。そういう罪作りな事を言わないでくれる？　コウさんには永遠の恋人がいるでしょう？　朱姫と言う。ずるくない？　そういう事を言うのって」

「朱姫と君は違う」

「……腹立つ。そりゃあそうでしょうよ」

「だから、そういう事では無くて」

「はいはい。分かりました。朱姫が帰って来るまでの彼女よね。いいわよ。どうせ康太には振られたし。だからって私にだって彼氏を作る権利はあるのよ。そこにまで口は出さないでくれる？」

塔子はそう言うと時計を見た。

「さて、そろそろ行きましょう。あの橋を渡って少し行くと母の入院していた病院なの。……ぎりぎりまで待ってくれるのよね？」

「出来る限り」

塔子は行く先の桜並木を眺める。

「母が亡くなって今年の六月で十四年になるわ。もうそんなになるのよ。母が入院していた病院からここを通って帰って来た事が何度もあったわ。桜を見上げながら悲しくて寂しくて涙が止まらなかった。もう二度とこの道を歩く事は無いと思っていたけれど……」

「もう十四年も前の事なのね」

塔子は繰り返した。

桜の花びらが舞い落ちた。コウは塔子の肩にひらりと落ちたそれを摘まみ、その厚みを確かめた。


「季節は繰り返す。太陽も月も命さえも繰り返す。でも時は行き過ぎるだけ。時は繰り返さない。だったら、繰り返さない私達は時と同じ範疇に入るのかも知れない。

時には実体が無い。だったら私達も実体の無い幻とどこが違うのだろう。ただ行き過ぎるだけの時と同じ様に私達も行き過ぎるだけ」

「時には形状は無いけれど確実に存在している。だから幻ではない」

「確実に？」

「……それは思念と似ている。時間は思念そのものなのかも知れない」

「時間は思念かも知れない。でもその逆は……」

「私達は……」

結論の無い会話。誰と誰の会話だったか……。朱姫の言葉だったのだろうか。それとも自分の内省だったのか。遠すぎて記憶が曖昧だ。

薄くて淡い桜の花びら。その儚さ。それでも確実な実体がある。コウは自分の思いの中に沈む。

「玄伯様はいらっしゃるの？」

塔子のその言葉でコウは我に返った。

「どうだろう。回収には来ると言っていたが」

「母は私の事が分かるかしら」

「分かるさ」

コウは塔子の手を握る。

僕は今握っている手を離さないでも良いのだろうか。それは許される事なのだろうか。出来る事なら。コウはそう思った。

母の病室にて

二人は森園総合病院に来ていた。

「あっという間ね」

塔子は言った。

深夜である。何もかもが深い眠りに就いていた。

病院の入り口のドアを押したが鍵が掛かっていた。院内には薄明かりが点いている。

コウがドアに手を触れる。ドアは静かに開く。

「こっちよ。東棟の三階。三〇二号室よ」

夜勤の職員は頭を机に乗せて眠りに就いている。院内は静寂に包まれていた。二人は誰もいない廊下を歩く。病院を管理する機械音だけが微かに響く。

「二度目の入院なの。大部屋が空いていなくてね。入院してそんなに日数が過ぎていないから元気な筈よ」

三〇二号室の前まで来るとそのネームプレートを確認した。

「佐田　友恵殿」

塔子はそれをじっと見詰めた。あの頃の事が思い出された。私は本当にここに来たかったのだろうか。塔子はそう思った。

後ろから手が伸びてコウがそっとドアを開けた。塔子の耳元で囁く。

「僕はここにいるから」

淡い明りの中に母は眠っていた。塔子はその場に立ち尽くした。信じられない。母にまた会えるなんて。塔子はベッドを見詰める。緊張で掠れる声で何度も確認したことを繰り返す。

「今日は三月三十日よね？」

「そう」

母が亡くなったのは六月十一日だ。六月三日の誕生日を迎えてその八日後に亡くなった。

「後二カ月か……」

塔子は母親の枕元に近寄った。母の眠り顔。まだ顔色がいい。ああ、良かった。母の腕に延びた点滴の管は静かに薬液を垂らしている。塔子はその点滴の管を手でなぞり母の腕に触れた。温かい手。涙が一滴その手に落ちた。

突然、命というものがあまりにも虚しい事に思えた。それは恐ろしい程の空虚さだった。それに打ちのめされた塔子はずるずると床に座り込んだ。

自分は一体何をしているのだろう。どうしてこんな所にいるのだろう。時を遡る。その無意味さと言ったら……。有り得ない程の馬鹿馬鹿しさだ。誰も彼もがこの世に生まれて死んでいく。その繰り返し。飽くことの無い繰り返し。そこに何の意味があるのだろう。この行為に何か意味があるのだろうか……？　無い。何も無い。少なくとも私には何も無い。母は死ぬ。もう分かっている。塔子は茫然としたままだった。

「誰？」

声がした。塔子は慌てて立ち上がった。

「お母さん」

「おや、塔子じゃないの」

母はじっと塔子を見詰める。

「あなた……これは夢かしら？　随分大人に見えるけれど……」

「そうなの。お母さん。これは夢よ」

塔子は優しく言うと母の手を握る。

まさか、また母と会話が出来るとは思わなかった。塔子は溢れる涙を止められなかった。

「塔子。何で泣いているの？　もう泣かないで」

母の手は温かい。母は塔子の手を撫でる。

「私は夢を見ているのね。ああ。さっきまで夢の中にいたと思ったけれど、まだ覚めていないのね」

「どんな夢だったの。お母さん」

「気持ちのいい水の中で泳ぐ夢だった。私は魚になっていて……もう一人誰か一緒に泳いでいたような……。水は澄んで透き通っていたわ」

母は夢を思い出して言う。

塔子はハルの描いた絵を思い出す。澄んだ水の中を泳ぐ二匹の鯉の絵。

「お母さん。そこに帰りたいの？」

母は不思議そうに塔子を見る。

「帰る？　帰るのはあなたとお父さんがいるあの家よ」

塔子は母親の額に手を当てて囁いた。

「お母さん。もうすぐ帰れるよ。好きな場所に行けるから。大丈夫。安心して。また、一緒に暮らせるわよ」

「そうね。もうすぐ帰るから。塔子ももう帰りなさい。遅いから気を付けてね。ドアの所に誰かいるのね。一緒に来たの？」

　母は起き上がろうとする。塔子はそれをそっと押し留めて言った。

「コウさんよ。お母さん。私のお友達。また会えるわ。また明日になれば来るから。もう休んで」

　コウはフードを被ったままドアにもたれて黙って腕を組んでいる。

「そう？　じゃあ、また明日。今日は塔子と会えて良かったわ。塔子。大人になってあなた、とっても綺麗になったわよ」

　そう言って母は目を閉じた。塔子はその寝顔を見詰めていた。

「さようなら。お母さん」

　そう告げると振り切る様に踵を返し、コウに向かって言った。

「いいわよ。コウさん。朱姫を回収しましょう。すぐに行けるでしょう？　母が亡くなる直前に」

「行けるけれど……。玄伯を呼ばなくては。玄伯が来なくても回収出来るだろうか？」

「そうなのね。御免なさい。私は辛くて……。もう終わりにしたいの」

　そう言うと塔子はその場にしゃがみ込んで顔を覆って泣いた。コウは塔子を抱えるとその上からマントで包み込んだ。

「もう気力が無いの。二度とここには来たくないわ。だから終わりにしたいの」

塔子は泣きながらそう言った。

「分かった。ではそうしよう。もう泣かないで」

コウは言った。


コウと塔子は六月十日、母の亡くなる一日前、その日の森園病院に来ていた。橋の所で玄伯を待つ。二人とも黙り込んでいる。

随分待った後、玄伯が橋向うから歩いて来るのが見えた。コウと同じ黒いマントを付けている。白髪の髪が長く、同じ様に髭も白く長い。

「塔子殿。是非お会いしたいと思っておりました。玄と申します」

玄伯は塔子の手を取ってにこやかに言った。塔子も深々とお辞儀をする。

「私もお会いしたいと思っておりました。佐田塔子と申します。宜しくお願い致します。玄伯様」

玄伯は「ほう」と感心するように塔子を眺める。

「これはこれは。勾季が心を奪われるのも……」

「玄伯。余計な事は言わなくていいから」

コウが遮る。

「おお。済まなんだ。さて、行こうかの」

三人は連れ立って森園病院に入って行った。前回と同じで病院内は静かだった。

「さて、塔子殿。御母君はもう明日にはお亡くなりになる。その姿を見ると多分に……」玄伯は言った。

病室に入って塔子は自分の体が震えているのに気が付いた。怖い。怖くてたまらない。出来る事ならここから逃げ帰りたい。

「げ、玄伯様。母から本当に朱姫の魂は回収出来るのでしょうか。私はどうすれば……」

歯がカチカチと鳴る。

「塔子殿。落ち着いて。落ち着いて。深呼吸をして。そう。深呼吸。勾季。塔子殿を支えて差し上げよ。目を閉じて。宜しいかな。ささ、母御の枕元に。そう、そうやって」

塔子は明日の夜には亡くなる筈の母の枕元に立った。さっきよりも増えた機器が発する光を眺め、自分の向かい側の玄伯を眺めた。玄伯は目を閉じて口の中で何かを呟いている。塔子は暫くその姿を見ていたが視線を母親の顔に移した。母の顔はさっき見た顔と大きく様変りしていた。

顔が土色に萎んで目の下が黒くて。酸素マスクがやたらと大きく感じた。塔子は思い出した。ああそうだ。亡くなる数日前はこんな顔だった……。

もう意識が無くて……。耳元で話を聞かせた。

「お母さん。いい天気よ。空がとても青いわよ」

「今日はお父さんと来ているの。お父さん、ほら、お話して」

忘れていた記憶が蘇る。涙が溢れて仕方が無い。どうしてこんなに悲しい思いをしなければならないのか。塔子は声を押し殺して泣いた。嗚咽が漏れる。

「お母さん。どうして死んでしまったの」

塔子は母の手を握って泣いた。泣きながら訴えた。

お母さん。お母さん。逝かないで。

塔子はすっかり十四年前のその時に戻ってしまっていた。母親が亡くなるその数日前。辛くて仕方の無かった日々。最愛の母を失う時を待つ事しか出来なかった自分と父。その悲しみが塔子の全身を占領していた。母の呼吸を助ける酸素マスクが定期的に機械音を繰り出す。

ふと母が目を開けた。視線がゆっくり動いて塔子を認めた。唇が微かに動く。震える手が酸素マスクに触れる。玄伯はそれを静かに外す。

「塔子……ようやく」

塔子は驚いた。

何という事だ。母が自分を認めた。意識があるではないか。

塔子は母の手を握った。

「お母さん。そうなの。ようやく来たよ」

コウは朱姫の羽衣を取り出すと塔子の母親の上に置いた。

「重いからこれを除けて」

母は掠れる声でそう言った。コウは腰の辺りまで羽衣を除ける。

母は震える腕を塔子の方に微かに伸ばした。塔子は母の体をそっと抱いた。母の胸に顔を埋める。

「ああようやく」

塔子の母親はそう呟くと大きく息を吸い込み、思いも寄らない力で塔子の体を引いた。

突然羽衣がその上から覆い被さる。塔子は母と一緒に羽衣の下にその上半身を引き摺り込まれた。

羽衣が動いている。

コウと玄伯は信じられないモノを見る思いで朱姫の羽衣を凝視した。羽衣はずるずると塔子の体全体をその下に引き摺り込んでいた。塔子と母親は動く羽衣に頭から覆われてしまった。

コウは慌てて塔子の足に手を掛け、彼女を引き摺り出そうとした。だが、体は頑として動かなかった。最初はバタバタと足を動かしていた塔子だったが、その内静かになった。羽衣は塔子の足首まで動き、ゆっくりとその表面に星空の様な明かりを灯し始めた。慌てたコウを玄伯が押し留めた。

数多の星が線となり羽衣全体が輝きを増した。それは徐々に光を失い始めた。コウも玄伯もただ茫然とそれを見守っていた。

羽衣が光を失うと同時にコウはそれを除けた。慌てて彼女の呼吸を確認した。朱姫でない只の人間にとって羽衣はとんでもなく重い。

塔子は息をしていなかった。

羽衣の下で胸を押されて窒息したのに違いない。コウの顔色が変わった。塔子の頬を叩いて名前を呼ぶ。それでも塔子は呼吸をしない。心音を確認する。

鼓動が無い。コウは塔子を寝かすと人工呼吸を行った。それを繰り返し、名前を呼ぶ。だが、塔子が蘇生する気配はない。コウは動きを止めると両手を塔子の心臓の上に置き、目を閉じて何度か深い呼吸を繰り返した。ゆっくり目を開けると力加減を確認し、一気にそれを塔子の心臓に送り込んだ。塔子の体がびくりと跳ねる。

コウは再度心音を確認する。心臓は鼓動を打ち始めた。突然ひゅうと息を吸い込んで塔子は息を吹き返した。ごほっと咳をして苦しそうに息を吸う。

「塔子さん」

コウは呼び掛けた。

塔子はぐったりとしていたが目を覚ました。

「コウさん」

塔子は弱々しく呼んだ。コウは玄伯を振り返った。

「塔子殿は朱姫ではない。だから大丈夫だ。魂など吸い取ってはおらぬ」

塔子の母親はさっきと同じ様子で静かに呼吸を繰り返している。塔子は目を覚ましたが、まだ動けない様子だ。

「塔子さん」

コウは名を呼び、体を揺すってみた。塔子は目を閉じて反応をしない。

「仕方が無い。勾季。取り敢えずここを離れよう。山に、庭に戻るぞ」

「塔子殿を連れて先に行くのじゃ。儂は母君の様子を見てから向かう。朱姫の羽衣は儂が確認をして持って行く」

コウはぐったりとした塔子を抱き抱えると上からマントでしっかり覆った。

何という事が起きたのだ。まるで生きているみたいに塔子を飲み込んだ羽衣。一体どういう事なのか。

コウは塔子の青白い頬に触れた。口元に耳を当てて呼吸を確認する。そしてそのまま病室を後にした。


コウと塔子が去った後、玄伯は朱姫の羽衣を点検したが、普段と違った点はどこにも見当たらなかった。しかし、さっきは羽衣が自ら動いて塔子を飲み込んだのだ。玄伯はじっと羽衣を見て何かを思案していたが、それを畳むと袋に入れた。

酸素マスクを戻して母親の寝顔を暫く眺めた。脈を確認すると額に手を置き、ゆっくりとエネルギーを送る。朱姫の魂が抜かれ、五分後に亡くなってもおかしくないのだ。何とか明日まで生きていてもらわないと困る。

一体何が起きたのか。朱姫よ。其方は何を画策しておるのじゃ……。

玄伯はそう心の中で問い掛けた。

塔子が現われてから何かが動き出した。今までとは違う。流れが大きく変わった様な気がする。塔子の母親は特別な朱姫だ。それは分かる。彼女が自分達の探していた朱姫の核なのだろうか……？

しばらくそうやって手を置いていたが、もうこれで充分と判断すると、もう一度彼女の顔を撫でて立ち上がった。枕元で合掌し、祈りを捧げる。

「さて、儂ももう行かねばならぬ。おさらばですのう。朱姫をその身に抱えてくださり、誠に有り難く存じ上げまする。ご苦労をお掛け申した。安らかにお眠りなされ」

そう告げるとくるりと向きを変えて歩き出した。病室のドアに触れた、その手が止まる。誰かに呼ばれた様に思えてもう一度振り返る。

部屋は来た時と同じ。

淡いライトの中、塔子の母親は眠ったままだった。唇が微かに動く。閉じた瞼から一筋の涙が頬を伝わって落ちる。だが、本人はそれすら感知出来なかった事だろう。

「塔子殿はお預かり申した。儂と勾季が必ずお守り申す故、ご心配召さるな」

玄伯はそう呟くともう一度ベッドに向かって頭を下げ、病室を後にした。

塔子は濃い霧の中を歩いていた。どこから霧に入ってしまったのか分からない。木立と緑の葉が見える。風に揺れる葉の音が聞こえる。

自分はどうしてこんな場所にいるのだろう。母の病室にいた筈なのに……。

塔子は木の根元に腰を下ろして考えた。

母の病室で、いきなりすごい力で引っ張られた。羽衣が上から私を圧し潰して……。

羽衣の下で何かが自分の体を通り過ぎるのを感じた。自分の体を通り抜け、羽衣に吸い込まれて行く。それがまた自分の体に還る。何かが自分を媒体として母の体と羽衣の間で循環している。あるいは自分の体が何かに対する触媒の役割を果たしていたのだろうか。

何だか……有り得ない事ばかりだわ……。

コウが言っていた。朱姫の羽衣が反応しないから手伝って欲しいと。あの時、私は随分腹を立てた筈なのに。それでも協力することに決めたのだ。それが自分の選択だったのだ。それがどうしてこんな事に……。

息が出来ない。上に被さっている物を除けて欲しい。胸が押し潰される。塔子は息苦しさに耐え切れなくなって必死で藻掻くが、羽衣はびくともしなかった。その内意識が遠退いて全てが真っ暗になった。

何でこんな場所にいるのだろう。病室はどこだろう。ここは一体どこなのか。霧が晴れないと外を見渡せない。

誰かが呼んでいる。……あれは。

声のする方をじっと見るが、濃い霧しか見えない。お母さんかしら。お父さん？声は随分遠くから聞こえる。塔子は立ち上がり耳を澄ます。

突然、誰かが塔子の背中をドンと押した。塔子は転んで地面に倒れる。

「誰？」

姿は見えない。ぱたぱたと走り去る足音が聞こえた。

「子供？」

倒れた塔子の足を誰かが掴んだ。冷やりとする冷たい手。細い指先。女の手だ。塔子は悲鳴を上げて手を払った。手は足から離れない。そしてずるずると塔子を森の奥に引き摺って行こうとする。塔子は夢中で手足を動かした。一瞬、手が離れる。その隙に起き上がり駆け出した。霧の中を声のする方に向かって手探りで歩いた。

視界が開けた。森から抜けたのだ。


高台の上から遠く果てなく広がる野原が見えた。遠くに川が流れている。太陽の光を反射して川面はきらきらと光る。野原には色とりどりの花が咲いていた。可憐な花が風に揺れる。あちらこちらに小さな池が見える。窪地に水が溜まった小さな池。ここは高原なんだわ。高原の湿地。なんて綺麗なのだろう。こんな地形の写真を見た事がある。あれは……そうだ。月山だ。弥陀ヶ原。ここは弥陀ヶ原なの？

塔子は後ろの森を振り返る。霧が濃い。あの霧はどこから湧いて来るのだろうか。あの森は怖い。誰かがそこからじっと様子を伺っているみたいでぞっとする。早く森から離れた方がいい。塔子は足早に森を後にする。自分を呼ぶ声は高台の下から聞こえる。塔子は高台の上から恐る恐る下を覗き込む。自分は切り立った崖の上にいるのだ。底まで二十メートルはありそうだ。

あの声は……。

「コウさん？」

「コウさん！　ここよ！」

崖の端に膝をついて下に向かって叫んだ。

「今、行くわ。」

塔子は降りる場所をきょろきょろと探した。

その動作がふと止まる。

「？」

何だろう？

塔子は耳を澄ます。

塔子の耳にまばらな音が届く。最初は風の音だと思った。塔子は音源を探す。脳はやがてそれを言語だと認識した。塔子は固まった。

こんな場所で言葉？　外国語？　誰が？

その聴き慣れない言語に神経を集中する。

低い声で囁く言葉。言葉の後ろで何か別の音がする。微かな低音がうねり、伸び、消えそうになりながら余韻を響かす。囁きは奇妙な音と共に塔子の体の奥深くに浸み込んで行く。意味が分からないのに、まるで呪を掛けるようにその人語の音は記憶の底に刻まれた。

「お母さん？」

塔子は呟いた。

その刹那、塔子の背中を誰かがどんと押した。

「きゃあ!!」

叫び声を挙げて塔子は崖から転落する。地面に真っ逆さまに落ちて行った。


体がびくりと跳ねる。

塔子は大きく息を吸い込んだ。途端に咳込んだ。酷く苦しかった。肺が新鮮な空気を求めて早く息をしろとせかす。ぜいぜいと呼吸を繰り返し、ようやく楽になった。

目の前にコウの顔を認めると気持ちが緩んだ。

「コウさん……」

塔子は一言呟いた。

私は息をしているだろうか。大きく深く息を吸う。そしてゆっくりと吐く。大丈夫。息は出来ている。良かった。私は生きている。安堵の吐息を漏らしたのもつかの間、次の瞬間塔子はぶるりと震える。

あの冷たい手は誰だったのだろう。母だったのだろうか。母が私も一緒に連れて行こうとしたのだろうか。そんな事は無い。決して無い。

でも、花が咲き乱れた綺麗な高原はまるで「あの世」だ。誰が私の背中を押したのだろう？

塔子は暫く瘧の様にぶるりと震えていたが、それも落ち着いて来た。

体がほんのり温かい。コウの声が聞こえる。塔子は目を閉じたままその感覚に沈み込んだ。コウが自分を抱き上げ羽衣に包むのが分かる。もう大丈夫。コウさんがいるから大丈夫。怖い事は無い。もう怖い事は無いから。塔子はそう自分に言い聞かせ、ゆっくり息を吐くとそのまま何かに引かれる様に眠りに落ちた。


コウは塔子がほうっと息を吐いたのを感じた。

彼女の体温を感じる。呼吸は正常だ。羽衣の中で自分が抱いている無防備で温かく柔らかい生き物。それが自分の腕の中で息をしている事が何物にも代え難い。

彼女の息が止まっているのを知った時、全てを忘れた。何もかも。朱姫も玄伯も。何の為にそこにいるのかも。

これが自分の手をすり抜けてどこかに行ってしまうかも知れないと思った時、コウは耐え難い恐怖に襲われた。何をもって償ってもこの女を取り戻したいと思った。

塔子が自分の名を呼んだ時、安堵でその場に崩れ落ちそうだった。

どうかしている。コウはそう思う。この混乱はおよそ自分らしくない。朱姫を取り戻すために彼女をここに連れて来たのに。朱姫のために。

彼女を危険に晒したのは自分だ。嫌がる塔子を説き伏せてここに連れて来たのは自分だ。

あんなに泣いて悲しんでいる彼女を見て心を痛めても、連れて来たのは自分だとコウは自身に言う。胸が痛んだ。きりきりと差し込むような痛さ。我が身を振り返り、こんなに苦い思いをしたことは無かった。

亡くなる間際の母親の手を握って子供の様に泣き崩れた塔子の姿を思い出すと、胸が痛くなる。可哀想な事をしてしまった。下手をすると命さえも失くしていたかも知れない。コウは今更ながらに血の気が引く思いをした。

コウは自分自身に舌打ちをした。予見できなかった。

「どうして塔子でなければならないのか」

それをもっと突き詰めて考えれば。……いや無理だ。ここまでは予見できない。まさか塔子が羽衣に押し潰されるなど……羽衣が勝手に動くなど考えた事も無かった。

塔子は自分と関わる事により危険な目に遭って来た。塔子の安全を考えるなら自分と関わらない方が良いのだ。

「相手の幸せの為に自分は身を引く」

不意に塔子の言葉が脳裏に浮かんだ。

「こういう事か」

コウは苦笑いを浮かべた。

それでも離れ難い。こうやっていつでも彼女を抱き寄せて、その温もりを感じていられたなら。

仕事を辞めて旅行に行くと言っていた。ヨーロッパで美術館巡りをするのだと。どこを巡るという計画を楽しそうに話し、行先のサイトを二人で眺めたのはつい今朝方だったのに。

母親から朱姫を回収する事を嫌がっていた。そんな彼女が暫く日本を離れるから、その前に母を見に行くと連絡してきたのは一週間程前の事だ。

どういう心境の変化か分からないが、自分はほっとした。兎に角、回収出来ればいい。それだけを考えていた。朱姫の為に、それは自分に課せられた事とは言え……。だがそうしない訳には行かなかったのだ。それなのにこの体たらく。コウは苦い思いを噛み締めた。

しかし、彼女のこの変化はどう捉える？

コウは自分の腕の中にいる女の頬に触れてみる。玄伯は庭に帰ると言ったが、庭よりも暖かいハルの家の方がいい。コウは塔子と桜を見た日のハルの家を目指して時空を超えた。

月光　一

ハルの家に着いた時、家の中は真っ暗だった。家に差し込むイングリッシュガーデンの明かりも消えていた。コウは訝しんだ。昨日は点いていた筈なのに。ハルはどうしたのだろう？　セイとハクは？　家の中がこんなに暗いなんて有り得ない。

「ハル」

コウは呼んだ。

「セイ。ハク」

声は虚しく屋内に響くだけだった。

コウはゲストルームに向かった。ドアを開けると淀んだ空気の匂いがした。

ここは……。コウは立ち竦んだ。

塔子をベッドの上に寝かす。窓に寄り、カーテンを開けると埃と黴の匂いがした。コウは窓を開けて夜空に月を探した。虫の声が聞こえる。季節は秋らしい。煌々とした満月が空に掛かる。空には薄絹の雲が流れていた。月の光は裏側から雲を薄く照らし、辺りは木々の影がぼんやりと見えていた。コウは窓辺から室内を見渡した。

まるで廃墟だ。

長い間締め切った部屋の埃と黴の匂い。ここには空虚な時の積み重ねだけしか無い。ただ通り過ぎて行った時間の痕跡だけしか無かった。コウはため息を吐いた。

選りにも選ってこんな時に。塔子を暖かい場所で休ませようと思っただけなのに。どうしてこうも上手く行かない。何がどうなっているのか皆目分からなかった。

誰がルートを捻じ曲げるのか。これで二度目だ。時空の挟間にそれこそ稀有な偶然で入り込んでしまったとか、そう言う事では無く、何らかの意思を感じる。しかし、それがどんな意味を持つのか分からない。自分達をどんな未来に導いているのかが全く分からない。

まるで誰かが仕掛けたゲームに知らない内に嵌り込んで仕舞ったみたいな。

誰が？　それとも誰かが呼んでいるのか？　朱姫なのか？　それとも朱姫を屠ったモノなのか？　これは罠なのか？　いや、これも罠なのか？　すでに罠の中なのか？

外から入って来る冷たい外気が部屋の籠った空気をドアの外に押し出した。その外気に触れて塔子はぶるりと震えて目を覚ました。

「寒い。……ここは？」

塔子は辺りを見回す。そして窓際に佇む人影を見てびくっと震えた。目を凝らす。

「コウさん。もう！　驚かさないでよ。びっくりするじゃない。……ここはどこかしら？　すごく寒いのだけれど……」

コウは手を差し伸べた。

「こっちにおいで」

塔子はベッドを降りるとコウの傍に寄った。

窓からの月明かりだけが部屋の中を照らしていた。コウは塔子を羽衣の中に入れると腰を下ろした。塔子は震えていた。二人は寄り添って部屋の中を見渡す。

「コウさん。私達は母の病院にいて、その後、ねえ、すごい力で羽衣の中に引き込まれたのは覚えているのだけれど。ここはハルさんの家よね。ゲストルームでしょう？

ハルさんはどうしたの？　そう言えば、朱姫の魂魄は回収出来たの？」

塔子は聞いた。

「ああ。有り難う。塔子さんのお陰で回収出来たよ。君に辛い思いや苦しい思いをさせてしまって済まなかった。もう二度とそんな事はしない。ここはハルの家だよ。だけど、どうも現在じゃないらしい」

「えっ？」

「ここは随分前に誰もいなくなって……。廃墟の様だ。僕達は未来へ迷い込んだらしい」

塔子は口を開けたまま目を凝らした。未来？　一体いつ？　ハクは未来へは行かないって言っていたのに。どうして？

「じゃあ、ハルさんは？」

「ハルは多分死んだのだと思う。セイやハクはどうしたのだろう？　玄伯は一緒に出なかったが、無事に戻ったのだろうか」

コウは呟くように言った。塔子は声が出なかった。

ハルのいないこの家。薄ら寒くて寂しくて。

月光が差し込み、家具の影が出来る。窓の外から聞こえる虫の声が廃墟の寂寥を一層感じさせる。

人の温もりが消えた家はこんなにも空虚だ。寒々しい月光がまるでこの世の物では無い様に部屋の家具を浮き上がらせる。胸を締め付ける様な寂しさ。振り仰げば、紺碧の空に月だけが過去と同じ場所に掛かる。月も季節も繰り返す。けれどこの場所は繰り返さない。これはこのままで在り続ける。

今日はどれだけ悲しい思いをした事だろう。今まさに彼岸へと旅立つ母を見送り、つくづく辛い思いをしたのに……。塔子は小さくため息を吐いた。

「ねえ。未来ってどれ位後の世界なの？」

「さあ。だが、家の様子から見ると何十年も過ぎている様には見えない。精々十年程度かな」

「十年！」

……

「ねえ。十年よ。現実の私はどうなっちゃっているの？　旅行に出て失踪かしら？」

「まあ、そんな所だろう。ここは君が不在のままで時間が流れているんだ」

「信じられない！　ねえ。元の場所に戻れるでしょう？　戻してくれるわよね。何がどうなってこんな状況に陥ったのか全く理解出来ないわ。説明されても分からない。でも、これはあなたも予測出来なかった事なのでしょう？」

予測？　そんな事が出来るならこんな状況に陥っていない。コウはそう思った。

「ああ。全くその通りだよ。本当に君には何と言って謝ったらいいのか分からない。謝って済むことじゃないが……。自分でも驚いているんだ」

塔子はコウの顔をじっと見る。そして大きなため息を漏らした。

「どうしてあなたといるとこんな目に遭ってばかりなのかしら。全く迷惑な話よね。いい？　約束して。私を旅行に出掛ける前に戻すって。それまで私を生かしておいてよ。必ずよ。死んだら化けて出るわよ。一生呪ってやる」

怒りがふつふつと湧いて来る。

「殿様みたいな上司に愛想尽かして仕事を辞めて……。それだって随分悩んだのよ。美術館巡りを楽しみにしていたのに。それなのに、こんな気味の悪い所ばっか……。朱姫の羽衣には押し潰されるし、崖からは突き落とされるし。

私は早く自分の時代に戻って旅行に行きたいの。そして新しい仕事先を探さなくちゃならないのよ。こんな薄気味の悪い墓場みたいな所で時間を潰している暇は無いの」

　塔子は怒りを露わにする。

　コウは笑った。

「仕事先ね。どんな状況でも仕事を諦めない君には脱帽するよ。だけど、仕方が無いだろう？　僕の全く関知しない場所で誰かが何かを画策しているのだから。予測不可能なのだから仕方が無い。こんな時は流れに乗るのが一番合理的だよ。って言うかそれしか出来ない。だって、こっちは何も出来ないんだからさ。申し訳が無いけれど、流れは完全に向こうサイドだからね。向こうが流れを支配している」

「向こう？　向こうって誰よ」

「さあ……？　全く不明だ」

　塔子は呆れた。

「信じられない。何ていい加減な……そう言うのは開き直りって言うのよ」

「だからさっき謝ったじゃないか」

「謝って済む問題じゃないわよ」

「だからそう言って謝っただろう。大丈夫だよ。帰れるから。心配しないで。必ず帰すから。約束する」

　コウは真面目な顔で言う。塔子は黙る。

確かに「これ」を選択したのは自分だ。しかし、幾ら担保出来ないとは言え、こんなのは予想の域を超えている。それじゃ、この事態をある程度予測したとして（前回幸姫に拉致されているのだから。学習しろよ。自分）それを知った上でこれを選択しなかったかと自分に尋ねると、どうだろうか？　……分からない。塔子はふうっと息を吐いた。

これは自分も頑張って帰るしかない。知力体力の全て、大した知力体力では無いが、この全てを使って。何故なら自分の選択をどうにも責める事は出来ないから。

「いいわよ。絶対に帰りましょう。その為なら何でもするわ」

コウは頷いた。

「約束する。絶対に君を元の世界に帰すから」

そう繰り返した。

塔子とコウは黙って月に照らされた部屋を眺めた。

塔子は口を開いた。

「寂しい場所ね。人は死んでしまうのに物は残る。何もかもが亡骸の様に思えるわ。ねえ。コウさん。ここは本当にこの世なのかしら？　まるで悪い夢の中みたい。」

「夢?」

「そう。悪い夢じゃないかしら。目が覚めればいつもの場所にいて。私は自分の部屋にいてあなたはハルさんの家にいて。ハルさんがいてセイさんがいてハクがいて……」

「誰の夢?」

「さあ? それは分からないけれど……」

夢か……。コウは呟く。玄伯の言葉を思い出す。

「私、あの後、夢を見たわ。羽衣に圧し潰された後に。どこかの高原にいたの。綺麗な場所だったわ。ねえ。誰かが私を呼んだの。あれはあなただったのかしら?」

塔子はコウを見上げる。コウも塔子を見詰めた。茶色掛かった瞳がじっと塔子を見る。塔子は目が離せなかった。

「ねえ。怖いわ。……コウさん。そんなに見ないで」

まるで塔子の瞳を通して何か別な物を、自分で無いその向こうにある物を見ている様な瞳だ。濁りの無い透き通った視線。それが恐ろしい。

塔子は今更ながらにコウの中に得体の知れないモノを感じた。人には無い何か。それは自分には与り知らぬ、この世の始原に繋がっているモノかも知れない。それとも生きている人間には到底入り込めない、常世とやら、ハクの言っていた霊界、そんなモノかも知れない。コウの背後にはそれがある。それがコウと繋がる事で塔子にも繋がろうとする。


「認知も機能も違う」

ハルが言っていた。

彼は人ではないのだ。生き物ではあるのかも知れない。呼吸もしているし体温もある。だが、その存在は人間とは大きく異なっている。塔子は森の中で誰かに足を引っ張られた事を思い出した。震えがまた戻って来る。

「寒いの？」

コウは聞いた。

「ええ。凄く寒いの」

塔子は答えた。体の芯から冷えてしまっている。

コウは塔子を抱き締めた。

塔子は怖くてコウの顔を見る事が出来なかった。コウは塔子の顎に手を添えて口付けをした。塔子は顔を背けた。コウはそのまま顔を近付けて首筋に唇を寄せた。腕が腰を抱き寄せる。コウは両手で塔子の頬を挟み口付ける。塔子の全てを探り何もかもを知ろうとする様な口付け。強引でそれでいて体も心も溶けてしまう程に甘美なその感覚に塔子は戸惑い、そして解かれて行く。

「僕が怖いの？」

唇を離すとコウは目を覗き込んで言った。

「怖いわよ。だってあなたは人では無いのだから」

塔子は目を合わせられなかった。

「君を傷付けたくない。どうしてこんなに君に魅かれるのか僕には分からない。だから本当の事を言うと君を離したくない。君を傍にずっと置きたい。でも、君の安全を思うとそうもいかない。君を失うのは僕には耐えられない。だから君をいつもの日常に無事に返すのが僕の今一番やるべき事だと思う。朱姫よりも何よりも僕は君を第一に……」

コウはふと口を噤み、視線をドアの向こうに向ける。

「コウさん？」

「しっ。静かに」

塔子も耳を澄ませてドア向こうを注視する。

ことり。と音がした。
塔子はびくりとしてコウにしがみ付く。
ことり。
また音がする。誰かがそっと廊下を歩いている様な。風が何かを揺らす様な。
ことり。
音は近づいて来る。
ことり。
塔子はもっと強くコウにしがみ付く。コウは塔子を抱いたまますっと立ち上がった。
音が消えた。風の音だったのだろうか。
コウはじっとドアの先を見詰めたままだ。塔子も息を飲んで見詰める。
暗い廊下に黒い影が映った。月光に照らされたその白い顔は。
「ハル！」
コウは叫んだ。塔子は悲鳴を上げた。
「ああ。腕が……」
塔子は口を手で覆った。

ハルは無表情にコウと塔子を見て、そのまま向きを変えるとゆっくり廊下を歩いて行く。肘から先を失くした右手がぶらぶらと揺れて血の滴が落ちて行く。半身が月の光に透けて見える。

ことり……。

杖の音が遠ざかって行く。

コウと塔子は茫然としたままだった。

「塔子さん。今のはハルだったよね？」

コウは確認する。

「た、多分。ハルさんだったと思うわ。ねえ。どうしてハルさんがあんな姿でこの家にいるの？　セイさんはどうしたの？　ねえ。あれはハルさんの、ゆ、幽霊なの？　どうして右腕が無いの？　ハルさんはあんなに幸せそうだったのに……。ねえ、一体ここは」

ふっと光の軌跡が廊下を横切った。塔子の瞳にその残像が残る。

「ひっ！」

塔子が小さく悲鳴をあげた。その口をコウの手が塞ぐ。

コウがリュックから何かをそっと取り出した。片手で塔子を自分の後ろに隠すと、それを指の間に挟んでドアに向かって構えた。塔子はごくりと唾を飲む。緊張で空気が帯電した様にぴりぴりと突き刺さる。ドアの向こう側がほんのり光った。

その青い光には見覚えがある。コウは全身の力を抜いて息を吐いた。そして手に持った暗器を下ろした。

「幸姫……」

コウは呟いた。

青白い光と共に現れたのは暫く姿を見せなかった幸姫だった。

「勾季。どうしてここへ……？」

幸姫はそう言ったきり、その色素の無い瞳でコウを凝視した。塔子はコウの言葉を聞いてびくりとした。

「幸姫？」

恐る恐るコウの背後から顔を覗かせる。雪女だ。こんな場所で雪女と会うなんて。

「塔子さんと朱姫の魂を回収してハルの家に戻ろうとしたらここに来てしまった。座標は合っているのに……。これで二度目だ。一体どういうことなのか……。幸姫。ハルやセイは？」

幸姫はじっとコウを見詰めた。

「それはいつの話だ？」

幸姫の白い唇が動く。

「赤雪から朱姫を回収した次の春だが」

幸姫は「ああ……」と呻いて手で顔を覆った。

「では、やはりあの時が境か。……現在(ここ)は、それから五年が過ぎている。勾季。其方は来る筈の無い未来に来ている」

月光　二

月は西に動いた。

山の木々は既に落葉したらしい。そのシルエットだけが黒く夜空に浮かび上がる。

寒々とした景色を青い光が照らし出す。

「壮絶な月」。そんな言葉が似合いの月だった。

塔子は震えながらコウにしがみ付いていた。コウは幸姫を見詰めた。

「やっぱりそうか……。ハルは死んだのか？」

「死んだ？　分からぬ。消えたのだ。跡形も無く。姿が見えぬ。妾が辿り着いた時には六花有働が破壊され、誰の姿も無かった」

「どうして？　何があったのだ？　セイとハクは？　玄伯は？」

「セイもハクも消えた。朱姫の時と同じじゃ。守護は死んだのかも知れぬ。玄伯はお前と同じ。行方知れずじゃ」

　コウは驚きの余りに声が出なかった。愕然として幸姫を見た。

「死んだ？　そんな馬鹿な。一体何が起きたのだ？」

　声を絞り出すようにして言った。

「死んだのか……。それともこの世ではない別の次元に迷い込んだのか。突然六花有働が破壊され、そこからハクもセイもハル殿も存在が消えた」

　幸姫は続けた。

「守護達は何者かを追って時を超えたのかも知れぬ。時そのものに飲み込まれたのかも知れぬ。もう守護はおらぬ。守護は消え失せてしまった。朱姫と同じじゃ。同じ様に消え失せた」

　コウは言葉を失ってずるずるとそこへ崩れ落ちた。そして崩れ落ちたまま幸姫を見詰めた。

　どれ位そうやってお互いを見詰めていただろう。お互いの見て来た物事をお互いが瞳を通して探るような、そんな長い時間が過ぎた。ふっと幸姫が吐息を漏らして塔子を見た。塔子はびくりとした。

「塔子殿か。久しいのう」

　そう言うとすっと塔子の前に立つ。そしてその白い手を伸ばすと体を抱いた。

「塔子殿。妾は其方に会えて……おや？」

幸姫は塔子を抱いたまま言葉を切るとコウを見た。コウは頷いた。そして少し首を傾げた。

「泣く程嬉しいぞ。親しい者達は全て失われてしまった」

幸姫はコウを見ながら言う。塔子は大人しく幸姫に抱かれていた。それでもその手はコウの羽衣を掴んで離さなかった。

　コウは呟いた。

「玄伯も行方不明か……」

「玄伯だけではない。庭も見付からない」

「えっ？」

「庭もどこかに消えてしまった。もう庭には帰れない」

「そんな馬鹿な……。どうして？　何が起きたのだ」

「知らぬ」

「幸姫。あなたはどうしてここへ？」

「誰かに呼ばれた様に思えたからじゃ」

「誰に？」

「分からないが……近しい者だと思う。ハル殿の気配の様にも思えるし、朱姫の様にも思える。もしや守護達の声かと……。そこで来てみたら其方達がいた」

　コウは宙を見詰めて何かを考えていた。

「さっきハルの霊を見た。幸姫。ここは現実だろうか？　それとも異空間だろうか」

「さあ？　現実だと妾は思っておったが？」

「いつの間にか皆が異空間に、それこそ誰かの夢に飲み込まれてしまっていたなどと言う事はないだろうか？」

「誰の？」

「例えば、異神の、いや、それとも何かもっと大きなモノの」

「異神？」

　幸姫はじっと考える。

「どんな？　この時空でない別の時空の神か？　そんなモノがおるのか？」

　コウの意識に何かが引っ掛かった。

　あの禍々しい三日月の下に照らされた荒れ地。びょうびょうと鳴る風の音。あの地下を這い進んで来た何者か……。

　あれだ。あれも現実の時空軸には無い場所だった。あの場所に行けば何かが分かるかも知れない。しかし、どうやって……。

　コウは立ち上がった。体を伸ばして塔子に言う。

「朝になったら出掛けよう。その前に必要な物を家の中から探して。ああ。行先は分かっているよ。ただ、どうやって行けばいいのか……。何か手掛かりがある筈だ」

　ふと言葉を切り真顔になる。

「君を安全な場所に送り届けてから。そう言いたいところだけれど、それは今じゃないんだ。送り届けてもきっと君は戻って来る。そんな風になっているのだと思う。それに、どうもこの時空間には君にも僕にも安全な場所は無いみたいだ。君が言った様に、ここはまるまる誰かの夢の中かも知れない。夢でありながら物理的な力を伴った世界。それはもう夢とは言わないな。だから、君を一緒に連れて行く。ずっと一緒に連れて行く。君が嫌だと言っても。だけど、本当に危険なんだ。君にはどう言って謝ったら良いか分からないが。だから何があっても離れないで。そして僕の指示に従って欲しい。僕は必ず君を元の世界に戻すから。命に代えても」

塔子は頷いて言った。

「帰れるなら何でも言う通りにするわよ。命に代えなくて済む方法を探しましょう」

コウは黙って頷いた。

「部屋はそのままになっているだろうか。幸姫は六花有働から来たのだろう？　あの場所は破壊されたままか？」

「そうじゃ。しかし、場は機能しておる」

幸姫は言った。


コウは家の中を見て回った。ほとんどが昔のままに残っていた。使えそうな物をリュックに入れると六花有働に向かった。

白々と夜が明けて来る。

六花有働は壊されてその残骸が残るだけだった。床一面に黒いシミが付いている。柱に置いてある十二支の置物もその多くが砕かれていた。それでも不思議な事にそれぞれの足の部分はその場所に残っている。

「砕かれても自分の立ち位置だけは死守したらしい。他に累を及ばさない様に」

　コウは言った。

朝日の中で周囲を見回して愕然とする。

周囲の薔薇や木々は殆どが枯れていた。特に六花有働の周囲が酷い。黒い木々が幽霊の様に立ち並んでいた。

「ここは人里離れた一軒家だからまだ良かった。まるで有毒なガスでも噴出して枯れてしまった様じゃ」

　幸姫は言った。

コウはしゃがんで床に積もった土埃に触れた。掌に載せて指で擦ってみる。

「塔子さん。ちょっとこっちへ来てくれる？」

「何？」

コウは塔子の首筋に手を置いてじっと何かを考えている。

「？」

「塔子さん。今から幸姫に憑依して貰ってくれる？　君の安全の為にも。その方が安心だから。そうして」

「えーっ。また？」

塔子は非難の声を上げる。

「その方が我等の足手まといにならずに済む」

幸姫が言う。

「足手まとい？」

塔子が言い返す。

「呆れた。連れて来たのはコウさんじゃない」

「君はさっき何でも言う事を聞くと言ったよね。幸姫。これは毒だ。瘴気が凝り固まった毒だ。まだ完全に分解されていない。僅かだが塔子さんの体にも付いていた。それは分解したが……」

コウは枯れた木々を見渡す。

「毒！」

「さあて、塔子殿。如何致そう。憑依の方は。毒じゃそうじゃが……」

幸姫はにやりと笑う。

「幸姫様。何卒宜しくお願い致します」

塔子は深々と頭を下げた。

塔子の視界がぐらりと揺れた。あの時と同じだ。気が付くと目の前の幸姫の姿は消えていた。

「幸姫、塔子さんの体を絶対に傷付けない様にしてくれ」

コウは言った。

「ほう……」

塔子がコウをじっと見る。いや、幸姫がコウを見る。

「何か？」

「……いや。常に羽衣を身に纏うとしよう。そしてその下では妾の識で塔子殿の体の全てを覆う事にしよう。大切な塔子殿の御身の為に」

幸姫はくっくと笑いながら羽衣を被った。

「これ以前の時空に戻っても何も無いのか？」

コウは廃墟となった六花有働を見渡す。

「無い」

「幸姫。直接念を送ってくれ。塔子さんの口を使うと混乱する」

「おお、そうであった。済まぬ」

幸姫は続けた。

「ハル殿に守護の居場所を確認して、その後、姿が見えぬ。青仲がハル殿を連れて行ったと思うておったのだが……」

「だがハルは死んでいる。爆発の音は？」

「聞こえぬ。それが不思議じゃ。まるでその時がすっぽりと抜け落ちておる様に。何も見えぬ」

「じゃあ、そこに一度戻るか。三人の目で見れば何かが見付かるかも知れないな」

塔子は壊された十二支のひとつひとつを見て回る。

「コウさん。巳がいないわ。おかしいわ。欠片も無いわ。誰かが持ち去ったみたい」

コウはぽっかり空いたその場所をじっと見詰める。

「その辺りにハルの物は落ちていないかい？」

「杖ならここにあるけれど……」

塔子が拾おうとするとコウが「触らないで」と言った。塔子は手を引っ込め、コウを見る。

「巳ならばここにいる」

コウが杖を拾うと、それはぐにゃりと曲がって蛇に変わった。

「うわっ！　また蛇？　早く言ってよ。危うく触る所だったわ」

「これは玄伯の杖だよ。玄伯の虬(みずち)だ。玄伯もここに来たのだろうか？　どうも時系列が混乱している。めちゃくちゃだな。もしかしたら、これが上手く導いてくれるかも知れない」

コウはくねくねと動く蛇をすっと撫でる。蛇は杖に変わる。

「ハルはこれを預かっていたのかも知れないな……。ずっと長い間」

コウは立ち上がると塔子に向かって言った。

「さて、出立するよ」

「ええ」

塔子は答える。

三人は、黒いマント姿は二人だが、朝日が差し始めた六花有働から飛び立った。

六花有働　二

ハルはサンルームから空を見上げた。

西の空に雪雲が見える。風が強い。ごうごうと風が鳴る。新芽を付けた裸の枝が風に煽られる。

昨日、朝からコウは東京に出掛けた。塔子を連れて彼女の母親の所に行く為だ。

雪の間からクロッカスが細い緑の葉と黄色い花をのぞかせていた。日当たりの良い斜面では蕗の薹が沢山生えている。それを摘んで蕗味噌を作った。今度塔子が来たら持たせてやろうと思っている。だからコウにはくれぐれも無理はするなと念を押した。塔子がここを訪れる事が楽しみなのだから。その楽しみを奪う様な事をしたら、二度とここには入れないと言った。

ハルは言った。

「あなただけじゃないわよ。セイともハクとも縁を切るから」

コウは笑って「分かっている」と言った。だから分かっているのだろう。

母親から朱姫を回収する事でコウと言い争いになったと塔子から聞いた。

塔子にしたら随分複雑な心境だろうと察する。それでも、疾うに亡くなってしまった母親にまた会えるという思いと、守護達がそれ程望んでいるのなら仕方が無いという思いに落ち着いたと言っていた。長い冬を通して彼女はそう決めたのである。それについてどうこう言う積りは無いが、せめて危険が無いようにそれだけは守護達に念を押した。だから大丈夫だろう。三人もいるのだから。

一緒に絵を仕上げながら、自分の気持ちをぽつりぽつりと話す塔子にハルは感心した。

真っ直ぐな育ち方をした娘さんだと思った。両親とも既に他界しているという孤独な境遇ながら、しっかり自分の道を歩んでいる。客観的に自分と周囲を見て判断する。そして人を思いやる優しさもある。幼い頃からたっぷりと両親の愛情を貰って育ったのだろう。彼女には幸せに過ごして欲しい。間違わないで生きて欲しい。ハルはそう思った。多分、彼女は間違わない。でも、周囲の間違いに巻き込まれたら?

玄伯もいるから大丈夫。玄伯も行くとコウが言っていたのだから。

ハルはそう繰り返して自分を納得させる。しかし、不安は強い風に流される雪雲の様にハルの心を覆う。

塔子がキーパーソンという事は、それはみすみす危険な場所に嵌りに行く様なものではないだろうか。だが、塔子は色々なものを秤に掛けてこの道を選択したのだ。その辺りはコウも重々分かっているだろう。ハルの不安は堂々巡りをする。

ハルはふと人の気配を感じて後ろを振り向く。そこには久しく顔を見せなかった幸姫がいた。

「あら、幸姫。久しいわね」

「ハル殿。守護の姿が見当たらぬ。何処に参ったのであろうか。其方は御存じか？」

「ハクとセイは数日前からいないわよ。いいえ。どこに行ったかは知らないわ。コウは塔子さんと塔子さんのお母さんから朱姫を回収するのに出掛けているわ」

「左様か」

そう言うと幸姫はそのまま去って行った。

彼女は相変わらずだわ。とハルは思う。

「心配しても私は何も出来ないけれどね」

ハルは窓から離れるとアトリエに向かった。独りの家はどこか薄ら寒い。独りでいるのが心細いなんてどうかしている。

「今更何を言っているのかしら」

自分を嗤う。

こつこつと杖を突きながらアトリエに向かった。アトリエのドアを開けようとして、ふと手を止めた。何か音がする。六花有働の方に続く廊下を見た。何だろうか？　セイが帰って来たのだろうか？

突然、轟音と共に家が揺れた。

ハルはその場に転倒した。地震だ。倒れたまま辺りを伺った。次の波に備えて体は緊張する。しかし、待っても次の揺れが来ない。ハルはそろそろと立ち上がりドアノブに手を掛けた。一度きりの揺れだったらしい。

六花有働の方でどしんと何かが倒れる音がする。ハルはドアから手を離すと六花有働に向かって歩き出した。

何だろう。誰かが暴れているみたいな。さっきの衝撃でどこかが開いて風が吹き込んでいるのだろうか。ハルはそう思いながら六花有働の扉を開けた。

「ハル！　来るな!!」

セイの怒鳴り声が聞こえた。ハルはその場に立ち尽くした。

セイの周りには沢山の蛇が……いや、蛇ではない。何か触手の様な物が蠢いていた。セイの横では大きな虎に変化したハクが唸り声を上げて触手を咬み切っている。咬み切られたそれは床に落ちてもうねうねと動いている。床は緑色の液体で酷く汚れている。どこかの扉が壊され、そこから無数の触手が生えている。触手はぎゅうぎゅうと狭い扉から我先に伸びて来る。それがハクとセイに襲い掛かっていた。セイが大刀を振りかざして触手を断ち切っている。ハルは逃げようにも体が凍って動けなかった。

「ハル！　逃げろ！」

セイが怒鳴った。

触手の一本が素早くハルの足元に延びて来た。それをセイが断ち切る。

「早く行け！」

「セイ、本体が来る！」

ハクが叫んだ。

轟音と衝撃で建物が跳ね上がった。ハルはその場に倒れ伏した。数本の触手があっという間にハルの足元に伸びて来てハルはそれに捕まった。触手は己の口に獲物を運ぶ。

「セイ！　助けて」

ハルは恐怖で頭の中が真っ白になる。腕が口腔に引き込まれた。肉の壁が擦り合わされる。とんでもない激痛がハルを襲った。腕が千切れる。

どかっ、どかっと音がしてハルは自分を抑え付けていた触手から解放された。痛みの余りに気を失い掛ける。ハルをずるずると引きずり出したのは全身緑色に汚れたセイだった。

「ハル。ハル。腕が……。ハル、死なないでくれ」

セイはハルを抱き抱えた。セイの肩越しに巨大な生き物の一部が見えた。ハルは目を見張った。巨大な口の一部は扉を破壊し、建物の殆どを破壊した。灰色の固そうな皮膚。そこからは数千本も触手が伸びている。それがハクを捉え、ハクを口に運ぶのが見えた。

「セイ！　ハクが！」

ハルは叫んだ。

「早く助けて！」

セイは後ろを振り返った。

ハクは自分を抑え付ける触手を嚙み切っていたが、何かを決心したようにセイとハルを見た。そして頭を下げ、その大きな口を目掛けて自ら飛び込んだ。

幾本もの触手は次の獲物を狙ってハルを抱えたセイに襲い掛かる。セイはハルを抱えながら絡みつく触手を断ち切った。

と、触手の動きに変化が現れた。それは次第に動きを沈め、縮まり、口にするすると戻って行く。口が後退した。

「セイ。早く行かないとハクが……。私は大丈夫だから……。コウが帰って来るから」

ハルは言った。

セイはハルを見詰めた。そして抱き締めながら言った。

「済まない。ハル」

「セイ。早く行って」

セイはハルの千切れた腕に手を掛けると念を込めた。ハルは痛みで悲鳴を上げた。

「腕を焼いた。出血は止まる筈だ。ハル。死ぬな。必ず帰って来る。それまでここで待っていてくれ。どこにも行くな」

巨大なそれが遠ざかるのが分かる。軌跡が消えて仕舞う。壊された扉の破片が閉まろうとしている。セイは大刀を取り上げると走り寄り、ちらりとハルに一瞥をくれるとそのまま扉の向こうに体を投げ出した。


分断された触手はいくらもしない内に全て干からびて粉状に砕け散り、風に乗って散らばった。化け物の触手から流れ出した緑の液体は気化して庭や森に広がる。ハルの体にもそれは呼吸を通して入り込む。ハルはぐっと喉を詰まらせ、苦しそうに藻掻いた。肘から下のない腕が胸を掻き毟ろうとする。左腕が何かを探して宙を掴む。その動きがぱたりと止んだ。

ハルはこと切れた。瞳はセイが去った空間を見詰めたままだった。

暫くするとハルの体が溶け始めた。体はどろどろの緑色の液体になった端から乾燥し干からび、微細な粉末になって風に乗る。いつの間にかハルの体は消えていた。骨さえも残らなかった。

千切れた扉は空間を閉じようとしている。それが風で煽られる。風は相変わらず強い。雪が本格的に降り始めた。

六花有働　三

「バチッ!!」

塔子達は凄まじい衝撃で弾き飛ばされ、裏庭に投げ出された。ごろごろと転がる。

一体、何が起きたのか分からなかった。

「何事じゃ!?　突然どうしたのじゃ!?」

幸姫が立ち上がって言った。

「おかしいな……。到着点は六花有働にした筈……、ああっ！　六花有働が！」

コウも慌てて立ち上がった。

「あれは何？」

塔子は指を差した。

六花有働を含めたハルの家全体が陽炎の様に青白くゆらゆらと揺らめいていた。幾重にも重なった透明な層で包まれているみたいに。

三人は走り寄る。

突然六花有働が爆発して吹き飛んだ。コウも幸姫も身を屈めて顔を伏せた。だが、破片は飛んで来なかった。爆発の音も聞こえなかった。

露わになったその中には大量の細長い蛇みたいな物が蠢いていた。扉があった場所から灰色の大きな何かが出て来ようとしている。

「何だ？　あれは？」

三人は目を凝らす。

部屋の隅でハルを抱えたセイが片手で大刀を振い、襲い掛かるそれを断ち切っているのに気が付いた。

「セイ！」

「異界が出張って来ている！」

幸姫が叫んだ。

コウは六花有働に向かって走り出そうとした。しかし、その腕を幸姫が掴んだ。

「いかん！　あれは異時空じゃ。危険じゃ！」

幸姫が言った。

怪物が後退し、セイがそれを追った。破壊された六花有働でハルが独り倒れていた。

化け物が去ると同時に六花有働の揺らめきが収まって行く。影の如く揺れていた膜が消えた。

「ハルさん！」

今度は塔子が走り寄る。それをコウが止めた。

「有毒な気体だ。ハルはあれにやられたのだ」

苦し気に咳込むハルがいる。腕が何かを探すように動く。

「ハルさん」

塔子は手で顔を覆った。ハルの遺体は液化してそれが細かな粒子となって風に流された。

「幸姫。塔子さんを空気に触れさせないでくれ。すぐにここを出る。あれが来る前のハルの家に向かう。」

破れた扉の残骸は動いている内に定位置を見付けたらしく、そこに留まった。幸姫の中の塔子はショックで自失茫然としていた。

化け物が来る前のハルの家。

その前日に塔子とコウは塔子の母から朱姫を回収するために出掛けたのだった。不機嫌な雪空を見上げて幸姫が呟いた。

「しかし羽衣を身に着けていなくば、我等は一瞬で消失してしまったかも知れぬ。危ない所じゃった……」

コウは何かを考えている。

「抜け落ちた時間の出来事を見る事が出来たのはどうしてだと思う？　幸姫」

幸姫は「うむ……」と言ったきり黙った。

コウは続けた。

「六花有働から異空間が出張って来たのだ。あの場そのものが異界なのだ。あの奇妙な生き物が異界を運んで来た。そこで現在の時の流れが分断された。そしてそれが去ると、またそこから時が繋がる。まるで分断など無かったかの様に。でも、出来事はその後に干渉している。消し去る事の出来ない傷みたいに。……これは一体どういう事だろうか」

「妾一人では見る事が叶わなかった。と言う事は勾季、其方の所為か？　それとも塔子殿の所為か？」

「塔子さんだと思う。彼女がキーになっている」

「妾も同意見じゃ。という事は、塔子殿とあの生き物とは……いや、朱姫とあの生き物とは……。まさか、あれが」

塔子は自分の名前が出て来たのでぴくりと反応したが、そもそも二人の話さえ聞いていなかった。

「ねえ。いいから。そんな話」

塔子は叫んだ。

「早くハルさんを連れて行かないと化け物が来ちゃう」

コウは玄関を開けた。塔子は走り出した。サンルームにいたハルは驚いた顔をして塔子とコウを見た。塔子はハルに抱き付いて泣いた。わんわん泣きながら叫んだ。

「早く！　早く逃げないと怪物が来るのよ！」

ハルには何の事だかさっぱり分からなかった。

怪物　一

セイは巨大な怪物の後姿を追いながら時空を渡る。セイの後ろでルートが閉じて行くのが分かる。

「正にワームホールだな」

怪物は異次空から来ている。この世の座標軸に無い場所。

閉じて行く道に追い付かれたらどうなるのか、それこそ予想も付かない。セイは速度を上げた。怪物も速度を上げている。

「くそっ、何て速さだ」

セイはギアを上げる。夢中で飛んだ。怪物に手が届きそうだ。もう少し、もう少し……ざらざらとした荒い鑢の様な皮膚が指に刺さる。指から赤い血が流れる。やっとのことで怪物の口腔部分に手を掛けた。口は閉じていたが、セイが手を掛けるとほんの少し開いてそこから触手が探知に出て来る。

「全く、どんな生き物なんだ」

セイは大刀を背負うと両手を怪物の皮膚に掛けた。流れ出した血が腕を上る。暫くそうやって怪物にしがみ付いていた。

前方から、がくん、がくんという衝撃が掌を通して全身に伝わる。衝撃が来る度、手が離れそうだ。怪物が関節を閉じている。多分、出口が近いのだ。

セイは衝撃に備えて体を低くした。すぐ前の関節が閉じる。がくっという衝撃で片手が離れた。体が飛ばされそうになる。

「うおおお！」

渾身の力を絞って離れた手を怪物の体に戻す。

突然、視界が開けた。三六〇度全方向、空だった。

その空間に怪物は躍り出た。セイは天地を見失った。怪物は急降下している。セイも一緒に落ちて行く。

怪物が地面に落ちた。地響きが響き渡り山が崩れた。セイは怪物から跳ね飛ばされた。地面に叩きつけられたセイは一瞬息を詰まらせたが、すぐに立ち上がり怪物とは反対方向に走った。怪物は土中に潜り込んでいる。あれに巻き込まれたら地中深く連れて行かれてしまう。セイは懸命に走った。後ろの地面が割れて底なしの暗闇が顔を覗かす。亀裂はすぐ後ろに迫る。セイは思い切り跳んだ。

宙に跳んだその時、その姿は青い龍に変化(へんげ)した。龍が長い体をくねらせ空を駆ける。

高台にその足が触れた瞬間、龍の姿は消え、黒い上衣を付けて背中に大刀を背負った男の姿に変わっていた。セイはどかりとそこに座り込んだ。亀裂は崖下まで届いていた。怪物の最後尾が土中に潜り込むのが見えた。

怪物　二

ハクとセイが偶然その場所に辿り着いたのは、大戦中の横浜に向かう途中だった。玄伯に指定された場所に向かい、朱姫の魂魄を回収する。持ち主はまだ若い女だった。女は空襲で亡くなる筈だと言う。その前に回収出来ないかと玄伯は言った。コウ一人で塔子の母親から朱姫を回収出来れば自分は山に残る。それが出来なければ、加勢に行かなければならないと翁は言った。

「朱姫の羽衣はコウが持って行くので、まあ回収はその後よのう」

北の守護は雪深い庭を眺め、呑気に茶を啜りながら言った。

「それじゃ、ハクと下見に行くか」

セイは言った。

「序（ついで）に幸姫の様子も見て来る。幸姫はまだ妹の所か？」

「いや、先日ここに来て酒を飲んだ。幸姫と酒を飲んでもちっとも面白くないがのう。酒が勿体ないわ」

セイは苦笑する。

「……もう少しだな。玄伯」

セイは縁側に並んで腰を下ろし、庭を見渡した。

「ふと朱姫の気配を感じる」

「そうよのお……。これで塔子殿が勾季に協力して回収を手伝ってくだされば……」

セイがにやりと笑う。

「コウは思い通りに事が進まないので苦労している様子だがな」

玄伯もふふふと笑う。

「ところでハル殿はお元気か？」

「ハルは元気だ。塔子さんに絵を教えている。ハルは嬉しそうだよ。まるで娘が出来たみたいだと言っている」

「それは良かった」

二人は黙って庭を眺める。セイには玄伯の言いたい事が分かっている。だが、それを口には出さない。それはまだ先でいい。

セイは立ち上がった。

「それじゃ、近い内に行って来る。国土に爆撃機が来るようになったあの頃、思い出すのも辛い日々だった。何万もの人が死に、全てが焼かれた。そんな場所で回収など出来るとも思えんが……。若い娘から回収するのは本当に嫌な事だ。幾ら死ぬと分かっていても何ともし難い事だな……」

「其方の口からその様な事を聞くとはのう。ハル殿の影響じゃのう」

玄伯が庭に視線を向けたまま言う。セイも庭を眺めたまま口を開いた。

「だからと言って何かが変わる訳ではない。永遠に終わらない日々を、昨日と同じ今日を今日と変わらない明日をこれからも繰り返して行くだけだ」

セイの目が翳る。

「でも俺はいつかハルを失う。ハルをあの土砂崩れから助け出してからの日々。ハルと過ごした日々は俺のこの世に生きている時間と比べたらほんの僅かだが……」

セイは黙った。

「……柄にもない事をしゃべってしまったな。さて、行くか」

玄伯は頷いた。

セイは空を見上げた。雪はもう降りそうにもない。彼は誰に言うでもなく呟いた。

「人間か……。短い生を繰り返してどこに辿り着こうと言うのか……」

怪物　三

それから数日後。

ハクとセイは黒ずんだ木々が立ち並ぶ高台に茫然と立ち尽くしていた。戦時中の横浜に来た筈なのに、眼下には無限に広がる荒れ地だけがあった。

「あの黒いのは森か？　これと同じ。」

セイが目を細めて彼方を指差す。

後ろには黒い森が広がる。森は既に死んでいるにも関わらず、木立はミイラの様に立ち尽くす。

「まるで何かの病原菌にやられた様だ。それとも有毒な気体だろうか」

「まさか焦土と化した横浜の別の未来じゃないだろうな？　……並行宇宙に来たと

か？」

　ハクが突然叫んだ。

「俺、前にここに来たことがある！」

「えっ？」

「また、ここに来ちまった。もう！　一体何なんだよ！　腹立つな」

　ハクは地団太を踏む。

「座標は合っているのだが、どう見ても大戦中の横浜では無いな。ハク、一体ここはどこだ？　ここの大気には水が極端に少ない。どうしてだ？　あの木々を見ると砂漠とも思えんが……」

「以前、赤雪の時だよ。ここに迷い込んだのは。あの時は、あっ、セイ。足に気を付けろよ。ツタだか何だかそんな物が伸びて来るからな」

　セイは足元に延びて来た薄桃色の透明なツタをべりべりと剥がすとそれを観察した。葉を指で千切り、匂いを嗅ぎ、その一部を口に入れた。

「うわっ。食べて大丈夫なの？　そいつの所為でコウは前回ひどい目に遭ったんだぜ」

　ハクが顔を顰めて言った。

「ああ。これは大丈夫だ」

セイは辺りを見渡した。

「黒ずんで枯れている木々。それらの命の名残と言うか進化と言うか。この形態がここで生き延びるには適しているという事なのだろうな。あの森を見ると昔は豊かな土地だったと思われるが……。どうしてこんな荒れ果てた土地に変わってしまったのか。それもここ数年の話じゃない。これは随分昔に」

セイはハクの足元を見た。

「ハクにも絡み付いているが」

「いや、俺は平気。何でか知らんが」

ハクもツタを剥がす。クンクンと匂いを嗅ぐ。

「うわっ。くっせー！」

「まあな。水じゃないんだ。何か別な物を分解してエネルギーとして使っている。メタンとかアンモニアとか……。ここは水が極端に少ないんだ」

「よくこんなものを食えるな。俺の足、臭くないかな？」

ハクは自分の足に顔を近付けると匂いを嗅ぐ。

「ハク。それよりここは以前来た時と同じか？」

ハクは顔を上げて辺りを見渡す。

「ああ、大体、いや、前回来た時は夜だった。夜空に三日月が浮かんでいた。風がすごく強い日で土埃が半端なかった。そして太鼓の音がして……」

二人は空を見上げた。

「……セイ。あれは太陽なのかな？」

暫くしてハクは聞いた。

「ああ、多分そうだ」

「隣にあるのは、月？」

「ああ。多分な」

「じゃあさ、あの荒野の向こう、あれも月？」

「うむ。月が割れているな……」

太陽が南中辺りにある。その東に上弦の白い月。片や、西の空には下弦の月。

二人は暫く空を眺める。

「もしかしたらあれは月では無いのかも知れん」

「ええっ!?　じゃ、何？　あれ！　ここ、地球じゃないの？」

「ハク。帰るぞ。こんな場所に長居は無用だ。月が割れているなんてどうかしている。

まともじゃ無い」

　ハクは考える。

「でも、セイ。俺達、多分またここに来るよ。これは偶然じゃない。俺達はここに呼ばれているんだ」

「だが、軌跡が消え」

「しっ」

　ハクは耳を澄ませた。

「ねえ。ほら、誰か呼んでいる。誰かが呼んでいるよ。……前回と同じだ」

　セイも耳を澄ませる。風に乗って遠く微かに誰かの声がする。この声は……

「朱姫！」

　ハクが叫んだ。

「朱姫だ。まさかここにいるのか？　じゃあ俺達を呼んだのは朱姫なのか？」

　風が強くなって来た。セイは言った。

「風が出て来た。あれは風の音では無かったのか？　本当に朱姫の声だったのか？」

「セイ。風が、風が朱姫の声に聞こえるんだけど……。俺の気の所為なのかな。俺の耳がおかしいの？」

二人は風の音に耳を澄ます。

どおおぉん。

突然遠くで太鼓の音が鳴り響いた。音は空気をびりびりと振動させる。セイは驚いた。

「何だ？　この音は。どこかで太鼓を叩いているのか？　一体、誰がどんな太鼓を叩いていると言うのだ」

「全くだよな。どれ程でかい太鼓なんだよって言いたいよ。……さあ、そろそろ来るよ」

ハクが彼方を指差す。山が動いて来るのが見えた。

「セイ。どうする。あの土中を進んで来る何者か。あれの正体を確認する勇気はある？　あれ、前回も来たよ。多分俺達に用があるんじゃないの？　だから俺達が時空を移動しているその時を狙って呼ぶんだ。……それって朱姫かも知れないし、もしかしたら朱姫を屠った奴かも知れない。セイ、俺は一気に解決したい。俺、隠していたけれどホントはすごく短気なんだ」

ハクは首をぶるりと降ると大きな虎の姿に変わった。

「もう、いちいち呼ばれて面倒だから」

牙を剥いて唸り声を上げる。

「あいつ、下手すると俺達の山に来るかも知れない。現実の世界に。そうしたらあの場所がここみたいになってしまうかも知れない。あの場所だけじゃない。それがずっと広がったら……その可能性はゼロじゃない」

「そうだな。確かにゼロではない。それはまずいな。こっちに向かって来ているという事は何か俺達に話があるのかも知れない。じゃあその話を聞くとしよう。だが、ハク、短気は損気とも言うぞ。人間界では。それに全く隠せていない」

セイは大刀を構える。

「あれ？　そうだった？」

「来るぞ！」

目の前に山が現れた。

それががらがらと崩れると共に巨大な何者かが土中からその半身を現した。灰色の太く長い円筒形の物体。体に幾つもの節がある。まるで巨大な蚯蚓だ。蚯蚓と違う所はその皮膚だ。固くてごつごつした灰色の皮膚を纏っている。どこまでが頭でどこまでが体か分からない。節が伸び縮みして辺りを伺う。

「でかっ！　あれが朱姫の訳が無いよな？　まさかあんなミミズに転生した訳無いよな。いくら何でも。気持ち悪過ぎだろ。あれ、何なの？　爬虫類？　それとも両生類？　どんだけ長いんだよ！」

「何それ。今、それ必要な情報？」

「蚯蚓は環形動物門貧毛綱だ。」

「所謂、蟲だ」

蟲は頭部らしきものをぐるぐる回すとぴたりと守護達の方に停止させた。

「ひえっ！」

ハクは全身の毛が逆立った。

円形の頭部が開いてうねうねと触手が出て来る。

「うわー！　キモイ！　あれ口なの？　全部口？　俺は無理。やっぱり帰ろう。逃げるぞ！　セイ」

ハクは本気で叫ぶ。

「いや、様子を見よう。話があるのかも知れない」

「何、言ってんの！　あれで言語を話す訳が無いでしょう。あの口で。……そうか。テレパシー？　うわあ。嫌だ。俺は嫌だ。あんなのと思考を共有するのは絶対に嫌だ」

「うるさい。ハク。ちょっと黙れ……。待て。何か、あれは何だ？　あの赤い、触手の間に見える……」

ハクも蟲の頭部を見詰める。

触手の間から赤い小さな鳥が飛び立った。それが守護達目指して飛んで来る。

「朱姫！」

二人は同時に叫んだ。

小さな赤い鳥。雀同様の頼り無さで羽ばたいている。

一本の触手が鳥を追い掛ける。鳥は触手に捕まる。後ろからも数本伸びて来る。判断よりも体が先に動いた。

ハクが跳んだ。ハクは触手を咬み切り、小鳥を口に咥えて地面に降り立った。

触手はあっという間にハクに追い付く。セイは大刀を構えると高台から跳ぶ。ばさばさと触手を断ち切る。小鳥を咥えたハクは脱兎の如く蟲から離れる。その後をセイが追う。ハクは大きくジャンプして黒い森に逃げ込んだ。枯れた木々が巨大な足で踏み潰される。

ハクがそっと口から小鳥を離す。小鳥はその細い足を地面に付けると、一瞬、緋色の着物を着た少女の姿に変わった。

「朱姫！」

ハクは叫ぶ。

少女の姿は画像が乱れるように混乱する。少女の姿が消えて小鳥が首を傾げてハクを見詰める。

「ハク！　逃げろ」

後ろでセイが叫ぶ。セイは自分を追って来る蟲の触手を断ち切っている。

「セイ。俺が殺る。朱姫を懐に入れてくれ。俺だと噛み殺してしまう」

セイの姿が無数の触手に巻かれて見えなくなった。触手はずるずるとセイを本体の口まで運んで行く。

「セイ！」

ハクは走った。走りながらもっと巨大な虎に変化した。虎は力を込めて跳ぶと蟲の頭部目掛けて噛み付き、その一部を噛み切る。緑の液体が吹き上がる。虎は肉片とそこから生えている触手を吐き出した。地面に落ちたそれはまだ動いている。

「ひえぇ。気持ち悪い！」

虎は爪を立てて蟲の頭部を切り裂く。蟲が揺れる。その時、セイを固く包んでいた触手が粉々に千切れた。

一匹の青い龍が宙を走った。龍はその鋭い爪を蟲の固い皮膚に深く突き立てて一気に引き裂いた。一文字に皮膚が破れ、どうと緑の体液が噴出した。蟲は地響きを立てて地面に倒れた。蟲の体液が池の様に広がって行く。そこかしこに透明なツタが頭を出す。ツタはいつの間にか蟲も池も覆う程の数となり、あっという間に蟲の巨体は重なるツタに覆われた。透明な葉が重なり紅色になる程ツタは蠢き重なる。ざわざわと音がする。

「蟲を喰っているのか？」

龍はそう呟くとするすると空を泳ぎ、小鳥の前に舞い降りた。

赤い小鳥は巨大な白虎とそれより巨大な青龍を見る。二体の巨獣も人の掌に乗る程の小鳥を見詰める。白虎が一声大きく吠えた。びりびりと大気が振動し大地を揺るがした。

巨獣たちは人型に戻った。セイは小鳥をそっと持ち上げて自分の上衣の懐に仕舞った。

二度目の太鼓が響いた。二人が後ろを振り返ると遠くで山が移動し始めている。

「蟲は二体いるのか？　逃げるぞ！　ハク」

　二人は辿り着いた場所から亜空間に飛び込んだ。有難い事にまだ軌跡が残っていた。二人は夢中で飛んだ。

　これで六花有働に戻れる。朱姫も一緒だ。みんなびっくりするだろうな。やっぱりあれは朱姫が呼んだのだ。ハクは興奮して言った。セイは懐の朱姫を確認しようと手を伸ばした。

　いない。

　確かに小鳥を上衣の懐に入れた筈。どこかに落としてしまったのか。いや、そんな筈は無い。ずっと片手で抑えていたのだから。消えた？　幻だったのか？　セイは立ち止まった。

「どうしたの。セイ」

「朱姫がいない」

「えっ？」

　ハクが来た道を振り返る。

「そんな馬鹿な。落とした？」

「そんな事は無い」

「戻る？」

「今戻ったら帰れない。道が消える。一度帰って相談した方がいい。玄伯とコウと」

「朱姫は？」

「どうせまた呼ばれる。それより帰るぞ」

ハクとセイは飛び立つ。

「ハク。あれは幻だったという事は考えられないだろうか」

「えっ？　じゃあ、俺達、何を運んで来たの？」

「何も運んでいないのかも知れない」

「そんな馬鹿な。あの時、三人で顔を見て……。あれは確かに朱姫だった」

「何かに騙されたのか。それともあの場所を離れてしまうと朱姫は消えてしまうのか……」

「騙されたって？　罠って事か？」

「さあ。これはちょっと帰れないかも知れない」

セイは立ち止まった。

「罠だとすると……」

「朱姫が俺達を罠に掛けるなんて、そんな事がある訳無いじゃないか。セイ、どうする。あと少しで六花有働だ」

「そんなに簡単に行く筈が無いと、きっとそう言う事なのだろうな。消えているだけなら良いのだが……」

二人は進んで来たルートを振り返りじっと気配を伺う。

後ろから何かが来る。とてつもなく大きなモノの圧を感じる。ハクは牙を剥いて低く唸る。

「ハク。絶対にここを通す訳には行かないからな」

「ラジャ」

「せめて後ろの軌跡が消えてくれるといいが……」

二人は道の途中で息を詰める。

「来た!!」

無数の触手が四方八方に伸びながら進んで来る。

「セイ。あれはやはり朱姫の成れの果てなのだろうか。懐に入れた朱姫はあれだったのだろうか。」

ハクが言った。

「知るか。朱姫であろうがなかろうが、あれにこの道を譲る訳には行かない。行くぞ」

セイは大刀を振りかざすと触手の群れの中に入って行った。ハクも唸りながらその後ろに続く。

大量の触手は切っても切ってもまた湧いて来る。とんでもない量だ。セイとハクはじりじりと後退して行った。ハクが怒鳴った。

「セイ、六花有働の扉が見える」

「大丈夫だ。扉は開かない」

触手は無限に近い量だった。二人はもみ合いながら押し戻され、とうとう扉に辿り着いてしまった。大量の触手で扉が破壊される。六花有働の扉の内に押し出されたハクとセイは押し寄せる触手の群れと戦っていた。すでに二人とも蟲の体液で緑色の何者かと化していた。廊下に通じるドアが突然開く。セイの目の端にハルが茫然と立っているのが見えた。

朱姫　一

夜の世界に風が吹く。乾いた大地は土煙を舞い上げ、黒い森はカサカサに乾いたその幹を揺らす。

男は高台の上に座ったままだ。

傍らには大刀がある。胡坐のまま風に流される金色の髪を無造作に縛り、膝の上に片肘を付いてじっと荒野の向こうを見ている。脳裏には重傷を負ったまま置いて来た愛しい女の姿が浮かんでいた。

あれを六花有働に招き込んだのは自分とハクだ。あの時、ここであの化け物を倒さなければ、あれはあのままここにいたのかも知れない。いや、朱姫を懐に入れて連れ去らなければ……。罠だったのだろうか？　まさかそんな事は……。

浅はかだった。先が読めなかった。だが、だったらどうすれば良かったのか。セイは自問自答する。

ハルは大丈夫だろうか。ハルが傷付けられるなど考えた事も無かった。自分がいれば世の中の全てからハルを護れると思っていた。それなのに災いを呼び込んでしまった。

くそっ。何て事だ……。

セイはぎりりと歯を食い縛る。どうあってもハルを失いたくはない。ハクをあの化け物からさっさと回収して帰りたい。しかし、それが叶わない。蟲は地中深く潜り込んでしまって地表に姿を見せない。

セイは大きく息を吸い込むとゆっくりと吐き出した。ハルの事を考えるとどうにも冷静ではいられなくなる。だが、今はそれよりもハクだ。それが先だ。コウが帰って来てハルを助けてくれる。そう信じるしか無い。

濃紺の空には高い場所に満月が浮かんでいた。

「一体、どういう理屈なんだか……」

セイは空を見上げて考える。

「めちゃくちゃだな」

そのままごろりと横になる。視線の先には黒い森がある。セイの体をツタが覆い始めた。セイはツタの細長い葉の表面に付いた微かな水分を指で触って舐める。夜になって気温が急激に下がり、大気中の微々たる水分が液体に変わる。

幾つかの葉の表面の水を舐めると「悪いな」と言って目を閉じる。

「今、玄伯を呼んでいるからな。たっぷりの水を運んでくるから、それまで我慢してくれ」

そう言うとふうっと大きな息を吐いた。

昼間は乾燥と強い日差しを避けて森の中にいる。骸骨みたいな枝ばかりだからそれ程の効果も無いが、まあ気休めにはなる。

夜は高台に出て来る。そうやって時間が過ぎる。蟲を探しに行くのはすぐに諦めた。当てもなく歩き続けて体力を消耗するのは避けたかった。自分の今一番やるべき事はここにいて玄伯とコウに強く念を送る事だ。自分がへたばってはハクの命が危ない。何か解決のヒントは無いか。それを考える。それが今やるべき事だと思いながらも、無為に一日が過ぎると無性に腹が立って来る。セイは日数を数えるのを止めた。

水が欲しい。既に渇きは限界に達している。大気中にもっと水分があれば雨を降らすことも出来るのに。

高台は四方を見渡すには適した場所だ。どこかで山が動いたらすぐに飛んで行く。だが、いつまでもこうしている訳には行かない。

「蟲は一体どこに行っちまったんだ……」

セイは呟く。

どうしたらいいのか。このまま待つのか。それとも帰るのか。いや、それは出来ない。二度とここに戻れないかも知れない。そうしたらハクはあの蟲の餌食だ。

疲れ果て、うとうとしかけた彼は何かの気配ではっと目を覚ました。

蟲がいる。蟲は半身を立てて、頭をセイの方向に傾げている。

いつの間に……。

セイは大刀を持つとそろりと立ち上がった。

円筒形の天辺からは触手が出ている。触手の間に何か赤い物が見える。

朱姫だ。

小鳥は羽をばたつかせて高台に足を下ろした。ふと少女の姿に変わる。セイは大刀を持ったまま黙って少女を見詰めた。

「セイ」

少女は呼んだ。

「朱姫。随分静かなお出ましだな。太鼓は要らないのか？」

セイは口の端を微かに上げて言った。

少女はセイに近付く。その姿が乱れる。後ろで蟲は静かに揺れている。

「お前は本当に朱姫か？　それとも幻影か？　どうでもいいからハクを返せ」

少女は立ち止まり満月を仰ぐ。風で黒髪が乱れる。それを手で押さえながらセイに向き直る。

真っ直ぐな瞳。何百年も前に失われた朱姫の視線。そうだ。こんな強い目で相手を見るのだった。

「幻影？　ああ。そうとも言える。私はあの月のエネルギーを借りて姿を留めている。セイ、私はあの蟲に取り込まれ、その腹の中でゆっくりと長い時間を掛けて消化され、今では欠片しか残っていない。その欠片も徐々に消え掛けている。だが、そこに私はいる。いいか。欠片の中に私は在る。

あの蟲はお前かと聞きたいのだろう？　それも同じだ。そうとも言えるし、違うとも言える。蟲と私は随分同化してしまったという事だ。欠片が消えたら私も消える。蟲だけが残る」

「どうすればいい？　蟲の腹を裂いてお前を取り出せばいいのか？　お前とハクを」

少女は首を振る。

「蟲は死なない。不死だ。何故なら概念だから」

笑う。

セイは、夜空にそびえる蟲の巨体を指差す。朱姫も蟲を振り仰ぐ。そしてくすりと

「概念？　それが？」

「半具象とでも言えばいいのかも知れない。だがここでは完全に個体としての存在を持つ。現実世界にまで干渉することは無いかと思っていたが……。あれは方策を学び始めているらしい」

「方策？」

「道（ルート）を見付けて、豊富な気（エネルギー）のある場所に向かう方策だ。

蟲はあらゆるものの気を吸い取って実在となる。私も含めて。ただの概念が神を喰っているのだ。おこがましくも自分を神と呼ぶことが許されるならな。

蟲は飴玉の様に私を舐め溶かしているのだ。何百年も。そこでただ消費されるだけの私の魂。この私が手も足も出ないのだから情けないものだ。蟲の中にいるハクも同様だ。だが、ハクは羽衣を身に付けているのだろう？　だから暫くは大丈夫だ」

「蟲が概念だとしたら、それは一体誰の概念なんだ？」

「童子の」

「童子？」

「ああ。童子だ。途轍も無い感能力を持った。ここは彼と彼に呼び寄せられたモノ達の混じり合った識の世界だ。モノや影、夢魔、体を持ち損ねた思念体、そんな奴らばかりだ。ここには彼岸も此岸も無い。進化からも淘汰からも取り残された場だ。そして同時に災厄として封じられた男の」

「災厄？」

「そう。災厄と一緒に葬られた童子の夢の中だ。ここは繰り返さない。進むことも戻る事もない。ここはこのままで在り続ける」

朱姫はセイを見詰める。

「……筈だった。お前達が蟲を傷付け、私を連れ去らなければ」

セイは低い声で少女に問い掛ける。

「だったらどうすれば良かった？　お前が呼んだのではないのか？」

朱姫は空を仰ぐ。

「そうだ。私に出来る事は守護に呼び掛ける事だけだ。それがどんな結果を齎そうとも」

「何だと？」

セイの感情が泡立つ。

「朱姫。お前はその蟲と同化して俺達を罠に嵌めたのか？」

「そうではない。……セイ、蟲は喰う事しか知らない。気を貪欲に吸い取るのだ。だから私の意に沿う事もある。何故なら私を吸い取っているのだから。だが、止める事も出来ぬ。何故なら、これは私を捕らえた『ここ』の概念だから。だが、蟲はお前達に攻撃されて怒りを学習した。セイ、私は姿を保つことすら……」

少女の姿がふっと消える。

「朱姫！」

セイは叫ぶ。

「セイ。全ては契機の為だ。……それが最後の希望……」

「朱姫。何だ。契機とは」

朱姫のいた場所に小さな赤い小鳥が現れる。

「朱姫。もう一つだけ聞かせてくれ。逃げる時にお前は蟲を呼んだのか？　全てお前の言う、その契機の為になのか？　だったら俺はお前を許さない。お前をその不死の蟲ごとずたずたに切り裂いてやる」

小鳥は小首を傾げ、丸い目でセイを見る。その瞳は何も語らない。

それは徐に夜空に飛び立った。蟲から一本の触手が伸びる。それが小鳥を掴むと自分の口に運び入れた。ずずっと重い音がして蟲は土の中に後退し始めた。

セイは大刀を振りかざし、蟲に向かって跳んだ。蟲の口に刃を叩き込む。皮膚のほんの一部を削ぎ取り地面に降り立つ。

「くそっ。何て固さだ」

蟲は数本の触手を伸ばして反撃したが、そのまま後退を止めなかった。セイは蟲の後を追って穴に飛び込んだ。

地面が落ちて行く。土煙を舞い上げる強い風は穴の周囲の土を吹き飛ばし、穴はあっという間に土に埋もれてしまった。

高台の上には誰もいない。黒い森は相変わらず風に煽られている。月は無表情な白い顔で荒れ地に青い影を落としている。ツタも見えない。風は勢いを増す。それでもこの世界が静かだと思うのは何故だろうか。風の音が静寂を強く感じさせる。

世界は完全に静止していた。


セイが去ってどの位経ったのだろうか。紺碧の闇に突然の稲妻が走った。

空の一部で盛んな放電が始まった。空間が歪んだ。プラズマ化した大気が光と熱を放出する。辺りが昼間の様に明るくなる。小さな穴がぽっかりと開いた。穴は大きく広がる。そこから小さな頭が外をきょろきょろと見渡す。頭は穴の奥に引っ込んだ。

暫くすると巨大な何者かが穴からぼとりと零れ落ちた。

　地鳴りが辺りに響いた。

　落ちた辺りは地面が陥没している。土煙がもうもうと立つ中、それはくるりと器用にひっくり返り、短い四肢と首を伸ばし、のたりのたりと歩き出す。月明かりの下、セイが消えた辺りまで来ると鼻先を下にして匂いを嗅ぎ、短い前足で土を掻き出した。

その巨大なモノはゆっくりと土の中に消えて行った。

庭　一

「ハル様。お寒くありませんか？」

艶々とした黒髪を稚児髷に結った童子がぼんやりと庭を眺めるハルに声を掛ける。

ハルはゆるゆると視線を移し童子を見る。

「有り難う。大丈夫よ」

そう言うとまた庭に視線を戻す。

「雪は消えそうにないわね」

「はい。春はまだずっとずっと先です。冬がどれ位続くのか見当も付きませぬ。何百年も続いた秋が終わったばかりで御座いますから」

　まさか、またここに来ることがあろうとは夢にも思わなかった。


「ハル様。お食事は如何ですか」

　童子は尋ねる。

「有り難う御座います。でも、まだ食欲が無いの。だから結構よ」

　童子はしょんぼりとして言う。

「そうで御座いますか……。私は玄伯様からハル様のお世話を言い遣っておりますので、ハル様がお元気で過ごされていらっしゃらないと、玄伯様からお叱りを頂く事になりますする。せめて汁物だけでも如何でしょうか？」

　白い水干を身に付けて、利発そうな目をしたこの子供は一体何の式神なのだろうか。

　ハルは童子を眺める。

「そうね。では汁物だけ頂こうかしら」

「はい」

童子は裸足でぱたぱたと駆けて行く。その後姿を目で追いながらハルは自分の右腕を擦る。塔子が言っていた。右腕が無かったと。

破壊された六花有働でたった独り骸になっていたらしい。その骸も粒子となって消え去ったと。セイとハクは化け物を追って時空を超えたとコウは言った。

怪物に食い千切られた腕か……。

自分でも憐れだと思った。結局そんな死に様なのだと思う。どっちがマシだろう。泥に埋もれるのと化け物の毒で死ぬのと。いくら駄目な人間だとしても、もう少し楽な死に方は無かったのだろうか。

コウが言っていた。

「玄伯が庭を隠したのだと思う。玄伯は危険を予感したのだ」

行方不明だった庭に導いてくれたのは玄伯の杖だ。その杖を持っていたのが幽霊になった自分だと言うから笑ってしまう。

庭に残ったのはハルだけだった。塔子はコウと一緒に行った。

「玄伯様は随分前に御出立されました」

庭に辿り着いた塔子達に留守居役の童子はそう言った。

「勾季達を待っておれぬ。先に行く」

　玄伯はそう言うと童子に念を押した。

「良いか？　ハル殿が見えられたらこの庭に留め置き、お前がお世話をするのじゃ。青仲の奥方であるからくれぐれも大切にお世話するように。

　勾季には連れがおる。塔子殿と言うお方であるが、その方は勾季と共に来てもらう事になるであろうよ。朱姫に繋がるお方故。申し訳が無いがのう。玄がそう申しておったと伝えよ。それでの。朱姫の羽衣じゃが、これを必ず勾季に渡すのじゃ。今まで集めた朱姫の気を焚き込めてある。良いかの？」

「御意に御座りまする。しかし、玄伯様は青仲様の居場所がお分かりなので御座いますか？」

　童子は不思議そうに尋ねる。

「場所は分からぬが、何があったかは分かっておる。六花有働の巳が教えてくれたわい。中々使える奴じゃ。これが異界からの侵入者の匂いを覚えておる」

　玄伯は杖を撫でる。

「代わりに儂の杖を、儂の虬を置いて来た。それが勾季達をここに導くであろう。儂はこの杖と守護の声を頼りに参る。時間は掛かるが致し方あるまい。

しかし体が重いわ。水を体にたんまりと蓄えたからのう。それでもまだこの方が早いわ。亀ではいつになったら辿り着くのか見当も付かん。難儀な事よ」

最後の方はぶつぶつと独り言になる。歩き出してふと振り返り、童子に念を押す。

「塔子殿と勾季には青の護符を渡す事を忘れるで無いぞ」

「存じております。確と承りました」

童子は頭を下げる。

小柄な老仙人は羽衣を羽織ると童子の視界から消え失せた。

「無事のお帰りをお待ち申しております」

童子は翁の消えた宙に向かって頭を垂れた。


童子は玄伯の言葉をコウ達にすらすらと伝え、朱姫の羽衣をコウに渡した。コウはそれをリュックに仕舞う。

「本当は君をここに置いて行きたいのだが、そうも行かない。玄伯も言った通り。済まないが一緒に連れて行く」

「だって、嫌と言っても連れて行くのでしょう？　いいわよ。ここであなたが帰って来るのをイライラしながら待つよりずっといいわ。あなたが絶対に護ってくれるのよね。約束したわよね？　私を旅行の前に帰すって」

塔子は念を押した。

「ああ。必ず」

コウは強い目で答えた。

庭　二

「玄伯は分かっていたらしいの」

幸姫は言った。

コウは頷いた。

「えっ？　何を？」

塔子は聞いた。

「塔子殿は母御から、いや、朱姫から何かを引き継いだのじゃ。それがこの世の時空上に無いその場所への案内役になるという事であろうよ」

「案内？　何をおっしゃる。幸姫様。そんなの私に分かる訳が無いでしょう」

「行けば大概分かるであろう。朱姫の娘なのだから」

「もう。何て大雑把な」

「まあ、出掛けてみないと分からない。君が不案内でも玄伯の杖と守護の声を頼りに行けば何とかなる」

　コウは言った。


「勾季様。この護符を玄伯様より託されました」

　童子が二つの護符をコウに渡す。

「これをお互いがお互いの無事を祈り、決して離れる事無く無事に戻れる事を願いながら手首に結び付けるのだそうで御座います」

　コウはそれを手に取る。藍で染め出された護符は複雑な文様に編み込まれていた。

「何か、植物の繊維を編み込んだ物だな」

　コウは塔子の右手首にそれを結び付けた。次に塔子はコウの手首にそれを結ぶ。

「絆で御座います。無事にお二人ともお帰りになりますようにとの願いが込められておりまする」

塔子は左手でそれに触れてみる。

「幸姫。僕はちょっと『下』に行って来る。何、すぐに戻って来る。その間にこの子に持って行くものを用意させてくれ」

コウはそう言うと屋敷に向かう。

「勾季。急いだ方が良い。何かが迫っておる。だから玄伯は我等を待たずに出立したのじゃ」

幸姫はその後姿に声を掛ける。

「幸姫。ちょっと私、トイレに」

塔子はおずおずと言った。

「このまま行けば良い」

「えぇー？　嫌です。絶対に嫌。申し訳有りませんが、憑依を解いてください」

「やれやれ面倒な娘じゃ。良いか？　行った先ではそれは出来ぬぞ」

「信じられない。何て事かしら。有り得ない」

「塔子様。厠はこちらで御座います」

童子に案内されて塔子はぶつぶつと言いながら向かう。

童子が水やら携帯食やらを用意してリュックに入れる。これは甘露水、これは保存食。兵糧丸の様な物……。童子は塔子に説明をする。

そうしている内にコウが戻って来た。コウは全身ずぶ濡れだった。髪からも滴が落ちている。そして所々に黒い泥が付いている。よく見ると泥が動いている。

「ねえ、コウさん。この雪の中でずぶ濡れ。ちょっと、その泥、動いているわよ。大丈夫なの？　それにひどい匂いよ。」

塔子は顔を顰めて言った。コウはリュックの中身を確認しながら返す。

「ああ。気を吸い取られないように全身コーティングして来たからね。匂いは暫くすれば取れるから、ちょっと我慢して」

「あの池に浸ったのか？」

幸姫が嫌そうに言う。

「頭から飛び込んだ。緊急事態だから仕方が無い」

コウは返した。

塔子はハルの体を抱いて言った。

「ハルさん。ここで待っていて。必ずみんなで戻って来るから」

「塔子さん。気を付けて。待っているから。ずっと待っているわよ。だから無事で帰って来てね。コウ、幸姫。塔子さんをお願いします」

ハルは頭を下げた。

「大丈夫だ。必ずセイを連れて帰る」

コウはハルの体を抱いた。


塔子とコウ、幸姫が去った後、ハルは庭に一人残った。体がぶるりと震える。

「寒い」

そう呟くと、童子が家を指し示した。

「ハル様。御風邪を召されます。ささ。どうぞ家の中へ」

家の中に入ったハルは童子が用意してくれた布団に倒れるように横になる。そのまま起き上がる事が出来なかった。


もしも運悪く彼等が帰って来なかったら、自分はずっとこの庭から出る事が叶わないのかしら？　ハルはふと思う。

そうしたら私はこのままこの常世みたいな場所で、たった一人で過ごすのかしら。

それも勘弁して欲しい。ここで独りで生きている事と死んでいる事、そんなに違いは無い様に思える。ここにずっといたら、自分が生きているのか、それとも疾うにその肉体を失い只の思念と化してこの庭をうろついているだけなのか判別が付かなくなりそうである。

そう考えると客体の無い主体はその存在さえあやふやなものになる。

「コギト　エルゴ　スム」我思う。故に我あり
余りにも有名なデカルトの言葉。それを思い出す。

空間を占める実体が無ければ、我を確認する他者が存在しなければ、思念だけでそれは存在と言えない。言えるのかしら？

ハルは自分の両手をしみじみと眺める。

鳥がチチと鳴いている。

声につられ視線を庭に戻すと、家の横手にある紅梅が目に入った。紅梅は蕾を膨らませている。意識のスイッチが入れ替わる。どこかに白梅もあるのでは、と辺りを探す。

童子が汁椀と白湯を箱膳に載せてしずしずと運んで来た。

「ハル様。お待たせ致しました。ささ。どうぞ」

ハルは椀の蓋を取る。

魚の切り身と菜の花が透明な汁の中に浮かんでいた。切り身の上に柚子の細切りが乗せられている。椀は底の深い大振りな漆塗りで、内側が赤外側が黒く塗られ、外側に金泥を使って梅花が描かれていた。ハルは椀を手に取って眺めた。

「素晴らしい御椀ね。これは食器と言うより美術品だわね。これで何かを頂くなんてとんでもない贅沢だわ」

童子はハルの横にちょこんと座ると言った。

「そうで御座いますか？　私には分かりませんが。ハル様。切り身は鯛で御座います。ささ。お熱い内に」

「有り難う御座います」

ハルはそう言うと赤い塗り箸を取り上げた。箸には螺鈿が嵌め込まれている。

これは本当に鯛なのだろうか。そんなことを考えながら汁を一口啜る。口の中に柚子の爽やかな香りが広がった。鯛の身はふっくらとして柔らかく、菜の花は見た目も鮮やかな濃い緑でシャキシャキとした食感が早春を感じさせる。僅かこれだけなのに何とまあ贅沢な食事だろう。ハルは感心した。

汁を飲み終えると白湯の入った湯飲みを両手で包みながらハルは童子に尋ねた。

「童子様。何とお呼びすれば宜しいでしょうね」

「名前ですか。名前はお教えする訳には行かないのですが……」

童子はしばし庭を見て思案している様子だったが、雪の中から伸び上がってこちらを見る白兎を見付け「白兎とでもお呼びください」と言った。

兎は身を返すと庭の向こう側に去ってしまった。

「では白兎さん。大変美味しくお椀を頂きました。ご馳走様でした。ところであの場所に紅梅がありますね。蕾が綻びかけています。冬だと言うのに。もしかしたら春の訪れは思いの外早いかも知れませんね。それでですね。対の白梅はどちらにあるのでしょうか」

童子は「はい。あちらに」と家屋を挟んだ反対側を指差した。黒い家は入ってみると随分広い家なので向こう側には気が付かなかった。

ハルは「見に行っても良いですか」と聞いた。

「勿論です。どうぞ、どこでもハル様のご自由にお過ごしください。どちらへいらっしゃっても結構です。でも、お気を付けくださいませ。この家は大神様の家なので、境を過ぎますとその先が何処に通じておるのか私にも定かではございませぬ。境界への入り口は家の奥座敷に御座います。そこを通り過ぎますと、文字通り迷子になりましてここにも帰って来られなくなりまする。普段は扉が開くことも無いので大丈夫だと思いますが。あまり奥にはいらっしゃらないでください。

まあ庭に面した辺りであれば大丈夫ですが、えっと、庭は大丈夫です。どちらへでもどうぞ。私は奥に居りますが、何か御用があれば白兎とお呼びください。すぐに参ります」

そう言うと白兎は膳を持って部屋を下がって行った。その後ろ姿を見送るとハルは履物を履いて庭に出た。

ここに紙と筆があるなら。ハルはそう思った。折角助けて貰ったこの手で画を描けたら。画を描きながら皆を待てたらどんなに心が安まるか。

家から出て初めて気が付いた。家の端にとんでもない大樹が控えていた。その枝はわさわさと垂れ下がり、まるで家を守るかが如く立っている。

「枝垂れ桜だわ。これは凄いわね。是非、咲いた所が見たいわ」

ハルは暫く大木を眺めていたが、紅梅の近くに歩み寄った。

紅梅は枝垂れ梅で紅色の固い蕾が沢山付いていた。それほど大きくないが古木で、すっとした立ち姿が美しい。幹には苔が付いていた。紅梅の向こうに山並みが見える。まだ雪を被っているそれらの山々も時が来れば新緑に包まれる事だろう。

緑と総括される中にどれほど多様な色があるのか、新緑の山を見る度ハルは感心させられる。

　早春の山々は初々しく明るく美しかった。ハルはその風景を頭の中で思い描いた。でも描くのであればやはり雪の中の紅梅白梅であろう。さっきの兎をどこかに入れてもいい。ハルは画の構図を考える。そのまま幹の根元に佇み、遠くの山並みを眺めた。風花が舞う。白梅の花びらの様な風花がふわりふわりと風に流される。

　ここに春は訪れるのだろうか。その頃にはセイは帰って来るのだろうか。それは一体いつになるのだろう。その時、私は生きているだろうか。生きてセイを迎えられるのだろうか。ハルには見当も付かなかった。

蟲　一

　蟲を追い掛けて穴に飛び込んだは良いが、どこまで深く潜るのかセイには想像も付かなかった。この先に何が待ち受けているのか分からない。蟲は躊躇なく潜る。

「ここはモノと影の世界」

　朱姫の言葉が蘇りぞっとする。不条理が不条理でない世界だ。要するに何でも有りな世界だ。倫理など存外だ。未分化な識。恐ろしい。かと言って、あのまま蟲を見送る事は出来なかった。

セイは蟲のすぐ後方に取り付いた。蟲が通り過ぎた後からどさどさと重い土が崩れ落ちる。蟲は随分深く潜った後、方向を変えたらしい。これだけ深い土中にいるとどちらが上でどちらが下なのかその感覚さえも見失う。一体自分は今どの方向に進んでいるのか。上なのか下なのか右なのか左なのか。

蟲が止まった。

真っ暗闇の世界。蟲が前にいる。その圧を感じる。セイは重力を確認する。土の圧迫感は半端無い。上下を確認すると蟲を刺激しない様に少し離れて座る。目が慣れたら周りが認知できるだろうか。セイは目を閉じた。さっきと同じ世界が広がる。目を開く。自分は本当に目を開けているのだろうかと思った。だが、正しく認知してもどうせ暗闇だけだ。

蟲をどう始末すればいいのか。朱姫を、ハクをどう助ければいいのか。朱姫は蟲が不死だと言っていた。不死でも何でもいい。回収出来さえすれば。だが、どうやって？　やはりその腹を裂くしかないのだろうと思う。

その内にふと思う。自分はすでに蟲の腹の中にいるのではないのか？　蟲に飲まれ、そろそろ溶かされ始めるのではないのか？　自分はそこから出る事が出来なくて、そんな夢を見ているのではないのか？　本当はもう随分前に飲まれていて、ハルの事も何もかも溶かされ続ける自分の夢なのではないのか。失われたのは朱姫でもハクでも無く自分なのではないのか？

何とも曖昧な状況である。疑いは否定し切れない。自分を認識してくれる他者がいないと自分の存在を見失ってしまう。こんな真っ暗な土中にいると、その内、眠っているのか覚醒しているのか、夢なのか現実なのか、の判断も出来なくなってしまうだろう。自分の体がここにある事を時々手で触れて確認する。

朱姫はモノ達が呼び寄せられたと言っていた。ではそのモノ達はどこにいるのか。ここには何もいない。地上と同じく内容を失った土があるだけだ。この土の中には何の命も存在しない。自然界の何物にも含まれる霊というもの、生気またはエネルギー、そんなものの気配がしない。いや、ツタか。あれがあったか。僅かな命の残滓。

蟲は気を食している。という事は全ての霊は蟲に喰われてしまったのだろうか。呼び寄せたモノ達の気もこの蟲が喰ってしまったのだろうか。

セイは目を閉じる。長く人として生きている間に、視覚に頼ることが当たり前になってしまっていた。だが、本来はそうでは無い筈。心が勝手に描き出す様々な事物を否定もせず、肯定もせず、セイはただ眺めた。

ハルの笑顔が浮かんで来る。あの日、馬上から空を見上げたハル。ハルの白い顔に映った新緑の影。絵筆を取り、真剣な眼差しで線を描くハル。自分の中にハルを取り込み、ハルと一つになる。ハルの歓び。ハルの声。自分の隣に眠るハル。土砂に埋もれて死にかけていたハルを助け、それからの日々。ハルとの会話。一緒に過ごして来た場面が次々に浮かび上がる。菊の庭で遊んでいたハル。華やかな菊の色とその清冽な香り。そこに見え隠れしていた小さなハルのおかっぱ頭。

庭から逃げ出して道で倒れていたハルを抱き起した時、初めて彼女に触れた。ハルを抱いて村近くまで行った。ハルが目覚めて村に向かって走り去る姿を、その小さな姿が見えなくなるまで見送った。

蟲に喰われて右腕を失った。絵を描く大切な右腕を……。最後に見たハルの姿はセイの心に刃を突き付ける。後悔が蘇る。その心の動きすらもただ眺める。

最早セイの中には何も無かった。ハルさえも通り過ぎて行った。自分の体も意識から消えた。唯識の域でセイは己のいるこの世界と同調していた。隅々まで識が届く。そこで改めて感じる土の手触りとその匂い。遠い場所で風の音。地上では風が吹いている。

　セイの識は蟲の体に触れる。

　蟲には自我があるのだろうか？　喰う事だけなら自我など無くても……。だが「怒り」を学んだと朱姫は言っていた。それなら「怒り」は混ざり合う未分化な感情の中で分化を果たした事になる。生き物が生き延びて行く上で最初に会得したのは「怒り」なのかも知れない。

　ざらついた固い皮膚をゆっくり辿り、ある場所で立ち止まる。

「この場所がほんのり温かい」

　ここに朱姫がいるのだろうか？　それともハクが？

　セイはその場所を通り過ぎる。意識を集めてはいけない。何物にも囚われてはいけない。考える事もしない。ただそこに在る。そこに在る事で蟲と何かを共有する。あるいは蟲の中にいる朱姫とも。そしてこの世界を構成する識とも。感覚はセイの中を通り抜ける。何物も彼の中には留まらない。

　セイの中から時間と場の意識も消えた。自我そのものも消えた。彼は無の域で周囲と同化していく。周囲の闇と土と彼を判別する物は何も無い。

どの位そうやってそこにいたのだろう。セイの耳に微かな物音が響いた。ずっと遠くからの振動が伝わる。セイは目を開けた。瞑想は破られた。蟲がずるりと動いたのが分かった。蟲も感知しているのだ。

地震だろうか？

セイは耳を澄ませ、体に感じる振動を確かめた。地震ではない。何かがやって来る。この暗い土中を何かが進んで来る。セイは「はっ」とした。もしかしたら、もう一匹の蟲かも知れない。だとしたらこれは挟み撃ちになる。

「不味いな……」

セイは立ち上がり、大刀を構える。天井を睨み、どのくらい上に進めば地上に出られるのかと思う。見当も付かない。

ごご……と鈍い音が近付く。これは……。セイは大刀を下ろした。音が急激に近くなる。凄い速さだ。ごうごうと不穏な音を立ててそれは近付く。

真っ暗闇の中、大量の水が周囲の土砂を巻き込みながら激流となって流れ込んで来た。

激流はセイも土砂も蟲も一緒くたに押し流す。泥水を飲まされた。セイは怒鳴った。

「玄伯。やり過ぎだ！」

激流は天井に向かう。水は土を押し退け、地上に向けての水路を開く。水は遂に地面を突き破り空に向かって噴出した。水柱の中を泳ぐ龍は空に到達する。水はどうどうと流れ落ちる。

その中に一体の龍がいた。龍は水に乗り地表に向かい、水は遂に地面を突き破り空

辺りが水浸しになる。

高台の上で塔子は青く光る龍が宙を舞い、そしてまた水の中に戻るのを唖然として眺めた。水は龍に従う。龍を護る様に。

地面から水が溢れ出す。滔々と流れる水は池となり沼となる。水面に緑色の泡が立つ。沼の水が大きく揺らいだと思うと巨大な円柱形の物がぬっと現れ、それは飛沫を上げてまた沼の中に沈んだ。塔子は口を開けたままその姿を目で追う。

「何？　あれは」

コウも唖然としてその巨大な怪物を見詰める。

「あれが本体か？　まるで巨大な蚯蚓だ」

「あれは蟲じゃ。蟲の化け物じゃ。これは難儀よのう」

幸姫は呟く。

「して、勾季。道は閉じたであろうの？」

「ああ。しっかりと」

「えっ？　道を閉じた？　道って、時空を渡る道？」

塔子が慌てて聞く。

「帰れないじゃないの」

「守護を回収してから再開すればよい。保険じゃ。保険。万が一の」

「ええ!?　万が一の保険？　もう、そんなの聞いていない」

「ええい！　ごちゃごちゃと煩いのう。今更往生際の悪い。嫌なら其方も力の限り働くのじゃ！」

幸姫が言い渡して、塔子は黙った。

「さて、行くよ」

コウが手を差し出す。

「ちょっとコウさん。何？　そのスルー」

「何じゃ。勾季。その手は」

「ああ、つい忘れて。じゃ、下で待っている」

　コウは走り出した。

「塔子殿。良いか。妾の識が其方をしっかり包んでおる。心配は無用じゃ」

　幸姫が強引に言い渡す。

「全く。何て事に巻き込むのよ。聞いていないから」

　塔子はぶつぶつと言いながら、ふと黒い森に目を止める。

　あれ？　あの森……。塔子は首を傾げる。そして彼方を見渡す。

「どうしたのじゃ。塔子殿」

「ねえ。幸姫。私、ここに来た事がある」

「そんな馬鹿な事がある訳無いじゃろ」

「そうよねえ……。でも、この地形は見た事があるの」

　塔子は森と高台の端を順に指差して言う。

「あの森で誰かに襲われて、その崖から突き落とされたのよ。あの時はこんなに荒れ果てた大地じゃなかったわ。一体どういう事かしら……？」

　崖下でコウは待っている。

「ほう。成程。練習は済んでおるのだな。羽衣の下に妾の識。万全じゃ。勾季にその身を託された故、妾は命を懸けて其方を護ろう。ふふふ。まあ命は元々無いがの。塔子殿。再度この高台から飛び降りても死にはせぬぞ」

「えっ？　ちょっと！　ええっ！　また？　無理だから！」

反論する前に体は走り出した。塔子は空に向かって悲鳴を上げながら大きく跳んだ。

深い沼の底には蟲が沈んでいた。くねくねとその体を揺らしながら進もうとしているが、水から出る事は叶わなかった。

巨大な蚯蚓の傍らに大亀がいる。玄武である。玄武は絶えず水を吐き出している。

巨大な亀ではあるがその蟲の傍にいると小さく見える。

「とんでもなく長い。まさか二体が繋がっているのか？」

セイはそう言うと水の中を泳いで蟲の関節に大刀を突き刺した。

蟲の外皮は水でふやけたのか地上で襲った時程固くはなかった。大刀が突き刺さった場所から緑の体液が漏れ出す。蟲は跳ね上がり、また水底に水飛沫を立てて倒れた。と、同時に関節が外れ、その隙間に触手が蠢いているのが見えた。触手は段々長くなる。蟲の本体が二つに分離し始めた。絡まっていた触手が離れ、蟲は完全に分かれた。

セイは驚く。

「まさか、いくらでも増えると言う訳か？」

蟲の体液が流れて水に交じる。その部分だけ水は緑色に染まって行く。ブクブクと不穏な泡が立った。


乾燥した赤茶色の荒野にぽっかりと浮かんだ青い沼。

さっき姿を現した巨大な生き物の姿は見えない。沼の端に透明なツタが現れた。ツタはどんどんその数を増やして行く。だが、水の中には進めない様だった。

その沼の岸辺に男が辿り着いた。水に濡れた金色の髪が背中に流れ落ちている。男は前髪をかき上げると後ろを振り向く。そこには巨大な頭部の半分を水面に浮かべた生き物がいた。

「玄伯。蟲は水牢から出る事は叶わぬのだろう？」

「暫くの間だ」

「水には弱い様だが、その肉を腐らせる事は出来ないのか？」

「水の方が先に腐るわ」

玄武は頭を引っ込めると水の中に戻って行く。

「セイ」

高台の方からコウが歩いて来る。

コウの持った杖は蚖（みずち）に変わるとするすると地面を這って水に入って行く。水に近付くにつれて次第に大きなそれに変化して行く。コウはそれを見送る。

「ああ。コウ。待ちくたびれたぞ。ハルはどうした？」

「大丈夫だ。庭にいる」

セイは大きく息を吐いて倒れるようにその場に座った。

「良かった……」

「蟲が来る前にハルを連れ出した」

セイは両手で顔を覆った。

「ああ……。感謝する」

「遅くなって済まない。セイ。いろいろと支障があって。塔子さんも、あれ？」

コウは後ろを振り返る。塔子がきょろきょろと周囲を見回しながら歩いて来る。コウは視線を沼に戻す。

「ハクは？」

「まだだ。まだ蟲の中だ。コウ、気を付けろよ。そのツタ。お前の面倒を見ているゆとりは無いからな」

コウは足元を確認する。すでにツタが数本地面から立ち上がってコウの足に絡みついていたが、すぐにくたりと萎れて落ちる。

「ここは二度目だからな。『下』の池に潜って来た。多分、ツタだけじゃないと思って。危ないのは。この場所全体が僕の気を吸い取ろうとしている。セイ。玄伯は？」

「沼底にいる。朱姫が言っていた。ここはとんでもないパワーを持った童子が呼び寄せたモノと影の世界なのだと。だから何があるか分からない。さっさとハクと朱姫を回収して帰らないと」

「セイ。今、何と言った？」

「朱姫が、ここは途轍も無いパワーを持った童子の」

「朱姫に？　朱姫に会ったのか？」

コウは驚く。

「蟲の中にいた。コウ、朱姫は蟲と同化して」

セイが言葉を切ってコウの後ろを見詰める。コウは振り向く。

塔子が水辺に向かって歩いている。その足がずぶりと沼の端に掛かる。コウは慌てて塔子を止めに走る。

「塔子さん。何をしている。幸姫、危ないから止めてくれ」

塔子は立ち止まりコウをじっと見る。そして森を指差して言った。

「ねえ。コウさん。私、前にここに来たことがあるわ。あの森。そしてあの崖。あの崖から誰かが私を突き落とした」

塔子は高台を指差す。

「あの時は霧が出ていたわ。崖の下から誰かが私を呼んでいた。私はてっきりコウさんだと思い込んでいたけれど違うわ。今、分かった」

そして沼を指差す。

「同じ声がする。あの沼から」

沼は蟲の体液で濁っている。

「私の体の中で誰かが指図している。声のする所に行けと。ねえ。どうして？　私は行きたくない。怖い。でもそこに行かない訳には行かないの。ねえ。誰が呼んでいるの？」

「それは大方朱姫だ」

セイが答えた。そしてはっとする。

「もしかしたら、君が契機なのか？」

「何だ？　セイ。契機とは」

「朱姫が言っていた。最後の機会だと」

「どういう意味だ？」

「こんな汚い水の中、行きたく」

水面が動いた。セイが大刀を掴む。さざ波が打ち寄せる。水の底で何かが動いている。

「いいから。危ないから、兎に角、水から出て」

コウが塔子の背中を抱いて岸に連れ戻そうとしたその時、突然水柱が立ち、巨大な蟲が水面に現れた。コウが塔子に覆い被さってその身を護る。だが、逃げる事は叶わなかった。蟲はあっという間に触手を伸ばして二人を捕え、その口に入れた。そしてそのまま沼の底に沈んだ。

「コウ！」

セイはすぐさま水に飛び込む。二人を飲み込んだ蟲は長く触手を伸ばして底に横たわっている長大な蟲と結合していく。セイはその触手を大刀で断ち切る。緑色の体液が大量に水に流れ込む。触手は切られても切られてもお互いを絡ませ、仕舞にはとうとう本体と結合してしまった。その体は不気味な程に長く太いケーブルの様を呈していた。

「セイ」

見通しの悪い水の中に大きな影が映る。影はどんどん近付いて来る。

「何が起きた？」

「コウと塔子さんが蟲の中に……」

「何と！　これの中に仕舞われてしまったら、なかなか手出しが出来ない。これは困った」

セイは髪を水に漂わせ、ゆらゆらと揺れながら蟲を指し示して言った。

「いや、玄伯。塔子さんが誰かに呼ばれたと言っていた。沼の中の誰かに。それは朱姫ではないのか？　朱姫が蟲を使って塔子さんとコウを攫ったのかも知れん。蟲は朱姫と一体化していると言っていた。だが、別の見方も出来る。ここの主が俺達を狩り始めたともな。どちらなのか俺には判別が付かん」

「はて？　蟲は味方なのか？　それとも敵なのか？　じゃが、どう見ても味方の訳はないわな。どうも分からん。朱姫が何をどう画策しておるのか儂には分からんが、朱姫は魂の欠片として蟲の中におるのであれば、出るためにはきっと依り代が要る」

「依り代？」

セイは驚く。

「塔子さんが？」

「まあ、今までの事を繋ぎ合わせて考えてみれば、妥当な考えではあるじゃろうよ。中にはコウと幸姫がおる。どこかにハクもいる。ハクとコウで何とかするじゃろう。セイ。蟲に呑まれるでないぞ。儂一人だと難儀なのでな」

そう言うと甲羅に大蛇を捲き付かせた大亀はゆっくりと泳ぎ出した。

「玄伯、何処へ」

「沼底の泥をもう少し固めようかと」

「俺も行く」

「其方はここで蟲を見張っていておくれ。いつどこで離れるか分からんからのう」

玄伯はそう答えた。

ゆらゆらと水が揺れる。水の濁りが少しずつ消えて行く。玄伯が水を浄化しているのだ。

セイは刺激しない様に蟲の上をそっと歩く。

「随分長く土の中にいたが今度は水の中か。しかし、依り代。全く、何て事だ」

溜息混じりに呟くと、意識を集中してコウの居場所を探り始めた。

紅梅

夢を見た。

立川の一家が歩いていた。小学生の娘と立川夫婦。彼等は若かった。そこに居合わせた自分だけが年を取っていた。立川の妻は愛想よくハルに挨拶をした。ハルは複雑な思いで立川を見た。立川は何も言わないでただハルを見ていた。

次に出て来たのは亡くなって久しい妹夫婦だった。彼等と両親は笑いながら車に乗り込んだ。ハルは庭先でそれを見送った。見送った後で振り返ると祖母が玄関でこちらを見ていた。

「お祖母ちゃん」

そう言った自分の声で目が覚める。

水面に投げ入れた小石の波紋が広がる様に、過去のある時代、ある場所で起きた事が未来に向けて波及する。あの時あの場所で、セイなり私なりがほんの少し干渉したら、波紋はどこまでそしてどのように広がるのだろう。アキは過去に戻って修正をしない私を恨んでいるだろうか。ハルは布団の中で考える。そしてまた浅い眠りに就く。

外は雪が降り続く。

先日開きそうだと思った紅梅がこれでは凍ってしまうのではないかとハルは心配をする。いつまでこの雪は続くのだろう。確か、家を出て来た時は春先だった筈。蕗味噌を塔子にあげようと思っていたのだ。あれは一体どれくらい昔の事になってしまったのだろうか。

ハルは絵筆を止めて縁側の向こうに深々と音も無く降る雪を眺めた。

廊下と濡れ縁の区切りにガラス戸が嵌め込まれている。白兎が寒いだろうからと入れてくれたのだ。子供の頃、自分の家にも同じ様な物があった。風が吹くと木の枠が揺れてガタガタと音を立てる。夜、寝ている時にその音が聞こえて目を覚ますことがあった。見知らぬ誰かが来たのかと思って怖い思いをしたことを思い出した。

ここにいると忘れていた昔の事柄をふと思い出す。

記憶の残滓を手掛かりに、また連なる記憶を探す。朧げに浮かんでくる場面を反芻し、飴玉の様にそれをゆっくり味わう。甘い飴、苦い飴、塩っ辛い飴、口に入れた途端に突き刺すような痛みを伴う飴も、繰り返し舐めている内にその痛みにも慣れ、苦さだけが口の中に残る様になる。そうやって自分の過去と向き合う。ここには未来へ向かう道は無い。未来は現在のまま留まる。あるのは現在と過去だけ。その内飴玉も無くなって現在しか無くなるのだろうか。永遠に続く今。それ以外は何も無い。

それもどうなのかしら。ある意味幸せなのかしら。ハルは首を傾げる。

黒い家は入った先の土間から囲炉裏のある板の間を通ってそれぞれの座敷に繋がる。ハルのいる部屋は囲炉裏から帯戸ひとつを隔てた場所にあるので暖かい。白兎が囲炉裏の手入れをして、自在鉤には鍋やら鉄瓶やらが掛けられている。時折その鍋を掻きまわし、中身を椀に掬ってハルに渡してくれる。

それは野菜や肉を入れて煮た汁だったり甘酒だったり魚を煮た粕汁だったりする。食事は専ら囲炉裏端で白兎と話をしながら頂く。白兎の作る食事はどこか懐かしい味がした。

最初の数日で暮らしに飽きたハルは白兎に長靴と傘を用意してもらった。それを着けて雪の積もった庭を散策した。雪の下の植物を丹念に見て歩く。次の日には鉛筆や絵筆、紙などの絵を描く道具を要求した。

「白兎さん。お願いばかりで申し訳が無いのですが、ここには絵具など御座いますか？」

ハルは重ねて言った。

「私の家に戻れば膠も絵具もあるのですが、全て置いて来てしまったのです」

「そうで御座いますか。それでは私がどこかで調達して参りましょう。暫くお待ち頂いても宜しいでしょうか。出来るだけ早くにご用意致します」

白兎はそう言って頭を下げた。

屏風

ハルの前には二曲一双の屏風がある。部屋の中にはデッサンを繰り返した反古紙が散らばっていた。

部屋の真ん中に火鉢がある。白兎が火鉢の上の鉄瓶から湯を注ぎ、盆に載せてハルに勧める。

「ハル様。足らない物は御座いませんか」

「大丈夫よ。有難う御座います」

ハルは筆を置くと白湯を一口飲んだ。白兎は珍しそうにデッサンを眺めている。

「雪はいつまで降り続くのかしらねえ」

　ぼそりと言ったハルの言葉に白兎は顔を上げて外を見る。

「さあ、私には分かりませぬ。以前にも申し上げましたが、冬はまだ始まったばかりで御座います。いつまで続くのか。先頃の秋は外の時間で言うと五百年近くも続いたそうで御座います。玄伯様がそう仰っておられました。同じ様に何百年も続くのか、それとも思いの外すぐに終えてしまうのか、誰にも分かりませぬ」

「では私がいる間はずっと冬なのね」

「おそらくは……。でもハル様はずっといらっしゃるのでしょう？　青仲（せいちゅう）様の奥方様でいらっしゃいますから」

「あら。ふふふ。そうね」

　ハルは笑った。


　数日前、手持ち無沙汰に家の中をうろついてみた。白兎には何処に行っても自由だが、あまり奥に向かうと迷子になるからと釘を刺されていた。だからこの辺りで終わりにしようと思っていた。だだっ広い部屋を区切るのは幾つもの帯戸や板戸だった。帰りは庭に面した縁側を歩いて戻って来た。

「あら」

ハルは見掛けた部屋に入り込んだ。陽当りの良い部屋だ。

部屋には朱塗りの鏡台と和箪笥が二竿置かれていた。近くにやはり朱塗りの衣文掛けがある。箪笥の中には美しい色合いの着物と帯が仕舞われていた。ハルはそれらをひとつひとつ眺めてため息を吐いた。

「友禅、絞り、紬、まるで文化財ね。山神様の奥方様のお部屋かしら？　という事は幸姫の部屋なのかしら？」

衣文掛けの後ろに屛風がある。ハルは屛風を開いてみた。屛風には何も描かれていない。造りの立派な二曲一双の屛風だ。その後ろにもう少し小柄な屛風が一つあった。こちらは六曲半双の屛風。こちらも無地である。まるで誰かが何かを描こうとして用意したが、そのまま忘れてしまった呈で置いてある。ハルは物珍しく屛風を開いてみたり地の織を指でなぞったりしていたが、ふと思い付き、白兎を呼んだ。白兎はすぐにやって来た。

「お呼びでしょうか。ハル様」

「白兎さん。この屛風は？」

「はて？　この部屋に御座いますなら、青仲様がお持ちになった物だと思われます」

「セイが？」

「はい」

「どうして？」

「後々ここはハル様の御部屋となる予定だと伺っております」

ハルは驚いた。

「ここに私が？」

「はい」

ハルは茫然とし、そして爆笑した。

「ねえ。じゃあ、箪笥の着物、あれもセイが用意したのかしら。朱塗りの鏡台も？」

「はい」

「何を考えているのかしらねえ。青仲様は。あんな綺麗な色の着物、五十も過ぎて着られる訳が無い」

大笑いした後、ハルはしみじみと心に温かいものが流れるのを感じた。笑い顔が泣き顔に変わる。セイの温かさが身に染みた。武骨でありながらこんなに自分を想ってくれるセイが愛おしく有難かった。心がほのぼのと温まる。ハルは涙を拭いた。

「ハル様はお綺麗ですよ」

「あら。有難う御座います。ところで、白兎さん。この屏風に絵を描いても宜しいでしょうか」

「はい。どうぞ。どうぞ。こちらに御座いますものはご遠慮なく何でもお使いくださ い。元々ハル様の物で御座いますから」

白兎はにっこりとして答えた。ハルは小躍りする程嬉しかった。ハルが屏風を運び出そうとすると、白兎がひょいと持ち上げて歩き出した。

「ささ。ハル様。あちらのお部屋に。囲炉裏に炭を継ぎ足しましたので、部屋が温まりました。お食事もご用意いたしましたのでどうぞお召し上がりください」

「有り難う御座います」

ハルは笑顔で答えた。


それからずっとデッサンを繰り返し、構図を検討している。ハルは屏風を手掛けるのは初めてだった。右隻には紅梅を左隻には白梅を描く積りである。

綿の様に降り積もる雪の中の枝垂れ紅梅と白の龍梅。龍梅の根元に赤い実を付けた南天を少し。右隻の第二扇の端に小さな茶色の兎を一羽。白梅は地に曲がり捩じれた枝を伸ばして龍の如く力強く、対する紅梅は古木でありながら可憐に。両方が対である為に連続した何かを……。ハルは想像を膨らます。

そして雪の日でも傘を差して梅を描きに外に出る。傘が面倒になるが、紙が濡れるので仕方が無い。かじかむ手に息を吹きかけ描き続ける。雪の降る中、ハルが外にいる事に気が付くと白兎は傘を受け取り、それをハルの上に差し掛ける。

白一色の世界。立ち尽くす二人の姿もいつしか雪の向こうに見えなくなっていく。

ハルは心行くまで時間を掛け、屏風を仕上げる積りだった。ここには作品を鑑賞して褒め称えてくれる人も評価をしてくれる人も無いが、時間だけは有り余る程あるのだ。是非傑作を仕上げたい。そう思うと寒さも苦にはならなかった。

河原

「コウさん。ここは本当に蟲の胃袋かしら？」

塔子は辺りを見渡す。

「ねえ。これは一体どういう事なの？」

確かに蟲に喰われた筈だ。それなのに歩いている場所はごろごろと石の転がる河原だった。見渡す限り灰色一色の河原である。草さえも生えていない。見上げると雲一つない青空が広がっている。河原の向こうに同じ灰色の山が二つ見える。双子の山だ。それ程高くない山だが、それだけが唐突にそこに在る。

「胃袋という感じはしないな」

だが、とコウは付け足した。

「蚯蚓に胃袋は無いよ。あるのは消化管だ。まあ長い腸だね」

塔子は言い返す。

「そんなのどうでもいいわよ。それじゃ言い直しますけれど、ここはその長い腸の中なんでしょうかね」

「多分」

「ねえ。まさかあの世じゃないでしょうね」

塔子は慌てる。

「もう死んでいるんじゃないの？　私達。蟲に食べられて」

「三人一緒に？　それは無いと思うよ。だって、君は僕の姿が見えているだろう？　僕は死んだら消えてしまうのだから」

「そうなのね。ひとまずほっとしたわ。……でも、周りは全部河原。石ころだらけ。あの山。そして大きな青空。河原なのに川が見えない。川の音もしない。虫の声も鳥の声も無いわ。生きているのは私達だけかしら」

　暫く二人は耳を澄ませる。

「空気の音がする」

　コウは言った。

　突然、遠くから「どおおん」と太鼓の音が響いた。大気がびりびりと震える。

　塔子は驚いて跳ね上がる。コウは身構える。どこにも山が動いている様子は無い。

　そして思い出す。ここは蟲の中だったと。

「何なの？　あの太鼓。すごい音ね。びっくりした。ねえ。誰が叩いているのかしら？　こんな場所に人がいるとは思えないけれど」

「あの太鼓は蟲の中で鳴っていたのか？」

　コウはそう思った。そして山を指差す。

「あの山の辺りから聞こえて来た。行ってみよう」

「ええっ？　あの山まで行くの？　すごく遠いわよ。それにすごく歩き辛い」

「でも周りを見てごらん。河原しかない。どの方向を見ても河原だけだ。方角も分からない。青空ではあるが太陽が無い。どういう事なのだ……？」

　塔子はふと河原の石を見る。

「コウさん！　あなたの影が無いわよ！　嫌だ！　私のも無いわ。ちょっと！　本当に死んでしまったのではないの？」

「少し落ち着いた方が良い。さっき勾季が言ったであろう。太陽が無いと。全く、落ち着きのない娘じゃ。きっとあの空は張り付けてあるだけなのじゃ。それに本当は河原も無い。実は真っ暗なのではないのか？　腸の中じゃからのう」

幸姫は脅かす。

「ちょっと、やめてくださいよ」

塔子は顔を顰める。

「勾季。これは幻であろうな。だが、何の幻なのだ？　誰が見た風景なのだ？　蟲か？　まあよい。何であっても状況にそれ程の差は無い。すでに蟲の腹の中なのだから。良かったのう。塔子殿。汚い水に入らずとも声の主は近い様だ」

「ねえ、それ皮肉？」

「さて、後は声の主を探すだけじゃ。易い事よ。」

「ここから出るのは難しいけれどね。」

「声の主は朱姫じゃろうか？」

「ああ、きっとそうだろうな」

　コウは山を見ながら答える。その横顔を見て塔子は小さな胸の痛みを覚える。

　三人は河原を歩く。いつ果てるとも分からない河原。

「仕方が無いよね。だって周りはどこを見ても河原ばっかりだし、方角も分からない。そこに山がぽつりとあって、そこからとんでもなく大きな太鼓の音が響いて来たら、もうそこに行くしかないでしょ。行こう。行こう。早く行かないと消化されちゃう。きっとそこに朱姫はいるわ。と言うか、そこ以外にどこにいるんだって話だよ。こんな所まで呼び付けて、本当に腹が立つ」

　塔子はぶつぶつと文句を言いながら歩く。

「今度は怒っておる」

　幸姫はいちいち解説をする。

　しばらく黙って足元を見ながら歩いていたが、塔子は突然立ち止まった。

「塔子さん?」

　塔子はくるりと振り向いて言う。

「コウさん、私、本当に生きている?　ちゃんと体があるかしら?　もう何が何だか分からなくなって……ねえ、本当は私、もう死んでしまっていて、ここにいるのは私の魂だけだったりして。ねえ、生きている？　大丈夫？　まだ死にたくないの。やりたいことが沢山あるのに。まだ死にたくない」

塔子はぽろりと涙をこぼした。

「大丈夫だよ。生きている。妾はきちんと見えているよ」

「人とは弱い生き物じゃ。憐れよのう……。心が破綻仕掛けておる」

泣き出す塔子をコウは抱き寄せ、宥めるように背中を撫でる。

幸姫は言う。

「これ、勾季。妾がおる事を忘れてはならぬぞ。接吻などもっての他じゃ」

コウの腕の中で塔子が吹き出す。コウは笑いながら言う。

「忘れないようにする」

「でも、手をつなぐ位ならいいわよね。幸姫」

塔子はコウの手を取った。幸姫がぼそりと言った。

「仕方あるまい」

三人は、姿は二人だが、山に向かって歩き続ける。確かにそこかしこに転がる石の上に二人の影は見当たらなかった。

山は岩だらけだった。塔子の背丈以上もある様な大きな岩がごろごろと転がっている。

岩と岩を繋いで跳ぶ様に幸姫とコウは登って行く。人間なら絶対に登る事は出来ないだろうと塔子は思う。

山の中腹辺りに大きな岩が空に張り出していた。張り出し部分は水平で何の用途に使用したものか分からないが、人工的な感じがした。わざわざそこに作って置いたのか、それとも稀なる自然の偶然か。コウはその岩をじっと見詰める。

「コウさん？」

余りにも長い間コウがその岩を眺めるので塔子は声を掛けた。

「何かあるの？」

「いや」

コウはそこから目を離すことなく答えた。

「さあ、行こうか」

コウは岩に背を向けて歩き出す。塔子は岩を振り返る。

人が座るには丁度いい大きさだった。落ちる事を考えなければ。

山の頂上近くに辿り着くと、ごろごろとした岩は姿を消し、細い道がずっと上まで続いている。道を辿ると岩屋の中に入って行く。塔子はその入り口で止まった。

「ねえ。コウさん。この道、ずっと岩山の洞窟の中に続いているわよ。ここに入るの？　何だか気味が悪いわ」

「ここまで来て入らぬという選択肢は無い」

幸姫は言い渡す。

コウが入って行く。その背中にくっ付いて塔子も岩屋の中に入る。

「奥はそんなに広くはない。大丈夫だよ」

確かにすぐ行き止まりになった。

外からの光がやっと届くかという所で何かが目に留まる。塔子は小さく悲鳴を上げてコウにしがみ付く。

「コウさん。あれ……」

その洞窟の一番奥、光の届かない暗い場所にひっそりと注連縄が張ってあった。茶色に変色し、崩れ掛けた藁と同じ様に変色した紙垂（しで）。

「ねえ。あれ……。やっぱり、ここに人がいるのかしら？　こんな場所に？」

おかしなことに注連縄の向こうは只の岩である。

「逆（さかさ）注連縄だ」

コウは言った。

「逆注連縄？」

「綯い始めが右上になっている注連縄だよ。一般的な物とは向きが逆になっている」

「何それ？　何か意味があるの？」

コウはそれには答えず、すたすたとその場所に歩いて行く。

「コウさん。そんな所に行っていいの？　ねえ、罰が当たるわよ」

注連縄は直接岩に鉄の楔を打ち込み、そこに張ってある。注連縄を避け、岩に手を触れる。冷たくざらつく岩。コウはしばらくそこを探っていたが、はっと気が付くと後戻りをして岩を凝視した。

「岩戸だ」

コウは注連縄の向こうを見詰めたままそう呟いた。

「岩戸？　ではあの岩戸の向こうに朱姫がおるのか？」

「いや。朱姫ではない。朱姫はここにはいない」

「どれ、塔子殿。岩を確認するぞ」

塔子は嫌々ながら岩に触れる。

「……確かに朱姫の気配はせぬな。しかし、よくできた岩戸じゃ。ぴったりと嵌め込まれておる。二度と開かぬように念を込めて作ったものであろうよ」

　コウは踵を返した。

「ここを出よう。気分が悪い」

　コウは塔子の腕を引っ張る。塔子は慌てて付いて行く。


　洞窟を出るとコウは大きく息を吐いた。

「コウさん。何がいたの？」

「何も。多分、何もいない」

「何も？　じゃ、どうして注連縄が？」

「きっと何かを祀っていたのだろう。それとも封じたのか。それは何だか分からないが。岩戸の向こうに生き物の気配は無かった。祀られたか封じられたかした何者かはすでに死んでいるのか、それとも元々何もいなかったのか……」

「封じたとしたら、何を封じたのじゃ？」。

「さあ？　逆注連縄（しめなわ）があるという事は、封じた者達は神を封じたと考えたのだろう。または怪物か？　神殺しか？　それとも怪物を神の力を借りて封じたか。……古い呪（じゅ）だ。と言う事は封じた者の中に術者がいたのだろうな。どちらにせよ、余計な物には触れたくない。蟲だけでも手に余るのにこの上封じられたモノなど。兎に角朱姫の気配は無かった。だが、嫌な場所だな。この洞窟は」

　コウはそう言うと洞窟を振り返った。

　塔子は眼下に広がる河原を見渡す。その河原の海にぽっかりと浮かぶ岩山。太陽のない青空。

「異界の中の異界か……。ここが蟲の腹の中とはな。どうかしているな。この道は洞窟に続くだけだ。向こうの山を探すか」

「ねえ。向こうの山にもいなかったら、じゃあ、私達はずっとこの河原にいるの？　朱姫を見付けないと、この河原からも出られないの？」

「向こうが呼んだのだから必ずどこかで出会うよ」

「出会うまで探すの？　こんな広い河原を？」

「まあ、そうだね」

　コウは歩き出す。塔子はため息を吐く。

「そりゃあさ。蟲の胃壁を眺めながら胃酸の海で溺れかけているより何倍かいいよ。いや、腸壁ね。だけど余りにも取り留めがない。……どうするの。これ。これ下りられるの？」

大岩がごろごろと転がる道を塔子は指差した。

「易い事じゃ」

幸姫は言う。

コウが跳ぶ。その後を幸姫が跳ぶ。塔子は悲鳴を上げながら来た時と同じ様に岩と岩を繋いで跳んで行く。足元ばかり見ていたので、コウが立ち止まったのに気が付かず、その背中に頭をぶつけた。

「コウさん。突然立ち止まらないで。危ないじゃないの。……コウさん？」

塔子は立ち止まったまま何かを凝視しているコウの視線の先を追う。そして凍り付いた。さっきは誰もいなかった。空っぽで宙に張り出していた。その岩の上に誰かが座っていた。

双子山

緋色の着物を着た少女は背中を向けて座っていた。肩までの黒い髪が風でさらさらと揺れていた。コウは少女の後姿を見詰めている。少女は岩から両足を出してぶらぶらさせながら遠くを眺めている。

「朱姫……」

コウの口から小さく言葉が漏れた。少女の足が止まった。彼女は青空を見上げながら言った。

「コウ。岩戸の中に誰かいたか？」

塔子は驚いた。確かに似ている。

「いなかった」

「ふふふ。よく探したのか？」

少女は笑った。

「ここはね。あれのお気に入りの場所だった」

「あれ？」

「昔、ずっとずっと昔。よくここに座って空を眺めていた。空を悠々と飛ぶ大鷲を眺めるのが好きだった。自分もいつか空を飛べると思っていたのだろうか。眼下に広がる大地とそこに生きる者達。あれにとっては人間も動物も同じだ。時には植物さえも。あれは自由だった。何を唄っても何になっても。人々に捕えられ、岩戸の向こうに封じられるまでは」

少女は立ち上がり真っ直ぐにコウを見る。

「コウ。どんなに会いたかった事か……。ずっとずっと待っていた」

美しい瞳からぽつりと涙がこぼれた。

「朱姫」

コウの足が一歩前に出た。塔子は二人から目が離せなかった。

コウの腕が朱姫を抱いた。だが、それは彼女の体を虚しくすり抜けた。コウは自分の腕を眺め、そして朱姫の顔を見詰めた。

「コウ。ここに在るのは幻だ。早く私を探し出して。そして、その手で私を抱き締めて」

朱姫の幻影がコウを抱く。塔子は目を伏せた。

「朱姫。誰が君の魂を砕いたの？」

「知らぬ。それは私の与り知らぬ事だ。気が付いたらここに来ていた。あるいは今際の際に大神が砕いたのかも知れぬ」

「私は暗い隧道を彷徨い続けた。影に襲われ気はどんどん流出して行く。自分では止め様が無かった。コウ。私を救った者がいる。その者が枯れ果てた私を拾い庇護したのだ」

「それは誰なの？」

「老師だ」

「老師？」

「そうだ」

朱姫は視線を塔子に移す。

「よく来た。私の娘よ。随分長い間、ああ、ずっと待っていた。待ちくたびれた」

塔子はどう答えたらいいか分からなかった。

「名は？　何と言う？」

「塔子です」

朱姫はじっと塔子を見詰め、そして頷いた。

「お前は私を救う為に生まれたのだ」

朱姫はそう言った。塔子は黙って朱姫を見た。頷く事は出来なかった。

「岩戸の中に朱姫の気配は無かった。どうすれば助けられる？」

コウは言った。

「老師が私を護っている。その者が私の気配を隠している。私を迎えに来い。塔子を連れて。その者の言葉を聞け。コウ。時間は限られている。あれがまた何かを学び取る前に。さも無くば、誰一人この悪夢の中から出る事は叶わぬだろう。この永遠に停止した場所から。私の様に朽ち果てるまで……。そして蟲の餌食になるだけよ。その娘さえも。

蟲は道を辿る術を学んだ。ここに食する気が無くなれば、道を辿ってその世界にまで足を伸ばすであろうよ」

「道は閉じてある。もう道は無い」

「よい判断だ。では蟲を始末し、あれの夢を砕くしかない」

朱姫はそう言うと山頂を振り仰いだ。

遠くで太鼓が鳴る。その音にも慣れつつある。

「あの音はあれを封じ込めた時に合図に使われた太鼓だ。あの音があれの脳裏に焼き付いている」

「どうして封じられたのだ？」

「災厄だから」

朱姫はあたりをぐるりと指差した。

「ここは童子の夢の世界だ。幻影と実在が混然一体となった夢の世界だ。厄介なモノを封じたものだ。放って置けば良かったものを。人とは愚かなものよ。あれ等が封じられた山。岩戸。……コウ。岩戸の奥を探せ」

少女はそのままタンと宙に跳んだ。

「朱姫！」

コウが岩の上に走り寄る。

「危ない！」

塔子は叫ぶ。

岩から見下ろしたコウの目にはさっきと同じ灰色の河原だけが見えた。コウは暫くそうやって朱姫の消えた河原を見下ろしていたが、塔子を振り返るとその手を伸ばした。

「さあ。行こうか」

「ええ。……でも、少し待ってね」

そう言うと塔子は座り込んで顔を伏せた。

暫くすると、自分の頬を両手でパンと叩いて振り切る様に立ち上がった。

「さあ。行きましょう」

塔子は差し出されたコウの手を握った。

三人は再び岩戸の前に立った。古びた注連縄とその後ろの岩壁は恐ろしい秘密をその内に隠している様に見える。コウはため息を吐いた。

「また、厄介な物の中に……。災厄か。道理で嫌な気分がすると思った」

「確かに。其方を好物としそうな者共が数多いそうじゃのう」

「ねえ。この岩戸、外しちゃっていいの？　他に手はないの？　だって、昔の村人が封じたのでしょう？　災厄を。外したら、それが出て来ちゃうんじゃないの？」

塔子は言った。

「いや。外すしか手はない。もう災厄は死んでいるんだ。その残留思念がここを覆っているのだ。ところで、幸姫。力は？」

「そうよのう……。この先、何があるか分からぬから温存して置きたいが。道が閉じたので補給は出来ぬ。何しろ、正常な時空間では無いのだからのう」

「僕がやる。だから、幸姫は塔子さんを護る事を一番にしてくれ」

「それは大した事では無い。ここに何年でもいられるであろうよ」

「それも嫌だな」

コウは笑った。

「さて、岩戸を砕くか」

そう言うとコウは岩に両手を当てて念を込めた。暫くして何かが細かく振動する音が聞こえて来た。その音が次第に大きくなり、大きな一枚岩はがらがらと崩れ落ちた。

「入った後で、誰かに封じられても困るからな」

「再利用する時はまた構成すればいい。これで中の嫌な気が少し拡散してくれると良いが……」

塔子は開いた口が塞がらなかった。

ぽっかりと開いた暗い空間の中には誰もいなかった。ただひとつ、竪琴に似た楽器が腐り掛けてぽつりと置いてあったが、それも外気に触れるとぐずぐずと崩れ落ちた。ひゅうと風が外から入り込み、その木屑を岩戸の外に巻き上げた。木屑は風に乗り高い空に舞い上がり、宙に散らばり消えて行った。

それを見送りコウは中の表土を移動させた。コウが手をかざすと土は勝手に舞い上がり、長い帯を作りながら外に出て行く。そして木屑と同じ様に宙に舞った。

「すごい。コウさん。さっきの風もコウさんなの？」

「あれは僕じゃない。多分、出たかったのだろうな。長い間封印されて。さて、中の土も多少は祓われただろうか」

　表土が無くなって岩が露出した床面に平べったい石が置いてある。随分大きな蓋石だ。

　底冷えのする霊気が床から這い上がって来る。コウは石をずらして中を覗いた。中に大きな黒い空洞がある。霊気はそこから上がって来るのだった。コウはぶるりと震えた。

「どれ位の深さなんだ？」

　コウは竪穴を確認する。底の方は暗くて見えない。コウは蓋石を岩屋の外に飛ばす。石はガラガラと音を立てて転がる。

「どこまで念入りなんだ。まるで落とし穴じゃないか。うんざりだな。……降りるだけの幅はあるな。そんなに深くないと良いが。仕方が無い。諦めて……さて、行くか。みんなで。奈落の底に」

　そう言うと塔子の腕を掴んで胸に抱き寄せた。

「幸姫。少しの間大人しくしていてくれ。穴の中で離れると困るから」

「らじゃ」

「何それ」

コウは笑う。

「ハクの真似じゃ」

「ちょ、ちょっと待って。こんな穴の中に入るの？」

塔子は慌てた。

「そう。怖かったら目をつぶっていて。ゆっくり行くから大丈夫だよ」

コウはそう言って塔子を抱えて穴の中に跳び降りた。塔子はぎゅっと目を閉じた。フードを通して耳元で風が鳴っているのを聞いた。

「ああ。この音だったんだ」

あの三日月の下で聞いた音はこれだったのかも知れない。コウは暗い竪穴を落ちながらそう思った。

岩戸　一

風の音が聞こえる。

乾いた赤土を舞い上げて限りない高原を渡る風の音。風は大地から水分を奪い、自らも奪われながら疾走する。

からからに乾いた風の音。

塔子はふと耳を疑う。

風の音に混じって唄が聞こえる。弦が振動する音、低く静かに流れる声。誰かが唄っている。

耳を澄ます。

唄の詩が聞き取れない。馴染みのない言語。異国の言葉だ。

弦は不思議な音階を辿る。音はぽつりぽつりと流れながら前の音を追い掛け、奇妙な共鳴を引き起こす。耳慣れない異国の旋律。撥音楽器。琴に近い音だ。ハープかしら？

と思いきや、一点、その僅か一点が奇妙な和音を奏で、一瞬にして不安な曲想に転移する。曲は前出の調べをなぞる。繰り返し同じフレーズをなぞる。なのに、さっきとはちょっと違う。気付かない程の差異であるが、少しずつ何かが歪んで行く。繰り返されるメロディは意識の深層にじわりと浸み込む。何かを囁く様な、悔いる様な、慰める様な、宥める様な。責める様な。諦める様な……。男のぼそぼそと唄う声は曲に一層の陰りを与える。

どこか不吉な楽曲。それが空気の様にここを取り巻いている。耳の底に張り付いて離れない。

突然音楽が止んだ。

押し殺した声がする。

「殺せ」

川に何かを投げ込む音がする。一つ、二つ……六つ位だったか。

ぼちゃん。ぼちゃん……。

嫌な音だ。

川は流れる。ざあざあと川は耳障りな音を立てて流れる。


川音が変わった。

さらさらと流れる小川の音。どこかで鳶が鳴いている。

「見て。見て。お父。何て綺麗な鯉だろう。赤くきらきら光って、まるで玉みてぇだ」

「ほら。こうやってな。田んぼの堀から水を引いて水溜まりを作ってやれば、綺麗な水が入って来るべ」

「こんなら、鯉は元気に泳ぐなあ」

懐かしい声。あれは……。

水の中を泳ぎ回る音がする。微かに水を切る音。ぱしゃりと跳ねる音。

ふと、弦の音が川音に混じる。

おや？　と思う。

弦の音は聴き慣れない言葉と共に地面の下から湧いて来る。川底よりもずっとずっと深い土の中。それが水溜まりに届く時には、弦の音も唄の音も区別が付かない程混じり合い、深く呪となる。呪は縦横無尽に走る。逃れようが無い。水が小刻みに揺れる。

鯉は動きを止める。まるでじっとその曲を聴いているかの様に。

低く高くうねり歪み、散り揺らぎまた集まる。幾重にも繰り返す旋律。次から次に湧いて来る呪の波。

不穏な波動。

音が止んだ。一瞬の静寂。

星の瞬く音が聞こえるかと思った。

気が付けば、さっきと同じ川音だけが響く。

さらさら、さらさらと。

もう、水を切って泳ぐ音も跳ねる音も聞こえなかった。

底地

「底地だ」

突然コウの声が聞こえた。塔子は我に返った。同時に幸姫も我に返った。とん、と地面に足が付いた。幸姫は一瞬ぐらりと揺れた。

「大丈夫か。幸姫」

コウが支える。

勾季に抱えられておらねば危うい所だった。一体どうしたという事だ。この様な時に夢を見ているなど。幸姫は頭を振った。

「済まぬ。ちと眩暈がしただけよ。……随分下ったと見える」

幸姫とコウは天井を見上げる。頭上に小さな穴がぽかりと開いているのが見えた。どの位距離があるのだろうか。

これは異な事よ。幸姫は訝しく思う。

「勾季よ。降りるのには如何程掛かったかの？」

試しに聞いてみる。

「三十秒位だろうな。ゆっくりと降りて来たから。だが、見えている距離が実際の距離とは限らない。時間も然り。要するに何もかもが見掛けとは違っているかも知れないと考えて置いた方が良さそうだ。ところで、幸姫。幸姫にも聞こえたか？」

幸姫は頷いた。二人は黙って顔を見合わせる。

「何か音楽が聞こえて来なかった？」

塔子にも聞こえていたのだ。

「ああ。聞こえて来た」

「今も聞こえている？　それとも私の頭の中で鳴っているの？」

「ずっと聞こえているよ。ずっと鳴っている。何か嫌な感じだな」

コウは答えた。

降り立った場所から道が双方向に延びていた。

「さて、どちらへ向かおうか」

塔子は向かう暗闇を見詰め、ごくりと唾を飲み込んだ。膝ががくがくと震える。

「真っ暗なんだけれど、こんな所を行くの？」

「大丈夫だよ。僕も幸姫もいるから」

「行かない訳にはいかない。それは分かってはいるけれど。ねえ、暗闇よね。何で物が見えるの？　幸姫の目を通しているから？」

「見たくない物も見えるのが難点じゃ」

コウはふと自分の足元を見て目を見張った。

瞳が二つ。床に貼り付いて自分達を見ている。金色の瞳孔がすっと細くなった。それはゆっくりと瞬きをした。コウは何事も無かったように振り返った。

「右手に行くよ。その前に壁に印を付けて置こう」

コウはリュックから何やら白い物を取り出すと、それを壁に押し付けた。岩肌にそれはぴったりと貼り付いている。

「形代(かたしろ)だ。何かの役に立つかもと思って持って来たが。目印には丁度いいな」

塔子は確かめる様にそれを手でなぞった。

コウは塔子の手を握る。真っ暗な隧道を二人は歩く。二人の足音が響く。音が周囲の壁に当たって反響するのだろうか。足音の数が多い様に思える。塔子は立ち止まった。コウも立ち止まる。

「どうしたの。塔子さん」

「しっ。ねえ。コウさん。聞こえる？　言いたく無いけれど、足音の数が多くない？　誰かが歩いているわ。私達以外に」

小声で言ってからぞっとし、ぶるりと身震いをした。

「ああ。気にしないで。後ろにいる奴らは多分『影』だよ」

「誰の影なの？　まさか私達の影じゃ無いわよね？」

「誰の？　それは分からないな。ただの影だから。だが、数が集まるとちょっと厄介だな」

「少しの間あの岩陰に隠れていて。怪我をすると困るから。荷物を持っていてくれる？」

塔子はコウのリュックを抱えて岩影に隠れた。岩の表面に大きな百足が三匹歩いていた。塔子は悲鳴を上げそうになって幸姫に口を塞がれた。

「静かに。影を呼び寄せる」

塔子は岩からずりずりと離れる。

コウは大腿部に括り付けたホルダーからかちりと音を立てて細身の短剣を抜いた。両刃のそれは酷く鋭い。コウはそれを構えると走り出した。

獣染みた悲鳴が聞こえる。塔子はびっくりして耳を塞いだ。何が起きているのか塔子には見えない。何かが岩にぶつかる音がする。走り回る音がする。暫くすると音が止んだ。

塔子はそっと顔を出す。向こうからコウが短剣を拭きながら歩いて来る。

「お待たせ。さて行こうか」

コウはリュックを受け取るとそれを背負った。

「ねえ。コウさん。影はどうしたの?」

「ああ。消えたよ。霧散した。でも、またやって来る」

「影のくせに実体があるのかしら」

塔子はコウの短剣を見ながらぽつりと呟いた。

「ここでは気が影と言う形態をとって現出するのだろうね。僕達はそれを実体として認識する。だが本当は実体など無い。それなのに、無いくせに有るんだよ。ここはそういう世界なんだよ」

「意味が分からない……」

「童子の夢の中だから。意味なんて無い」

「妾の様なものじゃろうか」

「似ているかも知れないな。ここはひとつの巨大なエネルギー場なのかも知れない。朱姫の様に呼び寄せられたモノの。閉じて循環するエネルギー。それは生命そのもの、魂そのもの。それが個の境界を失い、空間に流れ出しここに充満する。この隧道の中で集合し形を為し、また離散する。その繰り返しなのだろうか？　延々と続くその繰り返し」

コウは答えた。


もう随分歩いている気がする。

道は二手に分かれた所が二か所と三叉路になっている所が一か所あった。コウはそれぞれの分岐点で選択した道に形代を貼った。何処にも朱姫のいる気配は無い。

「コウさん。朱姫は本当にここにいるのかしら」

「本人はさっきそう言っていたよね」

「塔子殿は何かを忘れておるのではないのか？」

ずっと黙っていた幸姫が言った。

「何を？」

「朱姫に通じる何か手掛かりになる物を」

塔子は考え込んだ。何かあったかしら……？

集中して考えようとすると、さっきの旋律が思考の邪魔をする。道を歩く間ずっと流れている。

「何なの。この音楽」

「奇妙な唄じゃ。あまりいい感じはしないのう。異国の唄じゃ」

幸姫の目があるから塔子にも見えるが、本来隧道の中は暗闇である。壁を伝って何かがずるりと動く。巨大なナメクジだ。

「いや、蒜（ひる）じゃ」

幸姫が訂正をする。

「蒜！」

塔子は全身の毛が逆立った。それがぼとりと落ちた。

「ぎゃあ！」

蒜が鎌首をもたげる。

「早く行くよ。体温を感知している」

ぼとりぼとりと落ちる音が続く。羽衣に落ちてぬるりと滑り落ちた。背筋が凍る。

「触らないで。毒がある。足元に気を付けて。滑るから」

ぐにゃりと蒜を踏む感触が足から伝わる。

「いやー！　幸姫。私にはもう無理！」

「決して羽衣から体を出すで無いぞ。案ずるな。羽衣が覆っておる。蒜など何でも無い」

「そんな事を言われても」

「厄介じゃのう。もう良いから寝ておれ」

「臭い。鼻が曲がりそう。臭過ぎて眠れない」

蒜がぼたぼたと落ちて来る。ずるずると背中を這い上ろうとする。その都度、塔子は叫び声を上げそうになり幸姫に口を塞がれる。そうやって蒜の雨の中を通り過ぎる。

「君が無暗に怖がるから余計に変なモノが出て来る」

コウは塔子を非難する。

「そんな事を言われても……。怖いのよ」

「もう、何も考えないでいてくれ」

「……」

何とか蒜の森は抜け出た様だ。

「怖い怖いと思っていると、怖い物が出て来るという事なの？」

「全てがそうとは言えないが、影だからね。恐怖とか不安とかそんな感情に反応するのだろう」

「感情に？」

「そう。感情はパワーだから。影は負のパワーには共鳴するのだろうな」

コウは答えた。

出来るだけ壁から離れて歩く。目が暗闇に慣れれば慣れる程、気持ちの悪い生き物の姿を否応無しに見てしまう。人は気配があれば反射的にそこを確認する。塔子はびくびくしながら歩く。

「何をそんなに怯えておる。ただの虫ではないか」

「そんな事を言ったって虫とか蛇とか大嫌いなのよ。土だってまともに触ったことも無いのに、見た事も無い気味の悪い虫ばかりで鳥肌が立ちっ放しよ」

塔子が心底嫌そうに言う。幸姫はふふふと笑う。

「羽衣と妾に包まれておるのじゃ。どんな虫も塔子殿に触れる事は無い。安心するが良い」

「有り難う御座います。こんなに幸姫が有難いと思った事は無いわ。ここを出るまで決して離れないでね」

そこかしこにチラリと光るものの存在を認める。多分、何かの目だ。塔子は敢えてそれを見ない。

「そうじゃ。目を合わせてはならぬ。気が付かぬ振りをするのじゃ」

幸姫が囁く。

「毒虫よりも危険なモノがここには数多おるからのう」

塔子はごくりと唾を飲む。早くここから出たい。

そうしている内にスタート地点に戻って来てしまった。さっき貼った形代が壁に貼り付いて鈍く光っている。

「ねえ。戻って来てしまったわよ。この道はループになっているみたい。朱姫は分かれ道の方にいるみたいね」

コウは形代に手を当てる。

「いや、違うよ。さっきとは違う場所だ。ほら、形代は見えているが触れる事は出来ない」

「何と！」

「この隧道の中で幾つかの時空の層があるみたいだ」

塔子は訳が分からなくなっていた。

「何それ？　もう、いい加減にして欲しい。ややこし過ぎる。意味が分からないわ」

「そうだな。円周を、まあ随分歪な円周だけれどね。円周を辿りながら、結局は円周では無くて少しずれて重なった時空が螺旋になっていると言う感じかな。下がっているのか上がっているのかは分からないが」

「螺旋！　じゃあ歩けば歩く程、スタート地点から離れるって事ね」

「そうだね」

「じゃあ、逆向きに歩けば、スタート地点に戻ると言う事ね」

「理屈上は」

「はあ。すごいわね。見かけ上は同じ空間なのに。ちょっと休ませて。さっき幸姫が言った『手掛かり』について考えてみるわ」

塔子は近くの岩に虫がいないかをよく確認して腰を下ろした。コウは水筒を差し出す。塔子はそれを一口飲んでコウに渡す。コウも一口飲む。リュックから取り出した食料を塔子に渡す。

「美味しい。疲れが取れる気がする。ほっとするわ」

塔子はそう言うと額に手を置いて考える。

「手掛かりと言っても、何が手掛かりなのかが分からないから思い出し様が無い」

「塔子殿はあの場所でここに来たことがあると言っておったであろう。その時に何か、見た物や聞いた物で手掛かりになりそうな事は無かったか？」

「森で女の手に足を引っ張られて、自分を呼ぶ声がしたからそれを追って森を出た。その後、崖の所で誰かに……。あれ、何か今、思い出し掛けた。何か……」

ふと、コウが塔子の肩に手を置き、人差し指を唇に当てる。そして、じっと前方を見詰める。

「じっくり考えている暇は無さそうだ。歩きながら考えて。行くよ」

さっきとは逆の方向に歩き始めた。

「戻るの？」

「向こうから何かが来る。大型だ。走るよ」

コウは塔子の手を掴んで走る。

「コウさん。足音が響いて」

「それどころじゃない！」

二股に分かれている場所でコウは立ち止まって塔子に言った。

「この道をずっと行くんだ。分岐では形代が貼ってあるから分かる。スタート地点に着いたらそこで待っていて。後ろから来る奴を始末したら向かうから。必ず行くから先に行って」

塔子は驚いた。

「嫌よ。何を言っているの。ずっと一緒だって言ったでしょう」

「駄目だ。危険なんだ。さっきのとは違う。君が傍にいたら奴は君を襲う。それに下手するとあいつを朱姫の所に導いてしまう。だから行くんだ」

すっと塔子の心が冷えた。

「ねえ。あなたは朱姫と私とどっちが大切なの？　絶対に離れないでって言ったでしょう。ねえ。守るって言っていたでしょう！」

鋭い言葉が口をついで出た。聞かなくてもそんな事は分かっている。でも言わずにはおれなかった。コウはじっと塔子を見た。そして静かに言った。

「だからそういう問題では無いんだ。お願いだから冷静になって。どちらも大事なんだよ。朱姫も君もどちらかが欠けてしまったらここから出る事が出来ない。この場所から出るためには朱姫を探して一緒に出る他、手が無いんだ」

「君がいなかったら朱姫はここから出られない。朱姫が見付からなければ、僕達はここから出る事が出来ない。そうなればハクも出る事は出来ない。僕はあいつを別の道に誘い込む。だから君は先に行って。今だけ。そいつを倒す間だけだ。幸姫が君を守る。君がここにいたら君が危険なんだ。だから行って」

塔子は顔を伏せる。涙が滲んでくる。分かっている。そんな事は分かっているのだ。ここに来て自分は今更何を言っているのだろう。こんな非常時に。それでも悲しかった。自分が哀れでそして酷く恥ずかしかった。

塔子は頷いた。

「分かったわ。……御免なさい。取り乱して」

黙って聞いていた幸姫が口を開いた。

「勾季。もしも塔子殿が朱姫を探し出して、まあ、無いとは思うがの。万が一、朱姫が塔子殿に害を為そうとしたなら如何する？」

「そんな筈はない。塔子さんを呼んだのは朱姫なのだから。それは有り得ないと思う。だって、害したら……ああ、そうか。後でか。それは許さない。だが、もしもそんな事になるのなら、その前に僕が朱姫を害する」

「そうなれば、全てが水泡に帰する。何もかもが」

「責めは僕が負う」

　幸姫がにやりと笑ったのが分かった。

「其方では到底負えぬ責めじゃ。じゃが、それは『是』である。妾は其方に加勢しよう。共に泡と消えるか。妾では大した泡では無いがのう。では、その様な時には妾がそうしても構わぬのじゃな？」

「構わない。だから早く行って。もうそこまで来ている」

「そんな訳じゃ。塔子殿。さっさと行くぞ」

「塔子さん。これを持って行って。中に羽衣がある」

　コウはリュックを塔子に背負わせた。そして塔子を抱き締めると瞳を覗き込んで言った。

「すぐに追い付くから。幸姫。頼むぞ」

「必ずよ。絶対だからね。約束を破ったら影になって取り憑いてやる」

　コウは笑った。そして片手を挙げた。

　塔子は走り出した。

　振り返ると、コウが分岐の所で後ろを向いて来るものを待ち構えているのが見えた。

黒い塊が近付いて来る。それは隧道一杯に広がって煙の様にその形態を変えながらやって来る。生き物の苦しそうな呻き声が聞こえる。まるで屠殺場に引き摺られて行く動物の叫びの様だ。人の悲鳴も聞こえた。火が付いた様に泣きわめく子供の声。人の罵声や怒声も入り混じる。塔子は口に手を当てた。

「あんな大きなモノ……」

「あれは、少々時間が掛かりそうだ。……うむ。難儀じゃ。じゃがの。勾季なら大丈夫じゃ」

幸姫は言った。

コウは黒い塊が十分に近くなったのを確認して別の道へ入り込んだ。

「朱姫と同じ匂いを感じたのだろう。塔子殿。勾季の為にも早く手掛かりを思い出すのじゃ。さあ。行くぞ」

塔子は涙をぐっと拭うと暗い隧道の中を走り出した。

隧道　一

　赤茶けた荒野にぽっかりと浮かんだ青い沼はぶ厚い氷に覆われていた。水から出た玄武は黒い羽衣を着けた老人の姿に変わっている。羽衣の裾から滴が落ちる。沼の底では蟲が氷漬けにされていた。

　玄伯は蟲を氷で締め付ける。氷を溶かして緩むが、また凍らせる。それを際限なく繰り返す。

「熱するまでの熱量は無いが、熱を奪うのなら難しく無い。今ある熱を循環させれば良いだけじゃからの」

「何とまあ、気の長い話よ」

　セイは呆れる。

　自分の爪を以て固い外皮を引き剥がしたいが、関節はしっかりと閉じていて爪を掛ける場所も無い。外皮が一枚厚くなったと感じる。蟲も水に対する耐性を付けつつある。砕くにも水の中では力が半減してどうにもならない。だが、水牢から出してしまう訳には行かない。セイも玄も決定打が打てないでいる。

厚い内皮の中でハクは羽衣に包まって眠っていた。羽衣の外側は分厚い触手の山である。その小高い山の中心にハクはいた。小山は蠕動運動を繰り返す。まるでその中心から規則正しくエネルギーを吸収するように。

あの時、セイとハルを残して蟲の中に飛び込んだ。飛び込むなり放電した。触手が焼け、内皮も焼け爛れた。ハクは走りながら放電し続けた。だが、触手は焼いても焼いても次から次に襲って来る。蟲の中の広さの方が勝っていた。ハクには逃げ場が無かった。その内焼け焦げた内皮も触手も再生してしまう。再生能力が半端無い。

ハクは夢を見ている。

暗い隧道を走る夢。隧道はあちらこちらで分岐していて到る所に何かがいる。ハクは何度も黒い影を横切る。奴らはハクの気配に気が付くが、興味は持たないらしく襲って来る事もない。それらはハクを異物として認知していないのだ。只の気配でしかない。ハクは洞窟内に存在する影と同じレベルで存在していた。

「夢だからな」

ハクは思う。

ここではずっと唄が流れている。陰気な唄。言葉は理解出来ない。一体どこの言葉やら……。

ハクの理解はそこで止まっている。それがハクのメンタルに及ぼす影響はほぼゼロに等しい。

だが、時にもう一つ。それとは相容れない音が微かに響いていることにも気が付く。穏やかな音の波。陰気なメロディの背後にひっそりと隠されて響く音。その音源を探してハクは洞窟内を歩き回る。

「ソルフェジオ周波数何ちゃらって、こんな感じなのかな？」

この洞窟内にあってどこか異質なその音。その音からは温かな光がほんのりと感じられる。底冷えのする隧道内にあって、その音源のその場所だけはきっと暖かいのだろう。だから多分、いや、きっと朱姫はそこにいる。

夢から覚めると、相変わらず無数の触手に囲まれている自分に気付く。ハクが体を少しでも動かすと、触手は瞬時に反応して羽衣の隙間から入り込もうとする。早く何とかしなければと思うが、蟲の皮が厚すぎて如何ともし難い。このクソ厚い内皮の向こうに恐らくは絶縁体の中皮があってその外にはクソ硬い外皮がある。ここはまるで自分仕様に造られた牢獄だ。

「お前はゴムかよ。」
ハクは悪態をつく。
蟲は水牢に閉じ込められている。それは分かる。何故なら外の守護の会話が時々耳
に届くから。
セイが外皮を破り穴を開けてくれれば、大量の水が蟲の内部に入り込む。満水のそ
の状態で外皮の蓋をする。そこで大電流を放電したら……。ハクはそれを思うとわく
わくする。何が起きるだろう。圧力波はどれ位の威力を持つだろうか。ハクは衝撃で
外皮まで粉々に吹き飛ぶ図を想像してにやりと笑う。
「全部なんて贅沢は言わないからさ。一部でいいんだよなあ。吹き飛ぶのは」
ただ出るだけなら、セイが開けた穴から自分を助け出してくれるだけでもいいのだ。
まあそれでもいいのだが……。寧ろ穴を明けたら即そこから立ち去って欲しい。何
故ならセイも危険だから。ただ開けてくれないとどうにもならない。
問題は蟲の中が余りにも広すぎるという点である。ここを水で埋める事は可能なの
だろうか。何か空間を上手く区切る方法はないかと考えていると、広い空間の外から
ミシミシと言う音が聞こえて来る。玄伯が水を凍らせているなと思う。だが、中はそ
れ程冷えはしない。何しろとんでもなく有効な断熱材があるのだ。ロシアの何処だっ

た？　世界で一番寒い場所、そうそうオイミャンコ村。そこでも勿論有効だろう。切り取って売り付けたい位だ。

玄伯は外皮の劣化を狙っているのだろう。全く、何て気の長い話だ。その頃には俺も朱姫も死んでいるだろうよ。


ハクは目を閉じる。

隧道の中で守護の気配を感じた。コウだ。それにトーコがいる。幸姫も。

三人ともどういう経緯かは分からないが、蟲の中にいる。自分と違うのはそれぞれが実体ごと隧道にいるという事だ。それはめちゃくちゃ危険だ。いや、自分も決して安全では無いのだが。

彼等が隧道に現れてから中の影達はやたらざわ付いて動き回っている。そりゃあそうだ。極上の餌が舞い込んだのだから。

コウはまだしも、どうしてトーコがここにいるのかが分からなかった。ここは生身の人間がいられる場所ではない。だから当然幸姫が庇護しているのだろうが。何とか合流はできないものか。

「オイ。コウ。俺に気付いてくれよ」

ハクはコウに強く呼び掛ける。途端に周囲の影が反応する。目にも止まらぬ速さですっと動き出し、自分を取り込もうとする。ハクは急いでそこから消える。

「少しでも強い念を送ると影に気付かれる。意識のパルスをあいつ等は敏感に感じ取るんだ。まずいな。どうすればいいんだ。しかし、何でトーコまで……。コウは何をやっているんだ。こんな場所にトーコを連れて来て」

夢から戻ったハクはため息を吐く。途端に触手が動くのを感じた。

隧道　二

コウが向かった道は行き止まりになっていた。コウは舌打ちをした。道は一つだけ。相手を撒く事も出来ない。

「仕方が無い。もう少し離れたかったが……」

コウは巨大な影に向き直った。

影が近付いて来る。異様な瘴気が辺りを覆った。神経を尖らせるコウの耳にはっきりと弦の音が届く。繰り返し流れる同じフレーズ。音は海岸に打ち寄せる波みたいだ。

少しずつ波形が変わって行く。同じでありながら気が付かない程の差異で形を変えて行く。これは呪(じゅ)そのものだ。歪に変形しながら進む波。この大きな影から聞こえて来る。ここが音源らしい。

黒い影が蠢きながら何かを形成する。影は巨大な顔を作り上げた。幼い童子の顔。顔の中の小さな口が動いた。

「パ、マ、タハイカムフルハ。」

「?」

「……どこの言葉だ?」

「パ、マ……。」

影は同じ言葉を繰り返す。

コウはじっと影の顔を見詰めて首を横に振った。

童子の顔が歪んだ。それは悲しそうに泣き顔を作り上げたと思うと一瞬で凄まじい怒りの表情に変化した。

「来る!」

コウは身構えた。

影の一部がぐんぐん伸びて来る。中心部は密度が濃い。それはあっと言う間にコウを濃い闇で包んだ。

塔子は三叉路に差し掛かって止まった。

「どっちがいいと思う？　幸姫」

「勾季は来た道を戻れと」

「来た道に朱姫はいなかった。だから別の道を探す」

「ほう」

「何？」

「いや、さっきまで……。まあ良い。良いか。塔子殿。ここではずっと音が鳴っておる。まるで意識の底を流れる川の様に。唄が影を育てておる。この唄は呪文よ。封じられた者の呪いであろうの。だからこの音の途切れる場所。それを探せば良いのではなかろうか」

「音。音がパワーなのね。途切れる場所など有るのかしら？

ああ、何か聞いた。崖の下から呼ばれて、誰かが私を突き落としたあの時。風の音と一緒に。もう少しで思い出せそうなのに。この音じゃ無かった。こんな弦の音では無かった。あれはもっと柔らかな……」

塔子はしばらく思案していたが諦めた。どうしても思い出せない。

塔子は二本の道を見比べ、一音ずつ区切りながら道を交互に指差した。

「どれにしようかな。てんのかみさまのいうとおり」

指が止まった方の道でない方を選ぶと塔子は躊躇無くそこに入って行った。

「神様の言う通りで無くて良いのか？」

「最近、神様が信じられないの」

塔子はそう言ってずんずんと奥に進んだ。

「良いか？　何が隠れておるか分からぬ。羽衣から体を出してはならぬぞ」

「分かっているわよ」

塔子は羽衣のフードを引っ張る。その手にぺたりと蜘蛛の糸の様な粘ついた物が付く。ピリッと手の甲に通電したみたいな痛みが走る。塔子は小さく叫んで後退りする。

「毒じゃ……。妾の識が無かったら大変な事になっておった。大丈夫じゃ。傷は付かぬ。全く、言っておる傍から。何故、そうも不注意なのじゃ」

塔子は手の甲を擦る。

見上げると、天井から糸を引いた芋虫状の物が簾の様にぶら下がっている。芋虫はくねくねと動いている。そして大人の掌程もある。

塔子は愕然とした。全身の毛が逆立つ。簾は糸で空間が白くなる程続いている。

「ひえ～」

思わず声が出る。

「嫌だ。また、虫。それも毒虫。どうしてここには毒虫ばっかなの。ホントに嫌だ！」

「蟲の中じゃからのう。やはり神様の言う通りにするべきじゃったの」

「そうね。戻りましょう。ここは嫌だわ」

塔子は道を戻るともう一方の道を選んで入って行った。

「ねえ。ここには何も無いとは言えないわよね」

「さあ。どうじゃろう」

用心深く歩く塔子の足がぴたりと止まった。塔子はため息を吐いた。

「同じじゃん！」

目の前にはさっきと寸分違わぬ虫の糸簾が続いている。

「これ二本の道に分ける必要があるの？」

「さあ？」

残る一つには毒蒜がいる筈。塔子はむかむかしてくる。

「どこを選んだって何かいるのよ。結局どっちだって同じなのよ。本当に頭に来る。

入り口に書いて置けっつーの。どっちでも同じですって！」

　塔子は大きく息を吸い込むと大声で叫んだ。

「朱姫。どこにいるのよ。迎えに来たのよ！」

　息が切れる。ぜいぜいと呼吸を繰り返し、もう一度叫ぶ。

「ここそ隠れていないで出て来なさいよ。この、意気地無し！」

「意気地無し、意気地無し、意気地無し……」

　声は洞窟内に響き渡り、あちらこちらで木霊する。幸姫がぴくりと反応する。

「朱姫ではない、何者かを呼んでしまった様だ。一、二、三、三匹、いや、五匹来るぞ。走れ！」

　塔子は来た道を必死で走る。走りながら幸姫はすらりと大刀を抜く。

「体は妾が借りる。中で大人しくしておれ」

　幸姫が塔子の感覚をシャットダウンする。今更どうでもいい。勝手に使ってくれと言いたい。人を切ろうが影を砕こうが虫を踏み潰そうが、生き延びるためには何でもする。

　コウは影の中にいた。中はすごい風圧だった。風の一振りが鋭い刃を持っていた。

羽衣から手も足も出せない。ふと出した手の甲が鎌鼬ですっぱりと切れた。それを自分で舐めながら辺りを伺う。

風の轟音と共に人々の悲鳴や罵る声、泣き叫ぶ声、助けを求める声が聞こえた。そして一際大きいのが笑い声だ。きゃらきゃらと笑う子供の声。合間に聞こえる音楽。頭が割れそうだ。

コウは羽衣にしっかりと包まって歩いた。歩く速度が次第に速くなる。気が付くとコウは影を抜けていた。

行く手に塔子の後姿が見えた。

「塔子さん！」

コウは叫んだ。

塔子は聞こえない様だ。コウは速度を速める。それなのに塔子に追い付かない。

「おかしい……」

塔子が三叉路の所で迷っているのが見えた。ひとつの道を選んで入って行く。と、その横手から何者かが塔子の後を追い掛けて行った。

「塔子さん！」

「幸姫！そっちに何かが行った。後ろだ！」

コウは塔子を追いかけて隧道を走る。

一体、塔子はどこに行ってしまったのか。コウは辺りを見渡す。

突然の悲鳴が聞こえる。

コウの心臓が跳ね上がった。塔子の悲鳴だ。幸姫はどうしたのだ。幸姫が庇護しているのに。

コウは立ち止まった。

暗い洞窟の中で何かを咀嚼する音が響く。倒れている足が見えた。塔子の穿いていたデニムのパンツ。塔子の靴が転がっている。近くにはコウのリュックも転がっていた。コウはその場に凍り付いた。

ぴちゃぴちゃと何かを啜る音が聞こえる。ゴリゴリと骨を砕く音も聞こえた。

まさか、そんな馬鹿な。コウの頭が真っ白になった。

塔子の体に跨って胸の辺りに顔を埋めている影に向かってコウは跳んだ。その襟首を持って塔子から引き剥がす。それは壁に叩き付けられくたりと倒れたが、すぐに起き上がった。血で汚れたその顔は。

「朱姫！」

コウは叫んだ。

朱姫は口に付いた血を拭うとにやりと笑った。コウは唖然とする。

塔子を振り返る。倒れている塔子は首から胸にかけて肉が無かった。無残に食い散らかされた胸には折れた肋骨が見える。洋服は噴き出た血で真っ赤に染まっている。目は見開かれ、あらぬ方向を見ている。朱姫は着物に付いた土を払うと近寄って来る。

「コウ」

朱姫が呼ぶ。

「コウ。待っていた」

コウは後退りする。

「コウ、愛している」

コウは足元に落ちていたリュックに短剣を突き刺す。リュックは黒い霧となって散った。

それを見ていた朱姫の形相が変わった。

朱姫は口を大きく開けた。口の端は耳まで届いている。顔全体を覆う程の口。その中にはずらりと尖った歯が並んでいる。朱姫は体を低くするとコウに跳びかかった。コウの首にしがみ付き、口をあんぐりと開けた。

その口が止まった。目は大きく見開かれたままだ。

短剣が朱姫の首を貫いている。その切っ先は向こう側に出ていた。コウは自分の首から朱姫の腕を引き剥がすとごろりと転がした。つま先で体をひっくり返すと髪を掴んでその首をすっぱりと切り落とした。首はぐずぐずと崩れて黒い影になり霧散した。

コウは倒れている塔子を見下ろした。

あらぬ方向を見ていた瞳がぐるりと動いてコウを見る。血の糸を垂らしていた口が何かを呟く。それはゆっくりと起き上がった。首の筋肉を失っているので頭がぐらぐらと揺れる。

「コウさん」

肺が破れてひゅうひゅうと息が漏れる。微かな空気の音しか聞こえない。それでもそれは確かに自分の名を呼んだ。

「寂しい……。寂しいの」

首が有り得ない角度で曲がっている。それはゆらゆらと揺れながら近寄って来る。

コウは黙ってそれを見る。塔子の伸ばした指がコウの顔に触れようとする。その腕に護符は無かった。

コウはその手を引き寄せると、片手に握った剣でその胴体を真っ二つに裂いた。塔子の影は一瞬目を大きく見開き、そしてゆっくりと閉じた。そのまま体は黒い霧となって消えた。コウはその場に立ち竦んだ。

隧道　三

幸姫は刀を一振りすると布を取り出してすっと拭いた。塔子の意識を呼び戻す。何かを切った筈なのに物体が無い。塔子は幸姫に尋ねた。

「幸姫。何を切ったのかしら？」

「影じゃ。霧散した。取り込まれると気を吸われる。……まあ、何匹かはすでに毒虫にやられておったがの」

幸姫は言った。

塔子は道を走り出した。

「何じゃ。またその道を行くのか？」

「そう。だって、もう出ないでしょう？」

「それは分からん」

「暫く出ないわよ。それにほら、影が通り過ぎたお陰で芋虫が薙ぎ払われている」

塔子は天井を指差した。

　確かに蟲の簾は破られ、宙には切れた糸がふわふわと漂っていた。床には踏み潰された虫が転がっている。潰されても体の一部を動かしているモノもいる。

「うわっ。もう脳裏に刻まれるわ。勘弁して欲しい。何とか踏まない様に気を付けないと。これは拷問だわね」

「跳べば良い。頭巾を深く被れ。切れた糸に触れぬようにの」

　塔子が踏み出すと体は大きく跳ね上がり、蟲の死体の川を一歩二歩、三歩目にすらりと刀を抜いた。着地すると同時に地面に突き刺す。獣の叫び声が響いた。

　地面には片目を潰された何かがいる。幸姫は素早く刀を引き抜くともう一方の目にも突き刺す。再度叫びが洞窟に木霊する。彼女は立ち上がると刀の鋒に手をやる。

「うむ。流石じゃのう」

　塔子は茫然としていた。

「何をぼんやりとしておる。行くぞ」

「ああ、済みません。有り難う御座います。幸姫様」

「うむ。もう少し体を鍛えた方がよい。動きが鈍くてたまらん。折角の剣が鈍ってしまう。其方は不器用過ぎる」

ますよ」

「不注意で不器用……。仰る通りで。どうも済みませんね。戻ったらいろいろと鍛え

塔子は頭を下げた。

道はどこまでも続いている。

「これは、戻れなくなるのではないのか。迷路に迷い込んだのかも知れぬ」

それでも塔子はどんどん進む。

「結局どっちだって一緒なのよ。そう思うの。どこでも良かったの。要は私が本気で朱姫を探す事なんだと思った。コウさんでも幸姫でもなく私が。私は朱姫の魂魄の一部を母から預かったのよ。母から託されたのだと思う。母はずっとそれを身の内に抱えていて私に託したの。朱姫の魂魄はずっとひとつになりたかったのよ」

塔子は母の笑顔を思い浮かべた。

「コウさんに連れられてこんな場所まで来てもまだ他人事だったのよ。朱姫は必死だわ。だって、消えてしまうのだから。だから私も必死で探さないと私も消えるという事なのよ。どうしても生きて帰るわ。私は朱姫と対峙する。何も知らない私をこんな場所まで呼び寄せた張本人と。対等に。ええ。対等にやりますとも。神様だろうが悪魔だろうが。

そして母の意思を実行するわ。そう思ったの。そうしないと私も帰れないのよ。絶対に帰るわ。朱姫になんかに負けるものか」

隧道を歩く人影はたった一人。暗闇の中を塔子は歩いた。自分の足音だけを聞いて。何が出て来てももう恐れはしないと思った。だって影だから。そう。高々影なのよ。虫は御免だけれど。

「心底開き直ったって感じよ」

塔子は言った。


コウは自分の前後に延びる道を眺めた。果て無く延々と続く道。この先にも後ろにも数えきれない程の塔子や朱姫の無残な死体が転がっている事だろう。それからここに来ている守護達の姿も。影が守護の姿を模して襲って来るのは分かり切っている。

「ふざけんなよ」

コウは呟いた。

むざむざと幻に踊らされた自分にも腹が立つが、自分の神経を逆なでした、それを許す事は出来ないと思った。たとえそれが子供であっても。

コウは自分の左手を目の前に翳した。刃の切っ先を小指に当てると息を整え、すっと引いた。指の先がぽろりと落ちてどうと血が流れる。激痛が体を走った。周りの空気がぞろりと動いたのが分かった。


塔子は隧道を歩く。

道が二手に分かれていた。左側の道を覗き込んだ時、白い物が目の前を横切った。

塔子は目を見張った。

「ハク！」

思わず叫んだ。

一度、通り過ぎたそれは再度姿を現した。大きな白い虎。

「ハク！　良かった！　信じられない。こんな場所で出会うなんて」

塔子は走り寄る。ハクはこちらを見たまま動かない。

「待て」

幸姫が塔子を止めた。

「……あれはハクではない」

「えっ？　だって、あれはどう見てもハク……」

「違う。影じゃ。……逃げるぞ。良いか。そのまま後ろ向きにゆっくり。そう。そうじゃ」

　塔子は一歩一歩ハクに気付かれぬように後ろに下がる。二股の入り口までもう少しだ。ハクがのそりと動いた。

「走れ！」

　幸姫が叫んだ。

　塔子は全速力で来た道を走る。唸り声が聞こえる。ハクの息遣いが後ろに迫る。

「追い付かれる！　すぐ後ろだ！」

　目の前に白い簾が見える。

「ぎゃあ！　またいる！」

　塔子は悲鳴を上げる。

　幸姫は「タン」と跳ぶとひらりと空中で体を返し、天井を蹴る。そのすぐ下をハクが跳んだのが見えた。

　行き過ぎたハクは虫の簾に全身で嵌り込んだ。毒糸はハクが動けば動く程絡まる。ハクの悲鳴が聞こえる。白い体は流れ出た体液で赤く染まる。ハクの顔がぐずぐずと崩れ始めた。

「逃げるぞ！」

塔子は走り出した。

後ろでバチバチと音がした。塔子は後ろを振り返る。目を見張った。ハクが放電している。青白い電気を体中から放ち、毒糸を焼いている。

「まずい！　羽衣に包まれ。全てじゃ。つま先から頭のてっぺん迄」

幸姫は叫んだ。

稲光が走った。隧道がまばゆい光で照らされ、その後に地響きと凄まじい音が続いた。ぱらぱらと土が降って来る。


幸姫は起き上がり後ろを振り返った。

虫は全て焼かれた。地面にハクが倒れている。

「行くぞ」

塔子は走り出した。

「めちゃくちゃ怖かった。ねえ。ハクは死んだの？」

「いや。また起き上がるじゃろう。影じゃからのう。しかし、なかなか手強い」

塔子は泣きたくなった。

「ねえ！　どうしてこんなに私達を追い詰めるの。この場所は」

「塔子殿は餌じゃからの。向こうも必死じゃ」

「幸姫。コウさんは大丈夫かしら？」

「案ずるな。勾季は大丈夫じゃ。それより早く朱姫を見付けるのじゃ。これでは埒が明かぬ」

　幸姫は言った。

　ハクは塔子を見付けた。偶然も偶然。こんな偶然がこの世にあるのかと思う程だった。

「ハク！」

　塔子が走り寄る。

「トーコには俺が見えるのか？」

　ハクは驚いた。自分も走り寄ろうとしたが、体が動かない。

「しまった！」

　ハクは歯ぎしりをした。影に捕まった。ハクの周囲を影が取り巻き、形を模していく。

「トーコ！　逃げろ！」

ハクは叫ぶ。

影はどんどん集まる。

塔子が立ち止まった。こちらを訝し気に見ている。

「ああ助かった」幸姫が気付いてくれた。

塔子がそろそろと後ろに進んでいる。自分の足が一歩前に出た。

突然、塔子は後ろを向いて全速で走り出した。ハクの体が勝手に走り始めた。ハクは必死でブレーキを掛けるが、影に包まれた体は言う事を聞かない。塔子との差が縮まる。あと少しで背中に届いてしまう。ハクの口が大きく開く。とんでもない牙が生えている。

「早く行け！」

ハクは怒鳴る。

ハクの体が大きく跳ぶ。

次の瞬間、幸姫が宙を跳び、ハクは毒虫の糸簾に思い切り飛び込んだ。影の体がぐずぐずと溶けて行く。強力な毒だ。ハクの意識はその痛みをもろに被った。これはまずい。夢とは言え大きなダメージを喰らう。消えたいのに消えない。きっとこの糸に絡まってるせいだ。ハクは小さく放電を繰り返す。幸姫に注意を促すためだ。

幸姫が羽衣に包まるのをどろりと流れ出した目の端に捉え、ハクは虫簾に向かって大きく放電した。

隧道　四

気が付くとコウは影の中にいた。中はすごい風圧だった。自分はあれから一歩も動いてはいない。影の中でただ蹲っていただけだ。その中で幻に惑わされていたのだ。

コウは羽衣の中で切り落とした筈の指を眺めた。痛みは自分を自分の体に導いた。

小指はぐるりと赤く傷が付いていて血が流れていた。じんじんと痛む。それでも指はそこにあった。コウはほっとして傷を舐めた。

風は猛烈に吹きすさぶ。羽衣から手も足も出せない。風は怒号や怨嗟の声を乗せる。悲鳴や常軌を逸した笑い声も。その大音量が絶えず耳を弄する。

「パ、マ……」

多分両親の事だろう。この影の核は童子で、きっと両親を探しているのだ。

童子の狂った様な笑い声や人々の阿鼻叫喚の叫び、風の轟音をかき分けてコウは音を探す。あの唄を乗せている弦の音源。早くしないとどんどん消耗する。音源はどこにある？　コウは意識を集中する。闇雲に剣を振り回しても虚しく影を切るだけだ。それどころか手を膾みたいに切り刻まれて使い物にならなくなる。コウは体を丸めて蹲る。外側は羽衣が護る。内では全身の感覚を駆使して音を追う。

コウの感覚には色々な像が引っ掛かる。

朱姫のばらばらに千切れた体、塔子の逃げ惑う姿、悲鳴、ハクが蟲に喰われる姿、全てが幻だった。怒り、憎しみ、辛さ、恐怖、悲しみ、そんな負の感情を呼び起こし、精神の疲弊を誘っている。コウはそれにはもう目もくれなかった。全てが幻なのだ。

この影の中にあるモノは隧道に数多存在するモノと違う。

これは分化された感情の塊だ。主にヒトの。そしてヒトに近しい動物の。激しく渦巻く感情の嵐はヒトの閾値を超えている。自分を殴り付ける情動のエネルギーは凄まじい。

……どうしてこの世に存在したのか。何の為に。

ふと過ったその疑問はヒトのものでは無かったかも知れない。

不条理。恐怖。自らの無力さに憤りそして失望する。自分が手も足も出ないその状況を恨む。この世には何と多くの負の感情があるのだろう。

風はそれを孕む。コウはそれを眺める。ふと見知った感情に出会う。そう思った途端、強烈にそれに引っ張られる。端、強烈にそれに引っ張られる。それは自分を振り回す。混乱している間にそれに飲み込まれる。そうなれば自分もこの風を形成する幾多もの感情の部分になるだけだ。この強烈な負の感情の流れの一筋になるだけだ。

コウは聴覚を閉じた。

うわんうわんと風が吠える音が遠くで聞こえる。それは強力な波となり彼を揺さぶる。だが、もう意味を為さない。

「……見つけた」

闇の奥深く地に近い場所。それは微妙に揺れている。いや、揺れているのではない。回っているのだ。そこは影の密度が濃く、目にも止まらぬ速さで自転している。そこから風は吹いて来る。

中心に核がある。ほぼ完全な球体をしたその中はまるで台風の目の様に無風状態だった。まるで卵の黄身だ。殻の部分が回っていて黄身の中は静止している。中央に童子がいた。童子は大事そうに箜篌(くご)を抱えて眠っていた。

朱姫は言っていた。とんでもない感能力をもった子供だと。だが、その子は疾うに亡くなった筈だ。箜篌はこの子の親の物だろうか。災厄が理由で封じられたと言うが……。それがそもそもの始まりだ。

だが。コウはその静止した揺篭の外を眺める。

自分を含め、周囲は嵐の最中(さなか)だ。ここに取り込んだ気を循環させながらこの子の魂は生き永らえている。この奇妙な空間で。箜篌を破壊して影を孕み育てるあの唄を止めなければならない。

ここは繰り返さない。ここはこのままで在り続ける。あの子はあの場所でずっと眠り続ける。あの子には彼岸も浄土も無い。

コウは両手に剣を握ると羽衣の下に隠した。遮る風の刃に逆らいながら体を低くし、一歩一歩その中心に向かう。じりじりと進む。

最後の一歩を踏み出し、その無風状態の揺篭に力を込めて刃を突き刺す。風の刃が彼の手に無数の傷を付けて行く。コウは渾身の力を込めてそれを引き裂いた。

避けた切れ目から周囲の影が揺篭の内部に雪崩れ込む。均衡は崩れた。球体は回転を止め、その美しい形態を破綻させた。
影が童子の顔を形作る。それは驚き、歪み、苦悶の表情を浮かべ、コウを睨みなが
らぐずぐずと崩れ落ちて行った。コウは影が地面に落ちるその音を聞いたと思った。
さっきまで通奏低音の様に響いていた音が止んだ。
黒い影が消えて最後に箜篌が残った。弦の切れた箜篌。コウはその箜篌を拾い上げ
た。箜篌は二度とその弦を震わせることは無いだろう。

道は坂道になっていた。塔子は道を下って行く。もう随分歩いた。今更戻れと言わ
れても、もうそれは無理だろう。コウはスタート地点で待っているだろうか……。

歩きながら塔子も幸姫も耳を澄ませる。

「ねえ。幸姫。音楽が途絶えたわ」

「確かに。何故じゃろうか……」

耳に別の音が響いて来た。

あれは……？　音はどんどん近くなる。

塔子は立ち止まった。

これはマジで詰みかも知れない。

水飛沫を上げてどうどうと流れる川に行く手を遮られ、塔子はそこに立ち竦んだ。

コウの両腕は傷だらけだった。血の匂いを嗅ぎ付けて、また誰かがやってくると厄介な事になる。傷は自分で舐めた。

「まるで犬だな。」

そう呟く。

コウは箜篌を持ったまま歩き出した。

影は散った。あの童子も散った。だが、影はまたどこかに核を見付けて集まり始める。その繰り返しだ。早く塔子さんを連れて朱姫を見付けなければと急ぐ。


コウは隧道のスタート地点に戻った。形代に手を触れる。形代の手触りがあった。

だが塔子の姿はどこにも無かった。

どこか別の道に入ったのだろうか？

不安がむくむくと湧き上がる。幸姫がいるから大丈夫だと自分に言い聞かす。

コウは降りて来た竪穴の入り口に立ってみた。天上には相変わらず丸い窓が見える。

ふと影が横切る。そこから誰かが下を覗いていた。コウは目を見張った。

さっきの童子だ。

童子は消えていなかった。童子はじっとコウを見ていたが姿を消した。

少し経つと、ずずという重い音がして穴が塞がれて行くのが分かった。光が細くなる。ほんの少し開いた隙間から童子が顔を覗かせてにやりと笑ったのが見えた。童子が消えて岩が動き、光も消えた。周囲は完全な暗闇になった。

「あれには同情なんて要らなかったな」

コウはそう呟くと岩に腰を下ろした。箜篌を抱いて目を閉じる。

これはどうしたら良いだろうか。玄伯に聞くしか無いだろう。こんな所で座り込んでいる場合じゃない。早く塔子さんを探さなければ。

コウは羽衣にくるまって丸くなった。

ただ、ほんの少しだけ。少しだけ休みたい。

こんな所で眠ってしまっては駄目だ。そう意識は訴えるが、体が動かなかった。コウの周囲には黒い霧が漂っていた。コウは薄れて行く意識の中で理解した。

これのせいだ。この箜篌の。弦は切れた筈なのに、なんて強い呪だ。早くこれを手放さなければ……。

そう思いながらも動く事が出来ない。コウは箜篌に捕えられてしまった。霧はどんどん濃くなりコウの姿は霧の向こうに隠れて行った。

ハク

セイと玄伯は沼の端に立っていた。

「こいつは本当に水の中では静かだな。助かる」

「一度に三人も飲み込んだのじゃ。対応に手が回らないのじゃろうよ」

玄伯が言った。

青い竜が水底をゆらゆらと漂う。蟲は静かに沈んだままだ。

「？」

何か変だ……。

セイは試しに外皮に手を掛けてみた。爪が掛かった。セイは力一杯それを引き剥がす。石の鎧だった外皮がぽろりと剥がれた。セイは暫く考える。

「玄。皮が剥がれる」

セイは岸にいる玄伯に声を送る。

「コウ達が中で何かしたのであろう」

玄伯が返す。

「これは行けそうだ。」

「ハク。そこにいるか？　今から外皮を割るぞ」

セイは朱姫の言葉を思い出す。

「これが概念……」

概念と実体。そこに堺は無い。流動的な存在。不思議な場所だ。正に夢だな……。

関節のひび割れに爪を掛けると思ったよりも深く食い込んだ。

「行けるぞ」

セイは力を込めてばりばりと厚い外皮を引き剥がした。岩の様な外皮の欠片が水底にゆっくり沈む。セイはどんどん外皮に手を掛ける。

「これはいい」

白い弾力のある透明なゼラチン質の層の下に薄緑の脈打つ内皮が露呈する。

「気持ちの悪い奴だ」

顔を顰める。

セイは脈打つ内皮に爪を深く突き刺すとそれを引き裂いた。内皮は分厚い。ぐにゃりと柔らかい内皮の手応えが伝わる。緑色の液体が吹き出す。途端に触手が襲って来る。だがセイを追う事は出来ない。セイが開けた穴からは水が滝の様にどうどうと蟲の体内に流れ落ちた。水圧の方が勝っているのだ。

「益々いい」

セイは内皮の穴に両腕を入れて引き裂く。緑の血で辺りが見えなくなる。滝の向こうに触手の小高い山がぼんやりと見える。あの下にハクはいるのだろう。

セイは思い付いた。水を流し入れてそれを凍らせたらどうだろうか。触手は動きが鈍るだろう。ハクはその隙に逃げられないだろうか。

「玄伯、水を急いで凍らせてくれ。」

「セイも凍ってしまうが」

「俺は大丈夫だ。すぐに出て行く。……おや？　ちょっと待ってくれ」

蟲の関節が開き始めた。蟲は破損した部分を切り離し、前後共に触手を開いて別の個体になろうとしている。

「こいつは余程水が嫌いなんだな」

見ている内に蟲は三体に分かれた。その短い部分に水が落ちる。後の二つはしっかりと関節を閉じてしまった。破損した蟲も関節を閉じた。水の流れが止まった。水は蟲の内部に満ちたらしい。セイは待ったがハクが出てくる気配が無い。ハクは触手に捕まっているのだろう。セイの頭に触手に包まれたハクが水中に浮いている図が浮かぶ。セイは穴から蟲の中に入ろうとする。

「セイ。ちょっと待て」

ハクの声が聞こえる。蟲に穴を開けた所為だ。

「触手が待ち構えている。来ると危険だ」

「玄。水を凍らせろ」

セイは言った。

「心得た」

水がどんどん凍って行く。うかうかしていると結晶に捕まってしまう。

ハクの声がする。

「駄目だ。凍らせないで」

「このまま凍れば触手はシャーベット状になって動けまい。沼の上から氷を掘って行く。そしてお前を触手の山から掘り出して帰るさ。水中では速さも力も半減する。水中では触手の方が速い」

「セイ。俺はやりたいことがあるんだ。だから頼む。あっ、少し水から離れてくれよ。

危険だから」

「そんな事を言って、このチャンスを逃したら助けられないのかも知れないんだぞ」

「絶対大丈夫だから」

「やれやれ。玄。氷を溶かしてくれ。」

氷が溶け始める。

ハクは満水になった牢獄を感じてにやりとする。頼まなくても向こうから空間を区切ってくれた。蓋は無いがまあいいか。

セイは玄伯を連れて沼から離れる。

暫くすると「ズン」という籠った爆発音が響いて沼が揺れた。氷の溶け切らない水面が割れて大きく盛り上がった。緑色の液体と肉片らしきものが上がって来る。セイと玄伯は水面を見守る。白い大きな虎が割れた氷の間から水面に顔を出した。

「ハク！」

セイが叫ぶ。

ハクは器用に泳ぐと岸にたどり着く。

「もう少し派手にしたかったな」

身震いをして水を振り撒く。

「俺が助け出される前、ふっと蟲の内部の圧が下がった。瘴気が減ったと言うか……。それが眠っていても感じる程に減圧したのだ。それに、ずっと流れていた音楽が止んだ。コウが何かをしたのかも知れない」

玄伯は再度水を凍らせ始めた。

ハクははっとして言った。

「セイ。ハルは？　ハルはどうした？」

セイは穏やかに言った。

「ああ。大丈夫だ。コウが助けてくれた。今は庭にいる。みんなの帰りを待っているよ」

ハクは安堵のため息を吐いた。

「良かった。俺、ハルが死んでしまったらどうしようかと思っていたんだ」

「後はコウが朱姫を連れてくればみんなで帰れる。さて、今度はどうやってコウ達を蟲から取り出すかだな。蟲の中にコウ達の気配が無いから心配なんだが……」

「俺さ、あの中でトーコと幸姫に会った。あれからあの二人はどうしただろうか。幸姫が庇護しているから大丈夫だと思うが……」

セイと玄伯は驚く。ハクは自分が隧道で体験した事を二人に説明した。

水路

ごうごうと音を立てて流れる川。左手から来て右手の岩壁の下に流れ込んでいる。

「地下水路じゃ。小癪な。この様な深い場所に」

幸姫が忌々しそうに言う。

「仕方が無い。引っ返しますか」

塔子が返す。

「駄目じゃ。後ろから何かが来ておる。随分な数じゃ。進む他あるまい」

塔子は後ろを振り返る。まだ姿は見えない。再度川を見る。

「どうやって……」

塔子は片膝を立てて目線を低くする。

「一気には跳べぬ。高さが足りぬ。良いか、あの場所に岩がある。あれの次は少し遠いが、あれに跳ぶ。次は、壁に取り付くか……。さすれば向こう側に」

幸姫が指を差して説明をする。塔子も集中して説明を追う。

「ねえ。もしも水路に落ちたらどうなるの？」

「音が聞こえるであろうよ。あれはこの壁の向こうは流れ落ちる滝になっておるという事じゃ。ここよりも深い奈落に落ちる」

塔子はがっくりと崩れ落ちた。

「やっぱり、ここには神様はいないのね」

「今更、何を言っておる。おる訳が無い。こんな場所に。さあ、もう時間が無い。奴らが迫っている。行くぞ。覚悟は良いか」

塔子はもう後ろを振り返らなかった。ごくりと唾を飲み込むと頷いた。

幸姫が跳ぶ。ふっと岩に足を着けたかどうか分からない内に次の岩に。そして次の岩に足を着けた途端、岩がぐらりと動いた。バランスを崩しながらも壁に取り付く。

塔子はホッとした。

次の瞬間、掴んでいる岩がぼろりと崩れた。

「しまった！」

幸姫が小さく叫んだ。

「息を吸い込め！」

塔子は大きく息を吸い込んだ。そのまま激流の中に落ちて行く。

水の中でぐるぐる回る。川底の岩にぶつかり衝撃で気を失い掛ける。岩に擦れ、水に翻弄される。幸姫が水面に塔子を導く。塔子は大きく息を吐き、また吸い込む。水が頭から殴りかかって来る。渦に巻き込まれる。

足のずっと下の方で何かが泳いで行く。細長くて黒いそれが岩の間をすり抜けて行く。

塔子はパニックに陥る。慌てて水を掻き浮かび上がる。流されて行く先を見て顔を引き攣らせた。水音は耐えきれない程に大きい。川が落ちている。前方には何も無い真っ暗な空間だけがぽっかりと浮かんでいた。

箜篌　一

強い風が吹く。

平均標高四千五百メートルの高原。

乾いた赤土を舞い上げて限りない天空を渡る風の音。視線を転じると遠く山の上に古い寺院が見える。大地の色と同じその壁は、どこまでも青く澄み渡った空の下、同じ場所に同じ様で在り続ける。

　どれだけ探しても、どれだけ想っても、どれだけ歩いても懐かしいあの場所に帰り着く事は無い。天に近く空気の薄いあの場所では空の色が目に痛い程の青だった。

　大地を駆ける風の乾いた声。

　風の音に紛れて師の奏でるドニパトロの音色が聞こえる。幾重にも重なる音は干渉し、うねり、揺らぎ、伸び、広がり、最後には淡い波動となって体全体を通り過ぎる。微かなその倍音は男の心を鎮める。男は暫し記憶の中の波動に身を任せる。


　突然、頭上で鳶が鳴く。その声で夢想は破られる。男はゆっくりと目を開ける。宙に張り出したこの岩近辺は古代の野葬の場であったのではないだろうか。鳥送りの場。鳥は亡くなった者の魂をあの世へ運ぶと言われている。岩に沁み付いた人の血と肉の腐臭はこの辺りの猛禽類の脳にすでに刷り込まれているのではないかと思う。

　あそこにいるのは餌だと。

「俺を喰ってくれるなよ」

　異国の言葉で呟く。

　男はいつも傍らに持ち続けた箜篌を手に取った。それは美しい三日月の形をしていた。

　音を響かせる胴木は桐を使っている。腕木の部分は花梨だ。腕木には繊細な彫りが施され、その漆を使った造形には目を見張るものがある。はるか昔、西域のどこかの姫君が手に取り奏でていた物かも知れない。隊商の長をしていた父が彼に与えた物だ。出所は知らない。ひょっとすると古の遺跡からの盗掘品を手に入れたのかも知れない。

　竪琴に似ているその楽器の下方を片膝で挟むと右肩でそれを支え、絃を張り、音の調整をする。音が整うと二十三絃全てを爪弾いた。男は息を整えると旋律を奏でた。澄んだ音が宙に舞う。高い音は陽の光を反射する瑠璃の響きで、低い音は地の底を流れる微かな水音で。男は低い声で故郷の唄を唄った。

　もう何年も大陸を放浪して来た。

　何故こんな極東の小国に流れて来てしまったのか……。修行と称して気の向くまま国々を渡り歩いた。

　寺を出る男に師は告げた。

「市井に生きるか。お前は流離いの性をもって生まれて来たのかも知れぬ。お前の父親の願いを儂は叶えることが出来なかった。だが、それも御仏の御心かも知れぬ」

その後、寺に帰れとも帰って来るなとも言わなかった。本当は師も知っていたのではないのか？　自分はもう信仰を失いつつあるという事を。

男は笠篠を背中に旅に出た。

野盗に襲われて命辛々逃げだすこともあった。戦いに巻き込まれ、何度も死ぬ思いをした。しかし不思議と命は助かった。

故郷の川とは比べ様も無い。向こう岸が見えない程の滔々たる大河。そこを大小様々な船が行き交う。雑多な人、人、人。多様な民族。色取り取りの民族衣装。

大海原を初めて見た。

目の前に広がる青い海に圧倒された。この低い土地には沢山の人が住む。水の豊富な国。植生も動物も人々の生活も何もかもが違っていた。見た事のない沢山の食べ物や物がこれまた沢山の店に並ぶ。

何もかもが過剰だった。人も物も空気も空気の中の水分も。言葉の種類も法も信仰さえも。馴染みのない雑多な事物や様式に囲まれて過ごした。男は息苦しくなった。空気も水も人々の生活も……何もかもが濃過ぎる。

そんな時は海を見に行った。海を見て波の唄を聴いた。その水の圧倒的な量とそれが空間に占める割合を思う。そしてその計り知れない深さを思う。海の深淵はどうなっているのだろう。

海と空。

たったそれだけがここを構成している。もしかしたらそれが大切なのではないのか？　その単純さが。いや、単純ではない。深いのだ。何もかもが深くて理解し難い。男は故郷をぐるりと囲む峻厳な山々を思い出した。深い根雪を被った山、そして残りの空間は空だ。蒼穹の空。そして希薄な空気。似ている。どちらも二元だ。それ以外は要らない。

そのまま国に帰れば良かったのだ。

それなのに、海を渡って東の異国に行く船があるという話を耳にした途端、行きたくなった。極東の大海の中にぽつりとある蓬莱国。薬師如来の座す場所。そんな事はまやかしに決まっている。そんな場所はこの世には存在しない。ある筈が無いのだ。そう分かっていて、それでも来てしまった。

今思えばそれが発端だった。……いや、発端は寺を出た時だったか？　だが、信仰を失いつつある自分はその場所に留まる訳には行かなかったのだ。だから、ここへは導かれたのだ。……誰に？……さあ？

何日も船に揺られた。酷い悪臭の船底で生きた心地がしなかったのを覚えている。ふらふらになりながら大地を踏んだ時には、自分が生きていることを仏に感謝した。そして少し後ろめたくなる。お前は信仰を失ったくせに何を今更。

だが……、男は悟った。

自分はここに来るべき人間だったと。同時に自分は二度と故郷には戻ることは無いだろうと。

それなのに年を重ねる毎に故郷が懐かしく思える。時にそれは耐え難い望郷の念となる。

そんな時はここに来て大空を悠々と舞う鷲を見る。大きな鳥になって一路生まれ故郷を目指して帰りたい。それが叶わぬなら、せめて自分が死んだら魂を載せて故郷の山に、あの乾いた大気の中に運んでくれよと願う。師の傍に。……師はお元気であられるだろうか？　自分にとっては父よりも近しいお方だと思っていた。もう一度あの方のお傍で箜篌を奏でて差し上げたい。

男は低い声で唄を唄う。それは影を慰め、行き場の無い霊を鎮める鎮魂の唄だった。

コウは広い空を見渡す。

平地の中にぽっかりと浮かんだ双子山。眼下には邑が点在して見える。

季節は丁度夏の始め。青々とした早苗が爽やかな風に一斉にたなびく。邑を繋ぐ道に牛を引いた百姓が歩く。遠く流れる川は太陽の光を反射してその川面がきらきらと輝く。穏やかで平和な土地。

美しくていい場所だ。それが何故石ころだらけの河原に？　遠くに流れている川はどこに消えた？

コウは広々とした平原を眺め、高く低く響く音を追いながら、男と一緒にその異国の旋律に身を任せた。いつの間にか弦を爪弾く男の指は自分の指になっていた。

家に帰ると小さな息子と妻が待っていた。小さな息子は、ああ、あの子供だ。体は細く小さいが頭が異様に大きい。四つぐらいだろうか。歩くと頭がゆらゆら揺れる。

「ツェドゥン　ユンハ」

「キヒ？　パ」

童子はとことこと男の傍に来て膝の上に座る。子供の温かい体温を感じる。童子は自分を見上げてにっこりと笑う。

ツェドゥンという名前なのか……。

コウは思う。


男は片膝を折り曲げて膝に箜篌を挟むと弦を弾いた。

童子は父親の指の動きを眺めていたが、その内膝にもたれて眠ってしまった。女が子供を抱いて寝床に連れて行く。その後、男は女を抱いて弦を爪弾いた。女が唇を寄せて来る。

口付けを交わそうとしながらふと疑問が湧く。この女は一体誰だ？　コウは顔を背ける。女が怪訝な顔をする。

コウは箜篌を置く。そして周囲を見回す。馴染みのない場所。どうしてこんな場所に？

ここは違う。自分のいる場所ではない。どこかで自分を呼んでいる声がする。違う。違う。そう思いながらまた眠ってしまう。ああ駄目だ。自分は誰かを探していた筈なのに……。誰だった？　何か大切な……。忘れたくない。自分には大切な……。

呪（じゅ）　一

「塔子。早くしないと学校に遅れるわよ」

　母の声が聞こえる。

「駄目よ。お母さん。見付からないの。どうしても」

　塔子は困った顔で言う。

「探し物なの？　どうして昨日の内に……」

「探したわよ。でも見付からないの」

　母はじっと塔子を見る。塔子は泣きたくなる。

「見付からないの。無いと困るのよ。ああ、早くしないと。早くしないと間に合わない」

「落ち着いて。よく思い出すのよ。いい？　最後にそれに触れたのはいつ？」

　塔子は目を瞑る。

「最後に触れたのはあの時だ」

「さあ、次よ。それをどこに置いたのかしら？　何か一緒に記憶しているものはない？　例えば、隣にあった物とか、その時に見ていたテレビとか聞いていた音楽とか……」

「音楽？　音？　何の音だったか聞いた事がある……」

そうそう。その調子よ。母の声が遠くなる。

お母さん？　お母さん。待って。どこへ行くの。

母が去って行く。その姿を塔子は追う。

遠くで水の落ちる音が聞こえる。どうどうとそれは凶暴な音を立てる。


幸姫は体を丸めた。

頭を抱えて真っ逆さまに滝を落ちて行く。塔子はすでに気を失っている。水面に落ちた衝撃を羽衣が緩和する。そのまま滝壺で何度もぐるぐると回った。幸姫は水を蹴って泳ぐ。

岸はあるのだろうか？

流れが幾分緩やかになる。それだけ川幅が広がったという事だろう。流れの中に大きな岩が付き出ていた。幸姫はそこによじ登る。岩の上に辿り着き、ほうっとため息を吐いた。

何とか無事だった。岸はどこにある？　岸が見えぬ。周囲はざあざあと音を立てて流れる川のみ。これはなかなか……。さて、如何致そうか。

黒い船

コウは歩く。

ずっと歩いている。いつから歩いているのか分からない。

自分の隣には女がいる。女の背中には童子がいる。歩き疲れてぐずるのを背負って歩いているのだ。幼子はその背中ですやすやと眠ってしまった。コウは箜篌を背負っている。女はコウを見上げてにっこりと微笑む。コウも笑みを返す。

ようやく船が見えて来た。大きな黒い船。それがたっぷりとした水に浮かんでいる。

あれで故郷に帰るのだ。

船に乗り込む人が長い列を作っている。板が渡され、人々は荷物を抱えながら船に向かう。コウは人の流れに沿って船に乗り込む。甲板に立って見送る人々を眺める。

童子は目を覚まして甲板の柵にしがみ付いて外を見ている。そしてコウの手を握り、にっこりと笑う。コウは童子を抱き上げる。

出発の太鼓が鳴り響く。どおん。どおんと。

コウは桟橋に群れる人を眺め、一人の男に目を留めた。

金色の長い髪の男が自分を見ている。その鋭い眼光には見覚えがあった。

「？」

視線を転じると黒い人だかりのその中にぽつりと白い老人がいた。金色の髪の男と同じ様に自分を見ている。その脇に少女。少女は緋色の着物を着て白い猫を抱いていた。黒一色の人々の中にあって色彩を持つそれらは酷く場違いな感じがする。何処からか迷い込んだ異物の様な。

コウの中で何かが浮き上がる。それに触発されて意識の布置が微妙にずれる。

何だろう……？


自分は生まれ故郷に帰るのだ。あの乾いた大空の下に。コウは故郷を思い出す。青い空。赤茶けた土。根雪を被った山々。その向こうに見える……何だ？　あの大きな建物は。あれは……寺か？

船はゆっくりと桟橋を離れる。コウは金髪の男に視線を戻す。男はじっと自分を見ていたが、ふと背中を見せて去って行く。

「待って」

コウは思わずその背中に手を伸ばす。その手を見て驚く。小指が無い。小指が切れている。思い出した様に手がじんじんと痛む。コウは益々不安になる。

このまま行ってしまって良いのだろうか……？

何か大事な物を忘れている気がする。ぽつりと浮かんだ違和感は意識全体の布置を少しずつ変えて行く。滲んで広がる墨の様に。触れると色を変えて行く試薬の様に。だが、それを阻もうとする存在がある。それは変化を抑え疑心を宥める。

故郷の村に、あの寺に帰るのだ。どうあっても帰るのだ。……故郷の？　故郷とはどこだ？　不安は耐えきれない程大きくなる。

女が自分の手を握り、先の欠けた小指を口に含んだ。温かい口の中で小指に舌を這わせる。痛みが和らぐ。不安も収まる。女はコウを見上げ幸せそうに微笑んだ。

船は一路故郷を目指して進む。

コウは胡座になり背中の箜篌に手を伸ばす。童子が膝によじ登って来る。絃を整えようとして、それが全て切れている事に気が付く。コウはそれを見詰める。そして童子を見る。

にこにこと笑っていた童子は笑顔を消して上目使いにコウを見る。童子はそろりと膝を降り、コウを睨みながら後退りをして離れる。

コウは箜篌を放り出すと甲板を蹴って走り出す。

「ピカラ！」

童子が叫ぶ。

目の前に女がいた。女は真っ直ぐにコウ目掛けて矢を番える。女はぎりぎりと弓を絞る。

コウは剣を引き抜いた。矢は放たれた。

コウはすっと逃げる。それはコウの肩すれすれに飛び去る。女が二本目を番えた時、彼女の首は胴から消えていた。コウはそのまま水面に向かって跳んだ。

深い川。

その筈だった。だが、どこまで落ちても水はコウに触れる事は無かった。コウは虚無の空間をただ真下へ落ちて行った。

塔子は母を追う。

母の姿が光に包まれる。柔らかい光。微かな音と共にそれは波打ちながら広がる。そして消える。紅い光。光が揺れる。音を視覚化するとこんな風に見えるのかしら。塔子は思う。

幾重にも重なる音は穏やかな波となって塔子の体を通り過ぎる。

ああ。分かった。シンギングボウルだ。あの時、崖の上で聞いた音はこれだったのだ。塔子は風に紛れて聞こえて来た言葉を思い出した。手を光に翳す。掌が暖かい。

「オーム・マニ・ベメ・フーム」

忘れていた言葉が口を衝いて出て来た。マントラなのだろうが、意味は分からない。だが、あの時、確かに声はそう告げた。

「オーム・マニ・ベメ・フーム」

塔子は小さく繰り返した。

辺りが一瞬強く光った。全てが白い光に包まれ、気が付くと塔子は小さな部屋の石の椅子に座っていた。

自分の前には石のテーブルがある。その向こうには燻んだ茶色の法衣を付けた僧侶(ラマ)の骸骨がひとつ座っていた。

塔子は驚いて椅子から転げ落ちた。落ちたまま後退りをしてそれを見詰める。

枯れ枝の様な指が動いて金の椀の縁をマレットで軽く叩き、それを滑らす。心地よい倍音の波が広がる。

この骸骨……生きている？

茶色の皮膚が薄く骨の上に貼り付いている。皺の中の小さな目は灰色に濁っていた。

私は地下水路に落ちて、それからどうしたのだろう？

母がいた。この場所に。

体は濡れている。髪からは滴がぽたぽたと落ちて来る。

まさか、ここはあの世なの？

ああ、あんな深い滝に落ちてしまったら助かる訳がない。骸骨がいる。骸骨がシンギングボウルを鳴らしているなんて、あの世でしかないわ。だからお母さんもいたのね。綺麗な光が見えたわ。塔子はぽろぽろと涙を流した。

妙なる音楽もあの世だからだわ。あんなに頑張ったのに戻れなかったのね。悲しい。悲し過ぎる。あんな暗い川でたった一人で溺れ死ぬなんて。なんて悲しい一生だったのかしら……。

「生きておる」

突然、幸姫の声が聞こえた。

「まだ死んでおらぬ。まだ終わっておらぬ」

「え？」

塔子は目を見張った。

「幸姫！」

じゃあこの骸骨は？　生きているの？

安堵の余りへなへなと力が抜ける。

茶色に変色した口がもごもごと動いて、ゆっくりとその手を上げて塔子を手招きする。

塔子はぞっとした。

「ダン。ランロサマゴ　アヨ。マア　クダイチュウ」

あの世の者なのかこの世の者なのか判別が付かない老僧は異国の言葉で語り掛ける。

「『よく来た。そこに座れ』と言っている。『ずっと待っていた』とも」

後ろから澄んだ声がした。塔子は慌てて振り向いた。そこには緋色の着物を着た少女が立っていた。

「朱姫！」

塔子は叫ぶ。

朱姫は言葉を続ける。

「老師（ラマ）　チェリン・ドマだ」

塔子は朱姫とラマを交互に見ていたが、立ち上がってラマにお辞儀をする。

「佐田塔子です」

「老師がこの八重鋺（やえわん）の音で結界を作り、私の最後の欠片を護っていてくれたのだ」

朱姫は言った。

では、あの時崖の上で聞いた声はこの老僧の声だったのか。

「はあ……。有り難う御座います」

塔子は深々と頭を下げた。果たしてこのリアクションはこの場に合っているのだろうか。

幸姫は尋ねた。

「何と引き換えに？」

「箜篌だ。」

「箜篌はもう無い。ある訳が無かろう？　木作りの古代楽器など。とうの昔に朽ち果てて、岩戸を開けた時に塵となって宙に散ったわ」

「その箜篌ではない」

「ではどの箜篌だ」

「童子の持つ影の箜篌だ。それを探して渡すと約束した」

「ええ？　また探し物？」

塔子は驚く。

「もう、勘弁して」

「いや、すでに音は消えた。誰かが童子から奪った様だ」

朱姫は宙を見ながら言う。老師はぼそぼそと朱姫に話をする。

「守護が箜篌を持っているらしいが……。あれはとても危険だと言っている」

「コウさんが？」

塔子は驚いた。

「ねえ、どんな風に危険なの？　コウさんはそれを知っているの？」

朱姫は唇を噛み、暫し考える。何かを老僧に伝える。老僧は頷きながら聞いている。

そして朱姫に何かを伝える。

「箜篌は人を取り込むらしい。だが、コウは大丈夫だ。心配するな」

朱姫は続ける。

「箜篌を祓いたかったそうだ。持っていたのは老師の弟子だ。優れた箜篌の奏者で、同時に強い力をもつ呪術者だ。封じられたのはその男だ。幼い子供と一緒に。老師もここに引き込まれたのだ。私と同じ様に。遠い昔に遠い場所から」

塔子はイライラしながら言った。

「ねえ、詳しい話は後でいいから。早くコウさんを助けないと箜篌に取り込まれてしまうわ」

朱姫はじっと塔子を見る。

「では、私を連れてここを出るのだ」

「どうやって？　手を引っ張ればいいの？」

塔子が手を掴もうとするとその手はすっと朱姫の手をすり抜けた。塔子は自分の手と朱姫の手を見返す。

「私は幻影だとあの岩の上で言ったであろう。本体はそこにいる」

朱姫がテーブルの上を指差す。テーブルの上のシンギングボウルの中に……小さな、赤子の拳よりも小さな赤い鳥が眠っていた。

塔子は驚いた。

「えっ？　これ？　こんな小さな鳥、見た事が無いわ。こんなに小さくなっちゃったの？　可哀想に……。眠っているの？　目を閉じているわ。触ってもいいかしら？」

朱姫は頷いた。塔子は小鳥にそっと触れた。小鳥は温かかった。

「これを連れ帰ればいいのね。分かったわ」

塔子はリュックを開いた。

「待て。そうではない。お前の体で運ぶのだ」

「えっ？　どうやって？」

「その小鳥を飲み込むのだ」

「ええーっ？」

塔子はのぞけった。

「冗談でしょう？」

「冗談を言っている場合か？　コウが危ないのだぞ」

「そんな事を言われても、そんなの無理。大体小さいと言っても、飲み込むには大き過ぎるわ。喉に痞えて窒息するわ」

「では、もう少し小さくなろう」

小鳥は小指程の大きさになった。塔子はごくりと唾を飲み込む。

「噛んじゃいけないのよね。飲み込むのよね」

「待て。その前に幸姫の憑依を解くのだ」

「えっ？」

「だって、幸姫の憑依が無くなったら、私は無防備に」

「いや、私が塔子の中に入るには幸姫の憑依があっては出来ぬ」

「じゃあその後は？」

「私の羽衣があろう。それを身に付ければよい」

「だって、羽衣はすごく重いのでしょう。人間にとって。そんなの無理に決まっている」

「私が入るのだから、今度は私が加護する」

「加護するって言っても……こんな小さな鳥で？」

「その為にお前は来たのだ」

塔子はむっとした。

何？　その上から態度。……何なの？　これ。こんなに苦労をさせといて有り難う御座いますの一言も無いの？　この鳥は。ムカつく。噛み潰してやろうかしら。

幸姫は笑いを堪える。

「朱姫。一つだけ言伝（ことづて）がある。この娘の体に傷一つも付けてはならぬ。勾季が言っておった。もし塔子殿に害を為すことがあれば、」

「コウが？」

「その前に自分が朱姫を害すると」

「もしその様な場合には妾が其方を害しても致し方ないとな。ふふふ。今其方は何の力もない小鳥。指先ひとつで容易に捻り潰せる」

朱姫はぽかんとしてそれを聞いていたが、呆れたようにため息を吐いた。

「全く、ウチの男共はどうしてしまったのだ？　セイには蟲ごとずたずたにしてやると脅かされ、今回はコウにまで……。そもそも彼等は私を救いに来たのではないのか？　呆れたものだ。幸姫。コウは私を愛しているのではなかったのか？　もう、私を忘れてこの様な小娘を……」

塔子は黙っていられなかった。

「ちょっと。さっきから聞いていれば何よ。その上から目線。ねえ。あなた、私にこんな苦労をさせておいて『有り難う御座いました』の一言も言っていないわよ。済みません。御免なさいでしょう。呆れた。こっちこそ呆れるわ。あなた、私の親でしょう。

　いいえ、違うわ。私の母はあなたとは違う。私の母はそんな嫌な奴じゃないわよ。良かったわよ。あなたが現世にいなくて。朱姫。いい加減にしないとあなたを捻り潰すわよ！　全く、何様なの。ホントに頭に来る！」

　塔子はぷりぷりと怒っている。朱姫は唖然とする。そして次の瞬間、爆笑した。

　暫くそうやって笑っていたが、涙を拭きながら言った。

「ああ、どれ位振りだろう。笑いなど忘れておったわ。涙を流して笑うなど。

　確かにその通りだ。それは済まなかった。本当に無礼な事をした。塔子。勿論、塔子がここまで来てくれた事に、そのご苦労に深く感謝する。心から有り難く存じておる」

　朱姫は膝を付き、深々と頭を下げた。

「全く！　何度も死ぬ思いをしたのよ。私を助けてくれたのはアナタではなくて母よ。私の母！」

塔子は追い打ちを掛ける。

「本当に済まなかった」

朱姫は繰り返す。幸姫がふふふと笑う。

「朱姫。勾季も成長したのだ」

「ふん。詰まらんな。もう私の可愛いコウでは無くなったのか。どうしてこんな……まあ。よい。ここから出るのが最も肝要。幸姫。伝言、確かと承った」

「二言はないな。その時は……」

「くどい。私に二言はない」


朱姫は老師に何かを囁く。老師も朱姫に何かを言う。朱姫は頷き、そして膝を折り、額を床に付けて礼をした。

「良いかの。塔子殿。ここは生身の人間がいられる場所では無い。妾が離れたらすぐに飲むのじゃぞ」

塔子は意外な表情で老師を見た。

「その方は？」

「先程、朱姫が申したであろう。朱姫と同じ様に引き込まれたのだ。遠い昔。生身の人間である訳が無い」

「分かったわ。何にしろ、全てが命懸けって事ね」

塔子は水を取り出し、目を閉じて深呼吸を繰り返した。

「力を抜いて楽な気持ちにならねば」

幸姫が言う。塔子はもう一度呼吸を整える。

「いいわよ」

塔子が答える。

「行くぞ」

幸姫が塔子から離れた。

塔子はそこに崩れ落ちた。立っていられない。生気が吸い取られるのが分かる。そしてとんでもなく寒い。

「早く。それを飲むのじゃ」

幸姫がせかす。

塔子は震える手でテーブルに這い上がってごくりと唾を飲み込み、目を瞑ってそれを口に入れた。鳥の羽が喉に刺さる。塔子は吐き出して咳込んだ。涙が出る。消耗する。早く、早く飲まなくては。水を飲み、もう一度口に入れた。水を続け様に飲む。

頼むから食道に引っかからないで。

ごくり。

何とか胃まで到達したらしい。塔子はホッとした。

途端に体が暖かくなった。体がしゃんとする。あれ？　と思っている内に体がどんどん熱くなる。汗がだらだらと流れる。

「水、水を」

塔子は残っている水を全部飲み干した。そして水筒を手放すとそのまま気を失ってばたりと倒れた。

魂の溜り

落下が止まった。

体の周りの空間が重い。思うように体が動かせない。まるで水の中にいるみたいだ。

コウはゆらゆらと漂う。その空間を埋め尽くしているのは水ではない。

それは夥しい数の「魂（もの）」。タプタプと自分に打ち寄せるその「魂」の波を感じる。

「魂」は緩い流れとなる。コウは暫くそれに身を任す。

　ここだ。ここに魂は集められていたのだ。

　影と感情と魂。

　それぞれが別々の場所に。影はあの邑の住人達だろうか。彼等は自分の感情や魂を探して彷徨っていたのだろうか。

　ここは静かな混沌に満ちている。まるで溶鉱炉の様だ。穏やかで温(ぬる)い溶鉱炉。村人だけでは無い。童子に呼ばれた「もの」はここに放り込まれたのだろう。何もかも。

「もの」は振動している。ぶつぶつと何かを呟いている様にも思える。耳を澄ますと小さなざわめきが聞こえる。まるで……

「彼(そ)の国に多(さは)に蛍火の光く神、及び蠅声(さばへ)なす邪しき神あり。復、草木咸(ことごとく)に能く言語(ものいうこと)あり……」

　古の物語の一文が脳裏に浮かぶ。記憶にも残らない程遠い昔には自分もその一部だったのだろう。

　そこは「霊(もの)」の過剰な国。何もかもが未分化で混じり合っている。

　朱姫もここに放り込まれたのだろうか？　コウは波間に漂いながらそう思う。

　ここから出なくてはならない。長くこの場所にいるとこの中で溶かされてしまうのではないかと感じる。だが、どうやって？

遠くからぎい、ぎい……と音が近付いて来る。

小舟がたった一つ暗い彼方からやって来る。それはまるで宙に浮いている様だった。誰も乗っていないのに櫂が動いている。小舟はコウの前に来ると停まった。小舟はゆらゆらと漂う。コウは小舟の縁に手を掛けた。舟は動かない。まるでコウが乗り込むのを待つように。

コウは体を持ち上げると舟に乗り込む。櫂が動き出した。小舟は暗い「もの」の溜りを進んで行く。一体何処に？

小舟の動きが速くなった。コウは「もの」の溜りに手を入れる。流れている。まるで川の様にどこかに流れている。

「もの」の流れがどんどん速くなって行く。「もの」はどこかに落ちているみたいだ。小舟は「もの」の流れに翻弄される。櫂は巧みに動く。

ザンッと流れの頂に乗り上げたと感じた。その先に流れは無かった。

突然の地面が迫る。コウは慌てて羽衣に包まる。そのまま地面に激突した。反動で体が跳ね上がる。コウはその衝撃で気を失い、ごろごろと暗い地面を転がった。

岩戸　二

コウが次に気が付いたのは暗い岩戸の中だった。体が酷く痛んだ。固い地面に激突したせいだろう。

目の前には童子がぽつんと座って紘の切れた箜篌を抱えている。傍らには童子と男の亡骸が横たわる。亡骸はその形骸を失いつつある。コウはそれを眺め、目の前の童子に視線を移す。

童子は心配そうにコウを見るとおずおずと箜篌を差し出した。コウが箜篌を受け取るとほっとしたようににっこりと笑った。

コウは言った。

「ねえ、君はもう死んでいるんだよ。遠い昔に」

「お母さんはどこにいるの？」

童子は首を傾げると川の方を指差す。そして天井を指差す。コウは納得をする。蟲だ。

童子はめそめそと泣き出す。

「両親を探しているんだね。……悪いけれど、僕は君の父親にはなれない。それに僕を待っている人がいる。とても大切な人なんだ。早くその人に会わないと……。だからいつまでもここにいる訳に行かないんだ」

童子は怯えた目でコウを見る。

「ビカラ！　ナジャンファ！」

「ツェドゥン」

コウは呼び掛ける。童子はぴくりと黙る。

「君もいつまでもここにはいられない。君も還るんだよ。在るべき場所に。だからいつまでもこれを持っていてはいけない。……もっと早くこうするべきだった」

コウは立ち上がると手にした華麗な箜篌を両手で二つに裂いた。箜篌はバリバリと乾いた音を立てて割れた。

童子の顔が恐怖で引き攣る。割れた裂け目からぐずぐずと何かが染み出して行った。


どこか遠くで声がする。

幾つもの声。何重にも空間を隔てたその向こうで喚いている。コウは耳を澄ませる。

童子は耳を抑えて地面に倒れ伏す。

「あの男を子供もろとも岩戸に封じるんだ」

「二度と災厄を呼ばない様に封じ込めろ」

「女を切り刻め。川に流せ。川の神を鎮めろ」

「あれは凶を呼び寄せる。災禍はあれが導いた」

邑に蔓延する疫はあれが呼んだに違いない。人がどんどん死んで行く。あっという間に……。

男は自分が「魔」だという事を知らなかったに違いない。だから、彼はこの邑で本当に影を祓っていたのだ。凶のみを伝える呪術者。凶に備えて影を鎮めていたのだ。

想定外の水の災が起きたのだ。洪水、稲の不作、疫病の発生……。全ての因果を彼に負わせ、ここに封じたのだ。神の力を借りて。この岩戸に呪を掛けたのは何者だ？

怒りと苦痛は彼の「魔」を強く呼び起こした。そして、箜篌の「魔」を。そこに共鳴したのがこの童子の感能力だった。影は呼び寄せられ、その量は加速度的に増えて行く。

水の災が去って干の災が続いた。川の水が枯れた。土の水分も蒸発してどこかに消え失せた。水の循環が途絶えた。塩が表土を覆った。男が望んだような乾いた軽い空気。だが、まだ多い。まだ濃過ぎる。

あの眼下に点在した邑は全滅したのだろう。誰一人、いや、生き物は全て。全て影に覆われた。

枯れた川から巨大な何者かがやって来た。童子のイマジネーションが蟲を呼んだのだろうか。恐ろしい力。人でありながら人を超えた力。何の自然の悪戯か。

蟲が来た時に現実が夢に変換したのだろうか。それとも蟲が違う時空を運んで来たのだろうか。それとも彼等が封じられた時か？　どの辺りからこれに切り替わったのだろう。

この邑の光景は箜篌にも童子の脳裏にも刻み付けられた。彼等を封じ込めた太鼓の音と共に。

固着した風景。

それは童子の意識にぴったりと貼り付いて離れない。彼はそれをこの時空に貼り付けたのだ。荒れ果てた赤い大地。生き物の途絶えた石ころだらけの河原。自分達が封じられた双子山。

朱姫は庭から出て、幸姫の妹の池で泳いでいる所でその旋律に捕まったのだ。無防備な状態で羽衣も無く。この時空の、この岩戸の中から届く虚無の旋律に。

土中を高速で縦横に走る呪。それは高感度な感知力を備えたモノには危険な罠だ。

尽きる所のない豊富な気(エネルギー)の源泉はさぞかし蟲のいい餌になったことだろう。全く、なんて迷惑な話だ。皆がとんでもない苦労をさせられた。

「この穴も君が開けたのか？　もしかしたらこの隧道も？」

コウは童子に尋ねた。童子は首を傾げた。

霧の向こうから誰かが呼んでいる。コウは顔を上げる。塔子の声だ。良かった。無事だった。コウの顔に笑みが浮かぶ。

コウは岩戸を押す。岩戸はもう無い。ただの霧だ。コウは走り出す。童子は泣きながら後を追う。そして小さな手を差し伸べる。コウは振り向く。

「その手はもう僕には届かない。……さようなら」

コウは童子を置いて走り出す。童子が後ろで悪態をつきながら泣き叫んでいるのが聞こえた。


走っている途中で痩せた老僧に出会った。煤けた茶色の法衣を付けた彼は、立ち止まってコウの手の中の割れた箜篌をじっと見た。コウも立ち止まって老僧を見る。老僧は箜篌を指差す。

「ああ。これを探していたのか。いや、返さない。これは朱姫に焼いてもらう」

老僧はコウの顔を見て頷いた。そして手を合わせてお辞儀をした。コウも手を合わせてお辞儀をする。

老僧は向きを変えるとゆっくりと歩き出した。コウは老僧を見送る事もしないで走り出した。

闇の中を走る。自分の足音が自分の耳に届き始めた。地面を蹴っている感触が分かる。遠い場所に赤い光が見える。光は少女の形を成していく。少女は暗い洞窟を走っている。

「朱姫！」

コウは叫ぶ。

少女が立ち止まる。そして辺りを見回しているのが分かる。自分を見付けた。コウは嬉しさで胸が一杯になる。

「コウ！」

暗い霧の向こうからコウが走って来る。朱姫は走り出す。

「コウ！」

「朱姫！」

朱姫はコウに跳び付く。首に手を回して頬を摺り寄せる。その熱い涙がコウの頬を濡らす。

「コウ。コウ。どれ程会いたかったか。ようやくこの手でお前を抱き締める事が出来た。どれ程夢に見た事か。良かった。無事だった。本当に良かった」

「会いたかった。朱姫」

二人はお互いの存在を確かめるように強く抱き合う。

「勾季。無事で良かった。もしや影に喰われたかと心配したぞ」

幸姫は言う。

「ああ、かなりやばかった。危うく連れ去られそうになったよ」

「塔子さんは？　幸姫の中か？」

「いや、塔子はここにいる」

朱姫が言った。

「朱姫。塔子さんを出して」

朱姫は頷く。

そして朱姫が消えて、塔子が現れた。塔子は眠っているのか瞼を閉じている。コウは一歩下がって塔子を眺めた。瞼がゆっくりと開いてその瞳がコウを映し出す。

「コウさん！」

　塔子は叫ぶ。

　ああ。この顔だ。僕が探していたのは……。

　コウは手を伸ばすと塔子の腕の護符を指でなぞる。その手を体に回すときつく塔子を抱き締めた。塔子の髪に顔を埋め、匂いを確かめる。しばらくそうやってじっと塔子を感じていた。塔子の体、手触り、心臓の音……。このまま、自分の中に取り込んでしまいたい。そしてずっと彼女を傍に置きたい。もうどこにも行かせない。何があろうと離さない。

「コ、コウさん。苦しい」

　塔子は言った。

「ああ。御免」

　コウは腕を緩めた。塔子はコウを見上げる。

「無事だったのね。本当に良かった。大変だったのよ。何度も死ぬ思いをしたのよ。絶対に離れないって言ったのに……。でも、あなたは帰って来た。約束通り」

　コウさんは無事だった。私も無事だった。そして朱姫も取り戻す事が出来た。

　お母さん。本当に有り難う。もう疲れた。もうこのまま眠ってしまいたい。

「朱姫。少しの間目を閉じていて」

コウは言った。

コウは塔子の頬に手を掛ける。コウの唇が塔子に触れた。塔子は目を閉じる。塔子の中で朱姫が小さなため息を吐いたのが分かった。

朱雀　一

ハクは横になって寝ている。その横で玄が何やらごそごそと探し物をしている。セイは氷の上から長くて黒い蟲を見下ろす。蟲も動かない。蟲も眠っている。蟲は眠るのか？

セイは夜空を見上げた。満天の星が宝石の様に輝いていた。だが、何度見ても見知っている星座は一つも無かった。セイは呟いた。

「ふん。今日も朔か。全く、月は一体どこに行っちまったんだ」

風もなく穏やかな夜である。セイは星に照らされた黒い森を眺める。あの場所に水を降らせたい。コウ達を救い出したらこの沼の水を使って雨を降らせようと思った。

蟲はまた結合した。一部破壊された筈なのにその長さはあまり変化しているとも思えなかった。

もうどの位ここにいるのか。セイには見当も付かなかった。何日か何カ月か、それとも何年か。まさか何十年はないだろう。ハルは元気でいるだろうか。自分を待っていてくれているだろうか……。

「ん？」

水の底で一瞬赤い光が見えた気がした。セイは瞳を凝らした。蟲は相変わらず沼底で動かない。

気の所為だったか……。セイは氷から降りて玄伯の横に座った。

沼で微かな音がする。セイは立ち上がった。玄伯もハクも立ち上がる。氷が動いている？　氷が溶けている？　まさか、あんなに厚い氷が？　三人はじっと沼を見守る。

氷はどんどん溶けて薄くなる。氷の隙間から誰かが上がって来る。影は二つ。どちらも黒いマントを羽織っている。誰もが目を見張る。

「コウ！」

「幸姫！」

守護達は叫ぶ。思いがけない出来事にセイは唖然とする。幻では無い。二人が歩いて来る。

「良かった。無事だった。良かった。よく出て来る事が出来た」

「ああ。何とか。朱姫が双子山も河原も隧道も全て焼き尽くしたからな。危うく一緒に焼き殺される所だった」

「朱姫を見つけたのか⁉」

「そうだ。今から上がって来る。危険だから岸から」

言い終わらない内に沼から湯気が立ち上り始めた。

湯気は次第にその量を増やして行く。と、水の表面に泡立ちが起きる。水の対流が激しくなる。水が沸騰し始めた。水は盛んに沸騰し、大量に気化しその水位は目に見える速さで減って行く。ハクが低く唸る。

次の瞬間、目も眩むような強烈な火柱が水の中から立ち上った。火柱は真っ赤な大羽を伸ばし、幾重にも重なる長い尾羽を遠く流した巨大な不死鳥に姿を変えた。星を散りばめた夜空の下、それは驚く程の鮮やかさで赤光の輝きを放つ。

「朱姫！」

セイは叫ぶ。

ハクがあんぐりと口を開けた。

「なんて派手な登場なんだ……」

「コウ、トーコはどこ？」

「あれだよ」

コウが赤い鳥を指し示す。

「ええっ！」

ハクは驚く。

「早く。危ないから池から離れた方がいい。蟲が上がって来る」

守護達は走って岸を離れる。

「あの高台まで跳ぶぞ」

五つの影は大きく踏み込むと高台に跳んだ。

真っ赤に焼けただれた外皮を溶かしながら、蟲が大きく跳ね上がり、その触手と関節を使って岸によじ登って来た。蟲の背中に大きな穴がぽっかりと開いていた。

「中から朱姫が焼いた。僕達はそこから出て来た」

「俺、良かった～。その前に出て来て。あそこにいたら、今頃蟲と一緒にどろどろに溶かされているよ」

「朱姫の火力は強力じゃからのう。……桑原桑原」

空中でホバリングしていた朱雀は蟲の半身が沼から出た所で身を翻す。と、急降下し、土中に逃げようとする蟲に向かってその口から炎を大量に吐き出す。炎が赤から青に変わる。

「ひえ〜」

ハクは震える。

蟲の半身は青い焔の中に立ち上がり、踊り、縮まり、そしてくずくずとその姿を崩していく。半身を焼かれながらも残りの半身はずるずると岸に上がって来る。

「潜るも地獄。進むも地獄。正に灼熱地獄だな」

セイは呟く。

朱雀が高く舞い上がる。空気の圧が変わった様に思えた。朱雀の周囲に何かが集まる。そこだけ密度が濃い。

「うわあ〜。怖い。怖い」

ハクは本気で怯える。他の四人は固唾を飲んで見守る。

それをどんどん体に吸い込み、朱雀の体も膨らむ。臨界が近付く。巨大な不死鳥は蓄えたそのエネルギーを一気に吐き出した。

真っ白な光の塊。それが沼を直撃する。轟音と共に地面が跳ね上がった。

守護達の体も崖から弾き飛ばされる。崖ががらがらと崩れ、地面は陥没した。沼の水は一気に蒸発した。沼底にいた蟲の半身も所々細長い炭を残すだけであらまし蒸発していた。

朱雀は満足そうに沼の辺りを一巡りする。その翼の風圧で残った蟲の炭が空中に舞う。

そして一声啼いた。それはぽっかりと開いた沼底と辺りの山々に共鳴を起こす。声は殺伐とした赤い大地に細く高く響き渡った。

朱雀　二

「塔子さんは大丈夫なのだろうか……」

セイは振り返ってコウに問う。コウは黙ったまま朱姫を見ている。

「あの羽衣は塔子殿の母者の想いが浸み込んでおる。それが塔子殿の御身を護る事であろうよ。」

玄伯は言う。

「朱姫は塔子殿の体に傷一つ付けぬと確約した。だから大丈夫じゃ」

幸姫は言う。

赤い不死鳥は舞い戻り、トンと地面に足を着く。途端に黒い羽衣を着けた少女に変わった。少女はすたすたと歩いて来る。

「ああ、さっぱりとした。積年の恨みを果たしてやったわ」

朱姫はふふふと笑った。

「玄伯。ああ、久方振りだ。なんと懐かしい。世話を掛けたな」

ハク、セイ。本当に有り難う。朱姫は一人一人の体を抱く。

「さて、いつまでもこんな辛気臭い場所にいる事はない。さっさと帰ろう。帰り道はどこでも良いのだろう？　この時空を出て元の時空に戻れば。さあさあ、道を開いて帰るぞ。玄伯、どこに開ければいいだろうか」

朱姫は歩き出す。

「待って。朱姫。塔子さんはどこ？」

朱姫は立ち止まりコウを見る。

「塔子は私の中で眠っている。だから傷ひとつ付いていない。安全だ」

「塔子さんから出て」

コウは言った。朱姫は黙った。

コウは朱姫をじっと見る。朱姫がほうっと息を吐いた。

「塔子はここにいる。それで良いではないか」

「駄目だ。塔子さんから出て」

「どうして？　それは無理だ。もう私は塔子の中にいる。塔子が私を吐き出さない限り無理なのだ。蟲が塔子に変わった様なものだ」

「いや、朱姫が蟲に変わったのと同じだ。どっちがどっちに吸収される？　守護と只の人間では結果が明らかだ。ねえ。君は塔子さんを食べてしまう積りなの？」

「……」

「君は飢えている筈だ。いいから、一度そこから出てくれる？　出ないのなら、僕が直接出そうか？」

コウは言った。

皆黙り込んだ。

「出たら私は帰れない。塔子は私の依り代だ。ここから出たら時空は渡れない。ただの気の塊が羽衣を着けられるか？　それに羽衣は塔子を護っている。私では無い。塔子を護っているのだ。塔子といれば羽衣は私を護る。だから仕方が無いではないか」

朱姫は言った。

「えっ？」

守護達は意外な顔をする。

「羽衣が？　どうして？」

あの時だ。コウは思った。塔子が羽衣の下に引き摺り込まれたあの時。あの時、羽衣の何かが変わったのだ。

「もともと塔子はそのために生まれたのだ。私を救う為に。だから仕方が無いのだ。取り込まれて吸収されても仕方が無い。そのために生まれたのだから」

朱姫は言い切った。コウの目が険しくなる。

「塔子さんに贄になれと？　それは駄目だ。僕は彼女を元の姿のまま、元の場所に返すと約束した。朱姫。君も必ず連れて帰る。だけど、今は一度そこから出てくれ」

「塔子は私と同化する。コウはまた私を愛すればいい。昔の様に。塔子を愛しているのと私を愛しているのは同じだ。私と塔子は同一なのだから。ねえ。それでいいだろう。それでいいじゃないか」

朱姫は言い募る。

「何を言っているのだ。朱姫。それは違う。全然違うよ。君には分からないの？」

　コウは言い返す。朱姫はコウを睨む。

「守護の懐では駄目なの？」

　ハクは聞く。

「無理だ。それでは時空を渡れない。大体、すぐに向こうの時空軸に戻れるとは限らない。どこに出るか全く分からないのだ」

「だったら朱姫が幸姫に憑依してもらって」

「それは出来ぬ。」

　幸姫は即座に言った。

「何故？」

「幸姫にはまだ仕事が残っておるからじゃ」

　玄伯は答える。

「妾は皆が去った後、ここに残って時空を閉じねばならぬ。しっかりと。一筋の影さえここから漏れぬように。一度、蟲はここから時空を渡って来た。だから念には念を入れて置かねばならぬ」

　幸姫は周囲を見渡す。

「蟲は消えた。隧道の中にいた影も広い大地に散らばった。だが、災禍の因を一粒たりとも残す訳には行かぬ」

「それでは幸姫は帰れない」

ハクがぽつりと言う。

「ハク。良いのじゃ。もう充分じゃ。そろそろ休みたい。良い潮時じゃ」

朱姫は玄伯の腕を掴む。

「玄伯。コウに言い聞かせてくれ。塔子はただの人間だ。人間なんていくらでもいるではないか。」

「朱姫。いい加減にしろ。どうして分からない」

セイは言う。

「だったらセイは私が死んでも良いのか」

「そんな事がある訳無いだろう。何を言っている。お前は。俺達がどれだけ苦労したと思っているのだ。コウだって同じだ。だから二人とも帰れる方法を探すのだ。必ずある」

朱姫は唇を噛む。

「玄伯……」

「うむ。朱姫よ。儂は塔子殿の御母堂にのう、必ずお守り申すと約束したのじゃ。故に約束を違える事は出来ぬ。何か良い手はないものかのう……」

朱姫はハクを見る。

「ハク……」

「朱姫も大切だけれど、俺はトーコも大切だ。トーコがいなくなっていい筈はない。だって、トーコはただの人間なのに命の危険を冒してまでここに来たんだ。俺、そんなトーコをいなくていいなんて言えない。だから、コウだって同じ気持ちだ。自分を犠牲にしてここまで来てくれたトーコを朱姫が喰っちまったら……、そんな奴をコウが愛せる訳無いだろう。考えてみろよ。見るのも辛くなる。当たり前だよ。だから、何とか二人とも帰れる手を考えよう」

朱姫はあっけに取られる。そして大きくため息を吐くと肩を落として地面に座り込んだ。

「朱姫が塔子さんを取り込まない様にするには……」

誰もが沈考する。

「この様な事は可能であろうか?」

幸姫が口を開いた。

「朱姫が塔子殿の体に入るのじゃ」

「だからそれはさっき……」

「違う。塔子殿の腹、胎に、子袋に入るのじゃ。胎児となってのぅ」

「ええっ！」

「それで、向こうに帰ったら朱姫を産み落とせばよい。それなら、二人とも帰れる」

「そんな事、出来るの？」

ハクは目を丸くする。

「出来ぬことは無いのぅ……。うむ。悪く無い案じゃ」

玄伯が顎髭を撫でながら言う。

「儂と朱姫で上手く呼応しながら術を進めれば出来ぬ事では無い」

「胎児か。それなら取り込む程の力も無いという事か」

「それなら二人とも帰れる。塔子さんが向こうで朱姫を産めば元通りの彼女でいられる」

コウは玄伯を見る。

「まあ、お互いに少しは影響が有るかも知れん。血の交流があるのだから。だが、元々塔子殿は現世での朱姫の子供でもある訳だから、それ程変わらんだろう。じゃがのう、まずは塔子殿に話を聞かねばならぬ。それで良いかとな。了解を貰わんとな。良かったのう。勾季。解決策が見付かった」

　玄伯は笑った。

朱雀　三

「ええっ！」

　塔子は驚愕した。その後が続かなかった。自分の体の中にいる朱姫は沈黙を守っている。

「それしか手が無いのじゃ」

　幸姫は言った。

　同化を防ぐにはそれしかない。飲み込んだあの鳥を吐き出せと言われても、それはどう考えても無理な話だ。そして、このままだと自分はあの小さくてこ生意気な鳥に喰われるらしい。朱姫と同化して……いや、朱姫に乗っ取られて……。

「そんなの絶対に嫌よ。信じられない」

何て事だ。最後の最後にこんな事が待っていたとは。

塔子は面々を見渡す。皆男だ。役に立たない奴らだ。唯一の女性は実体を持たないただの幽霊。

ハクが済まなそうに言う。

「トーコ。俺が女だったら良かったのに……」

コウが堪え切れず吹き出す。

「ちょっと！　笑い事じゃないのよ」

塔子はコウを睨む。

「済まない。でも、それなら皆で帰れる。ねえ。それが一番いい方法なんだ。と言うか、それしか無いんだ」

塔子はため息を吐く。

「次から次へと……。どうすると言われてもそれ一択しか無いじゃない。ねえ。私、まだ結婚もしていないのに赤ん坊を産むの？　ねえ。ひょっとして朱姫は卵で出て来るの？　まさか、私、卵を産むの？……それは無いわよね。いくら何でも」

誰もが真面目な顔をして一言もしゃべらない。

「まさか、本当に卵なの？」

「誰も朱姫を産んだことがないから分からない」

「マジで……？」

「いやいや大丈夫じゃ。卵である訳が無い。皆、何を言っておる。胎児じゃよ。胎児じゃ。まあ性別は分かっておるがのう。して、塔子殿、如何であろうか」

「ああ、有り得無い」

塔子は頭を抱える。

「でも、喰われて鳥の一部になるよりマシだわ。ここまで来て放り出す訳にも行かないし。仕方が無いわね。はあ。了解しました」

塔子は答えた。体の中で朱姫がほうっと息を吐くのが分かった。


塔子が横になると玄伯はその体に手を置く。

「ではの、失礼致す。塔子殿。其方の体に触れさせて頂くでのう。勾季。塔子殿の額に手を置いて」

コウが塔子の横に膝を付き、片手で塔子の手を握り片手を額に置く。

「大丈夫だから。心配しないで」

目を閉じて……そうそう、ゆっくり息をするのじゃ……。ゆっくり深く息を続けておくれ。

玄伯の声が遠くなって行く。こうやって何度コウに眠らされた事か。そう思いながらも眠くなる。

体の中で何かが変化しているのが分かる。ゆっくりと自分の細胞が変化している。同時に朱姫の細胞も変化して行く。塔子の体は朱姫を受け入れ、朱姫は胎児へと還って行く。

目が覚めると塔子の中の朱姫の気配は消えていた。試しに「朱姫」と呼んでみる。返事は無かった。塔子は心配になった。

「玄伯様。朱姫は本当に私の中にいるの？」

「塔子殿の負担が減る様にの、小さな胎児になってもらった。だから大丈夫じゃ。腹に手を当ててみるがよい。ほんのり温かいであろうよ」

塔子は自分の下腹部に手を当ててみる。玄伯の言った通りだ。

「熱の放射を出来るだけ抑えたからのう。夏は暑いが、冬は温まって良いぞ。まあ腹の中にいる内だけだがの」

玄伯は笑った。

なんて、呑気な守護神だ……。

塔子は朱姫の羽衣を着けた。全く重さを感じない。

「では参ろうか。やれやれじゃ。セイ、どこでも良いから道を開け。では幸姫。後を宜しくお願い致しまする。長い間ご苦労であったのう」

玄伯が幸姫の手を取る。

「ふふふ。まことに。やれやれじゃ」

「えっ?」

塔子は驚く。

「幸姫。一緒に帰らないの?」

「妾は後始末をせねばならぬ。だから先に帰っておれ」

「そうなの? 後始末なんてみんなでやればいいじゃない」

「これは妾にしか出来ぬ仕事なのじゃ。だから、先に戻っておくのじゃ。……塔子殿。体を大事にするのじゃぞ」

幸姫が塔子を抱く。塔子もしっかりと幸姫を抱く。

「妾は其方と会えて愉快であったぞ」

幸姫がクスリと笑う。

「愉快! そう来たか。幸姫、私を守ってくださって有り難う御座いました。本当に感謝しかありません。早く帰って来てくださいね」

「ふふふ。分かっておる」

幸姫がコウを抱く。そして耳元で何かを囁く。コウは頷いた。次にセイを抱き、言った。

「ハル殿に宜しく伝えよ。世話になったと。ハル殿と幾久しく」

「ああ。分かっている。済まない。幸姫」

「何を。……良いのじゃ」

最後に白い虎を抱く。

「ハク。其方とはよく歩いた。また会おう」

「うん。幸姫。俺は待っているからな。ずっとずっと待っているぞ」

「ねえ。何だか、まるでお別れみたいよ。そんなに長く掛かるの？」

塔子は尋ねた。

幸姫は辺りを見渡して答えた。

「そうよの。暫く掛かるが心配は要らぬ。……では、早く行け。暫しのさらばじゃ」

「では。暫しの」

「暫しの」

セイが空間に道を開けた。それを先頭に玄伯、塔子、コウが続き、最後にハクが入り口に立つ。ハクは幸姫を振り返ると悲しそうに小さく一声鳴いた。ハクの姿が消えた。

赤茶けた大地の上にぽつんと人が立っている。空間は限りなく広がる。

幸姫はたったひとり、荒れ果てた大地の上で彼等が消えて行った宙をいつまでも見ていた。

白梅

ハルは絵筆を置くと屏風から少し離れて眺めてみた。

枝垂れ梅は風に靡いて濃い桃色の花が揺れている。右隻の枝垂れ紅梅、左隻の白梅。白梅も紅梅もお互いの手を伸ばしているが、その間には決して繋がる事のない空間がある。

紅梅の下に茶色の野兎を一羽置こうと思う。それは背伸びして左隻の白梅を見ている。

白梅は力強く枝を伸ばし、可憐な白い花を付けている。雪の中の白い花を浮き上がらせるのが難しい。雪の白さをどう表現すればいいのか。濃くて重い白。光が反射する部分、青味掛かった所、影になる場所。ふわりと柔らかい雪の質感は出せただろうか。ハルはもっと下がって絵を眺める。

白梅は勢いがある。まるで扇を突き出して枝を伸ばしそうだ。その白い花弁の周囲にほんの少し金の黄色味を加えた。それが一番視点を集める花。伸びた枝の先にある早咲きの花。初々しい白。その繊細な美しさと儚さ。ハルは息を詰めて花に影を付ける。ほんの微かな影。

……セイは生きているのだろうか。塔子は大丈夫なのだろうか。

不安がふと心を過る。ハルは一瞬筆を止める。

……また始まった。

不安は一点に集中していたハルの心を蝕み始める。筆を持ったまま視線は自分の心に向かう。それが数日前までの自分だった。

だが、ハルは不安を放り出すよい方法を見付けた。

「考え方を変えれば、また別の道が見えて来る」

その通りだと思った。

自分がここで何を考えようが心配しようが大勢には影響がない。だが、朝、目が覚める時、食事の時、こうやって絵を描く時、眠る時、一日の内で数えきれない程の頻度で不安は心を過る。その都度ハルは守護と塔子の安全を祈る。元気な姿を見せて欲しい。早く帰って来て欲しい。

そう願いながらも、もし、彼等がこのまま帰って来なかったら、自分は一体どうなるのだろうと考える。思考は同じルートを当たり前の様に進む。

もしかしたら、もうすでに彼等は消えてしまっていて、誰も彼もここには帰り着かないのかも知れない。それは決して自分には窺い知ることは出来ない。ハルにとっては永遠の不可知である。そう思うと心が波立ち、目の前が真っ暗になる。その余りの果てし無さと無意味な生を思い、体が崩れ落ちそうになる。絵など描いていないで、首でも吊った方が余程さっぱりする。だが……。

セイがもしずっと後になって帰って来て、自分が待てなかったと知ったならどれ程落胆し悲しむ事だろう。そう思えばもう答えは出ている。でも、いつまで？　そして、もうすでに失われていたなら……。堂々巡りだった。出口のない考え。だが、答えはあっけない程近くに転がっていた。

自分では永遠に解決できない問題なのだから、諦めて他の誰かに託してしまえばいい。そうして後は生きるも死ぬもその人の判断に任せればいいのだ。

そして、もうこれは私の為の絵ではない。だから今以上に気持ちを引き締めて描き切らなければならない。皆の為にも。ハルはそう思った。


今日も雪が降る。

「では、描かせて頂きます」

ハルは屏風に向かって礼をする。

白梅の根元で雪に埋もれる南天の鮮やかな赤と初々しい緑。それをほんの二本程度。もう一本は雪の重さに耐え兼ねて下を向いている。雪の下からは春を待つ若い緑が少しだけ顔を覗かせる。

庭で誰かが呼んでいる。

白兎だ。白兎が何か……。

その尋常では無い声の様子にひとつの予感が過る。ハルは絵筆を取り落とすと部屋の外に走り出た。

「ハル様、ハル様。皆様が、セイ様がお帰りで御座います」

雪が降りしきる庭の向こうに一行の黒い影が映った。

ハルは目を見張った。大粒の涙が次から次に流れて来る。ハルは庭を走る。自分が裸足であることも忘れていた。黒い影の中から大柄な影が走り出すのが見えた。影が自分を呼んだ。

「ハル!」

懐かしいその声。

ハルは胸が一杯になった。

「セイ!」

セイはハルを抱き締めた。ハルの小柄な体がセイの体で包まれる。ハルはセイの胸の中で声を上げて泣いた。そして心の中でその姿を見た事も存在を感じた事も無い大神に、皆の無事の礼を何度も言うのだった。

幸姫

「姉さ。綺麗な菊だな。ほら、こんなに沢山」

幼い千代が幸の手を引く。小さな手の愛おしさ。

おっかあは千代を産んでから産褥の熱で幾らも経たずに亡くなった。幸が十二の時だった。

二人は年の離れた姉妹だ。千代は子を産んだ村の女に乳を貰って育った。幸はおっかあの着物を解き、見よう見まねで千代の着物をこさえた。

千代が小さな両手に抱えきれない程の菊を抱える。薄桃の周りを白の花弁が取り巻いている菊ばかり集めた。それが一番のお気に入りだった。茎の切り口から強い香りの液が滴る。千代は菊の汁の付いた手をくんくんと嗅ぐと、顔を顰めてそれを着物に擦り付けた。幸は懐から手巾を出して千代の手と顔を拭いてやる。

幸姫はすっかり空間を閉じてしまうと高台の上に座って荒れ地を見下ろした。千代の声を聞いた。懐かしい妹の声。……あれはもうどの位昔の事だろうか。

妹と一緒に山神の庭に迷い込んだ。妹は村に帰してくれたが、自分は山神の妻になった。

時が過ぎて、自分を探して山に入り込んだ千代は家に帰らないと言い張った。家には新しい母と小さな赤ん坊がいる。姉さと一緒にいたいと言った。

「家に帰りたくねえ。でも、どうしても帰れと言うのなら、その紅い鯉を貸しておくれ」

千代は緋鯉を指差した。

「とんでもない」

幸は返した。

「じゃあ、帰らない。おら、姉さとここにいる」

泣いてそう言い張った。

あまりの聞き分けの無さに腹を立てた幸が手を上げた。千代を打とうとしたその手を朱姫は止めた。

期限は三日だった。三日過ぎたら川に鯉を返す。千代はそう約束して桶に緋鯉を入れて村へ帰った。

だが、約束の三日が過ぎても緋鯉は帰って来なかった。

さて、後は何をしようかのう……。

幸姫は辺りを見渡す。

体を失ってから眠る事も休むことも出来なくなった。

長い時の中でいつしか人であった事すら忘れた。人の情も己に対する悔いも失くして行った。そうでなければ、存在する事で絶え間ない苦痛に晒されなければならない。だが、望んでも存在を止める事は出来なかった。それが妹可愛さに南の守護を貸し出してしまった自分に対する罰であり償いだった。

朱姫の魂魄の欠片を回収する事。それだけで永い時を渡って来た。その妨げになるものは全て排除して来た。それが誰の命であれ、どれだけ情けを乞うても。情けなど端から持ち合わせてはいない。朱姫を探し出して回収する。それが出来れば後はどうでも良かった。

朱姫を取り戻したら体を返してくれる筈だったが……。

幸姫は古い約束を思い出す。

もう旦那様の隣で自分の体はすっかり朽ち果てて土に還ってしまっている事だろう。

幸姫は自分が嫁いだ日の事を思い出した。

白無垢と綿帽子。絹の手触りの滑らかさを今でも覚えている。花嫁衣装は淡い光沢を放っていた。あんなに美しい布地を見たのは初めてだった。数えきれない程の部屋を通り抜けて辿り着いた広間で引き戸が開くのをじっと待った。

山神と繋がっていることで無尽蔵に送られて来たエネルギーも、ここに来て補給が途絶え、そろそろ底を尽きる。

まあ良いわ……。随分永い時を生きて来た。こんな姿でも生きていると言えるのなら。これでやっと眠れる。やっと償う事が出来た。

幸姫は山神から授かった一振りの太刀を手に取った。

これももう用無しじゃな。今まで妾の意を汲み、良く働いてくれた。幸姫は刀を愛おしそうに撫でた。

幸姫は塔子を思い出した。

塔子と一緒にいる事でふと思い出した、人としての感情。あれはなかなかに面白い娘であった。

朱姫を回収することが仕事である筈なのに、つい塔子の味方をしてしまう自分がおかしかった。弱いくせに必死に頑張っている。弱いからこそ加勢をしたくなる。あの娘には幸せに生きて行って欲しい。朱姫を産み落とすと聞いたあの時の顔と言ったら。

幸姫はくっくと笑う。

勾季のあの変わり様。朱姫も驚いておった。勾季はあの娘をずっと愛して守って行く事だろう。

幸姫は自分が最後に勾季に囁いた言葉を思い出してまた笑う。まるで塔子殿の母御の様じゃ……。

幸姫ははたと気付く。

まるで宝石の様な時間じゃのう……。

たった一人で生まれ、短いながら誰かと語らい睦み合い、小さな幸せを慈しんで生きる。困難に立ち向かい誰かの為に必死で生きる。誰かを守り、そしてまた、たった一人で死んで行く。小さな自分の生を「是」として受け入れる。そう思えばなんと貴重な時間だったことか。そうなのだ。永い生の最後の最後にそれに気が付いた。

幸姫は晴れ晴れとした気分だった。

荒れ地に月が昇る。紺碧の宙に金色の満月。

足音が近づいて来る。

「はて？」

幸姫は訝しく思う。

まだ何か残っておったか？　まあ、どうでも良い。どうせここからは出られぬ。

月明かりの中、歩いて来たのは老僧と頭の大きな童子だった。二人は手を繋いで歩いている。老僧は幸姫に手を合わせると隣に座った。童子もちょこんと座る。

「よい月夜じゃ」

老僧の声が脳裏に響いた。幸姫は枯れ果てた老人を見詰める。

「老師は何処（いずこ）より参られた？」

「吐蕃（とばん）じゃ」

幸姫は驚く。

「吐蕃。……これはこれは。何と遠方より……」

老僧は頷く。

「この度は大変なご苦労をお掛け申した」

「誠に。……長く厄介で難儀な事であった事よ」

二人は月夜に照らされた荒れた大地を見渡す。

老僧は脳裏に情景を描く。それを幸姫は共有する。

澄み切った青空の下、幾つもの小さな池が点在する高原。振り向けば青々とした木々が葉を揺らす。色とりどりの可憐な花が咲いている。遠くに見える白い帯。あれは川だろうか。それとも湖だろうか。

「故郷のチャド川じゃ。美しい場所での。『あれ』の気に入りの場所じゃった。儂等の寺からは山をひとつ越えねばならぬが、春から夏にかけての美しさは例えようもない。冬は全てが凍て付き、とても近寄れんがのう」

老僧は幸姫を見る。

「稀にこの荒れ果てた大地が故郷の美しい景色と入れ替わる事がある。あれの残した幻の様な良心なのじゃろう。あれは遠い昔に消えた。だが、時にその思念の残像がふと舞い込む……。人の心とは不思議なものよ」

一人の男が箜篌を爪弾いている。希薄な大気を震わせて美しい旋律が響く。

澄んだ音色は美しい玉(ぎょく)がころころと転がる様に柔らかな輝きを放つ。男はその旋律に言の葉を載せる。旋律と言葉は流麗な波を形作る。

「一体どこの言葉やら……」

老僧は呟いた。

自分の窺い知れぬ遠い異国の言葉だろうか。それとも疾うに砂漠に埋もれてしまった隊商都市の古の言葉だろうか……。

あれの音に対する感覚は常人とはまるで違っておった。あれは風の音を聴き、木々の声を聴き、動物の声を解した。人と違う力を持てば良かれ悪しかれそれは魔となる。
あれは人の絶えた廃墟に住まう影、地に潜み風に乗り水辺に佇む、精霊、夢魔……
そんなモノの念が凝り固まってヒトの子に巣食ったのではないか？
あれは優れた呪術者だった。だが、信仰とは程遠い場所にあった。
旋律。
夢魔はそれに魅了されたのだろうか。
男は自分の中の「影」に気付いていただろうか。
「影」は自らを「魔」と認識していただろうか。
「影」はどこかに辿り着きたかったのだろうか。
ただそれだけの事だったのだろう。それだけの出来事だったのだ。
男が岩戸に封じられなければ。

「あれは西から来た。隊商の長はわざわざ吐蕃まで足を伸ばして、儂の寺にあの者を置いて行った。あれが何者だったか今でも儂にはよう分からんのじゃ。……そう思うと何もかもが曖昧になる。果たしてあの一行は、遠い昔に朽ち果てた古い都に残留するヒトの思念がこの世を惜しんで象を為しただけの幻では無かったのかと……それとも長の息子に砂の夢魔（ジン）が取り憑いたのかと……。砂漠では旅人は夢魔に出会う事があるからのう」

老師は呟く。

幸姫はさらさらと絶え間なく流れる砂の音を聴いた様に思えた。

「己の存在さえ曖昧じゃ」

老師の言葉に幸姫は首を振った。

童子は握った掌を開いて見せた。そこには童子の指先程の蟲がいた。蟲はさわさわと蠢いている。

幸姫は驚いた。童子は嬉しそうに掌を閉じた。

満月が煌々と光る。薄衣の雲が月の光で暗い白に染まる。薄衣が途切れてまた明るい月が顔を出す。黒ずんだ森の跡は青い月影の中にある。骸骨さながらの木々の枝は黒く鋭く夜空に凍り付いていた。

金色に光る月のその表面に黒い点がぽつりと浮かんだ。その点はどんどん広がり、あっという間に月は真っ黒に塗り潰された。

風がふわりと吹く。そわりと死んだ木々が揺れる。また風が来る。風は月から吹いて来る。風は次第にその強さを増して行き、仕舞にはとんでもない暴風となった。

羽衣を抑えようとした手を持って行かれた。幸姫は千切れたその腕をじっと見る。顔を上げた時、老僧と童子の姿はすでに無かった。

二人の体は風に巻かれ、その体は結合する力を失い、手も足も首も全てが千切れて砕け散って行った。

幸姫の顔を風は鋭く削ぎ取って行く。顔を失い、両手を失い、足を失い、ばらばらに分解した彼らの体は影と混じる。そして全てが風にさらわれ宙に舞う。

意識が消え失せる間際に幸姫は千代のはしゃぐ声を聞いた様に思えた。

「姉さ。綺麗な菊だなあ」

刹那、どこまでも晴れ渡った青空とその下の満開の菊の花が目の前に広がった。それはすぐに暗闇に取って代わった。


守護する者を失った羽衣は風に巻かれながら、くるりくるりと宙を飛ぶ。

風は森の木々をなぎ倒し、砕きながらごうごうと鳴る。土が舞い上がり高台が崩れ落ちた。山が砕け、辺りは宙に舞う土で真っ暗になる。空間に放電が起きる。青く強烈な光が網の目の様に暗闇を走る。物が焼ける匂いが立ち込める。

一瞬、全ての動きがぴたりと止まった。羽衣が遠い場所でふわりと止まり落ちかけた。

次の瞬間、全てがあっという間に黒い月に吸い込まれた。木も森も山も空さえも。空間は有り得ない程に圧縮され、全てを包んだまま黒い月の一点に吸い込まれてしまった。

全ては無に置換されてしまった。

第四章

薫風　一

塔子は家の近くのカフェにいた。

テラス席に座って道行く人をぼんやりと眺めていた。テーブルの上にはカフェオレのカップが置いてある。頬杖を突いてグレーのパンツの足を組む。ふとパンプスのヒールが高い事に気が付く。ヒールの低い靴を買って来ないと、と思う。

視線を街に向ける。桜はすっかり葉桜に姿を変えていた。街路樹の銀杏が小さな新緑で飾られている。木々の初々しい柔らかな緑を微笑ましい気持ちで眺める。

あの理解不能な異次元の世界に心安らぐ物は何も無かった。灰色と黒と茶色の世界。

ああ、そう言えば空が青かったたな。

「庭」も冬の最中である。暫く緑の木々を見ていない。植物の緑は何とも心を明るくさせる。人間を含めた全てが生きている。生きて元気に活動している。何もかもが色鮮やかで美しかった。

　コウは約束通り現実の世界に戻してくれた。それは本当に有り難いし、とんでもない困難を切り抜けての約束実行なのだから大いに評価出来る。

　しかし、旅行前日に帰って来たのに塔子は旅行に行けなかった。それは勿論お腹に赤子がいたからである。止むにやまれぬ選択とは言え、どうしてこんな事に……。旅行は全てキャンセルであり振り込んだ費用はほとんど返って来ない。

　塔子はお風呂を沸かしてゆっくりと湯に浸かった。慣れた場所の心地良さを実感する。スーツケースを開いて荷物を元の場所に戻した。部屋は綺麗にしてある。もう何もする事は無い。久し振りにPCを開けたがすぐに閉じた。外は良い天気だ。綺麗に装って街に出かけよう。そう思って出て来たのだ。コウは夕方には迎えに来る。今日は一時帰宅をしただけだ。

　グループラインに旅行のキャンセルを載せた。その内「あんなに騒いでいたのにどうして？」と来るだろう。

　蟲の世界から帰って来て、塔子は長い事「庭」にいた。どれ位いたかは分からない。

何しろ時が無い場所なのだから。

セイとハルの再会は感動的で、塔子は守護達が無事に戻れて本当に良かったと思った。

後は幸姫が戻れば完璧である。塔子は幸姫をかなり好きになっていた。何だかんだと批判されるし無茶な事も要求するが、自分をその言葉通り傷一つ付けず護ってくれたのだ。

あの生意気な鳥にも意見して十分に脅かしてくれたのも忘れない。

「本当はカッコいい人かも知れない」

塔子がそう言うとコウが頷いた。

「幸姫はいつ帰るのかしら？」

「ああ、ちょっと分からないな。彼女にしか後始末は出来ないからね」

コウはそう言った。

「庭のお医者様は冬辺りが予定日だって言うけれど、一体それはいつ？　だって、ここはずっと冬じゃない？　向こうの季節で冬って言われても、それって実際何月なの？　大体何の医者なの？　アレ。えっ？　お産婆さん？　人？　じゃないわよね。

勿論。ねえ。そしてこれが一番の問題よ。私はどこで出産するの？」

「そんなの向こうの病院で産める訳が無いでしょう。誰もどんなのが生れるのか分からないのだから。ここに決まっている」

「ここで!?」

塔子はごくりと唾を飲む。

「下から産むの？　自然分娩？　それとも帝王切開？」

コウが吹き出す。

「そんなの僕が分かる筈が無いじゃないか。誰一人分からないよ。まあ時が来れば分かるんじゃない？」

「えっ？　行き当たりばったり？　ねえ、まさかお産で死ぬって事は無いわよね」

「あっ、それは無いから安心して」

コウは軽く言う。塔子は他人事だと思ってとむくれる。


塔子はハルと連れ立って湯場に行く。

家横の小道を行くと川近くに小さな露天風呂があるのだ。ここでの愉しみはそれだ。寧ろそれしか無い。湯場に行くと盛んに湯気が立っている。

「源泉かけ流しかあ。贅沢だなあ。それも貸し切り。外気温が低いからすごい湯気ですね」

塔子は服を枝に掛けながら嬉しそうに言う。

薄い湯衣を着けて自分の下腹部を触ってみた。あまり変化は無い。本当に朱姫はここにいるのだろうか？

湯の中からハルは塔子を眺めて言った。

「大変ね。塔子さん。まさか、そんな事になっているなんて予想も付かなかったわ。でも、私はちょっと楽しみなの。塔子さんには悪いけれど。赤ちゃんが来るのよ。ふふふ。早く見てみたいわ」

「何を言っているんですか。ハルさん。する事もしないで妊娠したんですよ。嬉しいも何も無いですよ。それも鳥ですよ。鳥。信じられない。卵で産まないだけマシです。自分が卵を産むと思った時のあのショックと来たら。もう言葉では言い表せないです。まあ玄伯様が否定してくださったけれど。……待てよ？　誰も未経験なのに何故玄伯様は知っているのかしら……？　嫌だ。今、気が付いたわ。その矛盾。ええっ？　宥められただけ？」

騒ぐ塔子にハルはのんびりと言った。

「別にいいじゃない。卵でも胎児でも。寧ろ卵の方が産みやすいかも。きっとつるんって出て来るわよ。それにコウとはもう交流をしたのでしょう」

　塔子はえっ？　とハルの顔を見た。

「ああ、えっと、そうですね」

　顔が赤くなる。

「それでどうだった？　私が言った様に心も体も蕩けたかしら？」

「ハルさん。勘弁してください。ホント」

　その顔を見てハルは笑った。

「その表情からすると、しっかり溶かしてもらったみたいね。ふふふ。あなたって本当に面白いわね。だからコウもあなたが好きなのね。コウが塔子さんを見る目と来たら……。驚いたわ。あんなにクールな人なのに」

「そのお言葉、そっくりセイさんにお返し致します」

「あら、セイはクールじゃないわよ。単に不愛想なだけ。

　麒麟は仁の生き物だって玄伯様がおっしゃっていらしたけれど、コウには何か一枚隔てた、と言うかひとつ高い場所から全てを見下ろす様なそんな冷たさを感じる時があったわ。仁とか言いながら、実は誰の事も考えていないのじゃないかって。その理解は難しいわ。彼はいつでも冷静よ。けれどあなたを見る目だけは掛け値無しにあなたを慈しんでいるって感じる。ふふ。面白いわね。どうなる事やら。でも、良かったわ。みんなで帰って来て。やれやれよ。後は幸姫だけね。有り難う。塔子さん」

ハルは頭を下げた。

「本当ですよ。もう、みんなもっと私に感謝して欲しいな。マジで死んだかと思った事が何回かありましたよ。けれど、帰って来る事が出来て本当に良かったです」

薫風　二

ハルには絵を描く仕事がある。彼女はそれに集中している。守護達は庭に着いた次の日から蟲にやられた場所の復旧に向かっている。誰も彼も仕事がある。それなのに私は？　塔子はそろそろ仕事に戻りたかった。

塔子は飽かずに街路を眺める。目の前を歩いて行く妊婦のお腹に目が行った。

「あれは何カ月位かしら？」

隣には夫らしき人が歩いている。塔子は腕を組んで通り過ぎて行く二人を見送った。知らず知らずため息が出る。

あの二人には一緒に築き上げる未来がある。じゃあ、私には?

朱姫が産まれたら、その後私はどうするのだろう。勿論仕事をして、そして?　コウさんはどうするのだろう。

「僕達は大体眠って過ごしている。異変があれば目覚める。気配には敏感なんだ。何も無くても時々目覚めて辺りを歩き回る。しばらく起きている者もいれば、また眠りに就く者もいる。人間界に顔を出す事もある。興味があるからね。だが、本来そこに在る事が仕事だ。長い期間ずっと活動していたらそれは僕達だって疲れてしまう。休止が必要なんだ」

「僕達はここを離れる事は出来ない。まあ国内は行けるけれど。それでも余所の山系に行く訳だからね。山は深い場所でずっと繋がってはいるよ。勿論。一括りだからね。日本と言う。でも君の様に外国に行く事は出来ない。外では加護は得られない。それは範疇外だ。外には外の神がいる。」

「今回は特別なんだ。朱姫を探して回収すると言う大仕事があったからね。それにあの蟲にやられた森を何とかしなければならない」

「そうなのね。じゃあ早く手を打ってゆっくりと眠らないとね。……ご苦労様」

塔子はそう言って笑った。

遠い未来、あなたは生まれて育った朱姫とまた眠るのかしら？　その頃には私は死んでいるのだと思う。だからそんな事を考えても仕方が無いのに心に冷たい風が吹く。そして、もしかしたらそれはそんな遠い未来ではなく、私はひどく年を取っていて体も思うようには動かせず、あなたと朱姫はそのままの美しい姿で、穏やかな山の中で……。そう思うと寂しさは倍増し気分は底辺まで落ち込む。

彼は今私を愛している。それはよく分かっている。それなのにどうしてこんなに気が滅入るのだろう。あんなに必死になってやっと帰って来てこれからだと言うのに。

彼の語る未来のどこに私はいるのだろう。未来図を描いても気分は右肩下がりでどこまでも落ちて行く。

意味分かんない。何なの……一体。

そう思うと何もかもが色褪せてしまう。この街路樹の緑も暖かい日差しもアクティブな街も。

駄目だ。駄目だ。こんなの駄目だ。もっと気分をアップさせなくては。折角帰って来たのに。

　まず出産した後の仕事を考えよう。ただ、いつ生まれるか分からないから……。まさか育てるのも私の仕事じゃあないでしょうね。絶対にそれは断るわ。流石のお人良しもここまでよ。

「朱姫。まさか救ってあげた私をお腹の中から溶かして、我が物としようとしているのじゃないでしょうね？」

　塔子は腹の中の朱姫に呟く。勿論返事は無い。これがマタニティーブルーと言うものだろうか。

　隣で椅子を引く音がして塔子は我に返った。

「こんな所で何をしているの」

　コウは言った。

「お茶を飲んでいるの」

「寒くない？」

「大丈夫」

　コウは塔子を見詰める。そして微笑む。

「何？」

「綺麗だなって思って」

「えっ？　何が？」

「君がだよ」

「えー。初めてだわ。そんな言葉を聞くなんて。有り難う。今日はきちんとお化粧をしているから。良かった。そう言ってくれる人がいて」

塔子はにっこりと笑う。気分はかなりアップする。

「お化粧が上手いんだね」

「……」

「前にも一度、あれは君を病院に迎えに行った時だった。……綺麗だなって」

コウは思い出す様に言った。

一度きりかよ。そこだけ？　それもそんな前？

二つの共通点はそれ以前がひど過ぎると言う点である。彼は褒めているのだ。だが、素直に喜べない。

「……そう。有難う」

「ああ、それからあの桜を見た時。久し振りに君に会って」

ああ。そうですか。有り難う御座います。要は数える程しか無いという事なのね。

まあ無いよりはマシか。

　二人は黙って街路を眺める。

「何だか、この人の多さに驚くわね」

「同感だな。さてと、渡したいものがあるんだ。ちょっとここじゃ駄目だな。家に戻ろう。冷えると困るし」

「そうね。それじゃ、ピザでも注文しましょう。本当に久し振りだわ。ピザ。ビールが飲めないのが残念だわ」

「いつも飲み過ぎているから丁度いいんじゃないの」

「……」

　コウは立ち上がってテーブルの上のカップを店の中に運ぶ。周りの女の子達が彼を見て、序に塔子の事もちらりと確認しているのが分かる。

　はいはい。分かっていますよ。だからってねえ……。塔子はため息を吐く。

「そんな重いため息を吐いて。どうして暗い顔をしているの？　東京に来たいと言うから連れて来たのに」

　コウは言った。

　全く彼は分かっていない。あんたのせいだよ。塔子は心の中でそう言った。

塔子は帰る途中の店でノンアルコールのビールをワンセット買った。そして家で宅配ピザとサラダを頼んだ。部屋着に着替えてテレビを点けて二人でピザを食べた。懐かしいテレビの雑音。

「ピザを食べてから帰るの？」

「明日の朝でもいいよ」

「ねえ。そうしたら私はずっと庭にいるの？　飽きちゃう。それにあそこはずっと冬だし」

「近くに新しく家を建てているから。新しいハルの家だよ。そこにいればいいよ。まだ完成はしていないけれどね。そこならＰＣ環境も万全だしそこで仕事をしたらいいんじゃないの？　何か起きてもすぐに庭に戻れるからね。季節もこっちと同じだし」

「東京は？」

「あっ。東京は無理。産まれるまで」

その言い方に塔子はまたイラっと来る。

一体自分を何だと思っているのだろう。どうして朱姫の為にそんなに大事にしなければならないの？　そりゃ、大切な守護だから仕方が無いにしてもちょっと酷過ぎないか？　私の意思はどうなるの。

塔子は暫し宙を睨む。そしてノンアルビールをぐいっと飲んで、もう一つを開ける。

「また、飲むの？」

塔子は黙ってピザを食べる。

「……もしかしたら、何か怒っている？」

「別に」

視線をテレビに向ける。内容は全く頭に入って来ない。意味を為さない雑音が流れて行くだけだった。塔子はテレビを消した。ふうと息を吐くとぼそぼそと言った。

「何でもないの。御免なさいね。ちょっと気分が落ち込んだから……。マタニティーブルーの所為だと思うわ。よく分からないマタニティーブルー。寧ろこんな妊娠でもそれがあるのかと問いたい。

何でもない事に傷付くの。ひとつ何かに躓くと、それこそ坂を転げ落ちるみたいに何もかも悲しくて。馬鹿みたい。御免なさい。迎えに来てくれたのに感じが悪くて。うん。もう大丈夫よ」

コウはじっと塔子を見る。塔子は視線を逸らす。

「どうも理解出来ない事がまだある。交流してお互いに理解した筈なのに。どうしてなのかな？　ハクの言う通りだな。これはちょっと真剣に学習の必要があるかも知れない」

　コウは呟く。

「ねえ。何をぶつぶつ言っているのよ」

「ああ、いや。機嫌が直ったならそれでいいよ。実は君に渡したい物があるんだ」

　コウはリュックから小さな箱を二つ取り出した。

「一つは僕から。もう一つはハクから」

　箱には綺麗なリボンが掛けられている。

「まあ。有り難う。綺麗な箱ね。何だろう。開けて見ていいかしら？」

　機嫌が直る。今日は感情の乱高下が激しい。

「いいよ。開けてみて」

　塔子はワクワクしながら一つ目の箱を開けた。

　大粒の石がひとつ付いたネックレス。金のチェーンに透明な黄緑色のペリドットが付いている。

「すごく素敵。私の誕生石だわ。有り難う」

「それはハクからだよ。貸して。着けてあげる。」

コウは塔子の後ろに回ってネックレスを着ける。

塔子は髪を上げて待つ。

「どう？」

「ああ、良く似合っている」

塔子はもう一つの箱を開けてみた。声が出なかった。口を開けたままコウの顔を見上げた。

お揃いのリングが二つ。金のリング。涙がほろりとこぼれた。

「……ねえ。私達、結婚するの？」

「そう」

コウはそれをひとつ取り上げると塔子の薬指に差し入れた。

「ああ。ぴったりだな。流石はハクだ。もうひとつは君が僕の指に」

塔子は慌てた。

「ちょ、ちょっと待って。いやいや。違うから。それ。ねえ、結婚指輪の前に婚約指輪は無いの？」

コウは意外な顔をした。

「そんなの必要？　指輪が欲しいならハクがいくらでもくれるけれど。ベリドット、地下にわんさかあるって言っていたよ。寧ろベリドットだらけだって」

だから、何でそんな事を言うの！

「違う。そうでは無くて。ねえ。コウさん。人間はね。婚約指輪を持って僕と結婚してくださいって申し出るのが礼儀なの。プロポーズをすっ飛ばしていきなり結婚？それも、私の気持ちも聞かなくて突然」

「君の気持ち？　そんなの分かっているから今更聞かなくてもいいよ。それに指輪を付けて置かないと僕はこれから色々と心配だからね」

塔子の涙は止まった。

「ちょっと。何よ。それ。私はあなたの犬じゃないのよ。そんな首輪を付けるみたいに。そんなに簡単に済まさないでくれる？　私には重大事件なのよ。結婚って。って言うか、誰にとっても重大事件なのよ。信じられない。いい？　こう言うのよ。

塔子さん。僕と結婚してください。僕は君がいないと生きて行けない。一生君を大切にするから、どうか結婚してくださいって。言って置きますけれど両性は平等なのよ。私には自分の自由意志があるのだから。あなたの持ち物じゃないのよ。くれぐれもそこは履き違えないようにして欲しいわ」

「面倒だな」

「なんですって？」

「分かったよ。分かった」

　コウは大きく息を吐いた。

「深呼吸して。そうそう」

「ちょっと、黙ってくれる？」

「はい」

　塔子はくすくす笑う。

「塔子さん。僕と結婚してください。ねえ。僕は誰よりも君が大切なんだ。君を失いたくない。君には君の人生がある。それは分かっている。もしかしたら、君は普通の男を好きになって、結婚して子供が欲しくなるかも知れない。その可能性の方がずっと高い。それが君の幸せだとしてもそれを僕は認めない事にした。ああ、そうだ。この話は以前にもしたね。僕の考えは変わらない。僕は君とずっと一緒にいたい。君がそばにいないと僕は寒くて仕方がない。本当だったら君を取り込んで二度と僕の外に出したくない。でも、それは間違いだという事も分かっている。君は君だから。囚えてしまったらそうではなくなる。僕は自分が幸せになりたいんだ。それには君が必要なんだ。だから、もし君が他の誰かに魅かれても必ず取り返す。誰も僕には勝てない。

だって、僕は守護神だから。以上。これでいい？」

　塔子は唖然としてコウを見詰める。

「ねえ、取り込むって、まさか食べるって事ではないよね？　朱姫みたいに」

「まさか。食べたら無くなっちゃうじゃないか。でもイメージ的にはちょっと似てるかな。交流の時にね。閉じ込めるって感じ。僕の外に出さないって言う事だよ。君は僕の中でしか生きていないと言うか。永遠に囚われていると言うか」

「信じられない！　絶対に止めてよ！　絶対よ！」

「だからそれはしないって」

「全く危なくてしょうが無い。……もうひとつ聞いていい？　あなたは眠るんじゃなかったの？」

「どうして？　君がいるのに眠るの？　そんな訳無いでしょう。休止している場合じゃない」

「朱姫と一緒に」

　コウはため息を吐いた。

「信じられない。まだそこに拘っていたとは……。君は僕と交流した筈なのに」

そう言って塔子を見る。塔子は下を向く。

「それに……朱姫が大切だから東京にも行くなって。私は仕事を探したいのに」

返事は無い。塔子は顔を上げてコウを見上げた。コウの目がすっと細くなる。怖い。目を合わせられない。

プロポーズの筈なのに何でこんなに緊張した雰囲気になるのか。私の事を怒っている？

居た堪れない時間が流れる。ふと、コウの手が塔子の頬に触れた。塔子は視線を上げる。

「ねえ。君はさっきの僕のプロポーズをきちんと聞いていたの？　誰よりも大切だって言ったじゃないか」

「聞いていました」

「聞いても分からないの？　困ったな。違うから。朱姫とは。何度も言っているのに。驚いた。こうも理解が難しいとは」

「ちょっと。何よ。その言い方。私が馬鹿だって言っているの？　失礼な人ね。だからその言い方が悪いってどうしてあなたは理解しないのかしら」

塔子は腹が立って来る。

「言い方の問題？　単に？　悪いけれど君に合った言い方なんて分からない。そんな、どうでもいい所に拘る君の気持は理解出来ない。」

「どうでもいいですって？」

腹立たしくも悲しくもあって涙がこみ上げて来る。それをぐっと飲み込む。冷静にならないと。自分に言い聞かす。そうだよ。さっき言ってくれたじゃない。

「誰よりも大切って」

どうしてそれを素直に信じられないのかしら。塔子は混乱するばかりだった。自分はこんなに嫉妬深い人間だったのだろうか。ああ駄目だ。こんな状態では何もうまく伝わらない。折角指輪を用意してくれたのに。こんな女は嫌いになってしまうだろう。自分だって嫌いだ。そう思うとどうしていいのか分からなくなった。

だが。

塔子は掠れる声で感情を抑えながら言った。

「要するに私は朱姫に嫉妬しているのよ。コウさんがそう言ってくれても朱姫が傍にいればきっと朱姫の方を好きになるって。だって、彼女は私よりもずっとあなたを理解して、そしてずっとあなたと一緒にいられるのだから。美しいままで。

私は老いて行く。年老いた私を見て、それでもあなたは愛しているって言えるのかしら？　何でこんな事を自分から説明しなくちゃならないのかしら」

ああ。そうか。自分は何をしても朱姫には遠く及ばないと、それがすっかりインプットされているのだ。

そりゃ、相手は同じ守護神だから。そして彼を愛しているから。コウさんが何を言ってくれてもそれはしっかり根を張って覆らない。だったら、もうそれでいいではないか。もともとそんな存在と自分を同等に扱う事自体間違っている。立場が違う。それが嫌なら彼と一緒にいなければいいのだ。だから割り切るしか無い。そうすればこの痛みにも慣れていつかは感じ無くなるのだろう。

今現在、彼が自分を一番に好きでいてくれる。

「誰よりも大切」

とても素敵な言葉だ。それを素直に信じればいいじゃないか。言葉通りに。朱姫よりも私を大切に思ってくれているのだと。未来の事など、そんな事は誰にも担保出来ない。勿論彼自身にも。私自身にも。そう学習した筈。身に染みて。彼が言う様に私と朱姫は違う。自分は欲張りだ。塔子は自分に辟易する。

黙って下を向いたままの塔子を眺めてコウは静かに言った。

「君を東京にやらないのは、朱姫よりも君が。いい？　守護なんてどうやったって生きていける。あの場所で朱姫は四百年以上も生きていたんだ。いや、生きてはいないな。存在していたと言うか。どっちにしろ、あんな場所で。驚くだろう？

そこに一個のちゃんとした命があるのなら、朱姫なんて放って置いたって再生する。いいかい？　みんな母体が心配なんだよ。朱姫が出て来ないのは君の中にいたいからなんだ。出たくないだけなんだ。だけど、もし君の具合が悪くなったら、それは急いで何とかしないと間に合わない。ねえ。君が心配なんだよ。君を外に出したく無いんだ。人間だから。極論だけれど、もし今ここで君が死んだとしても朱姫は全く平気で産まれて来るよ」

塔子はびっくりする。

「知らなかった」

「それにね」

コウは重ねて言う。

「確かに僕は朱姫を愛していた。とても愛していた。だけどそれはもうずっと昔の事だ。それに君への気持ちとは違うって言っているじゃないか。そんな事を言ったらさ。君だって康太君と付き合っていたでしょう。それに付いて僕は何も言ってない。そんなの何でも無いから」

「だって、康太はもう茉莉さんのものよ。ここにもいないし私の事は何も思っていない。大体、朱姫とあなたの関係を私と康太との関係で比べるなんて、そんなの有り得ない。

朱姫はここにいるのよ。私よりもあなたに近い場所に。あなたを愛して。そうなの。あなたをずっと愛して待っていたのよ。……この気持ち、自分でも本当に嫌になるの。うんざりする」

塔子は小さく付け加えた。堪えていた涙がぽつりと落ちた。それは一粒落ちると、止め処もなくぽろぽろと続く。コウは黙って塔子を眺める。

「僕は朱姫が君を取り込もうとした時、朱姫よりもまず君を守ろうとしたんだよ。朱姫よりも君を優先したんだ。あの場所で」

コウは言った。

塔子は顔を上げてコウを見る。綺麗に化粧をした顔が涙でえらいことになっている。その瞳にまた涙が溢れる。

「言ったよね。あの時。君に害を為すのならその前に自分が朱姫を害するって。忘れた？　だからこれでもういい？　理解してくれた？」

塔子はこくりと頷いた。

「もう大丈夫？　もう言わないよね。それ。恐ろしく困難だったな……。ところで返事は？　まだ聞いていないよ」

「ありがとう。御免なさい。嫉妬深くて。だって、私はずっと自分は朱姫の身代わりだって言い聞かせて来たのだもの。コウさんが本当に好きなのは朱姫だから、私は本気になってはいけないって。だから、朱姫を回収したら私はもう必要無いって。そうしたらその後私はどうするんだろうって考えたの。あなたのいない場所で生きて行くんだろうなって。関わる事ももう無いのだろうなって。旅行にでも行って気持ちを切り替えないと、あなたの事を追い掛けてしまう。それはあなたにとって迷惑でしかない」

「本当は回収なんて手伝いたくなかった。お母さんから回収するのもとても嫌だった。でも、手伝わないとあなたも困るし、私もあなたから離れなくちゃならないだろうと思って。それが耐えられなくて母から回収することを手伝ったの。もしかしたら、それも母の望みかも知れないと自分に言い聞かせて。だからそれを終えたら、もうそうしたら私は必要無い。それがとても辛かったの」

　ぽろぽろと涙がこぼれる。

「だから結婚しようって言ってくれてとても嬉しかった。でも、それでもこの人は決して私だけのものにはならないって。だからもうそれは仕方が無いって……」

コウは黙って聞いていたが、立ち上がると塔子の体を抱いた。

「もう分かったから。それ以上言わないで。僕が辛くなる」

塔子はコウの体に両手を回して泣いた。

「だから、結婚してくれる？」

コウが耳元で囁く。

「勿論、喜んでお受けします。不束者ですが、末永く宜しくお願い致します」

塔子はコウのシャツに顔を埋めたまま答えた。

「ちゃんと目を見て言ってくれないと。それに僕のシャツでその顔を拭かないで」

「拭いてない。恥ずかしいから嫌だ」

「僕には言わせて置いて」

「分かりました」

塔子は顔を上げて同じセリフを繰り返した。コウは塔子の顔を両手で包み、キスをした。

「顔を洗っておいで。指輪の交換をするからきちんとしてもらわないと」

塔子は頷いて洗面所へ行くとさっぱりとした顔で戻って来た。

「目が開かないね」

　コウはクックと笑う。

「随分泣いたから仕方が無いのよ」

「綺麗な君も好きだけれど、そういう顔をした君の方が面白くて好きだな」

「それは有り難う」

「じゃあやり直しね。末永く一緒に。どんな時にもずっと一緒に。幸せになろう」

　コウは塔子の指に指輪を入れた。

「私、あなたがこの世で一番好きよ。誰よりも。自分よりも好きかも知れない。好きになってくれて有難う。そして根気よく説明してくれて有難う」

　塔子がコウの指に指輪を入れる。

「もう二度と説明しない」

「うん。大丈夫」

「さて、これで晴れて君は僕のものだ。そして僕は君のものだ。契約も済んだし」

「契約？」

「そう。破る事は出来ないから」

　コウは塔子を抱き上げて言った。

「さて、キスの続きをしようか。もう夫婦なのだから遠慮は要らないな」

温もり

塔子は庭に帰ってからハルに結婚の報告をした。ハルは塔子の指輪を見て「素敵ね」と言ってくれた。

「おめでとう御座います。良かったわねえ。でも、塔子さん。気を付けないと何もかも管理されちゃうわよ。いい？　あの人達は庇護欲が半端無いんだから。そりゃ、仕方が無いわよね。だって、人間は色々な事であっという間に死んでしまうのだから。彼等は異常に丈夫だし。だから、きちんと言うべき事は言わなくちゃ駄目よ。大丈夫。だってあの人達は一途だから。何を言っても許してくれるわよ。愛する女の言う事だもの」

何を言っても……。これは良い事を聞いた。

塔子は庭の住人達に結婚の報告をする。誰もが温かい言葉を掛けてくれた。

縁側で寝そべっているハクの横に座りその体を撫でてやる。ハクは気持ちが良さそうに目を閉じる。

「ハク。素敵なネックレスと指輪を有難う」

「うん。おめでとう。トーコ。良かったなあ。俺はコウの変わり様に驚いたぜ。コウを大事にしてやってよね」

「勿論そうするわ」

塔子は購入した猫用ブラシを取り出すとハクの白い毛皮にそれを当てる。

「ハクには色々とお世話になったから。これからはいつでもブラッシングするね」

ハクは横になりながら塔子に知れない様ににんまりと笑う。

数日前……。

「コウ。ちょっと来て。見せたい物があるんだ」

ハクとコウは連れ立って行く。

「俺さ、感動しちゃった。トーコと話しているコウの笑顔を見ていたら……。俺は見惚れちゃったよ。そんな顔も出来るようになったんだな。成長したなあ。兄としては嬉しい限りだ。

トーコはいいよな。面白いし誠実だから。俺も好きだ。だけどさ、コウ、トーコは人間だから」

ハクはコウの顔を見上げる。

「分かっている」

「いや、分かっていないね」

ハクは続ける。

「人間は脆い。壊れ易い。思い通りに行かない。弱いくせに大人しくこっちの懐に収まっていてはくれない。何を考えているのか分からない。人間は短い生を繰り返す。喜んだり悲しんだり。憎んだり愛したり。それはとってもアクティブで魅力的で、俺は時々妬ましくなる。だからセイもコウもそれに魅了されちゃったんだ。

いいか。あれを理解するのは大変だぜ。セイだって言っている。まだハルをよく理解出来ないって。あんなに一緒にいて。そりゃあさ、ハルよかトーコの方がずっと分かり易いけれどどな。」

コウは頷く。

「いっその事、自分の中に取り込んで出してやらない様にしようかと思う時もある。それなら壊れないしずっと一緒にいるから。だけど、それは自分勝手な思い込みだって分かっている。彼女には彼女の人生があるから。それに僕も自由な彼女が好きだから。ずっと庭に閉じ込めても、それは人間には無理だ。そもそも彼女がこんな場所に大人しくいられる訳がない。」

コウは笑う。

「コウ。もしもトーコが他の誰かを、人間の誰かを好きになってコウから離れて行ってしまったら……」

コウは立ち止まる。

「それは辛い。そんなのは嫌だ。だが、ハク。彼女の幸せを思うと……。もしもそれを選択するのなら仕方が無いだろうな……」

コウの表情を見てハクは唖然とした。そして首を振る。

「やっぱり、それ病気だよ。でもまあ長過ぎる人生の中でそんな病気も良いんじゃないか。たまには。俺は見ていて楽し、いや、だからさ。俺が良い物をあげようと思ってさ。

これは契約の印だ。ある意味呪(じゅ)だ。トーコを縛り付けて置くための。それにこれは俺からの贈り物でもあるんだ。

コウ。いいか。トーコにそういう選択の自由は要らない。そんな勝手な事は許しちゃいけない。それは守護としての沽券に関わる。絶対に駄目だ。許すな。トーコの幸せはコウにしかない。それを俺が保証する。これはまあ自分のものに印を付ける様なものだな」

ハクはコウに言って聞かせた。そんな事とはつゆ知らず塔子はハクにせっせとブラシを掛けるのだった。

ハルの新しい家が完成した。小さな洋風家屋。前の家と似ている。山の中の一軒家。だがそこにはもう六花有働は無い。塔子は理解した。

幸姫は帰って来ないのだ。あの場所から。だが、塔子はそれをコウに確認する事はしなかった。

暫く経って塔子は新しい家に住まいを移した。塔子の部屋は二階に、ハルの部屋とアトリエは一階にある。セイが古い家から運んで来たハルの絵や画材は瘴気も払われ、以前のアトリエと同じ様に置かれている。

セイは「庭」の絵をリビングの壁に掛けた。そして満足げにそれを眺める。

白梅、紅梅の屏風は完成した。それでもハルは庭を離れようとしなかった。

屏風は囲炉裏端から見える部屋にある。

塔子が時折庭を訪れると、正座して真っ直ぐに屏風と対峙しているハルの姿と、その後ろにごろりと横になって屏風とハルを眺めているセイの姿を見る時があった。そんな時には塔子はそっと足音を忍ばせて囲炉裏端に座り、そこでコウと静かに待っている。暫くすると皆がやって来て囲炉裏端が賑やかになる。外はまだ冬の最中だが、この場所はとても暖かかった。

朱姫　二

ようやく朱姫が生れた。（卵ではなかったが）

臨月近くになって徐々にお腹が大きくなってきた。

「お腹の皮って伸びるのねえ。元に戻るのかしら？」

塔子は心配になった。

玄伯は易を立てて方位と日を占い、良い日を選んでその場所を祓った。何処からか男達がやって来て、あっという間に庭の片隅に産屋を立てた。

ある朝起きたら寝室に産婆が座っていた。

「いよいよ明日ご出産で御座います。本日中に産屋までお越しくださりますように」

　産婆はそう言うと一礼をし、すっくと立って部屋から出て行った。コウと塔子はその後姿を見送った。

　半日陣痛で苦しんだ後、塔子は小さな女の子を産んだ。赤子は元気に泣いた。産婆は赤子の臍の緒を切って産湯に入れた。

　彼女は深々と頭を下げ、出産の疲れで半分死んでいる塔子に言った。

「まずはご無事の御出産。祝着至極で御座いまする。小さきお子様では御座いますが、それはきっとお母様のお体を思いやっての事で御座いましょう。なあに、すくすくとお育ちになられます。御心配召さるな。ささ。どうぞ抱いておやりなさい。何とお綺麗なお子様で御座います事。神々しい限りで御座います。」

　周りの女達からは「真にお美しい」「何とお可愛らしい」などの声が上がった。

　塔子は思った。

　神様だからね。そりゃ神々しいでしょうよ。母体を気にしているならもっと早く生まれて欲しい。半日酷い目に遭ったわ。こんなに痛い思いをしたのは初めてだ。余りの痛さに死ぬかと思った。

　産婆は塔子の胸に小さな赤子を抱かせてくれた。塔子は長い事腹に抱えていた赤子をまじまじと眺めた。……やだ。可愛い。

　こんなに小さいのにどうしてあんなにお腹が大きかったのだろう。

　赤子は目を閉じて体を丸めて眠っている。その背中に小さな羽が付いていた。塔子は朱姫の羽を指でそっと撫でた。

　産婆は塔子の乳房に赤子の口を押し当てて言った。

「このようにして、そうそう。どうもお胸がお小さいので上手く行きませんが。さあ、どうぞお乳を与えてくださいませ」

　余計なお世話だよ。

　目を閉じたまま朱姫は塔子の乳首を探し当ててその乳を吸った。その瞬間、塔子は表しようが無い感覚が自分の乳房から脳へそして体中に走るのを感じた。暫しその感覚を味わう。

　こんなに小さいのになんて力強く乳を吸うのだろう……。

　体は長い妊娠の間にちゃんと備えてくれていたらしい。

　暫くすると赤子は眠ってしまった。口から乳の混じった涎を垂らしたまま眠っている。産婆は赤子を柔らかな産着に包むと一礼をして言った。

「それでは、お子様を守護の皆様にお披露目して参ります。その後は私共の方でお預かりしてお育て申し上げます。乳母がおりますのでその者が乳を与えますれば、塔子様におかれましては大事な御役目が滞りなく済みました故、この後はご養生の程を。これ、塔子様にお茶を。

お子様は時折連れて参りましょう。塔子様も守護殿もその折にお顔をご覧遊ばせ」

「えっ？　じゃあ私のお乳は？」

「まあ、ほほほ。すぐに出なくなりまする。明日にはもう乳は出る事も無くなりますでしょう。これは謂わば儀礼で御座います。母子の。それに塔子様の御体ではこの赤子の要求に応える事は出来ませぬ。」

「ええっ！　そうなの？　専属の牛でも飼うのかしら？　信じられない。まさかの断乳？　一回だけ？」

塔子はぱたりと床に倒れる。力が抜けた。

「塔子様。お茶を。これは滋養に優れ、御身を元の有り様に整える作用が御座います。もう貴方様は母である必要は御座りませぬ。大切なお役目恙無く終えらるる事、誠にお目出度き事と存じ上げまする」

産婆が深く礼をして周囲の女達もそれに倣う。塔子は起き上がって会釈を返すと、お茶の香りを確かめる。

「ああ。いい香り。美味しそうね。有り難う御座います」

「それでは、失礼致しまする」

産婆は朱姫を抱いてするすると出て行った。

後ろで女達の声がする。

「まあ、美しい胞衣で御座いますなあ。このまま水を入れて飾って置いたのなら如何じゃろうか」

「まことに」

塔子はその意味不明な会話を聞きながら思った。

えなって何？　えな？　もしかしたら胎盤？　状況から推測すると。ひょっとしたらあのお腹の殆どが胎盤だったんじゃないのか？　あの朱姫の小ささ。って事は朱姫は小さいながら、とんでもない量の栄養分を自分から得ていたのではないのか？　だからずっと腹の中にいたのか？

「何て奴だ」

塔子は小さく呟いた。

目が覚めると塔子は黒い家の一室で横になっていた。随分眠っていた様に感じる。

体が軽い。

「やあ。やっと目が覚めたね」

コウが笑って言った。

「このまま目が覚めないかと思って心配したよ」

「朱姫は？」

「ああ。乳母たちが連れて行った。すごく小さかったね。びっくりしたよ。可愛かったな」

塔子は自分の腹を触ってみた。下腹はすっかり凹んでいる。赤子を抱いた感触を覚えている。初めて乳を吸った感覚も。塔子は自分の胸に手を当てた。普段通りだ。あのお茶のせいだろうか。

「もう母である必要は無い」

産婆の声が蘇る。

そうね。でも、また母になる事も無いのだろう。最初で最後の授乳かあ……。

コウが心配そうに声を掛ける。

「どうしたの？　気分が悪い？」

「いいえ。ねえ、一度だけ朱姫にお乳をあげたの。びっくりしたわ。あんなに小さいのにすごい力で吸うのよ。あれは何かちょっと感動だったわ」

「ふうん」

「もう断乳だって。必要が無いから。とても私じゃ賄えないらしいわ」

塔子は笑った。

「もう出ないの？　それは残念だな」

「どうして？」

「どんな味がするのかと思ってさ」

「あなた、何を考えているのよ。ヘンタイだと思われるわよ」

「そうかな？　まあ無いなら仕方が無い。さて、白兎にご飯を運んでもらおう」

「あら、大丈夫よ。起きて囲炉裏端に行くから」

「そう？　じゃあそうして。今日は特別にお酒も付けて貰おうか。お祝いだから」

「やっと解禁ね。嬉しいわ」

塔子は体を起こして嬉しそうに笑った。

朱姫　三

「塔子。何をしているの。早くしないと新幹線に遅れる」

　コウが呼ぶ。

「待って、コウ。もう、朱姫。いい加減にしないと本当に怒るわよ！　私は仕事なの。あなたの相手をしている暇なんて無いのよ。コウと一緒に庭に行って。ほら、ハクと遊べばいいじゃない」

「ハクは咬むから嫌だ」

　朱姫が塔子のスカートにまとわり付いて離れない。

「塔子と一緒に東京に行く。ずっと連れて行ってって言っているのに」

　何をしてるの。と言いながらコウが朱姫を抱き上げる。

「朱姫。また次にしてくれ。遅れちゃうから。さあ、一緒に塔子を送って行こう。その後は庭に行ってハルと遊べ」

「嫌だ。ハルは怖い」

「モデルがいないと絵が進まないって言っていたぞ。行かないともっと叱られるぞ」

「コウが遊んで」

「駄目だ。僕も仕事がある。事務所に行って仕事をしなければ」

朱姫はむくれたまま車に運ばれる。

塔子は今、新しい会社のスタッフとして働いている。色々と課題は山積しているが、以前勤めていた会社の子会社ということで何とか行けそうだと井出さんから連絡があった。

「軌道に乗って来たら、今までと同じ位のお給料は出せると思うわよ」

井出さんはそう言った。

妊娠中に誘いの連絡を貰った。自分は結婚して新潟に住むからと伝えた所、

「そんなのネットワークでつながっているのだから大丈夫。まあ月に一、二回は東京に来てもらうけれどもね」と言ってくれた。

「最初はフリーでも構わないわ。でも出来たら正社員としてウチに来て欲しいわ。また連絡するわね。それまで戦力になる様にそっちでしっかり勉強をしてね」

塔子は俄然やる気が出た。

「分かりました。しっかり勉強します」

スマホを持って何度も頭を下げた。出産だろうが何だろうがこれを逃す訳には行か

ないと思った。井出さんには会社にいた時から随分お世話になった。有難くて涙が出る。期待を裏切らない様に一生懸命に働こうと思った。

朱姫はすくすくと育った。今では人間でいう所の五歳くらいの女の子に成長した。そこで成長は止まっている。彼女は基本的に庭で過ごしている。大体がハルと一緒にいる。

玄伯は目に入れても痛くない呈で朱姫を可愛がる。それが良くないとハクとセイは言う。

セイは俺の言う事は全く聞かないとぼやく。まるで悪魔だと。ハクに至っては危うく焼き殺される所だった。

朱姫がハク虎を捕まえてその背中に無理やり乗ろうとしたのでハクが振り落とした。すると朱姫が怒って火を吐いた。それでハクは朱姫に噛み付いたのだ。流石に玄伯が怒って朱姫を水浸しにしたらしい。

「それが顛末らしいよ」

コウが笑いながら塔子に伝えた。

「ハクも災難ね」

「セイもハクもすごく苦労しているみたいだ」

「まるで小さな嵐ね」

車の後ろで朱姫は不満げに黙って窓から外を見ている。

「さて、駅に着いたよ。何とか間に合いそうだ。じゃあ気を付けてね」

「有り難う。行ってきます。じゃあね。朱姫。今度一緒に行きましょう。お土産を買って来るわね」

塔子は車のドアを開けるとバックを抱えて走り出す。コウと朱姫は塔子の後ろ姿を見送る。

姿が見えなくなると車は出発した。

「コウ。ふどーさんとはどんな仕事なのだ?」

「色々だよ。土地の売買とか部屋の紹介とか。でも、無事に帰って来て良かった。帰って来なかったら事務所は廃墟になっていた」

「ばいばい?」

「物を売ったり買ったりする事だよ」

「ねえ。コウ。今はハルが勉強を教えてくれる。もう少ししたら塔子が私に勉強を教えてくれる様に頼んでくれ」

「勉強してどうするの？」

「ＪＫになる。東京のＪＫになる」

　朱姫が目を輝かせて言った。

　コウは思わず笑った。

「どこで仕入れたの。ＪＫ」

「塔子のＰＣで」

　朱姫は答えた。

　二人はしばらく無言で過ごす。車は山間の道をスムーズに進む。

「朱姫。あの異界、あの蟲の中で僕を助けてくれた人がいたんだ。君も落ちただろうか？　あの『魂の溜まり』みたいな場所に。あの温い場所に」

　コウは言った。

「ああ。小舟が来たのだろう？」

　朱姫は返した。

「あれは一体誰だったのだろう？　姿が見えなかったが……」

「あれはきっとあの邑の氏神とか地主神だったのではないかと思うのだが……。一緒にあの場所に放り込まれたのではないのか？　酷く荒っぽいやり方で助けてくれた」

「僕は気を失ったよ」

コウは笑った。

「コウはまだいい。羽衣があったのだから」

朱姫も笑った。

「彼らは蟲から解放されてどこへ行っただろうか？」

「さあな……。私には分からない」

朱姫は答えた。

また無言の時が流れる。

「ところで君はいつまで小さな女の子でいる積りだい？　朱姫」

コウは口を開いた。

朱姫はくすりと笑った。

「先日、同じ事をハルにも聞かれた。そうだな。ここにいる間はずっと。私は塔子を刺激したくない」

「それは有難いな。でも、もう大丈夫だよ」

朱姫がチッと舌打ちをする。

「嫌な奴だな。それならうんと色気のある」

「それは余計な事だから」

　コウはすかさず言った。

「そうだな。でももう少し。だって、ハクやセイが面白いんだもの」

　朱姫とコウは声をあげて笑う。

「ああ可笑しかった。そうだな。今日はハルのモデルになりに行こう。しかし、コウ。ハルは怖いな。あの女は何でも、私の中も見透かされそうだ。セイなんて丸裸じゃないのか？　ハルに掛かったら。あれは本当に人間なのか？」

「ハルはずっと庭にいるからすでに人じゃないのかも知れないね。最近、人と言うよりもこちら側に近付いて来ている様に思える。人と仙との淡井にいる様な不思議なオーラがあるよ。まるで仙女みたいだ。」

「仙女か。本当にそうだったらどんなにいいか。きっとセイは大喜びだろう」

　朱姫は言う。コウは黙っている。

「コウ。塔子が仙女だったらって思っているだろう。ふふふ。塔子に仙女は無理じゃないのか？」

　朱姫がくすくす笑う。

「そんな事は無いさ。きっと綺麗な仙女になるだろうな」

「それで？　塔子を抱いて休止に入るのか？」

「ああ。この上無い幸せだろうな」

「可笑しいな。ハクがコウは病気だって言っていたが。確かにこれは病気だな」

朱姫は大笑をする。そして、人間は色々で面白いなと呟いた。

夢

塔子はふと目が覚めた。まだ頭がぼんやりとしている。

今日は東京に出掛けて優紀と会って楽しかった。優紀は春には結婚することが決まっている。遠距離恋愛の彼とは結局駄目になったのだが、その後で新しい出会いが彼女に訪れたのだ。本当に良かったと思う。

今日は楽しかった。だからあんな夢を見たのだ。塔子は夢を思い返す。

寝室のドアがかちゃりと開く。シャワーを浴びたコウが首にタオルを掛けて部屋に入って来た。ベッドに腰を掛ける。

「起こしちゃった？」

「いいえ。いいの」

塔子は体を起こしてスマホを開いたコウの背にもたれ掛る。そしてぽつりと言った。

「コウ。私、幸姫が庭に来る夢を見た」

コウの手が止まった。

「へえ……。どんな夢？」


気が付くと塔子は家の上がり框に腰を掛けていた。

雪は？　庭の雪はどうだっただろう。

他には誰もいなかった。家にいる筈のハルも白兎も。セイもハクも。塔子はあまりの静けさにぶるりと震えた。

どうして誰もいないのだろう……？

ふと見ると奥の座敷に一人の女が座っていた。女は白無垢姿で塔子に背を向けている。じっと正座したまま屏風に向かっている。塔子は目を凝らす。

誰かしら？

ハルさん？

白無垢の女？

ああ……。あの絵にあった人だ。ハルさんの絵に。

幸姫？

女はすっと立ち上がる。そうして振り返って目深に被った綿帽子を上げる。

幸姫！　帰って来たのね。

塔子は叫ぶ。

幸姫はじっと塔子を見る。

ああ……ようやく帰って来たのだ。

瞳が黒い。瞳の黒い幸姫はどれ位振りだろう。あの近江の家で見た、あの時以来だ。あの赤雪の時に。今では何と遠い事だろう。

幸姫はゆっくりと頭を下げた。塔子もにっこりと笑ってお辞儀を返した。

幸姫は塔子を見ていたが、ふと向きを変えると一人でそのまま奥の部屋に進んで行った。それを塔子は見送った。白無垢の女は視界から消えた。視線を転じるとハルの描いた紅梅白梅の屏風が見えた。


コウは黙って塔子の話を聞いていた。

「すごく寒くて寂しくて。だって誰もいないの。あの家に。どこにも人の気配が無かったの。ずっと昔から誰もいないみたいに。

　幸姫が帰って来たわ。コウ。幸姫は黒い髪で黒い瞳をしていたわ。白無垢を着ていたのよ。一言もしゃべらなかったけれど。花嫁衣裳が雪の様でとても綺麗だった。コウ。これは一体いつの事かしら？　未来の事？　うんと昔の事？　それともこれは只の夢に過ぎないのかしら……」

　塔子はベッドに横になる。コウはその横で片肘を付いて塔子を見る。

「さあ？　いつだろう？　分からないな。でも彼女は帰って来たのだ。そして君を呼んだのだろう。さようならの挨拶をするために」

「ねえ。幸姫とはもう二度と会えないの？　幸姫はどこに行ったのかしら？」

「僕には分からない。でも、またどこかで巡り会う事もあるかも知れないね。遠いどこかで」

「遠いどこか……。心がしんとする様な寂しい夢だったわ」

　塔子はそう言うとコウの唇に口付けをした。

　コウは塔子を見ている。その煙った茶色の瞳はとても温かい。

「何？」

「なんでもない」

コウは塔子を抱き締める。シャツのボタンを外して彼女の肌に触れる。そのまま指先は背中に向かう。

コウが自分の中に入るのか、それとも自分がコウの中にいるのか分からない。ゆるゆると解けていく感覚に身を任せて、塔子は小さな胎児になった夢を見る。生まれる以前の命の欠片。霊はどこから舞い込むのだろう。それとも霊の素が微細な原子のひとつひとつに存在するのだろうか。それは元々そこに在るのだろうか。気が付かないだけで。

原子が集まり生き物を構成する。同時に霊も構成されて行くのだろうか。だったら物質と生き物の違いはどこにあるのだろう。命だ。生命。不思議なものだ。

命が物質の集合体に宿る。そして意識が起動し始める。それは個体が死ぬまで途切れる事は無い。意識の長い旅が始まる。

それともそれは全く違う場所から紛れ込むのだろうか。記憶の源泉、命の源とも言える場所。そんな場所から？

もしも、また幸姫に出会うことが出来たとしたら、その時は別の幸姫なのだろうか。

命は繰り返す？　それは本当だろうか。それとも単なる慰めに過ぎないのだろうか。繰り返される命とそうでない命があるのだろうか。

幸姫。本当に帰って来たのだ。きっと。そう信じたい。そして私を呼んでくれたのだ。彼女は何処へ去ったのだろう。いつか、またどこかで逢えるのだろうか。

塔子はコウの中に、そしてコウは塔子の中に。

塔子は一本の角を持った獣の頭を抱いている。遮るものが何もない広い野原。その中に二人はぽつりといる。

風が吹く。

鬣が揺れる。獣は風から塔子を護る様に体を寄せる。塔子はその黄金の鬣に顔を埋める。そうやってずっとそこにいる。お互いがお互いを抱く事で一つになる。

コウの中の一点。それは如何にも小さく頼りない。だが、その一点がコウの心を十分に温める。塔子は穏やかなその感覚に身を任す。

「ああコウの匂いだ。」

森の匂い。香木の匂い。土の匂い。大気の匂い。コウの温もり。

塔子は眠りに就く。安心した幸せな眠り。コウの体にぴったりと背中を合わせ、胸に頭を収めて眠る。コウは塔子の髪に唇を寄せる。

コウは思う。こうやって塔子を抱いて休止に入ったなら、それは至福の時だと。塔子がいれば何百年だろうと何千年だろうと怖くは無い。コウは静かに起き上がるとベッドに腰を掛けた。

今、この瞬間、彼女を手に入れた。それも完璧に。未来を恐れる必要は無い。今が全てだ。未来はまだ訪れない。過去は記憶のみ。有るのは刻々と過去へと移り変わるこの一瞬だけだ。失う事など無い。永遠に。僕はもう彼女を手に入れたのだから。まだ訪れない未来を憂いて今を損なう事は愚かな事だ。永遠に続く今。もう繰り返す必要など、どこにも無い。そう思った。

なのに、時折こうやって何かがひっそりと忍び込む。

コウは暗い部屋の壁を見ている。

誰もいない庭。

塔子はいつそこを訪れたのだろう。それともそれはただの夢なのだろうか。

早春

「塔子。ハルが庭に来て欲しいって。君達の屏風が完成したから見に来て欲しいって、そう言っていた」

塔子がPCに向かって作業をしていると、コウが部屋に来てそう告げた。

塔子はPCの画面から目を離し、壁に掛けてある「十日夜の月」を見上げた。セイが瘴気を除去して白兎が表装し直してくれた。ハルが結婚祝いとして贈ってくれたのだ。

「ああ。きっと素敵なのでしょうね。今週末にでも一緒に行きましょう。ハルさんに会うのも久し振りだわ。」

「ねえ。そろそろ桜が咲くわ。みんなでお花見にでも行きたいわよね」

「ああ。そうだね。ハルはずっと庭にいるから。外を知らないな」

コウは答えた。


六曲一隻のそれぞれの扇に一人の女人。

幸姫がいる。次の扇に塔子、次に朱姫、そして最後にハル。両端の二扇には何も描かれていない。

朱姫は赤い着物を着て肩までの髪を揺らしている。毬を持った小さな女の子。ハルは銀鼠の上品な着物を着ている。肩に薄紅の桜の花びらが散っている。塔子は菫色の着物を着て髪をアップにしていた。幸姫は見慣れた薄紫の着物を着ている。それぞれがそれぞれの方向を向いている。みんな穏やかな表情で何かを見ている。何を見ているのだろう……。

塔子は屏風の空白の部分を指差した。

「ここには何か描かないのですか？」

ハルは屏風を見て答えた。

「ええ。これで御終い」

「みんな実物に似ていますね。特徴を捉えていると言うか。題名は何て言うのですか？」

「題名？　そうね。『欠片』とでもして置こうかしら」

「欠片？」

「そう」

「ふうん。何の欠片なのですか？」

「ホホホ。それはね。それぞれが抱える物。あなたが自分で考えるのよ。

塔子さん。今の塔子さん、すごく素敵よ。私はあなたに会えてとても楽しかった。

不思議ねえ。人の出会いって。ねえ。コウと末永くお幸せにね」

ハルは塔子の手を取る。

「私もハルさんと出会えて良かったです。こんなに今が幸せなのはハルさんのお陰です。ハルさん。これを仕上げたら家に来るのでしょう？　桜が咲き始めました。三分咲き程度です。もう少ししたらお花見に行こうってコウと話をしていたのです。皆で行こうって」

「そう。桜が咲いているのね。もう随分見ていないわ。だってここはずっと冬だもの」

ハルはまた雪が降りそうな庭を見渡して近くの木を指差した。

「でも先日、あの木の所に春告鳥が来ていたのよ。春もそんなに遠くないかも知れない。いい季節になるわね。そうね。是非桜を見に行くわ」

「ええ。是非」

塔子は答えた。

塔子が帰ってからぽつりとハルは屏風を眺める。いつの間にか朱姫が傍に来て一緒に絵を眺めた。

「ハル。庭を出るのか？」

「ええ。桜を見に行くわ。朱姫、もしも、私に何かが起きた時はセイを宜しくね。宜しくお願いします」

朱姫はハルを見詰める。その美しい瞳が翳る。

「セイは知っているのか？」

「私が全てを大神に預けた事を？　ええ。知っているわ。交流してしまえばお互いの知る所になるのだから。私も庭を出てどうなるかは分からない。だってそれは大神に預けたのだから。ただ、この絵を完成させたかったの。この後の事は私には分からないわ」

ハルはそう言うとまた絵を眺める。

「でも、遠い未来にここに来るわ。だから残りはその時に描くのよ。あの空白の部分は。それはいつになるか分からないけれども。ふふふ。面白いでしょう？」

朱姫はじっとハルを見る。

「私が生れて育つのを待っていてくれたのだな」

「そうよ。塔子さんがあなたを出産するまで。そしてあなたが成長するまで」

「どうして大神に自分の命を預けたのだ？」

「そんな事……。大神でなくても私達は自分の生死を常に誰かに握られている様な物だから。誰でも同じよ。ただ、あの時はそうしないと生きて行けなかったのよ。どうしようも無かったの。もしも私が逝ったとしてもセイは分かってくれるわ」

　朱姫はふふふと笑う。

「セイは許さないと思うぞ。ハル。また逢おう。それは明日かも知れぬ。数年後かも知れぬ。又は予想も付かない程遠い未来かも知れぬが。またここで。その時を私は楽しみにしている」

　朱姫はそう言うと「世話になったな」と言って一礼をし、去って行った。ハルはまた絵に向き直る。ぼんやりとそれを眺めた。

「ハル。どうした？」

　セイは屏風の前に座って考え事をしているハルに問い掛けた。

「セイ。明日桜を見に行きましょう」

「いいとも。ようやく庭を出る気になったか。いい陽気だぞ。外は。お前の新しい家の前にも沢山植えて置いた」

　セイはそこに座る。

「有難う。……ねえ。セイ。一体私は幾つになったのかしら？」

「さあな。俺にも分からない。長い事庭にいたから。……そうだな。あれから全く変わっていないよ。お前は相変わらず綺麗だ。言うなれば仙女だな。正に」

「仙女は娑婆には帰れないわね」

ハルはくっくと笑う。

「帰ろうと思えばいくらでも帰れる」

「そうね。でも、どうかしら。セイ。話があるの」

ハルは居住まいを正した。


「あなたが帰って来なくて待ち続けた日々。とても不安だった。このままあなたが帰って来なかったら、自分は一体どうするのかと。あなたは生きているのかそれとももう死んでいるのか、私には決して知る事は無い。あなたが帰って来ない限り。

いっその事、腰紐でも持って山で首でも吊ってしまおうかと思った程よ。でも、もしあなたがずっと後になって帰って来て、私が待てなかった事を知ったらどんなに嘆くか。そう思うとそんな事はとても出来ないと思った。辛かったわ。……でもね。思い付いたの。大神に全てを預けてしまう事を」

自分は持てる力の全てを注ぎ込んで絵を描く。どうか守護達を無事に帰して欲しい。もし、もう既に失われてしまっているなら私も速やかにこの世を去りたい。

「あの紅梅白梅の屏風は大神様に奉納したのよ」

ハルは梅の屏風に視線を移した。

「こうやって言葉にして説明するのは初めてだけれど……。でも貴方も知っているわね」

セイは頷く。

「そして、逝く時にはどうか苦痛なく逝きたいと付け加えたわ。セイ。この絵は私の欠片よ。いつかまた遠い未来、自分の欠片を探してここに辿り着く。そしてあなたと一緒にあの絵の続きを描くわ」

「大神は死後の事には関与しない。それは範疇外だ。何がどうやって転生するのか親父殿にも分からないさ。大神は気を創成し、循環するそれらを司っているだけだ。だが、大神は俺からお前を奪ったりはしない。どこにいようが。庭だろうが娑婆だろうが」

「でもね。セイ。いずれにしろ私は先に逝くのよ。ここにいると感情がどんどん薄れて行って……自分が自分で無くなる様な気がする。鈍麻すると言うのかしら。自分を構成している小さな事だけれど大切な、それが消えて行ってしまう。この場所は長くいると人間を、何と言うか、蝕んで行くわ。ゆっくりと腐って行く様な。人はここにずっといる事は無理なのよ。でも、この先こんな自分を抱えて現実の世界で生きて行くのはもう無理なの」

「俺には理解出来ない。お前は一体どうしたいのだ？」

「少し休みたい。自分から離れたいの。疲れたのよ。そして出来る事ならもう一度やり直したいの」

「お前は俺を待つことで、全てのエネルギーを使ってしまったのかも知れない。だが、それでも俺はお前を逝かせる事は出来ない」

ハルはため息を吐いた。

「だったらいつならいいの？　ねえ。あなたが今までに愛した女達をあなたはどうしてしまったの？　あなたはそれらを取り込んで、終いには食べてしまったの？　それはその女達がそう願ったからなの？　それとも否応無しなの？」

「そんな事はお前には関係が無い。そんな事はどうでもいい。それは俺とその女達との事であって、それがお前に何の関係がある？」

ハルは唇を噛んだ。

「セイ。お願いだから私を取り込まないで。取り込んでしまったら私は繰り返す事が出来ない。真っ新な新しい自分になって、あなたと再会する事が永遠に出来なくなってしまう。あなたは生きる事に疲れ、もういい加減自分を放り出したいと願っている抜け殻と一緒になるのよ。そんなのは嫌だわ。私こそ、そんな事は許さない」

ハルはセイを睨んだ。

セイはじっとハルを見詰めていたが、ふっと口の端を上げて笑った。

「お前は昔、自分が勝手な人間だった事を後悔していると言っていた。その後悔は何の役にも立っていない。お前は相変わらず自分勝手な女だ。自分の事しか考えていない。俺を愛していると言いながら一番愛しているのは自分自身なのだ。大神に全てを預けたと言いながら実際にそれが出来ていない。結局は自分のやりたいようにやっている。やれやれ。永遠に救われない女だな」

ハルは笑った。

「言うわね。セイ。でも、そうかも知れない。私はどう反省してもそんな風な自己中心的な人間なのかも知れないわ。だったらどうするの？」

「ハル。お前は最後の最後まで俺と一緒にいたいと思わないのか？」

ハルの目から涙が一粒零れ落ちる。

「どうして今更そんな事を？……辛いのよ。もうここにはいられないの。無理なのよ。セイ。だったらどうすればいいの？　ねえ、最後っていつなの？　ここにいて最後はいつ来るの？」

二人の間に沈黙が訪れる。セイは立ち上がる。

「どこへ行くの？」

「ハル。ここにいられなかったなら、だったら娑婆へ帰ればいい。いいか。約束しろ。全てを俺に預けるとな。大神ではなくて俺にだ。

これ以降お前の言う事は何も聞かない。約束出来るか？　出来るなら俺はお前を取り込まない。出来ないのなら俺は今すぐお前を取り込んで逃がさない」

ハルは泣き笑いの顔になる。

「そんな事を言ったら従わざるを得ないじゃない。あなたこそ勝手な人ね。分かったわよ。分かった。あなたが私の嫌がる事をしないと言うのはもう分かっているから、そんな風に脅かしたって駄目よ。セイ。私の願いはもう分かったわよね」

「ああ。分かっている。桜が見たいのだろう？　いや、分かっているから大丈夫だ。心配するな。いいか。今度こそお前はお前自身を手放すのだから、もうぐずぐず言うなよ」

「ぐずぐずですって？」

「ああ。お前の言っている事はただの愚痴だ。どうでもいい泣き言だよ」

ハルは黙った。

「セイ。これはとことん話し合わないと駄目みたいね」

「話し合いなど必要はない。お前は俺に全てを預けたのだから。もう忘れたのか？　まだ一歩も歩いて無いぞ。ここで少し反省しろ。いいか？　勝手な事はするなよ。俺は少し出掛けて来る」

　ハルは苦笑した。

「鶏以下ね。分かったわよ。承知しました。あなたの事を待っているから。でも、セイ。早くしないと桜が散ってしまう」

「桜なんか毎年咲くんだ。急ぐ事は無い」

「ねえ。セイ。それじゃ、私の言っている事と……」

　セイはじっとハルを見る。

「……分かったわよ。分かったから。はいはい。黙ります。行ってらっしゃいませ。どうぞお気を付けて。旦那様」

　ハルは深々と頭を下げた。

花霞

春霞の中、遠くに見える山々の新緑と桜の白の点在を眺める。光の乱反射。それが織り為す色彩の妙。

森の息吹。何と新鮮で美しい配色だろう。こんな風に多様な緑があるのだ。山はまるで賑やかなパッチワークで覆われたみたいだ。思うが儘の緑があちらこちらに継ぎ接ぎに見える。山は生れたての緑で賑わっている。何て素敵なのだろう。久し振りに見る早春の里。

「まさに『山笑う』ね」

ハルは大きく息を吸い込む。

セイは近くの樹木から適当な物を選ぶとそれを一気に引き抜いた。どさりと地面に横たえる。即席の椅子の出来上がりだ。

「何も、引き抜かなくても」

「いや、間伐だ」

二人は並んで座る。

ハルは被衣にしている薄手の着物から陽を仰ぐ。桜葉色のそれを通して陽は柔らかな薄緑に見える。どこかで鴬が鳴く。ハルはほうっとため息を吐いた。

「綺麗な声ねえ。なんてこの世は美しいのかしら。繰り返す季節。繰り返す命。それは螺旋を描いて未来へと向かって行く。それの終着は無いのかしら？　それとも途轍もなく大きな円を描いてそれはまた最初に繋がるのかしら？　閉じている輪だとしたらどうして繰り返すの？　何度も同じ軌跡を辿るのは何故？　誰にも分からない。閉じていないのなら一体何処へ。

でも、美しい螺旋を描くその景色はただの付属物なの。移ろい繰り返す命も季節も幻に過ぎない。時間は何の装飾も無しに無表情で一直線にただ未来へ向かっている。

……いえ、分からないわね。それはやはり美しい弧を描いているのかも知れない。妙なる曲線を。

ねえ。セイ。

時間って不思議ね。どこから流れ始めてどこまで流れ続けるのかしら？

私達はその弧を横切る。ほんの一瞬。命がその弧を横切る事によって物質は集合し生き物が生まれる。そしてまた拡散する。

それならその弧は大局的に見てみたら、円環では無くてもしかしたら波の一部なのかも知れないわね。この世の全てが波である様に。

その波動が世界を動かしているのかしら……？　波を縫って交差するように走るのが命。時間の帯が織りなす美しい軌跡を縫う横糸が命なのかも知れない。ほほほ。どうかしら？　こんな考えは。余りに詩的過ぎるわね」

「ああ。綺麗だな。」

「あなたは時間そのものよ。時間は『今』しか存在しない。あなたは永遠に『今』なのよ。その『今』を私が横切ったのね。無数の命同士が交わる、その波の幅は限りなく広く限りなく深い。同じ場所を横切り交わった線は、それは稀有な僥倖とも言うべきものかも知れない。私達は出会う為に生まれて来るのかしらね」

ハルはセイの手を取る。

「セイ、私を取り込まないでくれて有り難う」

「仕方が無い。お前は頑固だから」

「セイ。幸せで穏やかな日々を有難う」

「ああ」

「セイ。我儘を聞いてくれて有難う」

「うるさい。もう言うな。お前はこの先も俺と生きるのだから。そんな縁起でもない事を言うな」

　ハルはクスリと笑う。

「大神に願って来たの？」

「念を押して来た」

　ハルは声をあげて笑った。困り果てた父親の顔が浮かぶ様だった。

「そうね。あの里山を見たら生きて行けそうだと思ったわ。やっぱりあの場所は駄目よ。だってずっと冬なのですもの。気が塞いで仕方が無い。でも、春の里山を見ていたら元気が出て来たわ。もう一度絵筆を取る事も出来そうよ。あの里山を描いてみたいわ」

　ハルはうっとりと里山を眺める。

「だから、もっと早く庭を出れば良かったのだ」

「そうね。あなたの言う通りね」

　ハルはセイの肩にもたれ掛かる。セイはハルの肩を抱く。二人はお互いの体温を感じ、息遣いを聴く。

「ねえ。セイ。時間って別の面から見たら私達が見ているものとは全く違った顔をしているのかも知れないわね。

　この世は不思議ね。時間の流れ、季節の移り変わり、命と物質。存在の揺らぎ。そして意識。自我、感情……変化と繰り返し。宇宙も繰り返すのかしらね。途轍もない時間を掛けて。そこに何か意味は有るのかしら」

ハルはセイを見上げる。

「あなたはそんな事なども当たり前の様に感知するのかしら？　だって、あなたは霊（マインド）そのものだから」

セイは笑う。

「そんな事は知らん。宇宙の永さなんかを基準にしたら俺だって人と変わりはない。誰も真実の姿など。誰しも自分のフィルターを通してしか物事を感じる事しか出来ない。俺には俺の。コウにはコウの。その是非など誰も判断出来ない。……存在の意味？　そんなモノがあるのか？　あるなら俺が教えて欲しい。

ただ在るだけだ。この美しい山里の景色も空も風も。水田を潤す水も。そして全ては流れの中に表出した現象、ありとあらゆる物質が集合し見せる美しい事象なんだよ。幻の様な出来事なのだ。それは移り変わる。集合し拡散する。そして繰り返す。そこに善悪は無い。格差も信仰も無い。ただ存在するだけなんだ。俺もお前もその一部なのだ」

すっと冷たい風が吹く。

ハルは空を見上げる。

「おお寒い。こちらの山は冬の最中ね。あちらは花霞の里だと言うのに……。西行も桜咲く暖かい春の日にならが旅立てると思ったのでしょうね。いい季節だわ。……さて、セイ。そろそろ行きましょう」

セイは黙ってハルを抱き締めると唇を合わせた。ハルはその感触を心に刻む様に目を閉じる。唇を離すとハルはにっこりと笑って言った。

「セイ。大好きよ。愛しているわ。多くの命の中から私を見付けてくれて有り難う」

「ハル。いい加減にしないと庭に戻るぞ」

「嫌よ。戻らないわ」

「じゃあ取り込んでやる」

「それも無理」

ハルは目を閉じて空気の匂いを確かめる。

「この匂いを忘れない」

セイはハルを抱き抱える。

「漸く春を感じることが出来るのね。本当に久し振りだわ。」

セイは一歩を踏み出しふと立ち止まる。そしてハルの顔を覗いて言った。

「ハル。もしも、ここでお前が散ってしまったとしたら……。ハル。俺は必ずお前を見付けるからな。お前がどこに生まれても。何、待つことには慣れている。朱姫には散々待たされたからな。俺は再会を楽しみにしているよ」

「ふふふ。私の事を分かるかしら？」

「分かるさ。お前は俺の妻だからな」

セイはそう言うとハルを強く抱き締めた。

ハルを抱えたまま一歩一歩踏みしめるように、願いを込めて淡井を歩く。

淡井を抜けた。溢れんばかりの春光が降り注ぐ。

「なんて暖かいのかしら……」

ハルの呟きが陽光に散って行く。

もしかしたら……という期待は裏切られた。

ハルの体は砂の様にさらさらと崩れて少しずつ軽くなって行く。もう取り返しが付かない。セイは前を向いたままハルの体が消えて行くのを全身で感じていた。

ハルの形骸が一気に崩れた。支えるべき体を失った着物がくしゃりと潰れて腕から滑り落ちる。セイは慌ててそれを掴む。

突然の風が吹く。

風は薄絹の被衣を空高く吹き飛ばす。被衣は風に舞い、揺れ、ひらひらと小さくなって春霞の山に流れて行く。セイは桜葉色のそれが消えるまで行く方を見送っていた。

ふとハルの言葉が蘇った。

「セイ。もしも私が死んだら、魂はあの故郷の山に帰るのかしら？」

セイは我に返ると手に抱えたハルの着物を眺めた。それに顔を埋めて大きく息を吸い込んだ。

「さようなら。ハル」

そう呟くと着物をばさりと肩に掛け、淡井に向かって歩き出した。

淡井を抜けると風花が舞っていた。セイは灰色の空を見上げる。風花はいつしか綿雪に変わる。セイの姿は絶え間なく降る雪の向こうに消えて行く。

春はまだ遠い。

了

追記

拙くも長い物語を読んでくださって有り難う御座いました。
お楽しみ頂けたでしょうか。

さて、最後まで読み終えて、最初の章「庭」に戻ります。
色鮮やかな菊が咲き乱れた庭。
緋色の着物を着た少女。
「幸」と幼い妹「千代」が菊を摘んだ庭。

あの庭を訪れたのは一体誰でしょうか。
塔子の母親？
朱姫の魂魄の欠片を持つ人達？
それともハルでしょうか。
いや、塔子かも知れない。遠い未来に。

それを想像するとまた違った感慨が浮かぶと思います。
それも併せてお楽しみください。

作者

参考文献

思い通りに描ける日本画上達のコツ　中村　鳳男監修　メイツ出版
陰陽道　呪術と鬼神の世界　鈴木　一肇著　講談社選書メチエ

ヤマカガシについて
https://petpedia.net/article/514/yamakagashi
https://jnol.jp/yamakagashi/
https://www.jmedj.co.jp/journal/paper/detail.php?id=3670
https://dot.asahi.com/articles/-/28306?page=1

柚木　壱（ゆずき・いち）
柚木 琳 名義にて
『橘考―四季折々の異界―』（つむぎ書房）を刊行。

Repetition　―異界の庭より―

2025年1月17日　第1刷発行

著　者　柚木　壱

発行者　太田宏司郎
発行所　株式会社パレード
大阪本社　〒530-0021　大阪府大阪市北区浮田1-1-8
TEL 06-6485-0766　FAX 06-6485-0767
東京支社　〒151-0051　東京都渋谷区千駄ヶ谷2-10-7
TEL 03-5413-3285　FAX 03-5413-3286
https://books.parade.co.jp
発売元　株式会社星雲社（共同出版社・流通責任出版社）
〒112-0005　東京都文京区水道1-3-30
TEL 03-3868-3275　FAX 03-3868-6588

装　幀　河野あきみ（PARADE Inc.）

印刷所　創栄図書印刷株式会社

ISBN 978-4-434-34557-9　C0093